afgeschreven

Studie van Magie

Maria V. Snyder

Studie van Magie

Boek 2 van de Studie-Trilogie

Luitingh Fantasy

© 2006 by Maria V. Snyder
All rights reserved
© 2010 Nederlandse vertaling
Uitgeverij Luitingh ~ Sijthoff B.V., Amsterdam
Alle rechten voorbehouden
Oorspronkelijke titel: *Magic Study*
Vertaling: Richard Heufkens
Omslagontwerp: Karel van Laar
Omslagfotografie: Henry Steadman

ISBN 978 90 245 3098 4
NUR 334

www.boekenwereld.com
www.dromen-demonen.nl
www.watleesjij.nu

Voor mijn kinderen, Luke en Jenna,
een constante bron van inspiratie en liefde.
Jullie zijn werkelijk magisch.

In liefdevolle herinnering aan Anthony Foster.

HET TERRITORIUM VAN IXIA

AVONDRODE
OCEAAN

*Huis van de
generaal* +

*Huis van de
generaal* +

*Huis van de
generaal* +

*Huis van de
generaal* + ZIELBERGEN

HET TERRITORIUM VAN IXIA

*Huis van de
generaal* +

*Huis van de
generaal* +

*Kasteel
van de
commandant*

Kasteelstad ◉ *Keijlameer* *generaal*
*Huis van de
generaal* +

*Huis van de
generaal* +

SLANGEN
WOUD

Maan
stam

Kristalstam

*Vedersteen
stam*

Fulgor •

• *Ognap*

• *Mica*

Uilenberg •

✴ *Citadel*
SITIA

HET KLIF

SCHALIEN

SMARAGDBERGEN

*Wolknevel
stam*

•*Dondervallei*

Stormdansstam

♡ *Bloedrots*

AVIBIANVLAKTE

Zandzaadstam

• *Rogge*

*Bloedgoed
stam*

*Groenhalm
stam*

JADE
ZEE

Burobijn

⚑*Daviiaanse kampen*

DAVIIANPLATEAU

• *Aderravijn*

⚑*Daviiaanse kampen*

• *Diamantmeer*

Cowanstam

◊*Hofstede van Zaltana*

Juweelroosstam

Illiaismarkt◉

*Zaltana
stam*

Kohinoor •

ILLIAIS-OERWOUD

I

'WE ZIJN ER,' ZEI IRYS.

Ik keek rond. Het wemelde van het leven in het oerwoud. Ons pad was overwoekerd door groene struiken, er hingen ranken uit het bladerdek omlaag, en mijn oren werden belaagd door onophoudelijk gekwetter en gekwinkeleer van woudvogels. Vanuit verstopplaatsen achter enorme bladeren werden we begluurd door pluizige beestjes die ons door het oerwoud volgden.

'Waar?' vroeg ik en ik wierp een blik op de drie andere meisjes. Die haalden tegelijk de schouders op, evenmin begrijpend wat Irys bedoelde. In de zware, vochtige lucht waren hun dunne katoenen kleren doorweekt van het zweet. Ook mijn zwarte broek en witte hemd kleefden aan mijn klamme huid. We waren moe van het sjouwen met onze zware rugzakken over smalle kronkelpaadjes, en we hadden overal jeuk van hordes onnoembare insecten op onze huid.

'De hofstede van Zaltana,' antwoordde Irys. 'Waar jij vermoedelijk vandaan komt.'

Ik nam het weelderige groen in ogenschouw maar zag niets wat leek op een nederzetting. De vorige keren dat Irys tijdens onze reis naar het zuiden had verklaard dat we er waren, stonden we altijd midden in een stadje of een dorp, met huizen van hout, natuur- of baksteen, omringd door akkers en boerderijen.

In hun kleurige gewaden hadden de inwoners ons dan verwelkomd en te eten gegeven, en te midden van een kakofonie van stemmen en kruidige geuren hadden ze vervolgens ons verhaal aangehoord.

Daarna werden er met grote haast bepaalde families ontboden. In een werveling van opwinding en gebabbel was dan een van de kinderen in ons gezelschap, afkomstig uit het weeshuis in het noorden, herenigd met familie waarvan het bestaan niet was vermoed.

Zodoende was onze groep steeds kleiner geworden naarmate we verder het zuidelijk gelegen Sitia in trokken. Al gauw hadden we het koude noorden ver achter ons gelaten, en nu liepen we te koken in de broeierige hitte van het oerwoud, zonder een spoor van een stadje in zicht.

'Hofstede?' vroeg ik.

Irys zuchtte. Uit haar strakke knot waren plukjes zwart haar ontsnapt, en haar strenge gezicht was in tegenspraak met de zweem van humor in haar smaragdgroene ogen.

'Yelena, schijn kan bedrieglijk zijn,' instrueerde ze. 'Zoek met je geest, niet met je zintuigen.'

Ik streek met mijn vochtige handen langs de nerf van mijn houten staf en concentreerde me op het gladde oppervlak. Mijn hoofd werd leeg, en het geroezemoes van het oerwoud vervaagde toen ik mijn mentale bewustzijn erop uitstuurde. Voor mijn geestesoog kronkelde ik door het struikgewas mee met een slang, op zoek naar een streepje zonlicht. Ik klauterde door de boomtakken mee met een dier met lange ledematen, met zo'n gemak dat het leek alsof we vlogen.

En toen, boven gekomen, liep ik tussen de boomtoppen mee met mensen. Hun geesten waren open en ontspannen. Ze besloten wat ze vanavond zouden eten en bespraken het nieuws uit de grote stad. Maar één geest maakte zich zorgen over de geluiden uit het oerwoud beneden. Er klopte iets niet. Er was daar iets niet pluis. Mogelijk gevaar. Wie zit er in mijn hoofd?

Met een ruk kwam ik terug bij mezelf. Irys staarde me aan.

'Wonen ze in de bomen?' vroeg ik.

Ze knikte. 'Maar denk eraan, Yelena, als iemands geest ontvankelijk voor je is, wil dat nog niet zeggen dat je dieper in hun gedachten mag duiken. Dat is een schending van onze ethische code.'

Haar woorden klonken streng, als van de meester die haar leerling berispt.

'Neem me niet kwalijk,' zei ik.

Ze schudde het hoofd. 'Je hebt nog veel te leren. We moeten naar de citadel om te beginnen aan je opleiding, maar ik ben bang dat we hier enig oponthoud zullen hebben.'

'Hoezo?'

'Ik kan je niet hier zomaar achterlaten bij je familie, zoals de andere kinderen, en het zou wreed zijn om je meteen weer mee te nemen.'

Op dat moment klonk er een luide stem van boven: 'Venettaden.'

Irys zwaaide een arm omhoog en mompelde iets, en mijn spieren versteenden voordat ik iets kon doen tegen de magie die ons omgaf. Ik kon me niet verroeren. Na een moment van paniek bracht ik mijn geest tot kalmte. Ik probeerde een mentale verdedigingsmuur op te trekken, maar de magie die me vasthield, sloeg mijn mentale bakstenen even snel weg als ik ze kon opstapelen.

Irys was echter onaangedaan. Ze riep naar de boomtoppen. 'Wij zijn vrienden van de Zaltana's. Ik ben Irys van de Juweelroosstam, Vierde Magiër in de Raad.'

Er galmde nog een vreemd woord door de bomen. Mijn knieën knikten toen de magie me losliet, en ik liet me op de grond zakken om te wachten tot de flauwte verdween. De tweelingzusjes Gracena en Nikkily vielen kreunend tegen elkaar aan. Mena wreef over haar benen.

'Wat kom je doen, Irys Juweelroos?' vroeg de stem van boven.

'Ik heb mogelijk jullie verloren dochter gevonden,' antwoordde ze.

Er daalde een touwladder af tussen de takken.

'Kom maar, meisjes,' zei Irys. 'Hier, Yelena, hou de onderkant strak terwijl we klimmen.'

Even vroeg ik me nijdig af wie dan de ladder voor mij zou vasthouden. Irys' geërgerde stem wees me terecht in mijn eigen hoofd. *Yelena, jij hebt er geen enkele moeite mee om de bomen in te komen. Misschien moet ik de ladder maar laten ophalen voordat het jouw beurt is om te klimmen, want jij gaat toch veel liever met je enterhaak en touw.*

Ze had natuurlijk gelijk. In Ixia had ik me zonder het gemak van

9

een ladder voor mijn vijanden verborgen gehouden in de bomen. En nu nog genoot ik zo nu en dan van een 'wandeling' door de boomtoppen om in vorm te blijven.

Irys glimlachte naar me. Misschien zit het in je bloed.

Mijn maag kromp samen toen ik dacht aan Mogkan. Hij had gezegd dat ik was vervloekt met Zaltanabloed. Ik had echter geen enkele reden om de nu dode magiër uit het zuiden zomaar te geloven, en ik had Irys nog maar niets over de Zaltana's gevraagd om niet te veel te gaan hopen dat ik bij die familie hoorde. Ook stervende zou Mogkan in staat zijn geweest nog één laatste gemene truc uit te halen.

Mogkan en generaal Brazells zoon Reyad hadden mij en meer dan dertig andere kinderen uit Sitia ontvoerd. Gemiddeld twee kinderen per jaar hadden ze meegenomen naar het 'weeshuis' van Brazell in het noordelijke Territorium van Ixia om hen te gebruiken voor hun snode plannen. Alle kinderen hadden het in zich om magiër te worden, want ze kwamen uit families waarin magie sterk was vertegenwoordigd.

Irys had me uitgelegd dat magische vermogens een gave waren en dat er uit elke stam maar een handjevol magiërs kwam. 'Hoe meer magiërs in een familie,' had Irys verteld, 'hoe groter uiteraard de kans op meer magiërs in de volgende generatie. Mogkan nam een risico door zulke jonge kinderen te ontvoeren, want magische krachten openbaren zich pas als het kind volwassen wordt.'

'Waarom waren er meer meisjes dan jongens?' had ik gevraagd.

'Slechts dertig procent van onze magiërs is een man, en Baïn Bloedgoed is de enige man die het meesterniveau wist te bereiken.'

Terwijl ik de touwladder vasthield, die uit het bladerdek omlaaghing, vroeg ik me nu af hoeveel Zaltana's magiër waren. Naast mij stopten de drie meisjes de zoom van hun jurk in hun riem. Irys hielp Mena omhoog langs de sporten, en daarna gingen Gracena en Nikkily.

Toen we de grens met Sitia over waren, hadden de meisjes maar wat graag hun noordse uniformen verruild voor de kleurrijke katoenen jurken die de vrouwen in het zuiden droegen. De jongens hadden hun uniform verwisseld voor een eenvoudige katoenen broek en tuniek. Ik had echter mijn voorproeversuniform aangehouden tot de hitte en de vochtigheid me ertoe hadden gedreven een jongensbroek en een katoenen hemd te kopen.

Nadat Irys in het groene bladerdek was verdwenen, zette ik mijn laars op de onderste sport. Mijn voeten voelden zwaar aan, alsof ze waren gezwollen van water. Tegenzin maakte zich meester van mijn benen terwijl ik ze de ladder op sleurde. Halverwege hield ik stil. Wat als deze mensen me niet wilden? Wat als ze niet geloofden dat ik hun verloren dochter was? Wat als ze me te oud vonden om zich druk over te maken?

Alle kinderen die hun familie hadden teruggevonden, waren onmiddellijk geaccepteerd. Maar zij waren tussen de zeven en dertien jaar en maar enkele jaren van hun familie gescheiden geweest. Met hun bekende gezichten, leeftijden en zelfs namen was het niet moeilijk geweest ze te plaatsen. Nu waren we nog maar met ons vieren. De eeneiige tweeling Gracena en Nikkily was dertien. Mena was met haar twaalf jaar de jongste, en ik was op mijn twintigste de oudste van de groep.

Volgens Irys waren de Zaltana's meer dan veertien jaar geleden een zes jaar oud meisje kwijtgeraakt. Dat was wel heel erg lang. Ik was geen kind meer.

Maar ik was de oudste die Brazells plannen ongeschonden was doorgekomen. Toen de andere ontvoerde kinderen de juiste leeftijd hadden bereikt, waren degenen met magische vermogens gemarteld tot hun ziel was gezwicht voor Mogkan en Reyad. Mogkan had de magie van deze nu wezenloze gevangenen gebruikt om zijn eigen vermogens te versterken, en van de kinderen bleef niet veel meer over dan levende lichamen zonder ziel.

Irys droeg de last om de families van deze kinderen op de hoogte te stellen, maar ik voelde me enigszins schuldig omdat ik de enige was die Mogkans pogingen om mijn ziel te stelen had overleefd. Dat had me alleen wel heel wat gekost.

Door de gedachten aan mijn worstelingen in Ixia moest ik denken aan Valek. Mijn verlangen naar hem knaagde aan mijn hart. Ik haakte een arm in de ladder en bracht mijn andere hand naar de vlinder om mijn hals, die hij voor me had gemaakt. Misschien kon ik een manier verzinnen om terug te gaan naar Ixia. Tenslotte vlamde de magie in mijn lijf niet meer onbeheerst op en was ik veel liever bij hem dan bij deze vreemde zuiderlingen die in bomen woonden. Zelfs de naam van het zuiden, Sitia, voelde dik als ranzige stroop in mijn mond.

'Yelena, kom je nog?' riep Irys omlaag. 'We wachten.'

Moeizaam slikkend haalde ik een hand over mijn lange vlecht om mijn zwarte haren glad te strijken en er een paar slierten groen uit te halen. Ondanks de lange tocht door het oerwoud was ik niet zo moe. Met mijn één meter tweeënzestig was ik dan wel kleiner dan de meeste Ixiërs, maar tijdens mijn laatste jaar in Ixia was mijn lichaam veranderd van uitgemergeld in gespierd. Dat kwam door de verandering in mijn onderkomen. Door de overgang van hongeren in de kerker naar voorproeven voor commandant Ambrosius was ik er lichamelijk flink op vooruit gegaan. Voor mijn geestelijke welzijn in die tijd kon ik niet hetzelfde zeggen.

Ik schudde met mijn hoofd om die gedachten te verjagen en concentreerde me op mijn directe omstandigheden. Verder omhoogklimmend verwachtte ik dat de ladder zou uitkomen op een brede tak of een platform in de boom, zoals een overloop boven aan een trap. In plaats daarvan kwam ik een kamer binnen.

Verwonderd keek ik rond. De muren en het plafond van de kamer bestonden uit grote en kleine, aan elkaar gebonden takken. Door de gaten stroomde zonlicht naar binnen. Gebundelde stokken waren verwerkt tot stoelen met daarop kussens van bladeren. In de kleine ruimte stonden maar vier zetels.

'Is zij het?' vroeg een lange man aan Irys. Zijn katoenen tuniek en korte broek hadden de kleur van de boombladeren. Er was een groene gel in zijn haar gekamd en op de blote delen van zijn huid gesmeerd. Over zijn schouder hing een boog en een koker met pijlen.

Dat zou de wachter dan wel zijn. Maar waar had hij eigenlijk een wapen voor nodig als hij de magiër was die ons had doen verstenen? Aan de andere kant had Irys die bezwering moeiteloos afgeweerd. Kon ze dat ook met een pijl?

'Ja,' zei Irys tegen de man.

'We hadden de geruchten al gehoord op de markt en vroegen ons af of je ons ook een bezoek zou komen brengen, Vierde Magiër,' zei hij. 'Wacht hier even, dan ga ik de Oudste halen.'

Irys plofte neer in een van de stoelen en de meisjes verkenden de kamer, naar elkaar roepend over het uitzicht vanuit het enige venster. Ik liep heen en weer door de smalle ruimte. De wachter leek te verdwijnen door de muur, maar bij nadere inspectie ontdekte ik een gat dat leidde naar een brug, eveneens van takken.

'Ga toch zitten,' zei Irys tegen me. 'Rustig maar. Je bent veilig hier.'

'Na die hartverwarmende ontvangst zeker?' kaatste ik terug.

'Standaardprocedure. Bezoekers zonder begeleiding zijn uiterst zeldzaam. Met het constante gevaar van roofdieren in het oerwoud huren de meeste reizigers een gids van de Zaltana's in. Je staat al op scherp sinds ik je heb verteld dat we naar het dorp van de Zaltana's gingen.' Irys wees naar mijn benen. 'Je staat in een vechthouding, klaar voor een aanval. Deze mensen zijn familie van je. Waarom zouden ze je iets willen doen?'

Nu pas merkte ik dat ik mijn wapen van mijn rug had gehaald en het stevig in de aanslag hield. Met enige moeite ontspande ik me.

'Neem me niet kwalijk.' Ik stak de boog, een houten staf van vijf voet lang, terug in zijn houder aan de zijkant van mijn rugzak.

Ik was verstijfd uit angst voor het onbekende. Zo lang als ik me kon herinneren in Ixia was me verteld dat mijn familie dood was. Voor altijd onbereikbaar. Desondanks droomde ik vaak over een adoptiegezin waar liefdevol voor me werd gezorgd. Die fantasie had ik pas opgegeven toen ik was veranderd in een experiment van Mogkan en Reyad, en nu ik Valek had, had ik eigenlijk geen familie meer nodig.

'Dat is niet waar, Yelena,' zei Irys hardop. 'Je familie zal je helpen ontdekken wie je bent en waarom. Je hebt je familie harder nodig dan je denkt.'

'Ik dacht dat het tegen die ethische code van jullie was om iemands gedachten te lezen.' Het stak me dat ze zich in mijn gedachten mengde.

'Wij hebben een binding als leraar en leerling. Je hebt me vrijwillig een doorgang naar je geest gegeven door me te accepteren als je mentor. Het zou gemakkelijker zijn om een waterval om te leiden dan om onze verbinding te verbreken.'

'Daar kan ik me niets van herinneren,' mopperde ik.

'Als het een bewuste inspanning was om een verbinding te leggen, zou het niet zijn gebeurd.' Ze keek me een tijdlang aan. 'Je hebt me je vertrouwen en je loyaliteit geschonken. Meer was niet nodig om een band te smeden. Ik zit heus niet te wroeten in je intieme gedachten en herinneringen, maar je oppervlakkige emoties pik ik wel zo op.'

Ik deed mijn mond open om haar van repliek te dienen, maar de wachter met het groene haar kwam terug.

'Kom maar mee,' zei hij.

We liepen kriskras door de boomtoppen. Gangen en bruggen verbonden de ene na de andere kamer hoog boven het land. Vanaf de grond was er niets te zien geweest van deze doolhof van woonruimten. We kwamen geen mens tegen in de woon- en slaapkamers waar we doorheen en langs liepen. Soms zag ik dat ze waren versierd met dingen die in het oerwoud waren gevonden. Kokosnoten, bessen, noten, grassoorten, twijgen en bladeren waren kunstzinnig geschikt tot muurdecoraties, boekomslagen, kisten en standbeelden. Er had zelfs iemand een exacte replica gemaakt van een van die dieren met lange staarten door witte en zwarte stenen aan elkaar te lijmen.

'Irys,' vroeg ik, wijzend naar het standbeeld, 'wat zijn dat voor dieren?'

'Valmuren. Erg intelligent en speels. Er zitten er miljoenen in het oerwoud. Ze zijn ook nieuwsgierig. Weet je nog dat ze ons zaten te bespioneren vanuit de bomen?'

Ik knikte en herinnerde me de wezentjes die nooit lang genoeg stil zaten om zich te laten bekijken. In andere kamers zag ik meer dierenbeelden, gemaakt van verschillend gekleurde stenen. Ik kreeg een hol gevoel in mijn keel toen ik dacht aan Valek en de dieren die hij sneed uit steen. Hij zou het vakmanschap van deze steenbeelden beslist kunnen waarderen. Misschien kon ik hem er een opsturen.

Ik wist niet wanneer ik hem ooit weer zou zien. De commandant had me verbannen naar Sitia toen hij had ontdekt dat ik magische krachten had. Als ik terugkwam naar Ixia, zou het executiebevel van de commandant van kracht zijn, maar hij had nooit gezegd dat ik geen contact mocht hebben met mijn vrienden in Ixia.

Al gauw kwam ik erachter waarom we niemand zagen op onze tocht door het dorp. We betraden een grote, ronde gemeenschapsruimte waar zo'n tweehonderd mensen bijeen waren. Het hele dorp leek te zijn uitgelopen. De mensen zaten op banken van houtsnijwerk rondom een enorme vuurkuil van steen.

Zodra we binnenkwamen, werd het stil. Alle ogen richtten zich op mij. Ik kreeg kippenvel. Het was alsof ze elk onderdeeltje van mijn gezicht, mijn kleren en mijn modderige laarzen in zich opnamen. Aan hun gezichten te zien voldeed ik niet aan de verwachtingen. Ik onderdrukte de neiging om me achter Irys te verbergen. In mijn borst klopte een gevoel van spijt dat ik Irys niet meer over de Zaltana's had gevraagd.

Uiteindelijk stapte een oudere man naar voren. 'Ik ben Bavol Cacao Zaltana, Oudste Raadslid voor de familie Zaltana. Ben jij Yelena Liaan Zaltana?'

Ik aarzelde. Die naam klonk zo formeel, zo verwant, zo vreemd. 'Mijn naam is Yelena,' zei ik.

Een jongeman, een paar jaar ouder dan ik, maakte zich los uit de menigte. Naast de Oudste bleef hij staan. Zijn jadegroene ogen boorden zich diep in de mijne. Zijn gezicht werd geplooid door een mengeling van haat en afkeer. Ik voelde een zweem van magie langs me heen strijken.

'Ze heeft gedood,' riep hij uit. 'Ze riekt naar bloed.'

2

De bijeengekomen Zaltana's reageerden unaniem geschokt. Op de nu vijandige gezichten in de ruimte stonden afschuw en verontwaardiging. Onwillekeurig stapte ik achter Irys in de hoop de negatieve kracht uit al die ogen te blokkeren.

'Leif, wat doe je weer dramatisch,' berispte Irys de jongeman. 'Yelena heeft geen gemakkelijk leven achter de rug. Oordeel niet over dingen waar je niets van weet.'

Leif kromp ineen onder Irys' blik.

'Ik riek ook naar bloed,' zei ze. 'Of niet soms?'

'Maar u bent de Vierde Magiër,' zei Leif.

'En dus weet je wat ik heb gedaan en waarom. Ik stel voor dat je eerst ontdekt wat je zus in Ixia heeft moeten doorstaan voordat je haar beschuldigt.'

Hij klemde zijn kaken op elkaar. De spieren in zijn nek trokken strak toen hij een mogelijk antwoord inslikte. Ik waagde nog een blik door de kamer. In de groep waren nu bedachtzame, bezorgde en zelfs schaapachtige gezichten te zien. De Zaltana-vrouwen droegen mouwloze jurken of rokken en blouses met korte mouwen, met vrolijke bloemenmotieven erop. De zomen reikten tot hun knieën. De mannen van de stam droegen tunieken in lichte kleuren en effen broeken. Alle Zaltana's waren blootsvoets, en de meeste hadden een slanke bouw en een gebronsde huid.

Toen drongen Irys' woorden tot me door. Ik greep haar arm. Je zus? Heb ik een broer?

Ze trok een mondhoek op. Ja. Eén broer. Geen zussen. Dat had je kunnen weten als je niet steeds van onderwerp was veranderd wanneer ik je over de Zaltana's probeerde te vertellen.

Geweldig. Mijn geluk hield aan. Ik had gedacht dat mijn zorgen voorbij waren toen ik het Territorium van Ixia had verlaten. Waarom was ik eigenlijk nog verbaasd? Alle andere Sitiërs leefden in dorpen op de grond, maar mijn familie woonde in de bomen. Ik bekeek Leif, op zoek naar enige gelijkenis. Zijn gedrongen, gespierde bouw en vierkante gezicht vormden een contrast met de overige slanke stamleden. Alleen zijn zwarte haar en groene ogen had ik met hem gemeen.

Tijdens de ongemakkelijke stilte die volgde, wou ik dat ik mezelf onzichtbaar kon maken en prentte me in Irys te vragen of daar een bezwering voor bestond.

Een oudere vrouw van ongeveer mijn lengte liep op ons toe. Onderweg wierp ze Leif een krachtige blik toe, en hij liet het hoofd hangen. Zonder waarschuwing omhelsde ze me. Even versteende ik, onzeker. Haar haren roken naar seringen.

'Dit heb ik al veertien jaar lang willen doen,' zei ze terwijl ze me steviger tegen zich aan drukte. 'Wat hebben mijn armen gesmacht naar mijn kleine meid.'

Die woorden brachten me terug in de tijd en veranderden me in een kind van zes. Brullend sloeg ik mijn armen om deze vrouw. Veertien jaar zonder moeder hadden me ervan overtuigd dat het me niets zou doen wanneer ik haar eindelijk ontmoette. Op onze reis naar het zuiden had ik me voorgesteld dat ik nieuwsgierig en ongeëmotioneerd zou zijn. Prettig om kennis te maken, maar nu moeten we toch echt naar de citadel. Maar ik was smartelijk slecht voorbereid op de stortvloed van emoties die door mijn lijf gierde. Ik klampte me aan haar vast alsof alleen zij kon voorkomen dat ik verdronk.

Van een afstand hoorde ik Bavol Cacao. 'Iedereen weer aan het werk. De Vierde Magiër is bij ons te gast. Vanavond is er een feestbanket. Bloesem, ga de gastenkamers in orde maken. We hebben vijf bedden nodig.'

Het geroezemoes in de gemeenschapsruimte verspreidde zich. De kamer was bijna leeg toen de vrouw — mijn moeder — me losliet uit haar armen. Het viel nog niet mee om haar ovale gezicht te koppelen aan de titel 'moeder'. Tenslotte hoefde ze niet per se mijn echte moeder te zijn. En al was ze dat, had ik dan na al die jaren wel het recht haar zo te noemen?

'Wat zal je vader blij zijn,' zei ze. Ze veegde een lok zwart haar uit haar gezicht. In haar lange vlechten zat wat grijs, en haar bleekgroene ogen glinsterden van ongeplengde tranen.

'Hoe weet je dat?' vroeg ik. 'Wie weet ben ik wel helemaal niet...'

'Jouw ziel past precies in de leegte in mijn ziel. Jij bent van mij, dat weet ik heel zeker. Ik hoop dat je me moeder wilt noemen, maar anders zeg je maar Perl.'

Ik veegde mijn gezicht droog met de zakdoek die Irys me gaf en keek rond, zoekend naar mijn vader. Vader. Nog zo'n woord dat het beetje waardigheid dat ik nog had, dreigde te verstoren.

'Je vader is monsters gaan verzamelen,' zei Perl alsof ze mijn gedachten kon lezen. 'Zodra hij het hoort, is hij terug.' Perl keek om. Ik volgde haar blik en zag Leif vlakbij staan, met zijn armen over elkaar en zijn handen gebald tot vuisten. 'Je broer ken je al. Blijf daar niet zo staan, Leif. Kom je zus eens fatsoenlijk begroeten.'

'Ik kan niet tegen die lucht,' zei hij, en hij draaide zich om en beende weg.

'Let maar niet op hem,' zei mijn moeder. 'Hij is overgevoelig. Hij heeft heel veel moeite gehad met je verdwijning. Hij was gezegend met krachtige magie, maar zijn magie is...' Ze zweeg. 'Uniek. Hij kan voelen waar iemand is geweest en wat die heeft gedaan. Niets specifieks, alleen algemene indrukken. De Raad vraagt hem soms om hulp bij het oplossen van misdrijven en geschillen, of om vast te stellen of iemand wel of niet schuldig is.' Ze schudde haar hoofd. 'Zaltana's met magische krachten hebben altijd ongewone vermogens. En jij, Yelena? Ik voel de magie door je heen stromen.' Een kort glimlachje beroerde haar lippen. 'Mijn eigen beperkte vermogen. Wat is jouw talent?'

Ik wierp Irys een smekende blik toe.

'Haar magie is met geweld ontloken en was tot voor kort ongecontroleerd. Haar specialiteit is nog niet vastgesteld.'

Alle kleur verdween uit mijn moeders gezicht. 'Met geweld?'

Ik raakte haar mouw aan. 'Dat is niet erg.'

Perl beet op haar lip. 'Kan ze opvlammen?' vroeg ze Irys.

'Nee. Ik heb haar onder mijn vleugels genomen. Ze kan het in enige mate besturen. Maar ze moet wel mee naar de Magiërsveste zodat ik haar meer over haar magie kan leren.'

Mijn moeder greep me stevig bij mijn armen. 'Je moet me álles vertellen wat er met je is gebeurd sinds je bij ons bent weggenomen.'

'Ik...' Een gevoel alsof ik gevangenzat, snoerde mijn keel dicht.

Bavol Cacao snelde me te hulp. 'Het is de Zaltana's een eer dat u iemand van ons hebt gekozen als uw leerling, Vierde Magiër. Ik zal uw gezelschap naar uw kamers brengen, zodat u zich wat kunt opfrissen en rusten voor het banket.'

Mijn opluchting was groot, maar het vastberaden gezicht van mijn moeder waarschuwde me dat ze nog niet klaar met me was. Ze greep me steviger vast toen Irys en de drie meisjes met Bavol Cacao meeliepen naar onze kamers.

'Perl, je krijgt nog tijd genoeg met je dochter,' zei hij. 'Ze is nu weer thuis.'

Ze liet me los en deed een stap terug. 'Ik zie je vanavond. Ik zal je niet Nootje vragen je fatsoenlijke kleren te lenen voor het banket.'

Met een grijns op mijn gezicht liep ik mee naar de gastenkamers. Ondanks al het gebeurde van vandaag was het mijn moeder niet ontgaan wat voor kleren ik droeg.

Het banket begon die avond als een bezadigde maaltijd maar veranderde allengs in een feest, ondanks het feit dat ik mijn familie misschien had beledigd door de vele fruitgerechten en gekruide koude vleesschalen eerst voor te proeven voordat ik ervan at. Oude gewoonten leer je niet zomaar af.

Langzaam verspreidde zich een aroma van brandend citronellagras, vermengd met een geur van vochtige aarde. Na de maaltijd haalden verscheidene Zaltana's een muziekinstrument tevoorschijn van bamboe en twijn. Sommigen sprongen op om te dansen en anderen zongen mee met de muziek. En al die tijd waren er kleine, wollige valmuren die zwaaiend aan de plafondbalken hingen en van tafel naar tafel huppelden. Enkele neefjes van me hielden ze als huisdier. Op hun kop en schouders hadden ze zwarte, witte, oranje of bruine spikkels. Andere valmuren maakten bokkensprongen in de hoeken of bietsten eten van de tafels. Mena en de tweeling vonden de capriolen van de langstaartige dieren prachtig. Gracena probeerde een kleine goudbruine valmur uit haar hand te laten eten.

Mijn moeder kwam naast me zitten. Leif was niet naar het banket gekomen. Ik droeg een jurk met knalgele en paarse leliemotieven die ik van Nootje had geleend. De enige reden dat ik het spuugelijke ding aanhad, was dat ik er Perl een plezier mee deed.

Ik dankte het lot dat Ari en Janco, mijn soldatenvrienden uit Ixia, er niet waren. Die zouden zijn omgevallen van het lachen als ze mij in zo'n schreeuwend jurkje hadden gezien. Maar o, wat miste ik hen. Ik bedacht me en wou dat ze er toch bij waren. Ik had me best dood willen schamen om die fonkeling in Janco's ogen te zien.

'Over een paar dagen moeten we weg,' zei Irys tegen Bavol boven het rumoer van stemmen en muziek uit. Haar opmerking bedierf de stemming voor de mensen om ons heen.

'Waarom al zo gauw?' vroeg mijn moeder, met haar wenkbrauwen van ontzetting vlak bij elkaar.

'Ik moet de andere meisjes naar huis brengen, en ik ben al veel te lang weg uit de citadel en de veste.'

De vermoeide droefenis in Irys' stem deed me eraan denken dat zij haar familie al bijna een jaar niet had gezien. Het spioneren in het Territorium van Ixia had haar veel energie gekost.

Het bleef een tijdlang stil aan onze tafel. Toen fleurde mijn moeder op. 'Je kunt Yelena toch hier laten als je de meisjes naar huis brengt.'

'Het is een hele omweg voor haar om Yelena weer op te komen halen,' zei Bavol Cacao.

Moeder keek hem nors aan. Ik zag haar gedachten malen achter haar ogen. 'Aha! Leif kan Yelena naar de citadel brengen. Die moet over twee weken bij de Eerste Magiër zijn.'

In mijn borst kolkten emoties. Ik wilde graag blijven maar was bang gescheiden te raken van Irys. Dit was mijn familie, maar het waren wel vreemden. Ondanks mezelf was ik op mijn hoede; dat had ik in Ixia geleerd. En op reis gaan met Leif leek me net zo aangenaam als wijn drinken waar gif in zat.

Voordat iemand kon instemmen of iets kon tegenwerpen, zei moeder: 'Ja. Dat kan best.' En daarmee was de discussie voor haar gesloten.

De volgende ochtend kreeg ik een kleine paniekaanval toen Irys haar rugzak omdeed. 'Laat me hier niet alleen,' smeekte ik.

'Je bent niet alleen,' lachte ze. 'Ik heb vijfendertig neven en nichten en een hele zooi ooms en tantes geteld. En trouwens, je moet wat tijd doorbrengen met je familie. Je moet leren dat je ze kunt vertrouwen. Ik zie je wel weer in de Magiërsveste. Die is binnen de muren van de citadel. Blijf ondertussen oefenen met je beheersing.'

'Ja, baas.'

Mena gaf me een dikke knuffel. 'Wat een leuke familie heb jij,' zei ze. 'Ik hoop dat mijn familie ook in de bomen woont.'

Ik streek haar vlechten recht. 'Ik kom je wel een keer opzoeken.'

'Mena mag misschien dit afkoelseizoen al naar de citadelschool, als ze bij de machtbron kan', zei Irys.

'Dat zou geweldig zijn!' riep Mena verrukt uit. De tweelingzusjes sloegen allebei even hun armen om me heen.

'Veel succes,' zei Gracena met een grijns. 'Dat zul je nodig hebben.'

Ik volgde hen omlaag langs de touwladder om in de koelere lucht op de bodem van het oerwoud afscheid te nemen. Terwijl Irys en de meisjes zich een weg baanden over het krappe pad, bleef ik hen nakijken tot ze uit het zicht waren verdwenen. Zonder hen voelde ik me flinterdun en vreesde door de lichte bries aan flarden te worden gescheurd.

Om mijn terugkeer naar de boomtoppen uit te stellen nam ik mijn omgeving in ogenschouw. In het bladerdek van het oerwoud boven me was niets te zien van de woningen van de Zaltana's, en door de dichte begroeiing overal om me heen kon ik niet al te ver kijken. Ondanks het luide gezoem van insecten kon ik vlakbij zachtjes water horen stromen en kabbelen, maar het lukte me niet om door het groen heen bij de bron te komen.

Daarbij was ik het zat om te worden opgevreten door de muggen. Gefrustreerd en bezweet gaf ik het op en klom langs de touwladder omhoog. Terug in het warme en droge bladerdek met de doolhof van kamers was ik al snel verdwaald.

Onherkenbare gezichten knikten of glimlachten naar me. Anderen keken kribbig en wendden zich af. Ik had er geen idee van waar mijn kamer was of wat er van me werd verwacht, en ik wilde er niet naar vragen. De gedachte om mijn levensverhaal te vertellen aan mijn moeder trok me niet. Onvermijdelijk was het wel, maar op dit moment kon ik het nog niet hebben.

Het had me bijna een jaar gekost om Valek mijn verleden toe te vertrouwen — hoe kon ik dan mijn worstelingen onthullen aan iemand die ik nog maar pas had ontmoet?

Daarom dwaalde ik hier en daar, zoekend naar een uitzicht op de 'rivier' die ik beneden in het oerwoud had gehoord. Elk vergezicht werd overheerst door grote hoeveelheden groen. Enkele malen ving ik een glimp op van het vlakke grijs van een bergwand. Irys had me gezegd dat het Illiais-oerwoud in een diepe vallei lag. Verscholen in de krommingen aan de zijde van het Daviianplateau lag het typisch gevormde oerwoud onder de rand van het plateau, slechts aan één zijde open voor reizigers.

'Heel goed te verdedigen,' had Irys gezegd. 'Het plateau is onmogelijk te bereiken door de wanden te beklimmen.'

Ik was wat aan het klooien om mijn evenwicht te bewaren op een touwbrug toen ik schrok van een stem en me moest vastgrijpen aan de reling.

'Hè?' Ik deed mijn best om weer vaste voet te krijgen.

'Ik zei: wat ben je aan het doen?' Aan het uiteinde van de brug stond Nootje.

Met een breed armgebaar zei ik: 'Genieten van het uitzicht.'

Aan haar twijfelende blik kon ik zien dat ik haar niet had overtuigd. 'Kom maar eens mee als je echt een uitzicht wilt zien.' Nootje sprong ervandoor.

Met moeite wist ik haar bij te houden op haar tocht tussen de boomtakken door. Met haar dunne armen en benen greep ze zo soepel naar ranken dat ze me deed denken aan een valmur. Toen ze op een plek vol zonlicht kwam, glommen haar ahornkleurige haar en huid.

Het had toch één voordeel om in het zuiden te zijn, moest ik toegeven. Ik was niet meer de enige met een getinte huid en leek eindelijk ergens thuis te horen. Maar doordat ik zo lang bij de bleke Ixiërs in het noorden had gewoond, was ik niet voorbereid op zo'n verscheidenheid aan bruine huidtinten. Tot mijn grote schaamte bleek ik vaak te staren naar de dieper roodbruine huidskleuren toen we nog maar pas in Sitia waren.

Plotseling bleef Nootje staan, en ik botste bijna tegen haar op. We bevonden ons op een vierkant platform in de hoogste boom in het oerwoud. Niets belemmerde het uitzicht.

Onder ons strekte zich een smaragden tapijt uit tot aan twee steile rotswanden die in een hoek bij elkaar kwamen. Waar de twee kliffen elkaar raakten, stortte een enorme waterval omlaag, neerkomend in een nevelwolk. Achter de bovenrand van de rotswanden zag ik een grote vlakte die in bruine, gouden en gele tinten leek beschilderd.

'Is dat het Daviianplateau?' vroeg ik.

'Jep. Er groeit daar alleen maar wild prairiegras. Ze krijgen daar niet veel regen. Mooi, hè?'

'Dat is wel erg zacht uitgedrukt.'

Nootje knikte, en een tijdlang bleven we zwijgend staan. Uiteindelijk brak mijn nieuwsgierigheid door. Ik vroeg Nootje van alles over het oerwoud, en geleidelijk aan kwam het gesprek op de familie Zaltana.

'Waarom noemen ze jou Nootje?' vroeg ik.

Ze haalde haar schouders op. 'Ik heet eigenlijk Hazelnoot Palm Zaltana, maar van kleins af aan noemde iedereen me altijd Nootje.'

'Dus Palm is je tweede naam.'

'Nee.' Nootje zwaaide omlaag over de rand van het platform naar de boomtakken eronder. De bladeren schudden, en even later kwam ze teruggeklommen. Ze gaf me een aantal bruine noten. 'Palm, zoals de palmboom, is de naam van mijn familie. Zaltana is de naam van de stam. Iedereen die met ons trouwt, moet die naam aannemen, maar binnen de stam zijn er verschillende families. Hier, zo moet je ze kraken...' Nootje pakte een van de noten en sloeg ermee op een dikke tak, zodat er pulp zichtbaar werd.

'Jouw familie heet Liaan. Dat betekent "rank". Yelena betekent "de schitterende". Iedereen wordt vernoemd naar iets in het oerwoud, of hun naam betekent iets in de oude Illiais-taal, die we per se moeten leren.' Nootje liet geërgerd haar ogen rollen. 'Wees maar blij dat je dat hebt gemist.' Ze prikte me met een vinger. 'En wees ook maar blij dat je niets te maken hebt gehad met vervelende oudere broers! Ik heb één keer last gekregen omdat ik de mijne had vastgebonden in een rank en hem had laten hangen... O, slangenspuug! Vergeten. Kom mee.' Ze repte zich terug door de bomen.

'Wat ben je vergeten?' vroeg ik, achter haar aan stuivend.

'Ik zou je naar je moeder brengen. Ze heeft de hele ochtend al naar je gezocht.' Nauwelijks vaart minderend stak Nootje een touwbrug over. 'Oom Esau is terug van expeditie.'

Alweer kennismaken met een familielid. Ik overwoog haar 'per ongeluk' kwijt te raken. Maar denkend aan de vijandige blikken van enkelen van mijn neven bleef ik toch maar bij Nootje. Toen ik haar inhaalde, pakte ik haar bij een arm.

'Wacht,' hijgde ik. 'Waarom kijken er zo veel Zaltana's zo chagrijnig naar me. Komt dat door de bloedgeur?'

'Nee. Iedereen weet dat Leif overal narigheid in ziet. Hij wil altijd de aandacht trekken.' Ze gebaarde naar me. 'Maar de meesten denken dat je helemaal geen Zaltana bent maar een spion uit Ixia.'

3

'Je maakt een grapje, zeker?' vroeg ik. 'Ze geloven toch niet echt dat ik een spion ben?'

Nootje knikte. De staartjes aan weerszijden van haar hoofd wipten op en neer, een contrast met haar ernstige gezicht. 'Dat zeggen ze. Alleen durft niemand daar met een woord over te reppen tegen tante Perl of oom Esau.'

'Maar hoe verzinnen ze zoiets?'

Haar lichtbruine ogen werden groot, alsof ze niet kon geloven dat ik zo dom was. 'Kijk eens naar je kleren.' Ze gebaarde naar mijn zwarte broek en witte hemd. 'Iedereen weet dat noorderlingen uniformen moeten dragen. Als je echt uit het zuiden kwam, zeggen ze, zou je nooit meer een broek willen dragen.'

Ik keek naar Nootjes oranje rok. De zoom zat in haar bruine bontriem gestopt, en daaronder droeg ze een gele korte broek.

Mijn starende blik negerend zei ze: 'En je draagt een wapen.'

Dat was inderdaad zo. Ik had mijn boog bij me voor het geval ik een plek tegenkwam om te oefenen, maar tot dusver was het alleen maar groot genoeg geweest in de gemeenschapsruimte, en daar was het altijd te druk. Dit was vast niet het juiste moment om Nootje te vertellen over het springmes dat ik op mijn bovenbeen droeg.

'Wie zegt dat soort dingen?' vroeg ik.

Ze schokschouderde. 'Allerlei mensen.'

Ik wachtte af. De stilte trok de woorden uit haar mond.

'Leif vertelt iedereen dat hij geen goed gevoel over je heeft. Hij zegt dat hij zijn eigen zus wel zou herkennen.' Ze frunnikte aan haar mouw om het kleurige katoen op te rollen. 'Sitiërs zijn altijd bang dat de commandant ons op een dag zal aanvallen en dat er spionnen uit het noorden informatie komen verzamelen over de manier waarop we onszelf verdedigen. Leif overdrijft nogal eens, maar zijn magie is zo sterk dat bijna iedereen gelooft dat jij een spion bent.'

'Wat denk jij?'

'Weet ik niet. Ik wou het nog even afwachten.' Ze keek omlaag naar haar blote voeten. Die waren gebruind en hadden een stevige eeltlaag.

Nog een reden waarom ik opviel tussen de Zaltana's. Ik droeg nog steeds mijn leren laarzen.

'Heel verstandig,' zei ik.

'Vind je?'

'Ja.'

Nootje glimlachte. Haar lichtbruine ogen lichtten op. Ik zag sproeten op haar kleine neus. Ze ging me verder voor naar mijn moeder.

Terwijl ik haar volgde, dacht ik na over de beschuldiging dat ik een Ixische spion was. Een spion was ik niet, maar ik kon ook niet zeggen dat ik een echte zuiderling was. En ik wilde ook beslist geen Sitiër worden genoemd. Mijn redenen om in het zuiden te zijn waren tweeledig: om te voorkomen dat ik terecht zou worden gesteld en om te leren hoe ik mijn magie kon gebruiken. Kennismaken met mijn familie was een extraatje geweest, en ik was niet van plan mijn tijd hier te laten verpesten door kleinzielige geruchten. Ik besloot de zijdelingse blikken voorlopig te negeren.

De toorn van mijn moeder liet zich echter niet negeren toen Nootje en ik bij haar woning kwamen. Elke spier in haar dunne armen en lange hals stond gespannen. Er straalden golven van onuitgesproken woede van de tengere vrouw af.

'Waar ben je geweest?' vroeg ze vinnig.

'Nou, ik ging Irys uitzwaaien, en toen...' Het leek een zwakke verklaring in het aangezicht van haar verontwaardiging, dus hield ik op.

'Veertien jaar ben je bij me weg geweest, en we hebben maar twee weken samen voordat je er alweer vandoor gaat. Denk je dan alleen maar aan jezelf?' Zonder enige waarschuwing zakte ze neer in een stoel alsof al haar energie uit haar was gevaren.

'Het spijt me,' begon ik.

'Nee, het spijt mij,' zei ze. 'Maar je praat en doet ook zo oneigen. En je vader is terug en wil je dolgraag zien. Leif maakt me helemaal horendol, en ik wil niet dat mijn dochter hier weggaat met het gevoel dat ze nog altijd een vreemde is.'

Ik sloeg mijn armen om mezelf heen en voelde me schuldig en tekortschieten. Ze vroeg veel, en ik stelde haar vast teleur.

'Je vader wilde je midden in de nacht wakker maken,' legde Perl uit. 'Ik zei hem te wachten, en nu zoekt hij al de hele ochtend de hofstede af. Uiteindelijk heb ik hem naar boven gestuurd om iets te gaan doen.' Ze spreidde haar armen. 'Neem het ons maar niet kwalijk als we te snel voor je gaan. Jouw komst was zo onverwacht, en ik had er gisteravond op willen aandringen dat je bij ons zou blijven, maar Irys waarschuwde ons ervoor om je niet te smoren.' Ze haalde diep adem. 'Maar ik ga er kapot aan. Ik wil je alleen maar in mijn armen nemen.' In plaats daarvan liet ze haar handen vallen in haar schoot, waar ze bleven liggen op de blauw-witte stof van haar mouwloze jurk.

Ik wist niets terug te zeggen. Irys had gelijk. Ik had tijd nodig voordat ik me op mijn gemak zou voelen met het hele familiegebeuren, maar ik kon ook meevoelen met mijn moeder. Elke dag miste ik Valek meer dan de dag ervoor. Het moest nog veel erger zijn om een kind kwijt te raken.

Nootje stond bij de deur aan haar staarten te trekken. Mijn moeder leek nu pas te merken dat ze er was. 'Nootje, kun jij Yelena's spullen uit de gastenverblijven ophalen en hierheen brengen?'

'Tuurlijk, tante Perl. Sneller dan een curarivleermuis een valmur kan verlammen.' In een flits van oranje was Nootje verdwenen.

'Je kunt in onze extra kamer slapen.' Mijn moeder legde een hand op haar keel. 'Jouw kamer, eigenlijk.'

Mijn kamer. Het klonk zo normaal. Ik had nog nooit een plek van mezelf gehad. Ik probeerde me voor te stellen hoe ik hem zou hebben ingericht maar ik wist niets te bedenken. Mijn leven in Ixia had niets te maken gehad met dingen zoals speelgoed, cadeautjes of tekeningen. Ik onderdrukte een blaffende lach. Mijn enige privévertrek was mijn kerkercel geweest.

Perl sprong op uit haar stoel. 'Yelena, ga toch zitten. Ik zal wat te eten halen voor ons. Je hebt geen vlees op je botten.' Terwijl ze wegliep, riep ze naar het plafond: 'Esau, Yelena is er. Kom je thee drinken?'

Alleen achtergebleven keek ik de zitkamer rond. Het rook er vaag naar appels. De bank en twee leunstoelen leken te zijn gemaakt van samengevlochten touwen, en toch voelden ze hard aan. De meubels waren heel anders dan de Zaltana-stoelen die ik elders had gezien, gemaakt van samengebonden takken en stokken.

Ik maakte het me gemakkelijk in een leunstoel. De kussens met rood bladermotief knerpten onder mijn gewicht, en ik vroeg me af waarmee ze waren gevuld. Mijn blik bleef rusten op een zwarthouten kom op een glazen tafelblad voor de bank. De kom leek met de hand gesneden. Ik probeerde me te ontspannen, wat aardig lukte tot ik tegen de achtermuur een lange toonbank zag.

Op het blad van de toonbank stond een rij vreemd gevormde flessen, aan elkaar verbonden met in lussen lopende buizen. Onder sommige vaten stonden gedoofde kaarsen. De opstelling deed me denken aan Reyads laboratorium. De herinnering aan zijn verzameling glazen potten en metalen instrumenten bracht me van mijn stuk. Visioenen van mezelf, geketend aan een bed terwijl Reyad zocht naar het perfecte martelwerktuig, deed het zweet langs mijn nek lopen en mijn hart samenknijpen. Ik hekelde mezelf om mijn overactieve verbeelding. Het was belachelijk dat soortgelijke spullen me twee jaar later nog aan het schrikken konden maken.

Ik dwong mezelf dichter bij de toonbank te komen. In een paar flessen zat een amberkleurige vloeistof. Ik pakte er een op en liet de inhoud rondwervelen. Een krachtige appelgeur bereikte mijn neus. Er zweefde een herinnering aan vrolijk schommelen door mijn hoofd. Het beeld verdween toen ik me erop concentreerde. Gefrustreerd zette ik de fles neer.

De planken achter de tafel stonden ook vol met flessen. Het leek wel een stokerij voor het maken van alcohol. Misschien was de vloeistof wel een appelbrandewijn zoals die van generaal Rasmussen van Militair District 7 in Ixia.

Ik hoorde mijn moeder terugkomen en draaide me om. Ze had

een dienblad bij zich vol stukjes fruit, bessen en thee. Nadat ze de maaltijd op het tafeltje voor de bank had gezet, gebaarde ze naar me om naast haar te komen zitten.

'Je hebt mijn distilleerderij gevonden, zie ik,' zei ze, alsof iedere Zaltana er eentje in de woonkamer had staan. 'Iets vertrouwds geroken?'

'Brandewijn?' gokte ik.

Haar schouders zakten iets in, maar haar glimlach week niet.

'Nog een keer raden.'

Ik hield mijn neus boven een van de flessen met amber en ademde in. De geur hulde me in gevoelens van troost en veiligheid. Ik werd er ook door verstikt en gesmoord. Herinneringen aan een gevoel van snel op en neer gaan mengden zich met het beeld van mezelf, liggend op mijn rug, krabbend aan mijn keel. Opeens werd ik licht in mijn hoofd.

'Yelena, ga zitten.' Met een hand om mijn elleboog bracht mijn moeder me naar een stoel. 'Je moet ook niet zo diep inademen. Het is heel geconcentreerd.' Ze hield haar hand op mijn schouder.

'Wat is het?' vroeg ik.

'Mijn appelbessenparfum.'

'Parfum?'

'Je weet het niet meer.' Deze keer was haar teleurstelling te zien in de glimlach die van haar lippen verdween. 'Die had ik altijd op toen je klein was. Het parfum waar ik het meeste van verkoop — zeer in trek bij de magiërs uit de veste. Toen je verdween, kon ik hem niet meer verdragen.' Haar hand ging weer naar haar keel alsof ze haar woorden of haar emoties trachtte tegen te houden.

Bij het woord 'magiërs' verstrakte mijn luchtpijp. In mijn hoofd speelde zich het tafereel af van mijn korte ontvoering op het vuurfestival van vorig jaar. De tenten, de duisternis en de geur van appelbessen, vermengd met de smaak van as en het beeld van Irys die vier mannen opdroeg me te wurgen.

'Gebruikt Irys jouw parfums?' vroeg ik.

'Ja, nou. Het liefste appelbessen. Gisteravond heeft ze me zelfs nog gevraagd er nog wat voor haar van te maken. Doet de geur je aan haar denken?'

'Aan onze eerste ontmoeting,' zei ik en ik liet het maar daarbij. Als Valek niet tijdig had ingegrepen, zou Irys me hebben vermoord. Het was ironisch dat mijn relaties met Irys en Valek allebei slecht waren begonnen.

'Ik heb ontdekt dat bepaalde geuren in verband staan met specifieke herinneringen. Daar heb ik met Leif nog aan gewerkt als onderdeel van zijn project bij Eerste Magiër. We hebben allerlei geuren en aroma's gemaakt die we gebruiken om misdaadslachtoffers te helpen met hun herinneringen. Die zijn erg krachtig, en daarmee kan Leif duidelijker zien wat er met hen is gebeurd.' Ze liep bij me vandaan. Nadat ze had plaatsgenomen, schepte ze fruit in drie kommen. 'Ik had gehoopt dat je herinneringen aan ons zouden terugkomen door de appelbessen.'

'Er kwam wel iets, maar...' Ik zweeg omdat ik de korte indrukken niet onder woorden kon brengen. Ik onderdrukte mijn stijgende ergernis over het feit dat ik me niets kon herinneren van de zes jaren dat ik hier had gewoond. 'Maak je veel parfums?'

'Ja, nou,' zei ze. 'Esau neemt geweldige bloemen en planten voor me mee die ik kan gebruiken. Ik vind het heerlijk om nieuwe parfums en geuren te maken.'

'En dat kan ze als geen ander,' klonk een bulderende mannenstem achter me. Ik keek om en zag een kleine, gedrongen man de kamer binnenkomen. Hij leek onmiskenbaar op Leif.

'Haar parfums zijn verkocht aan meestermagiërs en aan de koningin en prinses van Ixia toen die nog leefden,' pochte Esau. Hij greep mijn polsen en trok me overeind. 'Yelena, mijn kind, wat ben jij gegroeid.' Hij kneep me bijna fijn in een omhelzing van verscheidene tellen.

Een krachtige grondgeur trof mijn neus. Voordat ik kon reageren, liet hij me los en nam plaats met een kom fruit op schoot en een beker thee in zijn hand. Perl gaf me de andere kom toen ik weer ging zitten.

Esaus ongekamde grijze haar hing tot op zijn schouders. Terwijl hij at, zag ik dat de lijnen op zijn handen donkergroen waren.

'Esau, heb je weer zitten spelen met die bladerolie?' vroeg Perl. 'Geen wonder dat het zo lang duurde voordat je beneden kwam: je wilde het eerst gauw afwassen om niet de boel onder te smeren.'

Aan de manier waarop hij zijn hoofd boog zonder iets terug te zeggen kon ik zien dat dit al een oude kwestie was. Zwijgend staarde Esau me aan door de spleetjes van zijn ogen, zijn hoofd van links naar rechts bewegend alsof hij een besluit overwoog. Zijn gelaatskleur leek op thee zonder melk. Over zijn voorhoofd liepen diepe lijnen die uitwaaierden vanaf zijn ogen. Hij had een vriendelijk gezicht dat goed kon lachen en huilen.

'Nu wil ik een verslag van wat je al die jaren hebt gedaan,' zei Esau.

Ik onderdrukte een zucht. Er was geen ontkomen meer aan. Gewend gehoorzaam te zijn in het noorden vertelde ik hun over mijn tijd in het weeshuis van generaal Brazell in Militair District 5. Ik verbloemde de onplezierige jaren waarin ik, eenmaal volwassen, door Reyad en Mogkan was gebruikt als laboratoriumrat. Het greep mijn ouders al genoeg aan dat ze van plan waren geweest de magische krachten van hun ontvoerde slachtoffers te gebruiken om Brazell aan de macht te helpen, dus ik zag geen reden hun de brute details te vertellen over de manier waarop ze de geheugens van de zuidelijke kinderen hadden uitgevaagd.

Toen ik vertelde dat ik de voorproever van commandant Ambrosius werd, zei ik er niet bij dat ik in de kerker had gezeten om te wachten op mijn executie wegens de moord op Reyad. En nadat ik daar een jaar lang had gezeten, was me de keuze gegeven: de strop of de aanstelling als gifproever.

'Ik wed dat jij hun beste proever was,' zei mijn vader.

'Hoe kun je dat nou zeggen,' zei Perl vermanend. 'Wat als ze nou was vergiftigd?'

'Wij Lianen kunnen geweldig goed ruiken en proeven. Ze is hier, Perl, veilig en wel. Als ze niet zo goed was in het vinden van vergif, zou ze vast nooit zo lang zijn meegegaan.'

'Het was nou ook weer niet zo dat ze de hele tijd de commandant probeerden te vergiftigen,' wierp ik tegen. 'Eigenlijk maar één keer.'

Perls hand vloog naar haar hals. 'Nee maar. Dat was dan vast die huurmoordenaar die hem wilde vergiftigen. Dat weerzinwekkende creatuur.'

Ik staarde haar niet begrijpend aan.

'Je weet wel, zijn spion, Valek? Iedereen in Sitia zou maar wat graag de kop van die man op een staak zien. Hij heeft bijna de hele koninklijke familie uitgemoord. Eén neef heeft het maar overleefd. Zonder Valek zou die potentaat nooit aan de macht zijn gekomen en de goede betrekkingen tussen Sitia en Ixia hebben verwoest. En die arme kinderen in het noorden die met magie worden geboren. In hun wiegjes door Valek afgeslacht!'

Terwijl ze huiverde van afkeer staarde ik haar aan. Mijn vingers zochten de ketting om mijn hals en vonden de vlinder die Valek voor me had gemaakt. Ik kneep erin. Het leek me maar beter om haar niets te vertellen over mijn relatie met hem. En ook maar niets over het beleid van de commandant ten aanzien van Ixiërs met magische vermogens. Niet zo gruwelijk als het ombrengen van zuigelingen, maar doorgaans wel met dodelijke afloop voor de onfortuinlijke man of vrouw. Valek was niet blij met dat beleid geweest, maar bevelen van de commandant voerde hij altijd uit. Misschien lukte het Valek mettertijd nog wel de commandant het nut van magiërs in zijn staf te laten inzien.

'Valek is niet zo erg als jullie denken,' zei ik in een poging zijn reputatie wat af te zwakken. 'Hij heeft de plannen van Brazell en Mogkan mede aan het licht gebracht. Hij heeft zelfs nog geholpen hen tegen te houden.' Ik wilde er nog aan toevoegen dat hij me tweemaal het leven had gered, maar de grimas van weerzin op de gezichten van mijn ouders hield me tegen.

Poging mislukt. Hij was dé schurk van Sitia, en met woorden alleen zou er niets aan zijn status veranderen. Ik kon het mijn ouders niet kwalijk nemen. Toen ik Valek nog maar net kende, vreesde ik zijn reputatie en had ik geen flauw idee van de felle loyaliteit, het rechtvaardigheidsgevoel en de bereidheid zichzelf voor anderen op te offeren die achter die reputatie schuilgingen.

Ik dankte het lot toen Nootje binnenviel met mijn rugzak bungelend in haar handen.

Esau pakte hem van haar over. 'Bedankt, Noot,' zei hij en hij trok aan een van haar staarten.

'Graag gedaan, Ee.' Ze gaf hem een plagerige stomp in de maag en danste buiten zijn bereik toen hij haar probeerde te pakken. Naar de deur huppelend stak ze haar tong naar hem uit.

'Wacht maar, Noot, tot ik je kraak.'

Haar lach klaterde. 'Doe je best.' En weg was ze.

'Ik zal je je kamer laten zien,' zei Esau tegen mij.

Net toen ik met hem mee wilde lopen, zei Perl: 'Yelena, wacht. Wat is er gebeurd met de plannen van Brazell?'

'Verijdeld. Hij zit in de kerker van de commandant.'

'En Reyad en Mogkan?'

Ik haalde een keer adem. 'Dood.' Terwijl ik afwachtte of ze me zou vragen wie hen had gedood, vroeg ik me af of ik haar wel zou vertellen over mijn rol in de dood van hen beiden.

Ze knikte tevreden. 'Mooi.'

De woning van Esau en Perl had twee verdiepingen, en in plaats van een ladder of trap ertussen gebruikte Esau iets wat hij een hef noemde. Ik had nog nooit zoiets gezien. We stonden in een kamertje zo groot als een kast. Twee dikke touwen gingen door gaten in de vloer en het plafond. Esau trok aan een van de touwen, en de houten kamer steeg op. Ik hield een hand tegen de muur, maar de beweging verliep gladjes. Uiteindelijk kwamen we uit op de bovenverdieping.

Esau stak zijn hoofd weer in de hef toen ik er niet meteen uit kwam. 'Vind je ervan?' vroeg hij.

'Geweldig.'

'Eigen ontwerp, met katrollen als geheim,' legde hij uit. 'Je vindt er niet veel in de Zaltana-hofstede. De rest heeft het niet zo op veranderingen, maar ik heb er al flink wat verkocht op de markt.'

'Verkoopt Perl haar parfums ook op de markt?' vroeg ik terwijl ik op de overloop stapte.

'Jep. De meeste Zaltana's verkopen of ruilen goederen op de Illiais-markt. Die is het hele jaar open. Mijn uitvindingen en Perls parfums vormen een ruime inkomstenbron.' Pratend ging Esau me voor door de gang. 'Als er genoeg dingen zijn gemaakt of er een speciale bestelling wordt verwacht, vertrekken we in een groep naar de markt. We zijn niet de enigen die daar verkopen, dus als we iets nodig hebben, gaan we er ook heen om te kopen. Helaas kun je niet alles in het oerwoud vinden wat je nodig hebt. Zoals je moeders glazen flessen en de ijzerwaren voor mijn stoelen.'

'Zijn die touwmeubelen ook een ontwerp van jou?'

'Jep. Alleen zijn het geen touwen. Het zijn lianen.' Toen mijn gezicht niet opklaarde van herkenning verduidelijkte hij: 'Ranken uit het oerwoud.'

'O.'

'Lianen zijn altijd lastig. Daarom is het misschien ook onze familienaam.' Esau grijnsde. 'Ze groeien overal, en ze kunnen bomen omvertrekken. We moeten ze steeds snoeien of wegkappen. Op een dag nam ik er een stel mee naar huis in plaats van ze te verbranden, om te zien of ik er iets mee kon.' Esau trok een katoenen gordijn opzij voor een ingang aan de rechterzijde van de gang. Hij beduidde me voor hem uit een kamer in te gaan.

'Gedroogd zijn de ranken ontzettend sterk, maar ze blijven plooibaar, zodat je er van alles van kunt vlechten.'

Eerst dacht ik dat we in een opslagkamer stonden. Er hing een wat muffe lucht, en de muren hingen vol planken met daarop glazen flessen in de meest uiteenlopende vormen. In de flessen zaten stoffen in allerlei kleuren. Pas toen ik mijn blik van de bonte verzameling losmaakte, zag ik een klein bed van lianen en een houten commode.

Esau boog zijn hoofd. Hij haalde een hand vol groene vlekken door zijn haar. 'Neem me niet kwalijk. Ik gebruik deze kamer om mijn monsters op te slaan. Maar ik heb het bed en het bureau vanochtend schoongemaakt.' Hij wees naar een rozenhouten bureau in een hoek-je.

'Maakt niet uit,' zei ik om mijn teleurstelling te verbergen. Ik had gehoopt dat deze kamer me iets zou helpen herinneren, wat dan ook uit mijn leven van voor Brazells weeshuis.

Ik legde mijn rugzak op het bed. 'Zijn er nog meer kamers hierboven?'

'Onze slaapkamer en mijn werkkamer. Kom maar even kijken.'

We liepen verder door de gang. Links hing nog een gordijn voor een deuropening die leidde naar een grote slaapkamer. Hier stond een groot bed met een sprei vol purperen bloemen en twee nachtkastjes. De planken stonden vol boeken in plaats van flessen.

Esau wees naar het plafond, dat was gemaakt van leren huiden, gespannen over takken. 'Die heb ik met olie bewerkt zodat de regen erafloopt,' legde hij uit. 'Er druipt hier geen water binnen, maar het wordt wel warm.'

In het midden van het plafond hing een groot bloemvormig ding van houten planken. Rondom de voet zaten touwen gewikkeld die over het plafond en langs de muren omlaagliepen. 'Wat is dat?' vroeg ik.

Hij glimlachte. 'Nog een uitvinding. Ook met katrollen. Een stel gewichten laat de bloem draaien, zodat het hier koeler wordt.'

We gingen de gang weer op. Tegenover Esaus slaapkamer was nog een slaapkamer. Daarin stonden een keurig eenpersoons bed, een toilettafel en een nachtkastje. Nergens waren versieringen, uitvindingen of andere sporen van de bezitter te zien.

'Leif woont het grootste deel van het jaar in de Magiërsveste,' zei Esau.

We volgden de gang, die uitkwam in een grote ruimte. Grijnzend keek ik rond. Esaus werkkamer stond volgestouwd met planten, bakken, stapels bladeren en gereedschap. Planken kreunden onder het gewicht van vele potten vol vreemde voorwerpen en verscheidene vloeistoffen. Het leek me onmogelijk om door de kamer te lopen zonder je schenen te stoten. De rommel deed me denken aan Valeks kantoor en appartement. In plaats van de boeken, papieren en stenen die Valek overal had opgestapeld, had Esau het oerwoud bij hem in laten trekken.

Ik bleef een ogenblik staan in de deuropening.

'Kom binnen, kom binnen.' Hij liep langs me heen. 'Ik wil je iets laten zien.'

De tijd nemend stapte ik omzichtig naar hem toe. 'Wat doe je hier voor werk?'

'Van alles en nog wat,' zei hij, zoekend in een stapel papieren op een tafel. 'Ik verzamel graag monsters uit het oerwoud om te zien wat ik ermee kan doen. Zo heb ik wat medicijnen ontdekt. Wat eetbare dingen. Bloemen voor je moeder. Aha!' Hij hield een wit opschrijfboek omhoog. 'Hier.'

Ik nam het boek aan, maar mijn aandacht was bij de kamer waarin ik zocht naar iets vertrouwds. De woorden 'mijn moeder' hadden het gevoel van twijfel weer opgeroepen dat me al plaagde sinds mijn komst in de Zaltana-hofstede. Uiteindelijk stelde ik Esau dezelfde vraag die ik Perl had gesteld. 'Hoe weet je nou dat ik je dochter ben? Je twijfelt niet eens.'

Esau glimlachte. 'Kijk maar in dat boek.'

Ik sloeg het open. Op de eerste bladzijde stond een houtskooltekening van een baby.

'Blader maar door.'

Op de volgende pagina stond een tekening van een klein kind. Terwijl ik bleef omslaan, groeide het meisje van een kind naar een jonge vrouw die ik herkende. Ik. Een harde knoop maakte zich meester van mijn keel en de tranen dreigden uit mijn ogen te stromen. Mijn vader had ook van me gehouden toen ik weg was, en ik kon me niet eens iets herinneren van mijn tijd hier. De afbeeldingen lieten me mijn jeugd zien zoals die zou moeten zijn geweest, hier bij Esau en Perl.

'Het is heel leuk om snel door het boek te bladeren. Om jezelf twintig jaar te zien worden in een paar tellen.' Esau nam het schetsboek uit mijn handen en hield het open. 'Zie je? Zo weet ik dat jij van mij bent. Elk jaar na je geboorte heb ik een tekening van je gemaakt, ook nadat je was verdwenen.' Hij sloeg de laatste bladzijde open en bekeek het portret erop. 'Ik zat er niet eens zo ver naast. Hij klopt niet helemaal, maar nu ik je heb gezien, kan ik wat verbeteringen aanbrengen.'

Hij tikte met het boek tegen zijn borst. 'Toen je pas was verdwenen, nam je moeder dit boek overal mee naartoe en keek ze de hele dag naar de tekeningen. Uiteindelijk hield ze ermee op, maar een paar jaar later zag ze me nog een tekening maken en vroeg ze me het boek weg te gooien.' Esau gaf het boek aan mij. 'Ik zei dat ze er nooit meer naar hoefde te kijken. Voor zover ik weet, heeft ze het ook nooit meer gezien. Dus laten we dit voorlopig maar even tussen ons houden. Oké?'

'Tuurlijk.' Ik gaf elke bladzijde mijn volledige aandacht. 'Dit is schitterend.'

Alle twijfels over mijn afkomst verdwenen toen ik lette op de details die mijn vader in deze tekeningen had gestopt. Op dat ogenblik wist ik zeker dat ik tot de stam Zaltana behoorde. Er stroomde een golf van opluchting door me heen. Ik zwoer beter mijn best te doen om een band te creëren met mijn ouders. Leif was echter een ander verhaal.

'Laat je tekenboek ook maar eens zien aan Leif,' zei ik en ik gaf het boek terug aan Esau. 'Misschien dat hij dan gelooft dat ik zijn zus ben.'

'Maak je over Leif maar geen zorgen. Die heeft daar geen tekening voor nodig. Hij weet heus wel wie je bent. Hij is alleen wat uit evenwicht door de schok van jouw komst. Hij heeft het erg moeilijk gehad met je verdwijning.'

'O ja. Had ik niet aan gedacht. Ik heb het ook zo makkelijk gehad in het noorden.'

Esau trok een grimas, en ik had spijt van mijn sarcasme.

'Leif was bij je, de dag dat je bij ons bent weggenomen,' zei hij zacht. 'Je had hem gesmeekt om mee te gaan spelen in het oerwoud. Hij was acht, en dat klinkt misschien jong, maar zodra ze kunnen lopen, leren Zaltana-kinderen hoe ze zich in het oerwoud in leven kunnen houden. Nootje klom al in bomen toen ze nog geen stap kon lopen. Mijn zus werd er gek van.'

Esau nam plaats in een van zijn rankstoelen, en als een laag stof leek zijn vermoeidheid op hem neer te dalen. 'Toen Leif zonder jou thuiskwam, maakten we ons nauwelijks zorgen. Een verdwaald kind werd altijd wel binnen een uur of twee teruggevonden. Zo groot is het Illiais-oerwoud immers niet. Overdag zijn de roofdieren niet zo actief, en 's nachts hebben we een paar trucjes om ze buiten onze hofstede te houden. Maar de paniek begon toch te groeien naarmate de dag vorderde en we je nog steeds niet hadden opgespoord. Je was zo spoorloos verdwenen dat iedereen dacht dat je was gevangen door een halsbandslang of een boompanter.'

'Halsbandslang?'

Hij grijnsde, en er fonkelde iets van bewondering in zijn ogen. 'Een groen-met-bruin roofdier dat in de bomen leeft. Hij kan wel vijftien meter lang worden en hangt vaak in lussen aan de boomtakken om op te gaan in het oerwoud. Als zijn prooi vlakbij komt, wikkelt hij zich rond de hals van zijn slachtoffer en knijpt.' Esau gaf een demonstratie met zijn handen. 'Vervolgens slikt hij het lichaam helemaal in en kan hij weken teren op het karkas.'

'Niet erg prettig.'

'Nee, en je kunt pas kijken wat er in de slang zit als je hem hebt doodgemaakt. Maar hun huid is te dik voor pijlen, en het is zelfmoord om er te dicht bij in de buurt te komen. Hetzelfde met de boompanter. Dat beest sleept zijn buit mee naar zijn hol, waar je ook niet kunt komen. Uiteindelijk dacht alleen Leif nog maar dat je nog leefde. Hij meende dat je je ergens had verstopt om een spelletje te spelen. Terwijl wij treurden, ging Leif dag in, dag uit het oerwoud in om je te zoeken.'

'Wanneer hield hij daar dan mee op?' vroeg ik.

'Gisteren.'

4

GEEN WONDER DAT LEIF ZO KWAAD WAS. VEERTIEN JAAR ZOEKEN, en ik had niet eens het fatsoen gehad om me te laten vinden. Hij was de enige die had geloofd dat ik nog leefde. Ik betreurde elke wrange gedachte die ik over hem had gekoesterd. Tot hij zich liet zien bij de deur van Esaus werkkamer.

'Vader,' zei Leif zonder enige aandacht voor mij. 'Zeg dat meisje dat ik over twee uur vertrek, als ze nog naar de citadel wil.'

'Nu al?' vroeg Esau. 'Je hoeft daar pas over twee weken te zijn!'

'Bavol heeft bericht gekregen van Eerste Magiër. Er is iets gebeurd. Ik moet er meteen naartoe.' Leifs borst leek te zwellen van zijn eigen gevoel van belangrijkheid.

Ik onderdrukte de neiging hem een por in zijn zonnevlecht te geven om er een stukje van zijn ego uit te slaan.

Toen Leif zich met een ruk omdraaide en vertrok, vroeg ik Esau: 'Gaat er verder nog iemand naar de citadel in de komende weken?'

Hij schudde zijn hoofd. 'Het is een heel eind. Vele dagen lopen. En de meeste Zaltana's zijn liever in het oerwoud.'

'En Bavol Cacao dan? Die is toch ons raadslid in de citadel? Moet hij daar niet heen?' Irys had me uitgelegd dat de Raad bestond uit de vier meestermagiërs plus een vertegenwoordiger van elk van de elf stammen. Samen regeerden ze over de zuidelijke landen.

'Nee. De Raad gaat tijdens het hete seizoen uiteen.'

'O.' Het was nauwelijks te geloven dat het hete seizoen hier nog maar net was begonnen. Afkomstig uit Ixia tijdens het koude seizoen vond ik het overal in de zuidelijke landen nu al bloedheet.

'Kun je me dan niet uitleggen hoe ik moet lopen?' vroeg ik.

'Yelena, het is veiliger om met Leif mee te gaan. Kom, dan gaan we pakken. Twee uur is niet...' Esau zweeg en wierp me een blik toe. 'Is die rugzak alles wat je hebt?'

'En mijn boog.'

'Dan moet je nog wat spulletjes hebben.' Esau begon te zoeken in zijn kamer.

'Ik heb geen...' Ik werd onderbroken doordat hij me een boek in de handen drukte. Het was wit als zijn schetsboek, maar hierin stonden tekeningen van planten en bomen met beschrijvingen eronder.

'Wat is dit?' vroeg ik.

'Een veldgids. Ik was van plan geweest je opnieuw te leren hoe je jezelf in het oerwoud in leven kunt houden, maar dit moet voorlopig maar even genoeg zijn.'

Ik vond een bladzijde met een illustratie van een ovaalvormig blad. Onder de tekening legde het bijschrift uit dat je het blad van de tilipi in water kon koken voor een drankje dat hielp tegen koorts.

Vervolgens gaf Esau me een aantal kleine kommen en wat bizar uitziende werktuigen. 'Zonder goed gereedschap heb je niet veel aan die gids. Laten we nu maar je moeder gaan zoeken.' Hij bleef even staan en slaakte een zucht. 'Ze zal er niet blij mee zijn.'

Daar had hij gelijk in. We vonden haar aan het werk in haar distilleerderij, ruziënd met Leif.

'Kan ik er wat aan doen?' vroeg Leif. 'Als je zo graag wilt dat ze blijft, dan breng jij haar toch naar de citadel? O, maar wacht... jíj hebt je poezelige voetjes in veertien jaar niet meer op de bodem van het oerwoud gezet.'

Met een ruk draaide Perl zich om naar Leif, met in haar hand een flesje parfum, klaar om te gooien. Hij deed een stap achteruit. Toen ze Esau en mij in de deuropening zag staan, ging ze verder met het vullen van het flesje.

'Zeg dat meisje dat ik over twee uur onder aan de ladder van Palm sta,' zei Leif tegen Esau. 'Als ze er dan niet is, ga ik zonder haar.'

Toen Leif de kamer verliet, werd de stilte steeds zwaarder.

'Je moet wat te eten hebben,' zei mij vader en hij trok zich terug in de keuken.

Met rinkelende flessen kwam mijn moeder naar me toe. 'Hier,' zei ze. 'Twee flessen appelbessen voor Irys, en een flesje lavendel voor jou.'

'Lavendel?'

'Daar was je dol op toen je vijf was, dus heb ik een gokje gewaagd. We kunnen later nog wel experimenteren om te kijken of je iets anders lekkerder vindt.'

Ik trok de stop eraf en rook. Opnieuw geen herinneringen van toen ik vijf was, maar de geur deed me wel denken aan de keer dat ik me in Valeks kantoor onder een tafel had verstopt. Ik was toen op zoek geweest naar het recept van het tegengif voor Vlinderstof, het zogenaamde gif in mijn lijf waarmee Valek me had belet te ontsnappen. In de overtuiging dat ik een dagelijkse dosis van het tegengif moest hebben om niet dood te gaan, was ik naar het middel op zoek gegaan. Valek was eerder teruggekomen en had me ontdekt doordat ik zeep met lavendelgeur had gebruikt.

Ik vond het nog steeds een lekkere geur. 'Dit is perfect,' zei ik tegen Perl. 'Bedankt.'

Onverwachts vlamde er angst op in Perls ogen. Ze perste haar lippen op elkaar en sloeg haar handen ineen. Na een keer diep ademhalen verklaarde ze: 'Ik ga met je mee. Esau, waar is mijn rugzak?' vroeg ze hem toen hij terugkwam met zijn armen vol etenswaren.

'Boven, in onze kamer,' zei hij.

Ze stoof langs hem heen. Als haar plotselinge besluit hem verbaasde, was dat niet te zien op zijn gezicht. Ik deed het brood en fruit dat hij had meegebracht in mijn rugzak en wikkelde de parfumflesjes in mijn mantel. Op de reis naar het zuiden was het te warm geweest om mijn mantel aan te trekken, maar ik had er wel lekker zacht op gelegen als we halt hielden voor de nacht.

'Het eten blijft maar een tijdje goed, en je hebt vast meer kleren nodig voor als je in de citadel bent,' zei Esau. 'Heb je geld?'

Ik zocht in mijn rugzak. Geld voor eten en kleren kwam me nog steeds vreemd voor. In het noorden was er in al onze basisbehoeften voorzien. Ik haalde de zak met Ixische gouden munten tevoorschijn die ik van Valek had gekregen voordat we vertrokken.

'Zijn deze goed?' vroeg ik terwijl ik er een aan Esau liet zien.

'Doe weg.' Hij sloot mijn hand om de munt. 'Laat niemand zien dat je die hebt. In de citadel vraag je Irys ze te ruilen voor Sitisch geld.'

'Waarom?'

'Anders kun je worden aangezien voor een noorderling.'

'Maar ik ben...'

'Dat ben je niet. De meeste zuiderlingen wantrouwen mensen uit Ixia, ook de politieke vluchtelingen. Jij bent een Zaltana. Vergeet dat nooit.'

Een Zaltana. Ik herhaalde de naam een paar keer in gedachten terwijl ik me afvroeg of ik vanzelf een Zaltana zou worden door de naam uit te spreken. Ergens wist ik dat het niet zo gemakkelijk zou gaan.

Esau liep naar een bureau en rommelde wat in de laden. Onderwijl borg ik Valeks geld op. Met mijn vaders voorraden en voedsel erbij puilde mijn rugzak uit. Ik deed een poging de inhoud anders in te delen. Had ik mijn touw met enterhaak eigenlijk wel nodig? Of mijn noordelijke uniform? Ik hoopte dat ik geen reden zou krijgen om ze te gebruiken, maar ik kon er nu nog geen afscheid van nemen.

Er rinkelde metaal. Esau kwam terug met een handvol zilveren munten. 'Meer kon ik niet vinden, maar het moet genoeg zijn tot je in de citadel bent. Ga nu boven afscheid nemen van je moeder. Het wordt al laat.'

'Gaat ze dan niet met ons mee?'

'Nee. Ze is op het bed gaan liggen.' Hij zei het met een mengeling van berusting en acceptatie.

Nadenkend over zijn woorden hees ik de hef op. Ik vond haar opgerold op haar zij, boven op de sprei in haar slaapkamer. Perls lichaam schokte terwijl de tranen in haar kussen liepen.

'De volgende keer,' snikte ze. 'De volgende keer ga ik met Leif mee naar de citadel. De volgende keer.'

'Dat zou ik heel fijn vinden,' zei ik. Terugdenkend aan Leifs opmerking dat ze al zo lang de hofstede niet uit was geweest, vervolgde ik: 'Zo gauw ik kan, kom ik je hier opzoeken.'

'De volgende keer. Dan doe ik het, de volgende keer.'

Nu ze had besloten de reis naar de Magiërsveste uit te stellen kalmeerde Perl. Uiteindelijk kwam ze uit haar verkrampte houding en stond op om haar jurk glad te strijken en de tranen van haar wangen te vegen. 'De volgende keer blijf je langer bij ons.'

Het klonk als een bevel. 'Ja, Per... Moeder.'

De plooien van bezorgdheid verdwenen uit haar gezicht, waardoor haar schoonheid aan het licht kwam. Ze drukte me stevig tegen zich aan en fluisterde: 'Ik wil je niet nog eens kwijtraken. Pas heel erg goed op jezelf.'

'Zal ik doen.' Ik meende het. Sommige hardhandig aangeleerde gewoonten leerde je nooit meer af.

Er waren maar een paar uitgangen naar de bodem van het oerwoud. Elke uitgang was vernoemd naar de familie die vlakbij woonde. Ik kwam bij de kamer met de ladder van Palm. Net toen ik een voet op de bovenste sport zette, hoorde ik Nootjes stem. Ik had al afscheid genomen van mijn ouders en Bavol Cacao, maar Nootje had ik nergens kunnen vinden.

'Yelena, wacht even,' zei Nootje.

Ik bleef staan en keek net op tijd op om haar door de deur te zien zwaaien. In een vuist klemde ze een hoeveelheid kleurrijke stof.

'Deze heb ik,' ze zweeg even om op adem te komen, 'voor jou gemaakt.'

De lichtgele rok, ingetogen naar Zaltana-maatstaven, zat vol boterbloemprentjes, en het hemd was effen koraalrood. Argwanend bekeek ik de rok. Nootje schoot in de lach.

'Kijk,' zei ze en ze sloeg de rok open. 'Zie je? Het lijkt een rok, maar het is eigenlijk een broek. In die lange zwarte broek krijg je het veel te heet als je over de vlakte loopt.' Ze hield me de tailleband voor om de lengte te bepalen. 'En hierin val je ook niet zo op.'

'Slimme meid,' zei ik glimlachend.

'Is ie mooi?'

'Hij is mooi.'

Ze leek zeer ingenomen met zichzelf. 'Wist ik.'

'Kun je er nog een paar voor me maken? Misschien kun je ze meegeven aan Bavol als hij komt.'

'Tuurlijk.'

Ik deed mijn rugzak af om te zoeken naar geld. 'Wat kost het?'

Nootje schudde haar hoofd. 'Koop maar wat stof bij de kraam van Varen als je op de Illiaismarkt bent. Laat het haar maar opsturen. Voor elk paar kleren heb ik drie meter nodig. Ik maak er zo veel als je wilt.'

'En jouw werkloon dan?'

Haar staarten vlogen heen en weer toen ze haar hoofd weer schudde. 'Zaltana's brengen familie niets in rekening. Hoewel...' Haar bruine ogen twinkelden. 'Als iemand je vraagt wie je kleren heeft ontworpen, noem dan gerust mijn naam.'

'Doe ik. Bedankt.' Ik vouwde mijn nieuwe kleren op en stopte ze in mijn rugzak. Toen omhelsde Nootje me ten afscheid.

De warmte van haar lichaam bleef bij me terwijl ik van de ladder klom. Dat duurde tot die werd verjaagd door de eerste koude sneer van Leif.

Hij stond beneden op me te wachten. Leif had zich omgekleed in reiskleding die bestond uit een geelbruine katoenen tuniek, een donkerbruine broek en laarzen. Op zijn rug droeg hij een grote leren rugzak, en aan zijn brede riem hing een machete.

'Wie me niet bij kan houden, blijft maar achter,' zei hij tegen de lucht boven mijn hoofd. Daarop keerde hij me zijn brede rug toe en zette er flink de pas in.

Het zou niet lang duren voordat ik het zat was tegen zijn rug aan te kijken, maar voorlopig was het tempo dat hij bepaalde een welkome gelegenheid om mijn benen te strekken.

Zonder verder een woord te wisselen volgden we een smal pad door het oerwoud. Al gauw was mijn hemd drijfnat van het zweet en liep ik telkens omhoog te kijken of er geen halsbandslangen waren. Esau had het ook over boompanters gehad. Zodra ik tijd had, zou ik in Esaus veldgids een afbeelding van deze roofdieren opzoeken.

In het groene bladerdek zongen en floten allerlei vogels en schreeuwden allerlei dieren. Ik wilde weten hoe al die beesten heetten, maar Leif zou mijn vragen vast negeren.

Eenmaal bleef hij staan en haalde zijn machete van zijn riem. Zonder erbij na te denken greep ik mijn boog. Na een keer honend te hebben gesnoven hakte hij een kleine zaailing om.

'Wurgvijg,' blies hij over zijn schouder.

Ik zei niets terug. Moest ik me soms vereerd voelen omdat hij het zich eindelijk verwaardigde tot mij te spreken?

Leif wachtte niet op antwoord. 'Een parasiet. De wurgvijg gebruikt een andere boom om bij het zonlicht te komen. Als hij eenmaal daar is aangekomen, wordt hij groter, en uiteindelijk wurgt hij zijn gastheer.' Hij trok de takken van de vijg los van de boom. 'Maar je weet zelf natuurlijk precies hoe zoiets gaat.' Hij smeet de plant op de grond en marcheerde verder.

Geen les over het oerwoudleven maar een steek naar mij. Ik overwoog hem te laten struikelen met mijn boog. Dat zou pas laag en kleinzielig zijn. Verleidelijk, maar ik haakte mijn staf toch maar in zijn houder aan mijn rugzak.

We arriveerden op de Illiaismarkt toen de zon net onder begon te gaan. De bijeen staande bamboegebouwtjes hadden rieten daken en bamboeschermen als muren. Enkele van die 'muren' waren opgehaald om waren uit te stallen en de zachte bries binnen te laten.

Leif en ik hadden het pad heuvelafwaarts gevolgd, en dat kwam uit bij de markt, die werd gehouden op een open plaats aan de rand van het oerwoud. De mammoetbomen van het tropische woud bepaalden het landschap niet langer. Achter de open plek zag ik bossen die leken op het Slangenwoud in Ixia.

'We kamperen vannacht hier en vertrekken zodra het licht wordt,' zei Leif voordat hij naar een van de kramen ging.

Ik had verwacht dat de markt zou sluiten als de zon onderging. In plaats daarvan werd er een enorm aantal fakkels aangestoken en gingen de zaken onverminderd voort. Er werd stevig gepingeld in de drukte van de pakweg honderd klanten die stonden te praten, naar kinderen riepen en zich van kraam naar kraam repten, beladen met pakjes.

Sommige kopers droegen de vertrouwde kleding van de Zaltana's, maar ik zag ook een aantal in groene maillots en tunieken, de kledij van de in het woud wonende Cowanstam. Na ons vertrek uit Ixia had Irys me geleerd hoe ik de verscheidene stammen kon herkennen aan hun kleren.

Ik zag ook enkele vrouwen in de traditionele glimmende zijden broeken, korte, met kralen bestikte tops en doorschijnende sluiers van de Juweelroosstam. Zelfs de mannen van de Juweelroos droegen kralen en juwelen op hun lange tunieken, die hingen tot op de knieën van hun broeken. Toen Irys me de gewoonten van haar stam had uitgelegd, kon ik me haar niet anders voorstellen dan in het eenvoudige linnen hemd, de broek en de brede riem die ze altijd aanhad.

Dwalend over de markt verbaasde ik me over de verscheidenheid aan koopwaren. Praktische zaken zoals eten en kleding stonden zij aan zij met sieraden en kunstvoorwerpen. De dennenharsgeur van de fakkels was vrij overheersend, maar het duurde niet lang of ik rook geroosterd vlees. Ik volgde het smakelijke aroma naar een vuurkuil. Daar stond een lange man bezweet het vlees te draaien dat siste in de vlammen. Zijn witte schort zal vol roetstrepen. Bij hem kocht ik wat warm rundvlees om meteen op te eten en wat gerookte repen voor later.

De starende blikken van de andere kopers zo veel mogelijk negerend zocht ik de markt af naar de kraam van Varen en zwoer me te verkleden in Nootjes kleren zodra ik me ergens kon afzonderen. Al gauw werd mijn aandacht getrokken door een tafel vol rollen weefsels. Terwijl ik de opdrukken bekeek, verscheen er van achter de collectie een donker vrouwtje met grote ogen.

'Kan ik je helpen?' vroeg ze.

'Ben jij Varen?'

Haar ogen werden groot van schrik en ze knikte.

'Ik kom van Nootje Zaltana. Heb je ook effen kleuren?'

Vanonder de tafel haalde Varen rollen effen stof en legde ze erbovenop. Samen pasten we kleuren en opdrukmotieven voor drie setjes.

'Wil je deze Illiaisopdruk echt niet?' Varen hield een schreeuwend roze en geel bloempatroon omhoog. 'Effen kleuren worden meestal gedragen door de mannen Zaltana. Deze opdruk is erg in bij de meisjes.'

Ik schudde mijn hoofd. Net toen ik haar wilde betalen voor de stof viel mijn oog op een materiaal in de kleuren van het woud. 'Hier ook wat van,' zei ik, wijzend op het groenmotief. Toen we hadden afgerekend, vroeg ik haar de stoffen op te sturen naar Nootje, maar voor de woudopdruk vond ik nog plaats in mijn rugzak.

'Van wie zal ik zeggen dat het komt?' vroeg Varen, met haar schrijfveer in de aanslag boven het perkament.

'Haar nicht Yelena.'

De veer bleef stil in de lucht hangen. 'Nee maar,' zei ze. 'Het verloren kind van Zaltana?'

Ik schonk haar een vermoeide halve glimlach. 'Niet verloren en ook geen kind meer.'

Slenterend langs andere kramen kwam ik aan bij een tafel met beeldjes van dieren uit het oerwoud. Ze waren gemaakt van kleine, aan elkaar gelijmde steentjes in allerlei kleuren. Ik koos een zwart-wit valmurbeeldje en kocht het voor Valek. Nog niet wetend hoe ik het hem zou sturen, wikkelde ik het geschenk in mijn nieuwe groene stof.

Achter de markt vlamden kampvuren op. De handel zakte in, en veel kraamhouders lieten de bamboeschermen zakken om hun kramen te sluiten. De klanten vertrokken of naar het omringende woud of naar een van de kampen. Bij een van de vuren zag ik Leif. Met een kom op schoot zat hij te praten met drie jongemannen van Zaltana. In de zinderende lucht boven het vuur zag ik hem lachen. Zijn hele gezicht veranderde op dat moment. Fronsrimpels verdwenen. Zijn wangen kwamen hoger, wat zijn gezicht minder ernstig maakte en zijn vierkante kin verzachtte. Hij zag er tien jaar jonger uit.

Pas toen ik eraan dacht dat Esau had gezegd dat Leif acht was toen ik werd ontvoerd, besefte ik dat mijn broer maar twee jaar ouder was dan ik. Hij was tweeëntwintig in plaats van de door mij geschatte dertig.

Zonder erbij na te denken liep ik naar hem toe. In een oogwenk was de vrolijkheid van zijn gezicht gevaagd. Hij keek zo vuil dat ik als versteend bleef staan. Waar moest ik slapen vannacht?

Er tikte iemand op mijn schouder. Met een ruk draaide ik me om.

'Je mag best bij mijn vuurtje komen zitten,' zei Varen. Ze wees naar een lekkere fik achter haar kraam.

'Zeker weten? Misschien ben ik wel een spion uit Ixia.' Het was bedoeld als een grapje, maar de woorden kwamen er feller uit dan ik had gewild.

'Zeg dan maar tegen die commandant van je dat ik de beste stoffen maak van alle stammen. En als hij een nieuw uniform van mijn beroemde Illiaisopdruk wil, stuurt hij me maar een bestelling.'

Ik moest lachen bij het beeld van de onberispelijke commandant Ambrosius, getooid in opzichtige knalroze en gele bloemen.

Toen de eerste stralen zonlicht de strodaken van de markt raakten, stond ik te wachten tot Leif klaar was om onze reis voort te zetten. Varen was een vriendelijke gastvrouw geweest en had me getrakteerd op een maaltijd en me laten zien waar ik me op mijn gemak kon omkleden. Het bleek dat Nootje haar beste klant was en alle Zaltana's van kleren voorzag.

Heen en weer schuifelend in de warme ochtendlucht probeerde ik te wennen aan de extra stof rond mijn benen. De zoom hing net over de bovenkant van mijn zachtleren laarzen. Varen had me ervan verzekerd dat ik, eenmaal in de citadel, niet meer zou opvallen met mijn laarzen. Alleen de stammen uit het oerwoud en de bossen hadden liever modder tussen hun tenen.

Eindelijk kwam Leif opdagen. Zonder te reageren op mijn aanwezigheid vertrok hij langs een bospad. Na een paar uur was ik het zat om zwijgend achter hem aan te lopen. Ik trok mijn boog en begon wat blokkades en stoten te oefenen tijdens het lopen. Ik concentreerde me op het gevoel van het hout in mijn handen en bracht mijn geest in die mentale staat waarvan Irys had beweerd dat het mijn manier was om de magische machtbron aan te spreken.

Om mijn beheersing van de magie te oefenen liet ik mijn bewustzijn uitgaan. Eerst botste ik tegen een koude stenen muur. Verbaasd trok ik me terug tot ik besefte dat de barrière Leifs geest was, gesloten en onverzettelijk. Ik had het kunnen weten.

Hem omzeilend doorzocht ik het kalme woud rondom ons. Ik kroop samen met een grondeekhoorn, op zoek naar noten. Ik versteende samen met een reekalf bij het horen van voetstappen. Op mijn weg naar buiten vond mijn geest verscheidene dieren. Steeds verder weg projecteerde ik mijn bewustzijn om te zien hoe ver ik kon gaan.

Achter me voelde ik nog steeds de mensen op de markt, een kilometer of vier weg. Opgewonden ging ik verder om te zien of er een dorp in de buurt was. Eerst vond ik alleen meer dieren, maar net toen ik me terug wilde trekken, trof mijn geest een man.

De ethische code indachtig scheerde ik slechts oppervlakkig langs zijn gedachten. Het was een jager, hij wachtte op zijn prooi, en hij was niet alleen. Rondom hem waren nog veel meer mannen. Vlak langs het spoor zaten ze in de struiken. Een van hen zat op een paard, met zijn wapen in de aanslag. Ik vroeg me af waar ze op joegen. Uit nieuwsgierigheid dook ik iets dieper in de gedachten van de man. Er verscheen een beeld van zijn prooi, en met een ruk belandde ik terug in mijn lichaam.

Ik bleef staan.

Ik moet van schrik geluid hebben gemaakt, want Leif draaide zich om en staarde me aan.

'Wat doe je?' vroeg hij nors.

'Het bos. Mannen.'

'Natuurlijk,' zei hij alsof ik niet goed bij mijn hoofd was. 'Het zit hier vol wild.'

'Niet op jacht. In een hinderlaag. Ze wachten ons op.'

5

'In een hinderlaag?' zei Leif. 'Doe even normaal.' Verbazing kleurde zijn stem. 'Je bent niet in Ixia.'

'Wat moet een groep jagers zo dicht bij het pad in de struiken?' vroeg ik zonder op zijn toon te letten, in de hoop dat logica de overhand zou krijgen.

'De woudsporen worden gebruikt door dieren. Dat is makkelijker dan ploeteren door het kreupelhout.' Leif begon weg te lopen. 'Kom op.'

'Nee. Zo lopen we in de val.'

'Goed. Dan ga ik wel zonder je.'

Toen hij me zijn rug weer toekeerde, werd ik gegrepen door razernij. 'Denk je soms dat ik lieg?' De woorden kwamen grommend tussen mijn tanden vandaan.

'Nee. Ik denk dat je niets en niemand vertrouwt, net als een noorderling.' Hij vertrok zijn mond alsof hij wilde gaan spugen.

'Jij denkt dat ik een spion ben,' beet ik hem toe uit frustratie. 'Ik zal mijn verweer laten zakken. Laat je gedachten maar uitgaan, dan kun je zelf zien dat ik niet in Sitia ben om te spioneren.'

'Ik kan geen gedachten lezen. Dat kan namelijk geen enkele Zaltana.'

Ik negeerde de steek. 'Maar je kunt toch wel voelen wie ik ben?'

'Lichamelijk ben je een Zaltana. Maar dat Irys beweert dat je Mogkans pogingen om je geest uit te wissen hebt overleefd, wil nog niet zeggen dat dat zo is.' Leif wees naar me met een beschuldigende vinger. 'Jij kunt best een pion zijn, een leeg vat voor een noordelijke gastheer. Wat is er nou beter dan een paar ogen en oren in het zuiden?'

'Belachelijk.'

'Nee, dat is het niet,' zei Leif met een stille intensiteit. 'Je hebt jezelf ontmaskerd.' Toen werden zijn ogen dof en leeg, alsof hij in een andere wereld staarde. 'Ik voel een sterke loyaliteit en een sterk verlangen naar Ixia van je uitgaan. Je stinkt naar bloed en pijn en dood. Woede en passie en vuur gonzen om je heen als een nevel.'

Hij richtte zijn blik weer op mij. 'Mijn zus zou genieten van haar vrijheid en niets dan haat voelen voor degenen die haar gevangennamen. Je bent in het noorden je ziel kwijtgeraakt. Jij bent mijn zus niet. Het was beter geweest als je was doodgegaan in plaats van besmet terug te komen.'

Ik haalde diep adem om de plotselinge woede te kalmeren die bezit van me dreigde te nemen. 'Word wakker, Leif! Wat jij hoopte te vinden in het oerwoud had niets meer te maken met de werkelijkheid. Ik ben dat onschuldige kind van zes niet meer. Ik heb meer moeten doorstaan dan jij je kunt voorstellen en heb hard moeten vechten om mijn ziel te houden.' Ik schudde mijn hoofd. Ik ging me níét verantwoorden tegenover deze koppige ezel. 'Ik weet wie ík ben. Misschien moest jíj je verwachtingen van mij maar eens bijstellen.'

Een tijdlang bleven we woest naar elkaar staan kijken. 'Je loopt recht in een hinderlaag,' zei ik uiteindelijk.

'Ik loop naar de citadel. Ga je nou nog mee?'

Ik overwoog mijn mogelijkheden. Als ik met mijn enterhaak en touw de bomen in klom, kon ik door het bladerdek langs de hinderlaag trekken en toch bij het pad blijven. Maar hoe moest het dan met Leif, mijn broer, die zich gedroeg als mijn vijand? Hij had zijn machete. Kon hij daarmee omgaan in een gevecht?

En als hij in de hinderlaag gewond raakte? Dan was dat zijn eigen schuld. We waren alleen broer en zus door een bloedband, en ik kon me niet voorstellen dat Leif en ik ooit iets voor elkaar zouden gaan voelen. Toch voelde ik een steek van spijt in mijn hart. Esau en Perl zouden niet willen dat Leif gewond raakte.

Toen besefte ik dat Leif magiër was. Kon hij zich verdedigen met zijn magie? Ik schudde mijn hoofd. Ik wist te weinig van magie om te kunnen verzinnen wat je ermee kon doen.

'Nooit gedacht dat een noorderling bang zou zijn voor een stel jagers.' Lachend vertrok Leif over het pad.

Dat was de druppel. Ik deed mijn rugzak af en vond mijn springmes. Nadat ik een gleuf had gesneden in de buitenzoom van mijn nieuwe broek bond ik de houder aan mijn bovenbeen. Ik haalde mijn haar uit de vlecht, stak het op in een knot en zette het vast met mijn slothaken. Nu, gekleed voor een gevecht, slingerde ik mijn rugzak over één schouder en rende Leif achterna.

Toen ik hem inhaalde, gromde hij even een lachje. Met mijn anderhalve meter lange boog in de hand stemde ik me mentaal af op een gevecht met een concentratietechniek waarmee ik tijdens het vechten vooruit kon lopen op de bewegingen van mijn tegenstander. Deze keer richtte ik me op het pad verderop.

De mannen stonden in de aanslag, zes aan weerszijden van de weg.

Ze hadden ons al gehoord, maar ze wachtten af. Ze wilden ons omsingelen en pas aanvallen wanneer we midden tussen hun groep stonden.

Ik had andere plannen. Vlak voordat we de hinderlaag bereikten, liet ik mijn rugzak op de grond vallen en riep: 'Wacht even!'

Met een ruk draaide Leif zich om. 'Wat nou weer?'

'Volgens mij hoorde ik...'

Er galmde een kreet door het woud. Heftig klapwiekend schoten vogels de hemel in. Uit de struiken sprongen mannen met zwaarden in de hand. Maar het verrassingselement was aan mij. Ik sloeg de zwaarden opzij van de voorste twee mannen die me bestormden. Met een ferme zwaai van mijn boog tegen hun slaap mepte ik hen tegen de grond.

De derde die me naderde, veegde ik de voeten onder zijn lijf vandaan. Er stoven nog twee op me af, en ik stapte naar hen toe, maar ze sprongen aan weerszijden van het spoor. Mijn verwarring duurde slechts tot ik een zwaar gerommel door de zolen van mijn laarzen voelde. Opkijkend zag ik de brede borst van een paard recht op me af stormen over het pad. Ik dook uit de weg, en een flits van staal schampte mijn linkerbovenarm. Furieus viel ik de dichtstbijzijnde man aan en stootte met mijn boog op zijn neus. Het bloed gutste eruit, en hij schreeuwde van pijn.

'Hou haar tegen,' gebood de man op het paard.

Ik zocht naar Leif. Die stond midden op de weg, omringd door vier gewapende mannen. Zijn gezicht stond stomverbaasd, maar verder leek hij ongedeerd. Zijn machete lag aan zijn voeten.

Ik was in de minderheid en had nog maar enkele tellen. De ruiter had zijn hengst gekeerd en bereidde zich voor op een volgende aanval. De man met de gebroken neus lag op de grond. Ik zette een voet op zijn borst en bedreigde zijn nek met het uiteinde van mijn boog.

'Ophouden of ik verbrijzel zijn luchtpijp,' schreeuwde ik.

De jongeman hield zijn paard in. Maar terwijl de anderen terugdeinsden, vol ongeloof naar me starend, hief hij zijn zwaard in de lucht.

'Geef je over of je broer is dood,' zei hij.

Hoe wist hij dat Leif mijn broer was? Ik keek naar Leif en dacht na. De punt van een van de zwaarden balanceerde op slechts een centimeter van Leifs hart. Het gezicht van mijn broer was bleek van angst. Net goed. De soldaat onder mijn voet haalde fluitend adem.

Ik haalde mijn schouders op. 'Lijkt me een patstelling,' zei ik tegen de ruiter.

'Inderdaad.' Hij zweeg. 'Wat vind je ervan om de wapens te laten zakken en de situatie te bespreken?'

Ik wilde net akkoord gaan toen de ruiter met zijn vingers knipte. Er bewoog iets, maar voordat ik me om kon draaien, hoorde ik een verschrikkelijke dreun en voelde een verpletterende pijn in mijn schedelbasis, toen niets.

De pijn klopte in mijn hoofd alsof er iemand met twee houten hamers aan weerszijden van mijn schedel timmerde. Heel even deed ik mijn ogen open maar kneep ze meteen weer dicht. Mijn blikveld bestond uit een op en neer bewegende bruine vacht, en ik werd er misselijk van. Vechtend om de inhoud van mijn maag op zijn plaats te houden besefte ik dat ik ondersteboven hing en werd verplaatst. Ik waagde nog een blik die mijn vermoeden bevestigde dat ik over de rug van een paard was geslingerd. Ik braakte.

'Ze is wakker,' klonk een mannenstem.

Het lot zij dank bleef het paard staan.

'Mooi,' zei de ruiter. 'Dan slaan we hier kamp op.'

Ik voelde een harde duw in mijn zij en viel op de grond.

Toen ik neerkwam, ging er een schok door mijn lijf. Versuft bleef ik liggen en ik hoopte maar dat ik niets had gebroken.

In het tanende zonlicht hoorde ik de mannen bezig.

Toen ik me in een gemakkelijker houding wilde kronkelen, raakte ik in paniek. Ik kon me bijna niet bewegen. Toen herkende ik het vertrouwde, beklemmende geluid van kluisters om mijn polsen en enkels. Bij nadere inspectie zag ik een ketting van een centimeter of dertig tussen de metalen boeien om mijn polsen hangen. Het kostte behoorlijk wat moeite om niet gillend naar mijn ketenen te maaien. Door een paar keer diep adem te halen kalmeerde ik mijn bonzende hart en koortsachtige geest.

Ik nam de schade aan mijn lichaam op. Naast wat gekneusde spieren voelde ik nergens een botbreuk, maar mijn linkerbovenarm brandde van de zwaardsnede. Tijdens het gevecht had ik de pijn niet opgemerkt, en ook nu was het slechts iets hinderlijks vergeleken bij het dreunen in mijn schedel. Daarom bleef ik stil liggen en wachtte zo rustig mogelijk af.

Tegen de tijd dat het helemaal donker was, was het kamp opgezet en klonk er alleen nog het stille gemompel van stemmen. Toen de pijn in mijn hoofd was afgenomen tot een dof gezeur, probeerde ik me weer te bewegen, en het lukte me om me op mijn rug te draaien. Mijn uitzicht op de sterren werd algauw verduisterd door het gezicht van een man die op me neerkeek. Kleine, dicht opeenstaande ogen gluurden langs een vaak gebroken neus. Op zijn zwaard fonkelde maanlicht, zodat ik kon zien dat de punt boven mijn keel zweefde.

'As je lastig ben, rijg ik je aan me punt,' zei de man met een ongezonde grijns. 'En ik heb het niet over me zwaard.' Om zijn woorden kracht bij te zetten, stak hij zijn wapen in de schede.

Ik besloot niet lastig te zijn. Nog niet, tenminste. De wachter scheen tevreden met mijn stilte. Naar me starend sloeg hij zijn dik gespierde armen over elkaar. Ik kon de houder van mijn springmes op mijn bovenbeen voelen. Of mijn wapen daar nog in zat was een andere kwestie, en ik kon het niet wagen om het te controleren zolang ik werd bewaakt. In plaats daarvan nam ik mijn omgeving in ogenschouw.

Mijn belagers hadden kamp opgezet op een open plaats. De mannen zaten rond een flink vuur, iets te koken wat rook naar vlees. Er was één tent opgezet. Leif en de ruiter waren niet te zien, maar het paard stond vlakbij aan een boom. Ik telde tien man op de open plek, inclusief mijn wachter. Mogelijk zaten er nog meer in de tent. Hoe dan ook waren het er te veel om tegen te vechten.

Ik probeerde te gaan zitten. De wereld tolde, en mijn maag protesteerde tot er niets meer in zat.

Een van de wachters verliet het kampvuur en kwam naar me toe. Het was een oudere man met kort grijs stekelhaar op zijn schedel. Hij had een beker in zijn hand, die hij aan mij gaf. 'Drink op,' gelastte hij.

Er steeg een warme geur van gember op uit de beker. 'Wat is het?' Mijn stem kraakte.

'Doet er niet toe.' Mijn wachter kwam een stap dichterbij en hief zijn vuist. 'Je doet wat kapitein Marrok zeg.'

'Rustig, Goel, ze moet morgen kunnen lopen,' zei kapitein Marrok. Toen tegen mij: 'Heeft je broer gemaakt van wat bladeren uit zijn rugzak.'

Leif leefde nog. Mijn opluchting verbaasde me.

'Het is goed voor je hoofd,' zei de kapitein toen mijn lippen aarzelden op de rand van de beker. Er trok een zweem van vriendelijkheid door zijn blauwgrijze ogen, maar zijn gevoel veranderde niets aan zijn strenge gezicht.

Waarom me nu vergiftigen terwijl ze me allang hadden kunnen doden? Misschien wilde Leif me dood?

'Drink op, of ik pers het door je strot,' zei Goel.

Ik geloofde hem, dus ik nam een klein slokje, zoekend naar vergiften. Het smaakte naar zoete gember en citroensap. Van dat ene slokje knapte ik wat op, dus ik goot de rest naar binnen.

'Cahil zei haar dichter bij het vuur te zetten,' zei kapitein Marrok. 'Het is hier te donker. Ik heb voor vannacht een vieruurswacht ingesteld.'

Goel greep me onder de armen en trok me overeind. Ik zette me schrap voor een nieuwe golf van misselijkheid, maar er gebeurde niets. Mijn maag kalmeerde, en mijn hoofd werd helder genoeg om me af te vragen hoe ik moest lopen met zo'n korte ketting tussen mijn enkelboeien. In elk geval waren mijn polsen en enkels niet aan elkaar gekluisterd.

Het probleem werd opgelost doordat Goel me over zijn schouder legde. Toen hij me vlak bij het vuur neer liet ploffen, staakten de andere mannen hun gesprek. Eentje keek me vuil aan van boven bebloed verband dat hij tegen zijn neus hield.

Marrok gaf me een bord met eten. 'Eet op. Je moet op krachten blijven.'

De wachters begonnen allemaal te lachen. Het was een humorloos, beangstigend geluid.

Ik overpeinsde of ik het vlees en brood met kaas wel of niet op zou eten. Nog maar kort geleden had ik mijn maag geleegd op de grond, maar de uitnodigende geur van geroosterd vlees gaf de doorslag. Nadat ik had voorgeproefd, verslond ik de maaltijd.

Nu mijn hoofdpijn weg was en mijn lijf weer wat was opgeknapt van het eten, overdacht ik mijn situatie. Mijn grootste vraag was waarom Leif en ik gevangen waren genomen en door wie. Goel stond nog steeds vlakbij, dus vroeg ik het hem.

Met de rug van zijn hand sloeg hij me in het gezicht. 'Mond houden,' droeg hij me op.

Mijn wang prikte, en ongenode tranen welden op. Wat had ik de pest aan die Goel.

De volgende uren bracht ik in stilte door met zoeken naar een manier om te ontsnappen. Mijn rugzak was nergens te zien, maar aan de andere kant van het vuur hield een zwaargebouwde man een oefengevecht tegen een andere wachter met mijn boog. Overvloedig zwetend maaide de kleerkast in het wilde weg naar het oefenzwaard van de ander en werd moeiteloos verslagen.

Na die partij was ik ervan overtuigd dat dit soldaten waren, ook al droegen ze doodgewone burgerkleding. In leeftijd varieerden ze van halverwege de twintig tot eind veertig, misschien zelfs vijftig. Huurlingen wellicht? Kapitein Marrok had duidelijk de leiding over deze mannen.

Maar waarom hadden ze ons aangevallen? Als het om geld te doen was, hadden ze kunnen pakken wat ze wilden en weer verder kunnen gaan. Als het om ons leven ging, zou ik nu allang dood zijn. Het moest dus een ontvoering zijn. Voor losgeld? Of voor iets ergers?

Mijn schouders schokten van een huivering toen ik dacht aan mijn ouders die het bericht kregen dat ik opnieuw was verdwenen, en ik beloofde mezelf dat ik het niet zo ver zou laten komen. Op een of andere manier zou ik ontsnappen, maar niet tijdens Goels overijverige wacht.

Ik wreef in mijn nek. Mijn hand werd kleverig van bloed.

Tastend met mijn vingertoppen vond ik een diepe jaap bij mijn schedelbasis en een kleinere snee boven mijn linkerslaap. Ik beklopte mijn knot en haalde met hopelijk een terloopse beweging mijn hand weg. Mijn haar werd nog altijd gedeeltelijk opgehouden door mijn slothaken, en ik hoopte maar dat Goel ze niet zag.

Er was een ontsnappingsmogelijkheid binnen bereik. Ik had alleen wat onbewaakte tijd nodig. Helaas zag het er niet naar uit dat die zich spoedig zou aandienen. Uit de tent kwamen twee mannen recht op mij af.

'Hij wil haar zien,' zei de een terwijl ze me overeind sleurden.

Ze sleepten me naar de tent. Goel liep mee. Binnen werd ik op de grond gegooid. Toen mijn ogen waren gewend aan het zwakke kaarslicht, zag ik de jonge ruiter zitten aan een tafel van tentdoek. Naast hem zat Leif, ongeketend en ongedeerd. Op de tafel lag mijn rugzak, en al mijn spullen waren eruit gehaald.

Met moeite stond ik op. 'Vrienden van je?' vroeg ik Leif.

De zijkant van mijn hoofd werd getroffen door iets hards, en ik sloeg weer tegen de grond. Leif kwam half overeind uit zijn stoel maar ging weer zitten toen de ruiter een hand op zijn mouw legde.

'Dat was nergens voor nodig, Goel,' zei de ruiter. 'Blijf buiten wachten.'

'Ze sprak zonder toestemming.'

'Als ze geen gepaste eerbied toont, mag jij haar manieren bijbrengen,' beloofde de ruiter. 'Wegwezen.'

Moeizaam krabbelde ik weer overeind. Goel vertrok, maar de twee andere wachters bleven bij de deur. Inmiddels was mijn geduld op.

Als ik snel genoeg was, kon ik het stukje ketting tussen mijn polsen om de keel van de ruiter slaan.

Terwijl ik de afstand inschatte, zei de ruiter: 'Ik zou maar niets doms proberen.' Hij tilde een lang, breed zwaard op van zijn schoot.

'Wie ben jij en wat moet je?' eiste ik.

'Niet zo'n grote mond, of ik roep Goel terug,' zei hij met een glimlach.

'Toe maar, roep maar terug. Doe mij de boeien af en laat ons een eerlijk gevecht voeren.' Toen hij niet reageerde, vervolgde ik: 'Zeker bang dat ik zou winnen. Typische hinderlaagmentaliteit.'

Stomverbaasd keek hij Leif aan. Leif staarde bezorgd terug, en ik vroeg me af wat er zich daar afspeelde. Vrienden of vijanden?

'Over die bravoure had je me niets verteld. Uiteraard,' hij keek weer naar mij, 'kan dat ook allemaal bluf zijn.'

'Probeer maar,' zei ik.

De ruiter lachte. Ondanks zijn volle blonde baard en snor zag hij er jonger uit dan ik. Misschien een jaar of zeventien, achttien. Zijn ogen waren bleekblauw, en zijn schouder-lange blonde haar zat in een paardenstaart. Hij droeg een simpele, lichtgrijze tuniek. Zelfs van deze afstand kon ik zien dat de stof van zijn hemd beter was dan die van de kleren van de wachters.

'Wat wil je?' vroeg ik opnieuw.

'Informatie.'

Mijn mond viel open van dat onverwachte antwoord.

'Ach, kom nou,' zei hij. 'Doe nou niet net of je gek bent. Ik wil militaire gegevens over Ixia. Grootte en stationering van troepen. Sterke kanten. Zwakke punten. Hoeveel wapens? Valeks exacte verblijfplaats. Wie en waar zijn andere spionnen zijn. Dat soort informatie.'

'Waarom denk je dat ik dat allemaal weet?'

Hij wierp een blik op Leif, en plots begon het me te dagen. 'Je denkt dat ik een noordelijke spion ben.' Ik zuchtte. Leif had me er inderdaad in laten lopen. Daarom wist de ruiter dat Leif mijn broer was. Leifs angst en verbazing tijdens de hinderlaag was allemaal show geweest. Hij hoefde helemaal niet bij de Eerste Magiër te zijn. Geen wonder dat hij geen woord had gezegd sinds ik in de tent was.

'Goed. Nou, aangezien iedereen ervan overtuigd is dat ik een spion ben, zal ik me ook maar zo gaan gedragen.' Ik sloeg mijn armen over elkaar om een tartende houding aan te nemen.

Het gerinkel van de ketenen deed wel wat afbreuk aan het beeld, maar ik ging er toch maar mee door. 'Ik vertel je helemaal niets, zuidelijke smeerlap.'

'Je hebt geen keus.'

'Dan staat je nog een verrassing te wachten.' Ik kón hem namelijk geen antwoord geven op zijn vragen. Als hij had willen weten wat de commandant het liefste at, had ik het hem graag verteld.

'Ik kan je door Goel laten martelen tot je gaat praten,' zei hij. 'Dat doet hij graag. Maar het geeft nogal een rommel en is tijdrovend. En onder spanning openbaar gemaakte feiten vind ik altijd wat verdacht.'

De ruiter stond op uit zijn stoel, liep om de tafel heen en kwam op me af. Met zijn zwaard in zijn rechterhand deed hij zijn best er intimiderend uit te zien. Hij was een kleine twintig centimeter langer dan ik, en hij had de pijpen van zijn donkergrijze broek in kniehoge zwartleren rijlaarzen gestopt.

'Er staat jou nog een verrassing te wachten, want ik breng je naar de Magiërsveste, waar Eerste Magiër je gedachten afpelt als een banaan en zich moeiteloos toegang verschaft tot de zachte delen waar alle antwoorden zich bevinden. Daarbij raken je hersenen een beetje geklutst.' Hij trok zijn schouders op alsof dat een onbelangrijke bijkomstigheid was. 'Maar de informatie klopt altijd.'

Voor het eerst sinds ik als gevangene was bijgekomen, kroop er echte angst over mijn huid. Misschien had ik me vergist door de spion uit te hangen. 'Je gelooft me zeker niet als ik zeg dat ik de antwoorden niet weet?'

De ruiter schudde zijn hoofd. 'In je rugzak is te zien waar je loyaliteit ligt. Ixische munten en je noordse uniform.'

'Wat dus juist bewijst dat ik géén spion ben, want Valek zou nooit iemand aannemen die zo stom is om een uniform mee te nemen op een missie,' zei ik uit frustratie, maar meteen had ik er spijt van dat ik Valeks naam had genoemd. Er ging een blik van 'nu-heeft-ze-zich-versproken' heen en weer tussen de ruiter en Leif.

Ik probeerde tijd te rekken. 'Wie ben je en wat moet je met die informatie?'

'Ik ben koning Cahil Ixia. En ik wil mijn troon.'

6

KONING VAN IXIA? DIE JONGE IDIOOT BEWEERDE KONING TE ZIJN?

'De koning van Ixia is dood,' zei ik.

'Ik ben me er terdege van bewust dat jouw bááas, Valek, de koning en zijn hele familie heeft uitgemoord toen commandant Ambrosius de macht greep over Ixia. Maar hij beging een fout die binnenkort fataal zal blijken.' Cahil stak zijn zwaard in de lucht. 'Hij telde de lijken niet, en het zes jaar oude neefje van de koning werd naar het zuiden gesmokkeld. Ik ben de erfgenaam van de Ixische troon, en die ga ik opeisen.'

'Dan heb je meer manschappen nodig,' merkte ik op.

'Hoeveel meer?' vroeg hij met aanzienlijke belangstelling.

'Meer dan twaalf.' Mijn beste gok over het aantal mannen in het kamp.

Hij begon te lachen. 'Maak je maar geen zorgen. Het leger en het korps van huurmoordenaars van de commandant vormen een zodanige dreiging voor Sitia dat ik meer dan genoeg volgelingen heb. Trouwens...' Hij dacht even na

'Als ik je aflever in de citadel en ze daar laat zien dat ik een gevaarlijke spion heb ontmaskerd, moeten ze mijn campagne tegen Ambrosius wel steunen. Dan heb ik het hele Sitische leger onder mijn bevel.'

Ik was er niet van onder de indruk. Hij deed me eerder denken aan een jochie dat soldaatje speelde. Vlug maakte ik een berekening. Cahil was dus eenentwintig, een jaar ouder dan ik.

'Dus jullie brengen me naar de citadel?' vroeg ik.

Hij knikte. 'Daar zal Eerste Magiër de informatie aan je hoofd ontfutselen.' Hij glimlachte met een hebzuchtige fonkeling in zijn ogen.

Ergens had ik het verband tussen de magiër en de citadel gemist toen Cahil er eerder over had gesproken. De verwijzing naar het klutsen van mijn hersenen zal me wel op het verkeerde been hebben gezet.

'Ik ging toch al naar de citadel. Vanwaar al die moeite?' Ik deed mijn armen uiteen om de kluisters te laten zien.

'Jij doet je voor als leerling. Helaas nemen de magiërs hun ethische code zeer serieus en ondervragen ze je pas als je bent betrapt op iets illegaals. Zonder mijn ingrijpen zouden ze je binnen hebben genodigd en je alle geheimen van Sitia hebben geleerd.'

Dus ik moest zijn bewijs vormen. Hij wilde hun laten zien dat hij de Sitiërs had gered van een gevaarlijke misdadiger. 'Oké. Ik ga wel mee naar de citadel.' Ik bood mijn polsen aan. 'Als je deze afdoet, zal ik geen problemen maken.'

'En wat weerhoudt jou ervan om ervandoor te gaan?' vroeg hij. Er klonk iets van ongeloof in zijn stem.

'Mijn woord.'

'Jouw woord betekent niets,' zei Leif.

De eerste keer dat hij zijn mond opendeed, en ik kreeg sterk de neiging hem het zwijgen op te leggen met mijn vuist. Ik staarde hem aan met de belofte van een toekomstige confrontatie in mijn ogen.

Cahil maakte geen overtuigde indruk.

'En die twaalf man dan die mij bewaken?' vroeg ik.

'Nee. Je bent mijn gevangene. En zo zul je er ook bij lopen.'

Cahil wuifde met een hand, en de twee wachters bij de ingang van de tent grepen me bij de armen.

Vergadering gesloten. Ik werd de tent uit gesleept en bij het vuur neergekwakt, waar Goel me weer nauwlettend in de gaten hield. Cahil had me geen keuze gelaten. Ik ging níét naar de citadel als zijn verovering.

Terwijl ik daar lag te kijken en te luisteren naar de mannen, vormde zich een simpel plan in mijn hoofd. Toen het kamp zich opmaakte voor de nacht, werd Goel afgelost door twee mannen. Ik deed alsof ik sliep en wachtte tot de tweede wachtploeg lang genoeg had gezeten om zich te gaan vervelen.

Magie was het enige wapen dat ik nog had, maar ik was onzeker van mijn kracht en mijn vermogens. Wat ik van plan was, kon worden opgevat als een rechtstreekse schending van de ethische magiërscode, maar dat kon me inmiddels niet meer schelen. Ik had liever gevochten, maar ik had geen andere mogelijkheden of tijd meer.

Diep ademhalend stuurde ik mijn bewustzijn erop uit. Zonder de hulp van mijn boog mislukte mijn poging jammerlijk. Ik kon me niet concentreren. Omdat ik me niet al te veel wilde bewegen, wreef ik met mijn duimen over mijn vingertoppen. Het huidcontact hielp me mijn geest te richten tot ik die van me af kon duwen.

Ik had gehoopt dat de wachters soezerig zouden zijn, maar de een zat zachtjes te fluiten en de ander nam in zijn hoofd militaire tactieken door, al voelde ik de wens om te gaan slapen wel aan hun gedachten trekken.

Van die wens maakte ik gretig gebruik. Ik gaf een mentaal bevel om te gaan slapen en hoopte er het beste van. Mijn kennis van magie was zeer beperkt, en ik had er geen idee van of het zou lukken. Eerst werd er onwillig teruggeduwd. Ik probeerde het opnieuw. Algauw lieten beide mannen zich op de grond zakken, maar ze bleven wakker. Ik had subtiel willen blijven, maar de nacht liep op zijn eind. Slapen, beval ik met kracht, en ze vielen omver.

De kettingen rinkelden toen ik overeind kwam. Ik drukte ze tegen mijn bonzende borst en keek naar de duttende mannen. Ik had niet gedacht aan het lawaai. Aangezien ik maar één hand en mijn mond kon gebruiken, zou het lastig en luidruchtig worden om de sloten van mijn boeien te kraken, dus herzag ik mijn plan. Misschien kon ik alle mannen in diepe slaap brengen, zodat ze het kabaal niet hoorden.

Ik liet mijn bewustzijn uitgaan naar de geest van iedere man om hem in een diepe, droomloze slaap te brengen. Cahil lag op een veldbed in de tent. Ik had maar wat graag dieper in zijn geest gespit maar nam er genoegen mee hem in een bewusteloze staat te brengen. Leifs magische bescherming voorkwam dat ik hem kon beïnvloeden. Ik hoopte maar dat hij gewend was vast te slapen.

Met mijn diamanten slothaak in mijn ene hand en de spanner tussen mijn tanden wist ik bij de vijfde poging de sloten op mijn polsen los te peuteren. De hemel begon al een tint lichter te worden. Mijn tijd raakte op. Ik sloop de tent in om mijn rugzak te pakken en stopte er mijn spullen in. Ik maakte meer geluid dan ik wilde, maar intuïtief wist ik dat de mannen pas wakker zouden worden als het echt licht werd. Wegvluchtend greep ik mijn boog van de grond naast de wachter die hem had ingepikt.

Terwijl ik door het woud rende, merkte ik dat het met elke stap lichter werd. Mijn denken werd trager, ik raakte buiten adem, en mijn benen werden slap. Het had me al mijn energie gekost om magie op de mannen te gebruiken.

Ik speurde de boomtoppen af naar een grote verscheidenheid aan bladeren met veel takken. Bij een geschikte boom bleef ik staan om mijn touw met enterhaak uit mijn rugzak te halen.

Tegen de tijd dat het me lukte een tak te grijpen, leken mijn armen wel van rubber. Maar ik moest wel lachen om de ironie van mijn situatie terwijl ik mezelf langs het touw omhoogtrok. Dit was de derde keer dat ik via de boomtoppen ontsnapte, en het klimmen werd al bijna een routinekwestie. Het geschreeuw in de verte van woedende mannen spoorde me echter aan.

Toen ik boven kwam, haalde ik mijn touw in en klauterde naar een hogere tak voor meer dekking. Ik wikkelde de groene stof van Varen om me heen en ging met mijn rug tegen de stam zitten, met mijn knieën opgetrokken tegen mijn borst. Naar buiten kijkend door een spleet maakte ik me op voor een lange wacht. Hopelijk kwam ik snel weer op krachten.

Luisterend naar de commotie stelde ik me voor wat er zich afspeelde in Cahils kamp. De schrobbering voor de mannen die op hun wacht in slaap waren gevallen, de ontdekking dat mijn rugzak met inhoud was verdwenen. Ik rekende erop dat het Cahil aan het denken zette dat ik zo dicht bij hem was geweest en hij nog leefde.

Mijn positie in de bomen was dichter bij het kamp dan ik had gewild. Zoekende mannen met getrokken zwaarden kwamen eerder in zicht dan ik had verwacht. Ik verstijfde in mijn groene cocon.

Goel had de leiding. Hij bukte zich om een struik te bekijken en riep: 'Deze kant op. Ze is vlakbij. Het sap is nog kleverig.'

Het zweet gutste tappelings over mijn huid. Goel was spoorzoeker. Ik verplaatste mijn hand en vond de spleet in mijn broek. Mijn springmes was niet in beslag genomen. Met het gladde hout van het heft in mijn hand voelde ik me iets beter.

Onder aan mijn boom bleef hij staan. Ik verplaatste mijn gewicht naar voren, hurkend op de tak, klaar om te vluchten als het moest.

Goel bekeek de grond rondom de voet van de stam. Zijn blik gleed omhoog naar de takken. Mijn adem stokte toen er een ijskoude vlaag van angst door me heen trok. Ik besefte dat ik een ernstige fout had gemaakt.

Op Goels lippen verscheen een roofdierachtige grijns. 'Gevonde.'

7

Ik rukte mijn boscamouflage van mijn rug en schudde de stof uit als een laken.

'Daar zit ze,' riep een van Goels mannen uit, naar me wijzend.

Ik liet de stof los, en die zweefde omlaag naar de mannen. Zodra het doek hun zicht blokkeerde, schoot ik door de boomtoppen, met een uitbarsting van energie klauterend van tak naar tak in een poging hoger en verder van Goel en zijn mannen te komen.

'Hé!' schreeuwde iemand beneden.

'Hou haar tegen!'

Ik bleef doorgaan in de hoop dat Goel in de bomen mijn spoor niet kon volgen. Het was een fout van me geweest te vergeten dat Cahil mijn rugzak had doorzocht. Hij wist dat ik een touw met enterhaak had. Met een goede spoorzoeker en die aanwijzing van mijn tactiek hadden ze me zo kunnen vinden.

Beneden werd ik gevolgd door gevloek en geschreeuw. Uit alle macht zocht ik naar takken die mijn gewicht konden houden om te ontkomen. Toen ik eenmaal genoeg was gekalmeerd om helder na te denken, besefte ik dat ik een flink kabaal maakte. Goel en zijn mannen konden me volgen door te luisteren naar het ruisen van bladeren en het breken van takken. Ze hoefden dus alleen maar te wachten tot ik viel of mezelf had uitgeput.

Zodra ik het kalmer aan deed en oppaste om geen geluid te maken, kon ik de mannen beneden in het bos horen. Ze riepen mijn positie naar elkaar door en kwamen dichterbij.

'Standhouden!' klonk een stem recht onder me.

Mijn spieren schokten van schrik.

'Ze is gestopt.'

Ik klom verder. Het ging nog maar op een zenuwslopend slakkengangetje, maar wel stil.

'We hebbe je,' riep Goel. 'As je nu naar beneden kom, doet ik je maar een heel klein beetje pijn.'

Ik slikte een sarcastisch antwoord op zijn 'genereuze' aanbod in en klom verder door de bomen. De mannen bleven stil, en algauw had ik er geen idee meer van waar ze waren. Op een hoge tak bleef ik staan om te zoeken naar een spoor van hen, maar ik zag niets dan een zee van groene bladeren.

Toen speelde mijn verbeelding op. Ik voelde me ingesloten. Mijn gezicht brandde van het plotselinge geloof dat Goels ogen op me waren gericht. Mijn hart bonsde van paniek tot ik dacht aan de instructies van Irys in het oerwoud: zoek met je geest, niet met je ogen. Het was nog steeds niet vanzelfsprekend dat ik gebruikmaakte van mijn magie.

Na een keer diep ademhalen pakte ik mijn boog, concentreerde me op het gladde hout tegen mijn vingers en stuurde mijn bewustzijn omlaag naar het bos beneden.

De mannen hadden zich verspreid. Ze doorzochten een groot gebied rechts van me. Goel kon ik beneden niet voelen. Met een akelige rilling over mijn huid tastte ik de boomtoppen af. Goel was het bladerdek in geklommen. Hij volgde het spoor dat ik in mijn haast had achtergelaten. Zijn geest werd gekleurd door zwarte gedachten aan het toebrengen van pijn.

Toen hij bij de plek kwam waar ik voorzichtiger was gaan klimmen, wachtte ik af. Hij aarzelde heel even, zag toen weer een teken en kwam verder mijn kant op.

Het was slechts een kwestie van tijd voordat Goel me vond. Ik overwoog hem van mijn spoor af te brengen met mijn magie. Kon ik hem in slaap laten vallen? Misschien wel, maar dan zou Goel weer een keer wakker worden en verder zoeken. Ik kon hem zover zien te krijgen dat hij vergat waar hij naar zocht, maar daarvoor moest ik diep in zijn gedachten delven, en dat zou me mijn laatste krachten kosten.

Denk na. Ik moest Goel uitschakelen. Als Cahil niet nog een spoorzoeker had, zou ik een grotere kans hebben om te ontsnappen zonder Goel achter me aan. Er begon zich een plan in mijn hoofd te vormen. Ik liet mijn boog terugglijden in de houder aan mijn rug-zak.

Licht contact houdend met Goels geest vervolgde ik in hoger tempo mijn route om een duidelijk spoor achter te laten. Toen ik aankwam bij een open plek in het woud, liet ik me naar de grond zakken en kwam neer met een harde schok. Mooie diepe afdrukken achterlatend stak ik de open plek over en brak aan de overkant door het kreupelhout.

Nu kwam het lastigste stuk. Op mijn schreden terugkerend ging ik naar de boom waar ik uit was gesprongen. De enterhaak zou sporen achterlaten, dus die gebruikte ik om het touw over de boomtak te gooien en vervolgens klom ik naar boven. Hopelijk suggereerden de wrijfplekken op de tak dat ik was afgedaald naar de open plek in plaats van omhooggeklommen. Het touw rolde ik op en hing ik om mijn schouder en bovenlijf, zodat ik mijn handen vrij had.

Goel was nu zo dichtbij dat hij me kon horen. Ik maakte een zacht kreunend geluid, alsof ik de grond hard raakte. Met de grootste zorgvuldigheid klom ik hoger de boom in. Goel kwam in zicht. Ik verstijfde.

Hij inspecteerde de tak waarvan ik naar beneden was gesprongen. Zich vooroverbuigend tuurde hij naar de bosbodem.

'Me prooi is dus naar de grond gegaan,' zei Goel in zichzelf.

Hij slingerde zich omlaag en hurkte neer bij mijn sporen. Zijn gedachten richtten zich op het plezier waarmee hij me zou martelen. Slapen, projecteerde ik in zijn geest. Slapen. Maar hij was klaarwakker, en het bevel wekte meteen argwaan. Hij stond op en keek de open plek rond.

Stik. Dat was mislukt. Niet omhoogkijken, projecteerde ik en ik ging naar een lagere tak. De bladeren beefden, maar Goel zag het niet. Ik drukte mijn springmes open en sneed een kleine meter van het touw. De uiteinden wikkelde ik om mijn handen terwijl Goel weer ging kijken naar mijn sporen.

Ik sprong en kwam achter hem neer. Voordat hij zich kon verroeren, sloeg ik het touw in mijn handen om zijn keel. Met een ruk draaide ik me om. Mijn rugzak raakte zijn rug, en het touw hing nu over mijn schouder. Ik liet me op één knie zakken en trok Goel achterover over me heen. In die positie kon hij alleen bij me met zijn vingertoppen. In plaats daarvan rukte hij aan het wurgkoord om zijn hals.

Net toen ik dacht dat hij bewusteloos was, stootte zijn hoofd tegen het mijne en voelde ik zijn volle gewicht op mijn rug. Hij deed een achterwaartse salto over me heen. Ik zag zijn laarzen voor me op de grond komen.

Stik. Goel kende wat zelfverdedigingstechnieken. Hij veerde rechtop en trok het touw zo uit mijn handen.

'Had je nog wat?' vroeg hij. Zijn stem kraakte van mijn wurgpoging.

Ik haalde mijn boog van mijn rugzak. Hij trok zijn zwaard.

Hij glimlachte. 'Klein meisje. Klein wapen.' Goel wees naar zichzelf. 'Grote man. Groot wapen.'

Ik nam een vechthouding aan, balancerend op de ballen van mijn voeten. Mij kon hij niet intimideren. Als ik mijn vriend Ari, die tweemaal zo veel spieren had als Goel, en Ari's partner Janco, die zo snel was als een haas, kon ontwapenen, kon ik Goel ook aan.

Met mijn handen over het hout van mijn wapen wrijvend bracht ik mijn mentale verbinding met Goel weer tot stand. Toen hij uitviel, wist ik het al voordat hij zich bewoog. Ik stapte naar opzij en draaide me half zodat zijn zwaard mijn buik miste. Met één stap was ik vlakbij. Mijn boog kwam hard tegen zijn slaap. Bewusteloos zeeg hij neer.

Het lot dankbaar dat Goel niet naar zijn mannen had geroepen, doorzocht ik zijn rugzak. Ik vond een koperen boksbeugel, een zweepje, een zwarte knuppel, een assortiment messen, een knevel, boeien, sleutels en mijn camouflagemateriaal.

Als ik Goel doodde, bewees ik het zuiden een gunst. Jammer dat Goels dood niet aansloot op mijn 'ik ben geen spion'-verdediging.

Daarom sleepte ik hem naar een boom en zette hem met zijn rug tegen de stam. De ketting tussen de boeien was net lang genoeg om zijn handen achter de boom te kluisteren. Ik stopte zijn knevel in zijn mond en zette het bandje vast om zijn hoofd.

Nadat ik mijn camouflagemateriaal en de sleutels van de boeien uit zijn rugzak had gehaald, verborg ik de rugzak en zijn zwaard in de bosjes. Even bleef ik staan om me te heroriënteren. Ik zocht Goels mannen met mijn geest. Die zaten gelukkig ver genoeg weg, en ik tastte mentaal door het woud naar Cahils kamp. Zodra ik de richting wist, ging ik op pad.

Ik kon Goel daar niet zomaar laten doodgaan. Maar als ik hem losliet, kwam hij gewoon weer achter me aan. Ik kon iemand zoeken die me de weg kon wijzen naar de citadel en hopen dat de paar uur die het Cahil kostte om Goel te vinden lang genoeg zou zijn om hen voor te blijven. Dat was mijn bedoeling geweest toen ik was ontsnapt. Maar nu zat het me niet lekker. Zo zou een misdadiger of een spion het doen, en ik was onschuldig. Ik ging er níét vandoor.

Misschien kon ik met mijn magie Goel op een verkeerd spoor zetten. Dan kon ik Cahil volgen en hem in de gaten houden. Maar zou hij nog wel naar de citadel gaan zonder mij als gevangene? Ik wist het niet.

Plots bekroop me een intens verlangen naar Valek. Het was me al zo vaak gelukt een probleem uit te werken door militaire tactieken met hem te bespreken. Ik dacht erover na hoe Valek met deze situatie zou omgaan, en al snel ontwikkelde zich een ruw plan.

'Jullie zijn haar kwijt,' herhaalde Cahil. Met een gefronste blik staarde hij naar de vier ongelukkige mannen die voor hem stonden.

'Waar is Goel?' vroeg hij.

Een gemompeld antwoord.

'Jullie zijn hem ook kwijt?' De verontwaardiging stond duimendik op Cahils gezicht.

De mannen krompen stamelend ineen.

Ik onderdrukte de neiging om het uit te schateren. Vanuit mijn positie vlak bij zijn kamp had ik duidelijk zicht op Cahil en zijn mannen, terwijl ik verborgen bleef onder mijn camouflage. Gebruikmakend van het tanende daglicht en het rumoer van de terugkerende opsporingspatrouille was ik dichter bij de open plek gaan zitten.

'Stelletje suffe stoethaspels. Het is een standaardprocedure om een gevangene te fouilleren op wapens en alles wat kan helpen om te ontsnappen.' woedend keek Cahil zijn mannen aan. 'En daarbij zoek je grondig en volledig. Je houdt niet op omdat je één wapen hebt gevonden.' Cahil staarde zijn mannen aan tot ze er onrustig van werden. 'Kapitein Marrok?'

'Ja, sire.' Marrok schoot in de houding.

'Als Goel bij het krieken van de dag nog niet terug is, ga je met een ploeg naar hem op zoek,' gebood Cahil. 'Hij is onze beste kans om die spion terug te vinden.'

'Ja, meneer.'

Cahil beende weg naar zijn tent. Toen hij weg was, zag ik de mannen met grimmige gezichten naar het kampvuur gaan.

De geur van vlees aan het spit deed mijn maag rommelen. Ik had de hele dag niets gegeten, maar ik kon het niet wagen geluid te maken. Met een zucht wurmde ik me in een gemakkelijke houding en bereidde ik me voor op een lange wachttijd.

Alert blijven viel niet mee toen de mannen eenmaal waren gaan slapen. Kapitein Marrok plaatste twee wachters, die rond het kamp cirkelden. Het gebruik van magie had me uitgeput, en ik vocht met mijn zware oogleden tot ik het opgaf en een tijdlang doezelde. Midden in de nacht schrok ik wakker van het droombeeld van Goels handen om mijn hals.

De wachters stonden aan de andere kant van het kamp. Met mijn magie zond ik de slapende mannen in een diepere sluimering. De wachters verzetten zich echter hevig. Het beeld van de strenge straf die hun kameraden hadden ondergaan omdat ze op wacht in slaap waren gevallen, hield hen waakzaam. Daarom probeerde ik het 'niet kijken'-bevel en sloop naar Cahils tent.

Bij de achterwand klikte ik mijn springmes open en sneed een gleuf in de stof. Door die smalle opening glipte ik naar binnen.

Cahil lag te slapen. Aan Leif te zien had hij me niet horen binnenkomen. Hij lag op zijn zij met een arm bungelend over de rand van het veldbed en hij leek te slapen. Cahil lag op zijn rug, met zijn armen gekruist over zijn buik. Zijn lange zwaard lag binnen zijn bereik op de vloer. Ik legde het wapen weg voordat ik op zijn borst ging zitten.

Hij was nog niet wakker of ik had mijn mes al op zijn keel gezet. 'Stil of je bent dood,' fluisterde ik.

Zijn ogen werden groot. Hij probeerde zijn armen te bewegen, maar met mijn gewicht hield ik hem tegen. Cahil was sterk genoeg om zich onder me vandaan te werken, maar ik duwde de punt van het mes in zijn huid. Er welde een druppel bloed op.

'Stil blijven liggen,' zei ik. 'Je zwaard is buiten bereik. Zo dom ben ik nou ook weer niet.'

'Ik merk het,' fluisterde hij.

Ik voelde hem ontspannen.

'Wat wil je?' vroeg Cahil.

'Een wapenstilstand.'

'In welke zin?'

'Jij sleept mij niet mee naar de citadel als een gevangene, en ik ga met je mee daar naartoe als medereiziger.'

'Wat word ik daar beter van?'

'Je krijgt Goel terug en mijn medewerking.'

'Heb jij Goel?'

Ik liet de sleutels van de boeien boven zijn gezicht bungelen.

'Hoe kan ik jou nou vertrouwen als je broer je niet eens vertrouwt?'

'Ik bied je een wapenstilstand. Tot nu toe ben ik twee keer in de gelegenheid geweest je te doden. Jij vormt een bedreiging voor Ixia. Als ik een echte spion was, zou jouw dood mij in het noorden beroemd maken.'

'En als ik mijn woord niet houd?'

Ik haalde mijn schouders op. 'Dan ontsnap ik wel weer. Maar dan laat ik wel Goel dood achter.'

'Hij is een goede spoorzoeker,' zei Cahil met trots.

'Helaas wel.'

'En als ik je aanbod afsla?'

'Dan ben ik weg en mag jij Goel gaan zoeken.'

'Dood?'

'Ja,' blufte ik.

'Waarom ben je teruggekomen? Je hebt met Goel afgerekend. Hij was het enige gevaar voor je.'

'Omdat ik de kans wil te bewijzen dat ik geen spion ben,' zei ik met frustratie. 'Ik ben een Zaltana. En ik ga er niet vandoor als een misdadiger, want ik ben onschuldig. Maar ik weiger jouw gevangene te zijn. En...' Meer had ik niet uit te leggen. Ik zuchtte. Hij had gelijk. Als mijn eigen broer me niet vertrouwde, waarom zou Cahil dat dan doen? Ik had verkeerd gegokt.

Tijd voor plan B. Ervandoor gaan. Mijn veiligste koers was op zoek gaan naar Irys. Ik haalde mijn springmes van Cahils keel. Na een hele dag in touw zonder eten of slaap werd ik overmand door een intense vermoeidheid. Ik sprong van Cahil.

'Ik maak niemand dood.' Met mijn blik op Cahil gevestigd liep ik achteruit naar de gleuf die ik in de tent had gesneden.

Toen ik me omdraaide om de scheur in de stof te zoeken, werd ik overvallen door een golf van duizeligheid. Ik struikelde en viel. De tent tolde, en ik raakte heel even het bewustzijn kwijt toen al mijn energie wegvloeide. Ik kwam op tijd bij mijn positieven om te zien dat Cahil mijn springmes opraapte.

8

CAHIL LIEP BIJ ME VANDAAN EN STAK DE LANTAARN OP HET TAFELtje bij zijn bed aan. In het kaarslicht bekeek hij mijn springmes.

'Sire?' klonk een stem door de deur.

Ik zette me schrap in de verwachting te worden belaagd en gekluisterd door binnenstormende wachters.

'Alles in orde,' riep Cahil terug.

'Uitstekend, meneer.'

Ik hoorde de wachter weglopen en keek Cahil verbaasd aan. Misschien wilde hij me eerst laten vertellen waar Goel was voordat hij me opnieuw 'opeiste'. Ik kwam overeind en keek naar Leif. Zijn ogen waren dicht, maar mogelijk was hij wakker geworden van het licht en Cahils stem.

'Deze tekens komen me wel heel bekend voor,' zei Cahil over de zes symbolen in het heft van mijn springmes. 'De geheime strijdtekens van mijn oom, als ik me niet vergis.' Zijn blik ging weer naar mij.

Zijn in bed verwarde haar versterkte mijn eerste indruk van zijn jeugdigheid, maar in zijn ogen fonkelde een scherpe intelligentie.

Ik knikte. Die tekens had de koning van Ixia gebruikt om zijn kapiteins geheime berichten te sturen tijdens veldslagen.

'Wat is dat lang geleden,' zei Cahil. Even trok er iets triests over zijn gezicht. 'Wat betekenen ze?'

'Er staat: "Belegeringen doorstaan, samen vechten, voor altijd vrienden." Ik heb hem gekregen.'

'Van iemand in het noorden?'

Eenzaamheid trof mijn hart toen ik bedacht wat ik was kwijtgeraakt door naar het zuiden te gaan. Mijn vingers zochten de bult onder mijn hemd, Valeks vlinder. 'Ja.'

'Wie dan?'

Een vreemde vraag. Wat kon hem dat nou schelen? Ik zocht in Cahils gezicht naar een teken van valsheid maar vond alleen nieuwsgierigheid. 'Janco. Een van mijn leraren zelfverdediging.' Ik grijnsde toen ik terugdacht aan Janco's rijmelarijen waarmee hij mijn aanvallen afsloeg. 'Zonder hem en Ari zou ik vandaag nooit hebben kunnen ontsnappen of winnen van Goel.'

'Je hebt goede leermeesters gehad.' Cahil haalde een hand over zijn hals en smeerde de druppel bloed uit.

Schijnbaar diep in gedachten draaide hij mijn springmes in zijn handen. Hij schoof het lemmet in het heft en liet het weer tevoorschijn springen. De klik van het wapen deed me opschrikken.

'Knap gemaakt,' zei hij.

Cahil kwam op me af. Ik krabbelde overeind en ging in een verdedigingshouding staan. Ook al was ik licht in het hoofd en verzwakt, ik schatte mijn kansen in om te ontkomen. In plaats van me te bedreigen duwde Cahil het lemmet weer in en gaf me het springmes.

Stomverbaasd en dodelijk vermoeid keek ik naar het wapen in mijn hand.

'Een wapenstilstand, dan,' zei hij. 'Maar zodra je me last bezorgt, sla ik je in de boeien.' Cahil gebaarde naar een hoek van de tent. 'Je bent uitgeput. Ga slapen. Het wordt een lange dag morgen.' Nadat hij zijn zwaard weer binnen handbereik had gelegd, ging Cahil op zijn veldbed liggen.

'Wil je niet weten waar Goel is?' vroeg ik.

'Loopt hij direct gevaar?'

'Alleen als er giftige slangen of roofdieren in dit woud zitten.'

'Laat hem vannacht dan maar zweten. Had hij zich maar niet moeten laten pakken.' Cahil deed zijn ogen dicht.

Ik keek de tent rond. Leif had zich niet verroerd sinds ik binnen was, maar zijn ogen stonden open. Zonder een woord rolde hij zich op zijn andere zij en keerde me de rug toe. Alweer.

Ik zuchtte, vroeg me af hoeveel hij had gehoord en merkte dat me dat nu niet kon schelen. Met zware ledematen van vermoeidheid spreidde ik mijn mantel uit op de vloer, blies de lantaarn uit en zeeg neer op mijn geïmproviseerde bed.

De volgende ochtend verliet Leif zonder een woord de tent. Cahil zei me binnen te blijven en ging uitgebreid stampij lopen maken omdat Goel niet was teruggekeerd.

Ik hoorde Cahil de wachters ondervragen over de afgelopen nacht.

'Alles was rustig, sire,' antwoordde de een.

'Niets opvallends?' vroeg Cahil.

'Alleen uw licht, meneer. Maar u zei...'

'En als ik een mes op mijn keel had, Erant? Zou je dan hebben geloofd wat ik zei?'

'Nee, meneer.'

'Hoe wist je dan dat ik niet in gevaar was?'

'Dat wist ik niet, meneer. Ik had moeten kijken.' Erant klonk ellendig.

'Had moeten is dodelijk. Als het oorlog is, krijg je geen tweede kans. In een veldslag met het noorden sturen ze geen leger op ons af. Dan sturen ze één man. En als we niet waakzaam zijn, worden we allemaal vermoord in onze slaap.'

Iemand lachte schamper. 'Maar er komt toch geen man langs ons heen.'

'En een vrouw?' vroeg Cahil.

'Bestaat niet,' zei een van de wachters en er klonk een koor van instemming.

'Leg dit dan eens uit. Yelena,' riep Cahil. Meteen werd het doodstil in het woud. 'Kom je even naar buiten.'

Het stond me tegen om voor Cahils les te worden gebruikt, maar hij had wel gelijk. Een door Valek opgeleide huurmoordenaar zou met deze wachters geen enkele moeite hebben gehad. Ik stapte de tent uit, met mijn boog in de hand voor het geval iemand het nodig vond me te bestormen. De ochtendzon scheen in mijn ogen, en knipperend keek ik naar Cahils mannen.

Op hun gezichten speelden verrassing, woede en ongeloof. Kapitein Marrok trok zijn zwaard. Leif was nergens te zien.

'Alles was niet in orde vannacht, Erant,' zei Cahil. 'De volgende keer controleer je dat.'

Erant liet het hoofd hangen. 'Ja, meneer.'

'Yelena reist met ons mee naar de citadel,' liet Cahil weten. 'Behandel haar als een kameraad.'

'En Goel?' vroeg kapitein Marrok.

Cahil keek me aan. 'Zeg hem waar Goel is.'

'Hou jij Goel aan de teugel?' vroeg ik. Ik twijfelde er niet aan dat Goels wens wraak te nemen tot narigheid ging leiden en ik huiverde bij de gedachte om aan zijn genade te zijn overgeleverd.

'Kapitein Marrok, leg de situatie uit aan Goel. Voordat je hem bevrijdt, zorg je ervoor dat hij zweert Yelena niets te doen.'

'Ja, meneer.'

'Tenzij ik hem toestemming geef,' voegde Cahil eraan toe, naar mij starend. 'Bij problemen sla ik je in de boeien. Bij hoogverraad krijg je Goel.'

Er golfde een waarderend gemompel door Cahils mannen. Zijn toneelstukje had hem punten opgeleverd. Ik keek hem verveeld aan. Ik was al zo vaak bedreigd en wist inmiddels dat de lieden die geen dreigementen uitten het gevaarlijkst waren. Met die gedachte speurde ik het kamp af naar Leif. Misschien was hij terug naar huis nu ik mezelf aan Cahil had overgeleverd.

Ik gaf Marrok de sleutel van de boeien en liet hem weten waar hij Goel en zijn rugzak kon vinden. Terwijl de kapitein hem ging bevrijden, begon de rest van de wachters het kamp op te breken. Cahils mannen hielden me argwanend in het oog. Af en toe werd er vuil naar me gekeken, vooral toen ze de scheur in de tentstof ontdekten.

Terwijl we wachtten op de kapitein en Goel, richtte ik mijn rugzak opnieuw in. Ik kamde en vlocht mijn haar, rolde de lange vlecht toen op in een knot en zette die vast met mijn slothaken. Het kon nooit kwaad om goed voorbereid te zijn. Cahil mocht er dan op vertrouwen dat ik geen problemen maakte, maar hij dacht nog steeds dat ik een spion uit het noorden was.

Goel kwam terug met Marrok en Leif. Leifs aanwezigheid verbaasde me, maar de ziedende blik in Goels ogen niet. Op zijn wangen zaten diepe rode striemen waar de band van de knevel zijn huid had ingedrukt. Zijn haar en kleren zaten in de war. Er zaten natte plekken in zijn broek, en zijn huid zat vol spikkels van talloze muggenbeten. Goel greep zijn zwaard en kwam op me af.

Kapitein Marrok onderschepte Goel en wees naar een bedrol die aan de andere kant van de open plek nog op de grond lag. Goel stak zijn zwaard weg, wierp me een venijnige blik toe en vertrok naar zijn slaapmat.

Ik ademde verder. Zodra het kamp was opgebroken, besteeg Cahil zijn paard en ging ons voor naar het woudspoor. Ik bleef dicht bij Marrok voor het geval dat Goel weer vergat wat hij had beloofd.

De kapitein keek me grijnzend aan en zei: 'Nu opletten.'

Cahil maakte, door met zijn tong tegen zijn tanden te tikken, een klikkend geluid naar zijn paard en duwde zijn hielen in de flanken van het dier. Het paard versnelde zijn pas, en de mannen begonnen te rennen.

'Bijblijven,' zei Marrok.

Ik had geen rondjes meer gelopen sinds de training bij Ari en Janco, maar onderweg naar het zuiden had ik wel wat tijd gevonden om te blijven oefenen. 'Waarom laat hij jullie hardlopen?' vroeg ik, Marroks tempo volgend.

'Blijven we in conditie voor de strijd.'

Ik had nog meer vragen maar spaarde mijn adem en concentreerde me erop om de kapitein bij te houden. Tegen de tijd dat we het volgende kamp bereikten, was mijn gezichtsveld ineengekrompen tot een klein stukje van Marroks rug. Mijn pogingen om in vorm te blijven waren niet genoeg geweest. Toen we halt hielden, snakte ik naar adem en zoog diepe teugen lucht in. Ook Leif leek buiten adem. Heeft al een tijdje niet meer meegelopen met zijn vriendjes, dacht ik nijdig.

Zodra het kamp was opgezet, bood Cahil me weer aan te komen slapen in de hoek van zijn tent. Daar liet ik me op de grond vallen zonder de moeite te nemen mijn mantel uit te spreiden. De volgende ochtend at ik een licht ontbijt.

De drie daaropvolgende dagen waren identiek aan de eerste reisdag met Cahil, maar tegen het einde van de vierde dag was ik niet meer zo uitgeput. Ik kon eten en bleef zelfs een tijdje bij het vuur zitten. Goel keek me vuil aan wanneer ik maar zijn blik opving, dus negeerde ik hem. Leif deed alsof ik niet bestond.

Ik begon de indruk te krijgen dat het woud eindeloos was. Dag in, dag uit legden we vele kilometers af, zonder iemand tegen te komen of enig spoor van een dorp te zien. Ik vermoedde dat Cahil de woonsteden meed. Of dat om mij of om hemzelf was, wist ik niet zeker.

Uiteindelijk raakten de mannen gewend aan mijn aanwezigheid. Ze maakten grappen, namen elkaar in de maling en oefenden zich in zwaardvechten. De argwanende blikken verdwenen, en mijn komst bij het kampvuur leidde niet meer tot onmiddellijk stilzwijgen. Ik vond het interessant dat de mannen altijd de goedkeuring van kapitein Marrok vroegen voordat ze iets deden.

Nadat we zeven dagen onderweg waren geweest, bezorgde kapitein Marrok me een verrassing. Enkele wachters waren zich aan het oefenen in zelfverdediging, en hij nodigde me uit om mee te doen.

'We kunnen wel wat oefening gebruiken tegen die staf van jou,' verklaarde hij.

Ik ging akkoord en liet de mannen enkele basistechnieken met de boog zien. Terwijl zij hun houten zwaarden gebruikten, liet ik hun de voordelen van een langer wapen zien. Mijn deelname aan de training trok Cahils aandacht. Doorgaans toonde hij geen belangstelling voor de oefensessies en praatte liever met Leif over zijn queeste om Ixia te veroveren, maar nu kwam hij kijken.

'Hout tegen hout is leuk om te oefenen, maar hout tegen staal is geen partij in een echt gevecht,' zei Cahil. 'Een scherp zwaard maakt meteen brandhout van zo'n staf.'

'De randen van het zwaard zijn gevaarlijk,' zei ik. 'Het is de truc om die uit de weg te gaan.'

'Laat maar eens zien.' Cahil trok zijn zwaard.

De dikke kling stak meer dan een meter boven het gevest uit. Een indrukwekkend wapen, maar zwaar. Cahil moest het met twee handen vasthouden, waardoor hij trager werd.

Ik concentreerde me op het gevoel van het hout in mijn handen om me mentaal af te stemmen op het gevecht.

Hij dook naar voren. Verrast door zijn snelheid sprong ik achteruit. Cahil hield het zwaard in één hand, en ik werd in de verdediging gedrukt. Hij kon wel met zijn wapen overweg, maar niet zo goed. Toen hij met de enorme kling zwaaide, dook ik opzij, stapte in en sloeg met mijn boog op het plat van zijn zwaard. De volgende keer dat hij zwaaide, sloeg ik op zijn hand. Toen hij uitviel, hield ik mijn boog horizontaal en bracht hem omlaag op de vlakke punt van de kling, waardoor het wapen afboog naar de grond. Met mijn tegenstoten kon ik hem niet ontwapenen, maar onderwijl bleef ik lopen, zodat Cahil me achterna moest komen.

Toen hij zijn zwaard met beide handen vastpakte, wist ik dat hij moe aan het worden was. Het was slechts een kwestie van tijd voordat hij een tactische fout maakte.

Onze partij duurde voort. Zijn mannen juichten hem toe en spoorden hem aan me uit te schakelen. Ze zagen niet de glans van zweet op Cahils voorhoofd en hoorden niet het raspen van zijn ademhaling.

Al gauw zwaaide hij te ver door. Ik stapte in en tikte met mijn boog op zijn ribben. 'Is het zo duidelijk?' vroeg ik, langs zijn volgende aanval dansend.

Cahil hield ermee op. 'Het wordt laat,' zei hij. 'We maken dit later wel af.' Hij stak zijn zwaard in de schede en marcheerde naar zijn tent.

Er werd niet meer geoefend. Zwijgend borgen zijn mannen hun spullen op.

Ik ging bij het kampvuur zitten wachten tot Cahil wat was afgekoeld. Kapitein Marrok kwam naast me zitten.

'Dat was wel duidelijk,' zei hij.

Ik schokschouderde. 'Met een lichter zwaard zou Cahil hebben gewonnen.'

In stilte staarden we naar de vlammen.

'Waarom loopt hij met dat zwaard?' vroeg ik Marrok.

'Dat was van de koning. We hebben het samen met Cahil naar het zuiden weten te smokkelen.'

Ik keek Marrok onderzoekend aan. Zijn gezicht had dat verweerde aanzien van een man die al een hele tijd meeging en alles al een keer had gezien. Zijn huid was gebruind door de zon en had die kleur niet van nature. 'Jij komt uit het noorden.'

Hij knikte en gebaarde naar de mannen. 'Wij allemaal.'

Ik keek naar de mannen. Het was een gemengd gezelschap met donkere en bleke huidtinten. En ik herinnerde me dat de grens tussen Ixia en Sitia vóór de overname niet meer dan een streep op de kaart was geweest en dat de mensen uit beide landen toen vrij met elkaar omgingen.

Marrok sprak verder. 'Wij zijn de soldaten die niet belangrijk genoeg waren om te worden vermoord en niet bereid waren trouw te zweren aan de commandant. Goel, Treyton, Bronse en ik zaten allemaal bij de koninklijke wacht.' Marrok duwde een tak in het vuur. Er vlogen vonken de nachtelijke hemel in. 'De koning konden we niet redden, maar zijn neefje wel. Wij voedden hem op en leerden hem alles wat we konden. En,' hij stond op, 'we gaan hem een koninkrijk geven.' Marrok blafte bevelen voor de mannen en vertrok naar zijn bedrol.

Vermoeidheid maakte zich van mij meester. Mijn oogleden werden zwaar, en ik sleepte mezelf naar de hoek van de donkere tent.

Vlak voordat ik in slaap viel, lichtte de tent op. Ik voelde iemand vlak bij me. Mijn ogen vlogen open. Boven me stond Cahil met zijn zwaard in de hand. Hij straalde golven woede uit.

9

Langzaam stond ik op en stapte achteruit bij Cahil vandaan.

'Je hebt me vernederd in het bijzijn van mijn mannen,' zei hij woedend.

'Je vroeg me te laten zien hoe je je met een boog kunt verdedigen tegen een zwaard. Ik deed alleen maar wat je vroeg.'

'Het was geen eerlijk gevecht.'

'Wat?'

'Leif zei dat je magie gebruikte. Dat je me moe maakte.'

Mijn woede onderdrukkend keek ik Cahil recht in de ogen. 'Dat is niet waar.'

'Waar werd ik dan moe van?'

'Wil je echt weten waarom je hebt verloren?' vroeg ik.

'Heb je daar dan echt een antwoord op?' kaatste hij terug.

'Je moet van je paard af en meerennen met je mannen. Je hebt geen uithoudingsvermogen voor een lang gevecht. En zoek een lichter zwaard.'

'Maar dat was van mijn oom.'

'Jij bent je oom niet.'

'Maar ik ben de koning, en dit is het zwaard van de koning,' wierp Cahil tegen. Zijn wenkbrauwen kropen naar elkaar toe. Hij leek in verwarring.

'Draag het dan bij je kroning,' zei ik. 'Als je ermee gaat vechten, draag je het op je begrafenis.'

'Denk je echt dat ik zal worden gekroond?'

'Daar gaat het niet om.'

'Waar gaat het dan wél om?'

'Ik zou je hebben verslagen met mijn boog. Dat zwaard is te zwaar voor je.'

'Tegen mijn mannen win ik altijd.'

Ik zuchtte. Natuurlijk won hij altijd van zijn mannen. Ik gooide het over een andere boeg. 'Heb je ooit op een slagveld gestaan?'

'Nog niet. We trainen nog. En trouwens, een koning brengt zichzelf niet in gevaar tijdens een veldslag. Ik blijf in het basiskamp om de strijd te leiden.'

Dat klonk me niet helemaal juist in de oren, maar aan de andere kant had ik geen ervaring met oorlogsvoering. 'Denk er eens over na, Cahil,' zei ik daarom. 'Je mannen hebben je opgevoed. Zij willen dat je de troon weer opeist. Maar willen ze dat voor jou of voor zichzelf? Banneling in het zuiden is lang niet zo chic als lid van de koninklijke wacht.'

Cahil snoof laatdunkend en schudde zijn hoofd. 'Je snapt er niets van. Wat kan jou het ook schelen? Jij bent een spion. Je probeert me alleen maar in verwarring te brengen.' Hij ging terug naar zijn veldbed.

Cahil had gelijk. Het kon me niets schelen. Als ik in de veste eenmaal mijn onschuld had bewezen, had ik niets meer met hem te maken. Leif, echter, had me net iets te vaak in de weg gestaan.

Ik keek de tent door. Het veldbed van mijn broer was leeg.

'Waar is Leif?' vroeg ik.

'Weg.'

'Waarheen?'

'Ik heb hem vooruitgestuurd om de veste van onze komst op de hoogte te stellen. Waarom?'

'Familiezaken.' Ik spuwde het woord uit.

Cahil moet de moordlustige glans in mijn ogen hebben gezien. 'Je mag hem niets doen.'

'Jawel, dat mag ik wel. Hij heeft me een boel last bezorgd.'

'Hij staat onder mijn bescherming.'

'Is dat een van de voordelen van meedoen aan jouw queeste in het noorden?'

'Nee. Toen we jou en Leif gevangennamen, heb ik hem mijn woord gegeven dat hem niets zou overkomen in ruil voor zijn volledige samenwerking in de afrekening met jou.'

Ik knipperde met mijn ogen naar Cahil. Had ik hem goed verstaan? 'Maar Leif heeft me erin laten lopen.'

'Nee hoor.'

'Waarom heb je me dat niet eerder verteld?'

'Ik dacht dat het je moedeloos zou maken als je geloofde dat je door je eigen broer was verraden. Het had echter het tegenovergestelde effect.'

Cahils plan zou wel hebben gewerkt als Leif en ik een band hadden gehad. Ik wreef over mijn gezicht en probeerde erachter te komen of dit mijn mening over Leif veranderde.

Zittend op de rand van zijn veldbed keek Cahil me in stilte aan.

'Als Leif me er niet in heeft laten lopen, wie dan wel?'

Cahil glimlachte. 'Ik kan mijn bronnen niet openbaar maken.'

Leif had vele Zaltana's ervan weten te overtuigen dat ik een spion was, dus de hele stam was verdacht. En op de Illiaismarkt had iedereen kunnen horen waar we heen gingen.

Ik kon me er nu niet druk over maken, maar ik zou het ook niet vergeten. 'Je zei dat je Leif naar de veste had gestuurd,' zei ik. 'Zijn we er dan bijna?'

'Morgenmiddag, ongeveer een uur nadat Leif arriveert,' antwoordde Cahil. 'Ik wil ervoor zorgen dat we door de juiste mensen worden begroet. Een belangrijke dag, Yelena. Tijd om te gaan slapen.' Hij blies de lantaarn uit.

Liggend op mijn mantel dacht ik na over de citadel en de veste. Zou Irys er morgen ook zijn? Waarschijnlijk niet. Ik liet mijn bewustzijn uitgaan, op zoek naar Irys, maar trof alleen wild. Zou de Eerste Magiër de lagen van mijn geest ook afpellen zonder Irys in de veste? In mijn maag kolkte een ongerust gevoel. Ik ging liever Goel tegemoet dan het onbekende. Uiteindelijk viel ik toch in slaap.

Door mijn hoofd wervelden duistere dromen over Reyad.

'Zelfde verhaal, Yelena,' zei het spook van Reyad lachend en tartend. 'Geen keuzes. Geen vrienden. Maar je hebt wel een mes. Alweer.'

Door mijn dromen flitste een beeld van Reyad, gewikkeld in bloeddoorlopen lakens. De dodelijke wond in zijn hals was het resultaat van mijn wens mezelf en de andere ontvoerde kinderen te beschermen tegen marteling en hersenloze slavernij.

'Ga je iemand de keel afsnijden om je eigen hachje te redden?' vroeg hij. 'Of anders jezelf?'

Ik werd wakker doordat ik iemand hoorde huilen en besefte tot mijn afgrijzen dat mijn gezicht nat was. De tranen wegvegend nam ik het besluit me niet te laten plagen door mijn twijfels. Het spook van Reyad kwam dan misschien wel voor in mijn dromen, maar ik liet hem niet toe in mijn leven.

De ochtend brak aan met de geur van zoete koeken, en ik ging tussen de mannen bij het vuur zitten voor het ontbijt. Na het eten braken Cahils mannen het kamp op. De stemming was losjes, en er

werd wat vriendschappelijk getreiterd, zodat het me volledig over-
rompelde toen ik een hand op mijn schouder voelde.

Voordat ik iets kon doen, verstrakte de greep zich zodanig dat het
pijn deed. Ik keek om. Achter me stond Goel.

Zijn vingers diep in mijn schouder borend fluisterde hij in mijn
oor: 'Ik heb beloofd je niks te doen op onze weg naar de citadel. Maar
as we daar zijn, ben jij van mijn.'

Ik ramde mijn elleboog in Goels maag. Hij gromde. Ik stapte naar
voren en sloeg zijn hand van mijn schouder met mijn arm toen ik me
omdraaide om recht tegenover hem te gaan staan. 'Vanwaar die waarschuwing?'

Hij haalde diep adem en grijnsde. 'Jouw verwachting maak de jach
spannender.'

'Genoeg gepraat, Goel. Kom maar op.'

'Nee. Ik wil tijd om te spele. Ik heb allerlei spelletjes bedach voor
a'k je heb, lieverd.'

Er trok een ijskoude siddering van afkeer door mijn lijf. Overal
kreeg ik kippenvel. Het was iets wat ik nooit had gedacht te voelen
in het snikhete zuiden.

'Goel, ga de tent helpen afbreken,' droeg kapitein Marrok hem op.

'Ja, meneer.' Goel liep weg en keek om met een zelfingenomen
grijns op zijn gezicht en een belofte in zijn ogen.

Langzaam liet ik mijn adem ontsnappen. Dit voorspelde niet veel
goeds.

Toen de mannen het kamp hadden opgebroken, stapte Cahil op
zijn paard en vertrokken we door het woud. Na enkele uren werden
de bomen dunner en liep het spoor heuvelopwaarts. Boven aan de
helling spreidde zich een enorme vallei voor ons uit met in het midden een lange zandweg. Akkers vormden meetkundige figuren aan
de linkerzijde van de weg. Aan de rechterkant werd het landschap
bepaald door een immense vlakte. Aan de overkant van de kleurige
vallei lag een andere heuvelrug, en op de top daarvan kon ik net een
wit fort onderscheiden.

'Is dat de citadel?' vroeg ik Marrok.

Hij knikte. 'Nog een halve dagmars.' Zijn grijze ogen gingen naar rechts, alsof hij iets zocht.

Ik volgde zijn blik en keek naar de lange grashalmen die wuifden in de wind. 'Daviianplateau?'

'Nee, dat is verder naar het zuidoosten,' antwoordde Marrok. 'Dit is de rand van de Avibianvlakte. Dat is een enorme prairie. Het duurt tien dagen om hem over te steken.'

'Mijn nichtje had het over een vlakte op de weg naar de citadel, maar daar gaan we dus eigenlijk net langs.'

'Avibian oversteken is korter. Zaltana's nemen die weg wel, maar verder blijft iedereen uit de buurt van de Zandzaadstam die op de vlakte woont. Door het woud is een omweg maar wel veilig.'

Ik wilde nog meer vragen, maar Cahil voerde het tempo op waarmee we afdaalden naar het dal. Of hij wilde zo snel mogelijk naar de citadel, of hij wilde zo snel mogelijk de vlakte achter zich laten.

We passeerden arbeiders die aan het werk waren op de akkers en een karavaan van kooplieden met hun paard-en-wagens vol goederen. Op de vlakte bewoog niets dan het hoge gras.

De citadel werd steeds groter naarmate we dichterbij kwamen. We hielden nog maar één keer halt om de paarden en de mannen te laten drinken.

Toen we bij de torenhoge poorten kwamen, was ik vol ontzag over de omvang van het buitenste bolwerk. Het witte marmer van de muren was met groen dooraderd. Ik streek er met een hand overheen, en het was glad en koel, ondanks de verzengende hitte. In het woud had ik het al heet gevonden, maar dat was niets vergeleken bij deze genadeloosheid van de volle zon.

De twee wachters bij de open poort van de citadel kwamen op Cahil af. Na een kort gesprek ging Cahil ons voor naar een binnenplaats. In het felle zonlicht kneep ik mijn ogen tot spleetjes. Het duurde even voordat het majestueuze uitzicht tot me doordrong. Binnen de buitenmuren van de citadel stond een complete stad. Alle gebouwen waren van hetzelfde witte marmer met groene aderen waaruit de buitenmuur bestond. Ik had me de citadel voorgesteld als één groot gebouw, zoals het kasteel van de commandant in Ixia, maar dit was veel groter dan ik voor mogelijk had gehouden.

'Onder de indruk?' vroeg Marrok.

Ik deed mijn mond dicht en knikte. Ons gezelschap trok verder door de straten, en het drong tot me door dat er geen mens te bekennen viel.

'Waar is iedereen?' vroeg ik Marrok.

'De citadel is een spookstad tijdens het hete seizoen. De Raad is in recessie, de veste is met vakantie, en er is alleen maar een kernploeg om voor de gewassen te zorgen. Iedereen die kan, vlucht naar koelere klimaten, en wie achterblijft, zit 's middags binnen om uit de zon te blijven.'

Ik kon het hun niet kwalijk nemen. Mijn schedeldak leek wel in brand te staan. 'Hoe ver nog?' vroeg ik.

'Nog een uurtje,' zei Marrok. 'Zie je die vier torens?' Hij wees naar het oosten. 'Dat is de Magiërsveste.'

Ik staarde naar hun hoogte en vroeg me af wat er zich in die torenkamers allemaal bevond.

We sjokten door de lege straten. Het wegdek wisselde tussen aangestampte aarde en kasseien. Ik zag honden, katten en enkele kippen in stukjes schaduw zitten. Toen we een groot vierkant gebouw van vele verdiepingen naderden, zei Marrok: 'Dat is de raadszaal, waar de Sitische regering zetelt en vergadert.'

Over de gehele breedte van het gebouw liep een lange trap naar een plechtstatige entree op de eerste verdieping. Aan weerszijden van de deuropening stonden jadegroene zuilen. In de schaduw van de raadszaal stond een groepje mensen bijeen. Ze kwamen naar ons toe toen we langsliepen. Er kwam een sterke urinegeur van hen af. Hun haren en gehavende kleren zaten vol vuil.

Een man uit het groepje stak een vuilzwarte hand naar ons uit. 'Alstublieft, meneer, kunt u wat geld missen?'

Cahils mannen negeerden hem en liepen gewoon door. De groep liep mee, vastberaden.

'Wie zijn...' begon ik te vragen, maar Marrok hield de pas niet in.

Ik probeerde hem in te halen maar werd aan mijn arm getrokken door een jochie. Zijn bruine ogen waren omrand met zweertjes, en er zaten vieze vegen op zijn wangen.

'Mooie mevrouw, alstublieft,' zei de jongen. 'Ik heb honger. Een koperstuk?'

Ik keek om naar Marrok. Die was alweer een stuk verderop. Ik snapte niet waar deze jongen geld voor nodig had, maar ik kon die ogen niets ontzeggen. Ik groef in mijn rugzak en haalde er de Sitische munten uit die ik van Esau had gekregen. Ik liet ze allemaal in zijn hand vallen.

Neerknielend naar zijn ooghoogte zei ik: 'Eerlijk delen met je vrienden. En ga in bad. Oké?'

Zijn gezicht lichtte op van vreugde. 'Dank...'

Voordat hij kon uitspreken werden we overspoeld door een enorme stank toen de anderen ons omringden. Ze grepen mijn armen, trokken aan mijn kleren en sjorden aan mijn rugzak. Ik zag de jongen de munten in zijn zak steken en tussen de benen van de anderen door het gedrang verlaten. De ranzige geur van al die ongewassen lijven deed me kokhalzen.

'Mooie mevrouw, mooie mevrouw,' vulde mijn oren tot hun woorden werden afgekapt door hoefgetrappel op de kasseien.

'Laat haar met rust,' schreeuwde Cahil. Hij zwaaide met zijn zwaard door de lucht. 'Weg. Of ik hak jullie doormidden.'

In een oogwenk was iedereen verdwenen.

'Alles goed?' vroeg Cahil.

'Ja.' Ik streek mijn haar glad en deed mijn rugzak weer om. 'Wat was dat nou?'

'Bedelaars. Vuile straatratten.' Een blik van walging verduisterde zijn gezicht. 'Het was je eigen schuld. Als je hun geen geld had gegeven, hadden ze je met rust gelaten.'

'Bedelaars?'

Mijn verwarring leek Cahil te verbazen. 'Je weet toch wel wat bedelaars zijn?' Toen ik geen antwoord gaf, sprak hij verder. 'Ze werken niet. Ze leven op straat. Ze bedelen om geld om te eten. In Ixia moet je er ook hebben gezien.' Hij klonk geërgerd.

'Nee. In Ixia heeft iedereen werk. In alle basisbehoeften wordt voorzien door het leger van de commandant.'

'Waar betaalt hij dat dan van?'

Voordat ik kon antwoorden, liet Cahil zijn schouders hangen. 'Met het geld van mijn oom. De schatkist zal inmiddels wel zijn opgedroogd.'

Ik slikte mijn repliek in. Wat mij betrof, kon je met het geld beter mensen helpen dan de bodem van een of andere schatkist vullen.

'Kom.' Cahil haalde zijn voet uit de stijgbeugel, boog zich omlaag en stak zijn hand uit. 'We moeten de anderen inhalen.'

'Op het paard?' vroeg ik.

'Ga me nou niet vertellen dat ze in het noorden geen paarden hebben.'

'Voor mij niet,' zei ik terwijl ik mijn voet in de stijgbeugel zette en zijn arm greep. Hij trok me in het zadel. Ik zat achter hem en wist niet goed wat ik moest met mijn armen.

Cahil draaide zich een stukje om. 'Voor wie dan wel?'

'De commandant, generaals en hoge officieren.'

'Cavalerie?' vroeg Cahil.

Hij zat te vissen naar informatie. Ik onderdrukte een zucht. 'Niet dat ik heb gezien.' De waarheid, maar het kon me niet meer schelen of hij me geloofde of niet.

Cahil draaide zijn gezicht naar me toe en keek me aan. Er ging een golf van hitte langs me heen, en plotseling had ik het gevoel dat ik te dicht bij hem zat. In zijn ogen fonkelde een blauwgroene kleur, als water in zonlicht. En opeens vroeg ik me af waarom hij eigenlijk een baard had in zo'n heet klimaat. Ik stelde me Cahil voor zonder zijn baard. Dan zag hij er jonger uit en kon je zijn gave, gebruinde huid en haviksneus beter zien.

Toen hij weer voor zich keek, schudde ik mijn hoofd. Ik wilde niets meer met hem te maken hebben.

'Hou je vast,' zei hij. Toen klakte hij met zijn tong.

Het paard begon te lopen. Stuiterend in het zadel sloeg ik mijn armen om Cahils middel. De grond leek erg ver weg en zag er erg hard uit. Terwijl ik vocht om mijn evenwicht te bewaren, haalden we zijn mannen in. Toen we hen passeerden, ontspande ik in de veronderstelling dat hij halt zou houden om me eraf te laten. Maar we reden door, en de mannen renden mee.

Verder rijdend door de citadel concentreerde ik me op het paard, op zoek naar een ritme voor mijn lichaam in cadans met dat van het paard, zoals Cahil leek te doen. Hij hurkte boven het zadel, terwijl mijn benen tegen het leer sloegen. Toen ik me verder richtte op de bewegingen van het paard, bleek ik opeens uit de ogen van het rijdier te kijken.

De weg liep rondom, alsof ik in een bubbel zat. Ik kon ver vooruit maar ook naar weerszijden kijken, en zelfs bijna helemaal naar achteren. Het paard was moe en had het warm, en hij vroeg zich af waarom er twee mensen op zijn rug zaten. Meestal was Pepermuntman de enige die op hem reed. Maar soms nam Stroknul hem thuis mee uit voor een ritje. Hij verlangde naar zijn koele, stille stal vol hooi en met een emmer water.

Straks water, dacht ik tegen het paard. Hoopte ik. Hoe heet je? vroeg ik.

Topaas.

Ik stond versteld van onze communicatie. In het contact met andere dieren had ik alleen een glimp door hun ogen en een vaag idee van hun wensen gekregen. Nog nooit had ik een heus gesprek met een dier gevoerd.

Ik kreeg pijn in mijn rug. Vloeiender? vroeg ik. Topaas veranderde zijn gang. Cahil bromde verbaasd, maar ik slaakte een zucht van verlichting. Het was alsof ik op een slee over een besneeuwde heuvel ging.

In de nieuwe gang liepen we sneller, en de mannen raakten achterop. Cahil probeerde Topaas in te houden, maar het paard wilde naar zijn water.

Aan de voet van een hoge toren bleven we in de schaduw staan.

Cahil sprong van het paard en inspecteerde Topaas' benen.

'Ik heb hem dat nog nooit zien doen,' zei hij.

'Wat zien doen?'

'Het is een driegangenpaard.'

'En dat betekent?'

'Dat betekent dat hij kan stappen, draven en galopperen.'

'Ja, en?'

'Nou, dit was niet een van zijn gangen. Sommige paarden hebben er vijf, maar ik weet niet eens wat dit was.'

'Het was vloeiend en snel,' zei ik, 'en het beviel me uitstekend.'

Cahil keek me argwanend aan.

'Hoe kom ik eraf?' vroeg ik.

'Linkervoet in de stijgbeugel. Rechterbeen achterlangs naar links zwaaien en dan springen.'

Op wiebelige benen kwam ik neer. Topaas draaide zijn hoofd en keek me aan. Hij wilde water. Ik pakte een van Topaas' waterzakken van het zadel en hield die voor hem open. Door de spleetjes van zijn ogen keek Cahil naar mij, toen naar zijn paard.

'Is dit de Magiërsveste?' vroeg ik om Cahil af te leiden.

'Ja. De ingang is om de hoek. We wachten op mijn mannen en gaan dan naar binnen.'

Korte tijd later hadden zijn mannen ons ingehaald. We liepen naar de ingang van de veste, waar hoog uitgeschulpte bogen de immense marmeren deuren omlijstten. Roze zuilen ondersteunden de bogen die twee verdiepingen omspanden. De deuren stonden open, en zonder dat de wachters ons tegenhielden, liepen we erdoor.

Binnen was een hof met daarachter een verzameling gebouwen. Nog een stad binnen in de stad. De vormen en kleuren waren ongelofelijk. De gebouwen vormden een bonte schakering van marmer in allerlei kleuren. Van hoeken en daken tuurden standbeelden van verscheidene dieren. Er waren tuinen en gazons. Mijn ogen waren blij met het groen na de witte gloed van de muren in de citadel.

De dikke buitenmuur van de veste vormde een rechthoek die het gehele terrein omsloot. Op alle vier de hoeken stond een toren.

Recht tegenover de ingang stonden twee gedaanten op de trappen voor de ingang van het grootste gebouw. In het overheersend gele gebouw zaten kleine blokken perzikkleurig marmer. Toen we dichterbij kwamen, zag ik dat de gedaanten Leif en een lange vrouw waren. Ze droeg een mouwloze nachtblauwe jurk die tot haar enkels viel. Haar voeten waren bloot, en haar witte haar was zeer kortgeknipt. Het zonlicht verdween in haar bijna zwarte huid.

Onder aan de trappen gaf Cahil de teugels van zijn paard aan Marrok. 'Breng hem naar de stallen en ga uitpakken. Ik zie je in de kazerne.'

'Ja, meneer,' zei Marrok en hij draaide zich al om.

'Marrok,' zei ik. 'Geef Topaas ook wat melkhaver.'

Hij knikte en liep weg.

Cahil kneep in mijn arm. 'Hoe weet jij van die melkhaver?'

Snel dacht ik na. 'Cahil, ik ben nu al meer dan een week met je op reis. Ik heb hem helpen voeren.' Tot op zekere hoogte de waarheid, maar het leek me geen goed idee om Cahil te vertellen dat zijn paard me had gevraagd om wat melkhaver. En hij wilde al helemaal niet weten dat zijn eigen paard hem Pepermuntman noemde.

'Je liegt. Melkhaver is een speciale lekkernij die hier wordt gemaakt door de stalmeester. Die geeft het aan de paarden, verder niemand.'

Ik deed mijn mond open voor een antwoord maar werd onderbroken door een schelle stem.

'Klopt er iets niet, Cahil?'

Tegelijk keken we naar de vrouw. Samen met Leif daalde ze naar ons af.

'Niets aan de hand,' zei Cahil.

Een paar treden boven ons bleven ze staan.

'Is zij het?' vroeg de vrouw.

'Ja, Eerste Magiër,' antwoordde Cahil.

'Ben je zeker van haar trouw aan Ixia?' vroeg ze.

'Ja,' zei Cahil. 'Ze heeft een Ixisch uniform en Ixische munten bij zich.'

'Haar trouw en verlangen naar Ixia is dik als ranzige soep,' zei Leif. De vrouw deed een stap naar me toe. Ik keek in haar amberkleurige ogen. Ze hadden de vorm van de ogen van een sneeuwkat en stonden net zo roofzuchtig. Haar blik breidde zich uit en omgaf me, en mijn wereld verdween toen de grond veranderde in een rimpelende amberkleurige vloeistof. Ik begon te zinken. Er cirkelde iets rond mijn enkels, ik werd omlaaggetrokken. Mijn kleren werden verwijderd, toen mijn huid, toen mijn spieren. Mijn botten losten op tot er niets anders meer over was dan mijn ziel.

10

ER SCHRAAPTE IETS SCHERPS OVER MIJN ZIEL, OP ZOEK NAAR KWETS-bare plekken. Ik duwde het opdringerige voorwerp weg en begon een verdedigingsmuur in mijn hoofd op te bouwen. Deze magiër zou mij niet bereiken.

Bakstenen stapelden zich op, maar ze vergruizelden aan de randen. Er vielen gaten in terwijl ik mijn uiterste best deed om Eerste Magiër voor te blijven. Ik goot al mijn kracht in die muur. Ik lapte de gaten op. Ik plaatste nog een muur binnen de eerste. Maar de bakstenen vielen uiteen en stortten in.

Verdomme! Nee! Ik bleef me verzetten, maar het was slechts een kwestie van tijd. Uiteindelijk liet ik de muur oplossen. Maar met een plotselinge vloed van energie creëerde ik een gordijn van groendooraderd marmer om haar tegen te houden. Ik drukte me tegen het gladde steen en hield uit alle macht vol. Mijn geest raakte uitgeput. Uit pure wanhoop gebruikte ik mijn laatste kracht om te roepen om hulp. Het marmer veranderde in een standbeeld van Valek. Bezorgd keek hij naar me.

'Help,' zei ik.

Hij sloeg zijn sterke armen om me heen en drukte me tegen zijn borst. 'Zeg het maar, lief.'

Leeggestreden klampte ik me aan hem vast terwijl de duisternis neerdaalde.

Ik werd wakker in een klein kamertje, met bonzend hoofd. Ik keek omhoog naar het plafond en besefte dat ik op een bed lag. Het stond tegen een muur onder een open venster. Toen ik overeind wilde komen, protesteerden mijn stijve benen. Ik voelde me beurs en geschonden, alsof iemand mijn huid had weggeschrobd. Mijn keel vlamde van de dorst. Op een nachtkastje stond een kan water, met daarnaast een leeg glas. Ik schonk het glas vol en goot de koele vloeistof in drie slokken naar binnen. Nu ik me iets beter voelde, keek ik de kamer rond. Langs de muur tegenover me stond een kledingkast, met rechts een langwerpige passpiegel en links een deuropening.

Daarin verscheen Cahil. 'Ik dacht al dat ik je hoorde.'

'Wat is er gebeurd?' vroeg ik.

'Eerste Magiër heeft geprobeerd je gedachten te lezen,' zei Cahil. Hij keek beschaamd. 'Ze was ontzettend geïrriteerd door jouw weerstand, maar ze zei dat je geen spion was.'

'Reuze.' Sarcasme maakte mijn stem scherp. Ik sloeg mijn armen over elkaar. 'Hoe ben ik hier gekomen?'

Er verschenen rode vlekken op zijn wangen. 'Ik heb je gedragen.'

Ik sloeg mijn armen om mezelf heen. De gedachte door hem te worden aangeraakt bezorgde me kippenvel. 'Waarom ben je gebleven?'

'Om zeker te weten dat het goed met je was.'

'Nú maak je je zorgen om me? Dat wil er bij mij niet in.' Op beurse benen stond ik op. Ze voelden aan alsof ik te veel rondjes had hardgelopen, en mijn onderrug deed zeer. 'Waar ben ik?'

'In het studentenkwartier. Leerlingenvleugel. Jij hebt deze kamers gekregen.'

Cahil trok zich terug in de andere kamer. Ik volgde hem naar een klein zitgedeelte met een groot bureau, een bank, een tafel met stoelen en een marmeren haard. De muren waren van lichtgroen marmer. Tegen de tafel stonden mijn rugzak en mijn boog.

Er was nog een deur. Ik liep de kamer door en deed hem open. Over de drempel lag een binnenhof met bomen en standbeelden. Daartussen zag ik de ondergaande zon. Ik stapte naar buiten en keek rond. Mijn kamers lagen aan het einde van een lang, laag gebouw. Er was niemand te zien.

Cahil kwam mee naar buiten. 'Aan het begin van het afkoelseizoen komen de studenten terug.' Hij wees naar een pad. 'Dat leidt naar de eetzaal en de klaslokalen. Zal ik je een rondleiding geven?'

'Nee,' zei ik en ik ging terug naar de zitkamer. In de deuropening draaide ik me om. 'Ik wil dat jij en je speelgoedsoldaatjes me eindelijk met rust laten. Je weet nu dat ik geen spion ben, dus donder een eind op.' Ik deed de deur dicht en sloot hem af, met Cahil buiten. Voor de zekerheid zette ik een stoel onder de deurknop.

Ik ging opgerold op het bed liggen. De wens om naar huis te gaan was overweldigend. Naar Valek. Naar zijn kracht en zijn liefde. Door dat ene korte contact met hem miste ik hem nog meer. Zijn afwezigheid liet een leegte na die diep in mij brandde.

Ik wilde weg uit Sitia. Ik had mijn magie nu genoeg onder controle om niet op te vlammen. Ik hoefde niet hier te zijn bij deze verschrikkelijke mensen. Ik hoefde alleen maar naar het noorden, dan kwam ik vanzelf uit bij de grens met Ixia. In gedachten plande ik de reis, maakte een lijst met benodigdheden en overwoog zelfs Topaas te ontvoeren om te ontsnappen. Toen het donker werd in de kamer, viel ik in slaap.

Toen ik wakker werd door de zon rolde ik me op mijn andere zij. Nadenkend over mijn kansen om de veste te verlaten zonder dat iemand het wist, besefte ik dat ik niet wist hoe de veste in elkaar stak. Ik kon de omgeving gaan verkennen, maar ik had geen zin iemand tegen te komen of te worden gezien. Daarom bleef ik de hele dag in bed en ging die avond weer slapen.

Er verstreek nog een dag. Iemand rammelde aan de deurklink,

klopte toen en riep me. 'Ga weg,' riep ik terug en ik was tevreden toen daar gehoor aan werd gegeven.

Uiteindelijk verviel ik tot een lethargie. Mijn geest zweefde en trof wat dieren in de tuin. Van zelfs dat lichte contact deinsde ik terug om een rustplek te zoeken.

Toen vond ik Topaas. Pepermuntman was komen kijken, maar het paard vroeg zich af waar Lavendelvrouw was. Ik zag een beeld van mezelf in Topaas' geest. Lavendelvrouw noemde hij me dus. Grappig dat Topaas me zo noemde. Op reis met Cahil had ik weinig tijd gekregen om me te wassen, maar ik had wel de rust gevonden om me op te frissen en wat druppels van mijn moeders lavendelparfum op te doen.

Vloeiend en snel gaan, dacht Topaas.

Zou je me ver weg naar het noorden brengen? vroeg ik.

Niet zonder Pepermuntman. Vloeiend en snel met jullie allebei. Ik ben sterk.

Je bent erg sterk. Misschien blijf ik wel bij je.

Nee, Yelena, je hebt nu wel genoeg zitten mokken, sprak Irys' stem in mijn hoofd. Haar contact was als een dikke, koele zalf op een open wond.

Ik zit niet te mokken.

Hoe noem je het dan? vroeg Irys geërgerd.

Mezelf beschermen.

Ze begon te lachen. Waarvoor? Roos kwam er nauwelijks doorheen.

Roos?

Roos Vedersteen, Eerste Magiër. En sindsdien is ze razend. Je hebt wel ergere dingen doorstaan, Yelena. Wat is het probleem nu echt?

Ik voelde me hulpeloos en alleen zonder iemand die op me paste. Maar die gedachte begroef ik diep om hem niet te hoeven delen met Irys. In plaats daarvan negeerde ik haar vraag. Nu mijn mentor terug was, vatte ik weer wat moed. Zij was de enige in de veste die ik kon vertrouwen.

Ik kom zo met iets te eten. Dan laat je me erin en dan eet je, gebood Irys.

Eten? dacht Topaas hoopvol. Appel? Pepermunt?

Ik glimlachte. Straks.

Mijn maag rommelde. Terwijl ik op de rand van het bed ging zitten, werd ik overspoeld door een golf van duizeligheid. Ik wist niet meer wat voor een dag het was en voelde me zwak van de honger.

Irys kwam, zoals beloofd, met een dienblad vol fruit en koude vleessoorten. Ze had ook een kan met ananassap en wat koeken bij zich. Terwijl ik at, vertelde ze me over de tocht naar het huis van Mena. Zij was de laatste van de ontvoerde meisjes die haar verloren familie terugvond.

'Vijf zussen, precies zoals zij,' zei Irys hoofdschuddend.

Met een grijns op mijn gezicht stelde ik me Mena's thuiskomst voor. Zes meisjes, gillend van verrukking, lachend en huilend terwijl ze allemaal door elkaar praatten.

'Die arme vader van hen vroeg of ik hen allemaal wilde testen op magische vermogens. Mena heeft er iets van, maar zij moet nog een jaar wachten voordat ze naar school komt. De anderen waren ook nog te jong.' Irys schonk twee bekers sap in. 'Ik moest mijn bezoek onderbreken toen ik jou om hulp hoorde roepen.'

'Toen Roos binnendrong?'

'Ja. Ik was te ver weg om je bij te staan, maar kennelijk heb je het in je eentje ook aardig gered.'

'Valek heeft me geholpen,' zei ik.

'Dat bestaat niet. Ík kon niet eens bij je komen. Valek is geen magiër.'

'Maar hij was er wel, en ik putte uit zijn kracht.'

Ongelovig schudde Irys het hoofd.

Ik dacht erover na hoe Irys me had gevonden in het noorden. 'Jij voelde mijn macht toen ik in Ixia was,' zei ik. 'Het is dezelfde afstand naar Valek.'

Weer schudde ze haar hoofd. 'Valek is immuun voor magie, dus ik denk dat je zijn evenbeeld hebt gebruikt als schild tegen Roos. Toen ik jou vorig jaar voelde, had je geen controle over je vermogens. Je ongecontroleerde uitbarstingen van magie veroorzaakten rimpels in de machtbron. Alle magiërs, waar ook ter wereld, kunnen dat voelen, maar alleen meestermagiërs weten uit welke richting het komt.'

Dat baarde me zorgen. 'Maar je voelde me ook om hulp roepen toen je bij Mena thuis zat. Was ik de controle kwijt, als ik je over die afstand kon bereiken?' Controleverlies leidde tot opvlammen, wat leidde tot de dood van de magiër en beschadiging van de machtbron voor alle magiërs.

Ze keek geschrokken. 'Nee.' Met gefronst voorhoofd keek ze naar de muur en dacht na. 'Yelena, wat heb je allemaal met je magie gedaan sinds ik wegging?'

Ik vertelde haar over de hinderlaag, de ontsnapping en de wapenstilstand met Cahil.

'Dus je hebt Cahils mannen allemáál diep in slaap gebracht?' vroeg ze.

'Nou ja, het waren er maar twaalf. Heb ik iets verkeerds gedaan? Heb ik de ethische code van jullie geschonden?' Er was zo veel wat ik niet wist over magie.

Irys snoof, mijn gedachten lezend. En jij wilde ervandoor gaan met een paard.

'Beter dan hier blijven bij Cahil en Leif,' zei ik hardop.

'Die twee.' Irys fronste haar voorhoofd weer. 'De meestermagiërs hebben met hen beiden gesproken. Roos is er furieus over dat ze haar over jou hebben misleid. Cahil had zelfs de brutaliteit om midden in het hete seizoen een raadsbijeenkomst te eisen. Hij wacht maar tot het afkoelseizoen. Misschien komt hij dan op de agenda, en misschien ook niet.' Irys schokschouderde, kennelijk ongeïnteresseerd.

'Zouden de Sitiërs voor Cahil de wapens opnemen?' vroeg ik.

'We hebben geen ruzie met het noorden, al zijn het niet onze vrienden. De Raad zit te wachten tot Cahil volwassen is. Als hij charisma en sterke leiderschapskwaliteiten ontwikkelt, kunnen zijn plannen Ixia te heroveren worden gesteund door de Raad.' Ze hield haar hoofd scheef, alsof ze het vooruitzicht van een oorlog overwoog.

'Het handelsverdrag is het eerste officiële contact dat we in vijftien jaar met Ixia hebben gehad,' verklaarde ze. 'Het is een goed begin. We zijn altijd bezorgd dat commandant Ambrosius probeert Sitia over te nemen zoals hij in het noorden heeft gedaan, maar hij lijkt het zo wel best te vinden.'

'Zou een Sitisch leger winnen van het noorden?'

'Wat denk jij?'

'Sitia zou het wel moeilijk krijgen. De mannen van de commandant zijn trouw, toegewijd en goed opgeleid. Om een veldslag te winnen zou je sterk in de meerderheid of echt stukken slimmer moeten zijn.'

Irys knikte. 'Een campagne tegen het noorden zou met de grootste zorg moeten worden opgezet. Daarom wacht de Raad ook af. Maar daar maak ik me nu niet druk over. Voor mij is het belangrijker dat ik jou lesgeef in magie en jouw specialiteit ontdek. Je bent sterker dan ik dacht, Yelena. Twaalf man in slaap brengen is geen kleinigheid. En gesprekken met een paard...' Irys veegde haar haren uit haar gezicht en hield ze achter op haar hoofd vast. 'Als ik het niet had gehoord, had ik je niet geloofd.'

Irys stond op en begon de borden op het dienblad te stapelen. 'Wat je met Cahils mannen hebt gedaan zou normaal gesproken een schending van de ethische code zijn, maar je handelde uit zelfverdediging, dus was het aanvaardbaar.' Ze zweeg even. 'Wat Roos met jou deed, was duidelijk een schending van onze code, maar ze dacht dat je een spion was. De code is niet van toepassing op spionnen. Alle Sitiërs zijn één in hun intolerantie voor spionage. De commandant kwam aan de macht door in de monarchie te infiltreren en te moorden, dus als er een spion wordt ontmaskerd, is Sitia bang dat de commandant genoeg informatie probeert te verzamelen voor een nieuwe overname.'

Terwijl ze het dienblad met vuile borden oppakte, zei Irys: 'Morgen zal ik je de veste laten zien en beginnen we met je opleiding. Er staan kaarsen en vuursteen in de kast als je licht nodig hebt, en achter het gebouw ligt brandhout voor als het koud wordt. Ik heb je in de leerlingenvleugel ondergebracht omdat je te oud bent voor de eerstejaarskazerne. En als de school begint, ben je denk ik ook wel klaar voor de leerlingenklas.'

'Wat is de leerlingenklas?'

'De veste heeft een lesprogramma van vijf jaar. Ongeveer een jaar nadat ze volwassen zijn geworden, gaan de studenten van start. Doorgaans is hun magie rond de leeftijd van veertien al zo ver gevorderd dat we die kunnen richten. Elk jaar op de veste heeft een naam. Eerste jaar, novice, junior, senior en leerling. Jij bent op leerlingniveau, maar je scholing wordt anders omdat je moet leren over onze geschiedenis en regering.' Irys schudde haar hoofd. 'Voordat de lessen beginnen, ben ik er wel uit. Ik denk dat je bij studenten van andere niveaus komt te zitten, afhankelijk van het onderwerp. Maar maak je daar nu nog maar niet druk over. Ga maar uitpakken en maak het jezelf gemakkelijk.'

Haar woorden deden me eraan denken dat ik iets voor haar in mijn rugzak had. 'Irys, wacht even,' zei ik voordat ze kon weggaan. 'Mijn moeder heeft wat parfum voor je meegegeven.' Ik dolf in mijn rugzak. Gelukkig waren de flesjes niet kapot gegaan tijdens de tocht naar de citadel. Ik gaf Irys het appelbessenparfum en zette mijn flesje lavendel op de tafel.

Irys bedankte me en vertrok. Toen ze weg was, voelde de kamer leeg aan. Ik haalde alles uit mijn rugzak, hing mijn oude uniform in de kledingkast en zette het beeldje van de valmur dat ik voor Valek had gekocht op tafel, maar de kamers bleven kaal. Ik zou Irys vragen mijn Ixische geld te wisselen. Misschien kon ik dan wat dingen kopen om de boel op te vrolijken.

Onder in mijn rugzak vond ik Esaus veldgids. Ik nam een kaars mee naar de slaapkamer en las in zijn boek tot mijn oogleden zwaar werden. Zijn uitgebreide aantekeningen wekten de indruk dat vrijwel elke plant en boom in het oerwoud een bestaansreden had. Ik merkte dat ik stiekem hoopte op een bladzijde in zijn gids met een tekening van mij en daaronder de reden van mijn bestaan in Esaus nette handschrift.

's Ochtends trok Irys haar neus op toen ze mijn kamers binnenkwam. 'Ik zal je eerst maar de weg naar het badhuis wijzen. We sturen je kleren wel naar de wasserij en zorgen voor schone.'

Ik begon te lachen. 'Zo erg?'

'Ja.'

Samen met Irys liep ik naar een ander marmeren gebouw met rondom blauwe zuilen. Het badhuis had aparte baden voor mannen en vrouwen. Het was een fantastisch gevoel om het reisvuil van mijn huid te wassen. De wasvrouw nam mijn vuile, gehavende kleren in ontvangst. Nootjes kleding en mijn witte hemd en zwarte broek moesten allemaal hersteld.

Ik leende een lichtgroene katoenen tuniek en een kakikleurige broek. Irys vertelde dat er in de veste geen vaste kledingregels voor de lessen en de dagelijkse bezigheden waren, maar dat er voor speciale gelegenheden wel een leerlingenmantel verplicht was.

Nadat ik mijn haar had gekamd en gevlochten, wandelden we naar de eetzaal voor het ontbijt. Rondkijkend in de veste ontwaarde ik een patroon van de indeling. Wandelpaden en tuinen liepen langs marmeren gebouwen van allerlei formaten. Rondom het hoofdterrein stonden kazernes en studentenkamers. De stallen, wasserij en hondenkennel stonden tegen de achtermuur van de veste. In een grote omheinde weide naast een ovale oefenplaats graasden paarden.

Ik vroeg Irys naar de vier torens.

'Daar wonen de meestermagiërs.' Ze wees naar de toren op de noordwestelijke hoek. 'Dat is de mijne. Die op de noordoostelijke hoek bij de stallen is van Zitora Cowan, Derde Magiër. Die op het zuidwesten is van Roos Vedersteen, en op het zuidoosten woont Baïn Bloedgoed, Tweede Magiër.'

'En als jullie meer dan vier meesters hebben?'

'In de hele geschiedenis van de Magiërsveste hebben we er nooit meer dan vier gehad. Wel minder, maar nooit meer. Het zou een fantastisch probleem zijn. De torens zijn zo groot dat er genoeg ruimte zou zijn om in te schikken.' Ze glimlachte.

In de eetzaal zaten drie mensen. De langwerpige ruimte stond vol met rijen lege tafels.

'Als de school weer begint, zitten deze tafels vol studenten, leraren en magiërs,' legde Irys uit. 'Iedereen eet hier.'

Ze stelde me voor aan de twee mannen en de vrouw die zaten te ontbijten. Het bleken hoveniers met pauze, slechts een fractie van de enorme troepenmacht die de tuinen onderhield.

We aten, ik stak een appel voor Topaas in mijn zak en Irys nam me mee naar haar verblijf. Na misschien wel een miljoen traptreden langs tien verdiepingen van kamers kwamen we helemaal boven. De vensters in de ronde kamer liepen van vloer tot plafond. Lange kanten gordijnen wapperden in de warme bries. Kleurige kussens en zitbanken in het blauw, purper en zilver fleurden de lichte ruimte op. Overal stonden boekenkasten, en er hing een frisse citrusgeur.

'Mijn meditatiekamer,' zei Irys. 'De perfecte omgeving om op krachten te komen en te leren.'

Ik liep rond en keek naar buiten. Ze had een schitterend uitzicht over de veste, en door de vensters op het noordoosten zag ik glooiende groene heuvels met overal dorpjes.

'Dat is een deel van het land van de Vedersteenstam,' zei Irys, mijn blik volgend. Ze gebaarde naar het midden van de kamer. 'Ga zitten. We gaan beginnen.' Irys nam plaats op een purperen kussen en kruiste haar benen.

Ik ging tegenover haar op een blauw kussen zitten. 'Maar mijn boog...'

'Je hebt je boog niet nodig. Ik zal je leren hoe je de macht kunt bereiken zonder lichamelijk contact. De machtbron hangt als een deken om de wereld heen. Uit deze deken kun je een draad pakken, je lichaam in trekken en gebruiken. Maar als je te hard trekt, maak je kreukels in de deken en trek je hem krom, zodat sommige gebieden bloot komen te liggen en er op andere gebieden te veel macht is. Ze zeggen dat er gebieden zijn onder gaten in de deken, waar geen macht is, maar ik heb er nog nooit een gevonden.'

Ik voelde haar macht als een luchtbel van haar uitgaan. Ze hief haar hand en zei: 'Venettaden.'

De macht sloeg tegen me aan. Mijn spieren versteenden. In paniek rakend staarde ik haar aan.

'Duw weg,' zei ze.

Ik dacht aan mijn bakstenen muur, maar die was nooit bestand tegen haar kracht. Andermaal trok ik mijn marmeren gordijn dicht om de machtstroom af te snijden. Mijn spieren ontspanden.

'Heel goed,' zei ze. 'Ik had een machtdraad gepakt en er een bal van gemaakt. Met een woord en een gebaar heb ik die bal op jou gericht. We leren de studenten woorden en gebaren om mee te oefenen, maar eigenlijk kun je gebruiken wat je maar wilt. Het is alleen om je te helpen de macht te richten. En na verloop van tijd heb je geen woorden nodig om de magie uit te voeren. Dan gaat het vanzelf. Nou jij.'

'Maar ik weet niet hoe ik een machtdraad moet trekken. Ik concentreer me gewoon op het gevoel van het hout van mijn boog, en dan maakt mijn geest zich los en stuur ik die naar andere geesten. Hoe werkt dat dan?'

'Het vermogen om gedachten te lezen is een andere machtdraad die twee geesten met elkaar in verbinding stelt. Als die verbinding er eenmaal is, blijft die en kun je zo weer opnieuw verbinding maken. Denk, bijvoorbeeld, maar eens aan de verbinding tussen ons, en tussen jou en Topaas.'

'En Valek,' zei ik.

'Ja, Valek ook. Al moet jouw verbinding met hem op een onbewust niveau liggen omdat hij immuun is voor magie. Heb je zijn gedachten ooit kunnen lezen?'

'Nee. Maar dat heb ik ook nooit geprobeerd. Op een of andere manier wist ik altijd wat hij voelde.'

'Een overlevingsinstinct. Lijkt me logisch, gezien zijn positie in Ixia, en aangezien hij met regelmaat besliste of je zou leven of sterven.'

'Dat overlevingsinstinct heeft me wel een paar keer gered,' zei ik, terugdenkend aan mijn problemen in Ixia. 'Als ik in de knel kwam te zitten, was het opeens alsof iemand anders mijn lichaam had overgenomen en er onmogelijke dingen gebeurden.'

'Ja, maar nu ben jij de baas en kun je die dingen láten gebeuren.'

'Ik weet niet zeker...'

Irys hief haar hand op. 'Zo is het genoeg. Nu concentreren. Voel de macht. Trek die naar je toe en hou hem vast.'

Ik haalde diep adem en deed ook maar mijn ogen dicht. Lichtelijk opgelaten richtte ik me op de lucht om me heen om te zien of ik de deken van macht kon voelen. Een tijdlang gebeurde er niets.

Toen voelde ik de lucht dikker worden en op mijn huid drukken. Met mijn wil trok ik de magie dichterbij. Toen de druk veel sterker was geworden, deed ik mijn ogen open. Irys zat naar me te kijken.

'Als je de macht op me af stuurt, bedenk je wat je hem wilt laten doen. Een woord of gebaar helpt altijd en kun je de volgende keer gebruiken om het sneller te doen.'

Ik duwde tegen de macht en zei: 'Omver.'

Even gebeurde er niets. Toen werden Irys' ogen groot van schrik en viel ze om.

Ik rende naar haar toe. 'Neem me niet kwalijk.'

Ze keek naar me omhoog. 'Dat was raar.'

'Hoezo?'

'In plaats van me omver te duwen, kwam jouw magie mijn geest binnen en gaf me een mentaal bevel om te vallen.' Irys nam weer plaats op het kussen.

'Probeer het nog eens, maar beschouw de macht nu als een fysiek voorwerp, zoals een muur, en stuur die op me af.'

Ik volgde haar aanwijzingen, maar het resultaat was hetzelfde.

'Het is een ongebruikelijke methode, maar het werkt wel.' Irys veegde een losse lok haar achter haar oor. 'Laten we nu eens werken aan je verdediging. Buig nu mijn macht af voordat die bij jou kan komen.'

In een waas van beweging stuurde ze een bol van energie op me af. 'Theetottel.'

Achteruitspringend stak ik mijn handen omhoog, maar ik was niet snel genoeg. Mijn wereld tolde. Voordat ik mijn verdediging kon opstellen kolkten er strepen kleur om me heen. Ik lag plat op mijn rug te kijken naar het hellende plafond van de toren. Tussen de dakspanten zat een uil op een nest te slapen.

'Zorg ervoor dat je te allen tijde je verdediging paraat hebt,' zei Irys. 'Je mag je nooit laten overrompelen. Maar aan de andere kant...' Irys streek haar hemd glad. 'Roos kwam ook niet erg diep je geest in.'

Ik ging dat onderwerp liever uit de weg. 'Wat betekent theetottel?' vroeg ik.

'Dat is een onzinwoord,' zei Irys. 'Heb ik verzonnen. Ik laat je natuurlijk niet weten wat ik ga doen. Die woorden gebruik ik voor aanvals- en verdedigingsdoeleinden. Maar voor praktische zaken, zoals vuur en licht, gebruik ik bestaande woorden.'

'Kan ik vuur maken?'

'Als je sterk genoeg bent. Maar het is vermoeiend werk. Gebruik van magie kost kracht, sommige soorten meer dan andere. Jij schijnt zonder al te veel moeite contact te kunnen leggen met andere geesten.' Irys spreidde haar handen.

'Misschien is dat jouw specialiteit.'

'Wat bedoel je met specialiteit?'

'Sommige magiërs kunnen alleen bepaalde dingen doen. Zo zijn er magiërs die lichamelijke wonden kunnen genezen en andere die kunnen helpen met mentaal trauma. De een kan zware dingen verplaatsen, zoals standbeelden, en de ander kan moeiteloos vuur aansteken.' Irys speelde met de kwastjes aan haar kussen. 'Soms kom je iemand tegen die twee of drie verschillende dingen kan, of een hybride talent, zoals Leif, die iemands ziel kan voelen. Bij jou hebben we ontdekt dat je niet alleen gedachten kunt lezen maar ook de daden van een mens of dier kunt beïnvloeden. Een zeldzaam talent. Dat zijn twee vermogens.'

'Is dat de bovengrens?' vroeg ik.

'Nee. Meestermagiërs kunnen alles.'

'Waarom wordt Roos dan Eerste Magiër genoemd en ben jij de Vierde?'

Irys schonk me een vermoeid glimlachje. 'Roos is sterker dan ik. We kunnen allebei vuur aansteken. Ik kan alleen een kampvuur maken, maar zij heeft het vermogen om een gebouw van twee verdiepingen in lichterlaaie te zetten.'

Ik dacht na over haar woorden. 'Als magiërs maar één talent hebben, wat gaan die dan doen na hun opleiding?'

'We wijzen magiërs toe aan verschillende steden en dorpen, afhankelijk van de behoeften. We doen er ons best voor om in elke plaats altijd een genezer te hebben. Andere magiërs dekken verscheidene steden en reizen rond om te helpen met projecten.'

'Wat zou ik gaan doen?' Ik vroeg me af of er wel een plaats bestond waar ik van nut kon zijn. Maar tegelijkertijd wist ik niet eens of ik wel zo'n plaats in Sitia wilde.

Irys begon te lachen. 'Het is nog te vroeg om daar iets over te kunnen zeggen. Voorlopig moet je oefenen om macht te verzamelen en te gebruiken. En je verdediging paraat te houden.'

'Hoe hou ik mijn muur omhoog zonder mezelf uit te putten?'

'Ik stel me mijn verdedigingsmuur voor, die lijkt op deze torenkamer. Ik maak hem massief en stevig, en dan maak ik hem doorzichtig zodat ik naar buiten kan kijken, en daarna denk ik er niet meer aan. Maar zodra er magie op me wordt gericht, wordt mijn barrière massief en weert hij de aanval af voordat ik me er volledig bewust van ben.'

Volgens haar instructies creëerde ik een onzichtbare barrière in mijn hoofd. Op onverwachte momenten gedurende de ochtend probeerde Irys hem uit, en hij hield het. De rest van de tijd oefende ik in het verzamelen van magie, maar hoe ik mijn best ook deed, mijn magie was maar van invloed op twee dingen. Irys en de uil die tussen de dakspanten sliep.

Irys' geduld verbaasde me, en voor het eerst sinds ik in Sitia was, kreeg ik de hoop dat het binnen mijn vermogens lag om mijn krachten meester te worden.

'Dat was een goed begin,' zei Irys toen het tijd werd voor het middagmaal. 'Ga maar eten en rust vanmiddag uit. We werken in de ochtend, en 's avonds kun je oefenen. Maar vanavond moet je naar de stalmeester om een paard uit te kiezen.'

Hoorde ik dat goed? 'Een paard?'

'Ja. Iedere magiër heeft een paard. Soms moet je ergens snel naar toe kunnen. Tijdens mijn missie in Ixia moest ik mijn paard, Zijde, hier laten. Toen je om hulp riep, moest ik een paard lenen van Mena's vader. Hoe dacht je dan dat ik zo snel hier had kunnen zijn?'

Daar had ik niet eens bij stilgestaan. Ik was toen volledig in beslag genomen door mijn eigen ellende. Irys' aanwijzingen volgend vond ik de eetzaal. Na het middagmaal ging ik terug naar mijn kamer, waar ik me op bed liet ploffen en in slaap viel.

Die avond na het eten ging ik op zoek naar de stalmeester. Ik vond hem aan het einde van een rij boxen, bezig met het schoonmaken van een leren zadel. Het was een kleine, gedrongen man, met wild bruin haar dat over zijn schouders viel als de manen van een paard. Toen hij kwaad opkeek, onderdrukte ik mijn glimlach.

'Wat moet je?' vroeg hij. 'Kan je niet zien dat ik bezig ben?'

'Ik ben Yelena. Irys heeft me gestuurd.'

'O, juist, de nieuwe student. Ik snap niet waarom Vierde Magiër niet met jouw lessen kon wachten tot iedereen terug is,' mompelde hij in zichzelf terwijl hij het zadel neerzette. 'Deze kant op.'

Hij ging me voor langs de stal. Topaas stak zijn hoofd uit zijn box. Zijn grote bruine ogen stonden hoopvol. Appel? vroeg hij.

Het klopte wat Irys had gezegd. Zonder enige bewuste inspanning maakte ik weer contact met Topaas. Of had hij contact gemaakt met mij? Daar moest ik haar over vragen. Ik gaf hem de appel in mijn zak.

De stalmeester draaide zich om. 'Je hebt zojuist een vriend voor het leven gemaakt,' zei hij, geamuseerd snuivend. 'Dat paard is gek op eten. Ik heb nog nooit een paard gezien dat met zo veel genoegen eet. Je kunt hem zo'n beetje alles laten doen voor een pepermuntje.'

We liepen langs de hooischuur naar de wei. Daar leunde de stalmeester tegen het houten hek. In het veld stonden zes paarden te grazen.

'Kies er maar eentje uit. Maakt niet uit welke, ze zijn allemaal goed. Ik ga je instructeur zoeken.'

'Geeft u geen les?' vroeg ik voordat hij kon gaan.

'Midden in het hete seizoen, als verder iedereen weg is, niet, nee,' zei hij geërgerd. 'Ik heb het te druk met boxen uitmesten en tuig repareren. Ik zei nog te wachten, maar Vierde Magiër wilde meteen. Maar goed dat een van mijn instructeurs vroeg terug is gekomen.' Nog wat verder mompelend vertrok hij in de richting van de stal.

Ik keek naar de paarden in de wei. Drie waren er donkerbruin als Topaas, twee waren zwart, en een was koperrood met onder de knieën witte benen. Aangezien ik niets afwist van paarden, zou het neerkomen op de kleur. Het koper-en-witte paard keek op naar mij.

Zij aardig, zei Topaas. Zij gaan vloeiend en snel voor Lavendelvrouw.

Hoe krijg ik haar bij me? vroeg ik.

Pepermuntjes. Topaas keek liefhebbend naar een leren zak die vlak bij zijn box hing. De stalmeester was verdwenen. Ik ging terug naar de stal om twee pepermuntjes te pakken, gaf er een aan Topaas en nam de andere mee terug naar de wei.

Kiki pepermunt laten zien.

Ik hield het pepermuntje omhoog. Kiki keek even naar de andere paarden en liep toen naar me toe. Toen ze dichterbij kwam, zag ik dat ze een wit gezicht en een bruine vlek rond haar linkeroog had. Iets aan haar ogen kwam me vreemd voor. Pas toen ze het pepermuntje uit mijn handpalm opzoog, drong het tot me door. Haar ogen waren blauw. Dat had ik nog nooit gezien, al zei dat niet zo veel. Ik had de ballen verstand van paarden.

Krabben achter oren, opperde Topaas.

De lange koperen oren van de merrie draaiden naar voren. Ik ging op mijn tenen staan en bewoog mijn vingernagels erachter op en neer. Kiki liet haar hoofd zakken en drukte ermee tegen mijn borst.

'Wat denk jij, meisje?' vroeg ik hardop. Ik kon haar niet horen, zo-als Topaas. Terwijl ik haar achter de oren kriebelde, trok ik een draad macht en stuurde mijn geest naar haar toe. Bij mij zijn?

Ze duwde even met haar neus. Ja.

Ik voelde Topaas' genoegen. We gaan samen vloeiend en snel.

Ik sprong op toen ik de stalmeester achter me hoorde.

'Al eentje gevonden?' vroeg hij.

Ik knikte zonder hem aan te kijken.

'Die komt van de vlakte,' zei hij. 'Goede keuze.'

'Ze moet een andere kiezen,' klonk een bekende stem.

Ik draaide me om. In mijn maag kolkte afgrijzen. Naast de stal-meester stond Cahil.

'En waarom zou ik naar jou luisteren?' vroeg ik bits.

Hij meesmuilde. 'Omdat ik jouw instructeur ben.'

II

'Nee,' zei ik. 'Jij bent níét mijn instructeur.'

'Geen keus,' zei de stalmeester. Verwonderd keek hij van Cahil naar mij. 'Er is niemand anders, en Vierde Magiër staat erop dat je met-een begint.'

'En als ik u help de stallen uitmesten en de paarden eten geven?' vroeg ik de stalmeester. 'Hebt u dan tijd om me les te geven?'

'Jongedame, je hebt al genoeg te doen. Je zorgt al voor je eigen paard, naast je lessen. Cahil is al een stalrat sinds zijn zesde. Nie-mand, behalve ik...' hij grijnsde, '...heeft zo veel verstand van paar-den.'

Ik zette mijn handen op mijn heupen. 'Best. Als hij dan maar meer verstand heeft van paarden dan van mensen.'

Cahil kromp ineen. Mooi.

'Maar ik hou dit paard,' zei ik.

'Het is een glasoog,' zei Cahil.

'Een wat?' vroeg ik.

'Ze heeft blauwe ogen. Dat brengt ongeluk. En ze is grootgebracht door de Zandzaadstam. Hun paarden zijn moeilijk af te richten.'

Kiki snoof naar Cahil. Gemene jongen.

'Dom bijgeloof en een onredelijke reputatie,' zei de stalmeester. 'Cahil, jij zou toch beter moeten weten. Er is niets mis met dat paard. Wat er tussen jou en Yelena ook aan de hand is, jullie lossen het maar op. Ik heb geen tijd om op kleine kinderen te passen.' Prompt beende hij weg, andermaal in zichzelf mompelend.

Cahil en ik keken elkaar een tijdlang vuil aan tot Kiki mijn arm aanstootte, op zoek naar pepermuntjes.

'Het spijt me, meisje, op,' zei ik en ik hield mijn lege hand op. Ze wierp haar hoofd omhoog en ging verder met grazen.

Cahil staarde me aan. Ik sloeg mijn armen over elkaar, maar dat leek een te kleine barrière tussen ons. Liever had ik dikke marmeren muren gehad. Hij had zijn reiskleren omgeruild voor een effen wit hemd en strakke rijbroek, maar hij droeg nog altijd zijn zwarte rijlaarzen.

'Je moet maar zien te leven met de beslissing over het paard. Maar als je je telkens verzet wanneer ik je iets probeer bij te brengen, laat het me dan nu meteen weten, want dan verspil ik er mijn tijd niet aan.'

'Irys wil dat ik het leer, dus dat doe ik.'

Hij leek tevreden. 'Mooi. Eerste les begint nu.' Hij klom over het hek de wei in. 'Voordat je leert paardrijden, moet je alles weten over je paard, lichamelijk en emotioneel.' Cahil klakte met zijn tong naar Kiki, en toen ze hem negeerde, liep hij op haar toe. Net toen hij naast haar was, draaide ze zich om en stootte hem omver met haar lijf.

Ik beet op mijn lip om niet te lachen. Elke keer dat hij vlakbij probeerde te komen, liep Kiki weg of botste tegen hem op.

Met een rood gezicht van frustratie zei Cahil uiteindelijk: 'Krijg toch de vellen. Ik ga een halster halen.'

'Je hebt haar gekwetst toen je zei dat ze ongeluk brengt,' legde ik uit. 'Ze werkt mee als je je verontschuldigingen aanbiedt.'

'Hoe weet jij dat nou?' vroeg Cahil nors.

'Dat weet ik gewoon.'

'Je wist niet eens hoe je moest afstijgen,' zei hij. 'Zo dom ben ik niet.'

Toen hij weer over het hek wilde klimmen, zei ik: 'Net zoals ik wist dat Topaas melkhaver wilde.'

Cahil bleef staan, afwachtend.

Ik zuchtte. 'Topaas zei me dat hij daar zin in had. Ik had per ongeluk contact gelegd met zijn geest, en dus heb ik hem gevraagd vloeiender te lopen omdat ik pijn in mijn rug had. Met Kiki is het precies zo.'

Cahil trok aan zijn baard. 'De Eerste Magiër zei dat je sterke magische vermogens had. Ik had het eerder kunnen weten, maar was te veel bezig met dat spionnengedoe.' Hij keek me aan alsof hij me voor het eerst zag.

Heel even meende ik een kille berekening in Cahils blauwe ogen te zien spelen, maar dat verdween zo snel dat ik me afvroeg of ik het wel goed had gezien.

'Heet ze Kiki?' vroeg hij.

Ik knikte. Cahil liep terug naar Kiki en bood zijn excuses aan. Plots voelde ik een nijdige ergernis. Hij had mij zijn excuses moeten aanbieden voor alle ellende die hij mij had bezorgd. Spionnengedoe, mijn reet.

Gemene jongen duwen? vroeg Kiki.

Nee. Aardig doen. Hij gaat me leren voor je te zorgen.

Cahil wenkte me naar hem en Kiki. Ik klauterde over het hek. Terwijl Kiki bleef staan, gaf Cahil uitleg over de verschillende delen van haar lichaam. Hij begon bij haar neus en hield pas op nadat hij haar rechterachterhoef had opgetild om me de onderkant te laten zien.

'Morgen, zelfde tijd,' zei hij, de les besluitend. 'Kom naar de stal. Dan nemen we de verzorging door.'

Voordat hij terug naar de schuur kon, hield ik hem tegen. Nu ik me niet meer ergerde aan het feit dat hij mijn instructeur was, vroeg ik me af wat hij hier deed. 'Waarom geef jij me les? Ik dacht dat je het wel druk zou hebben met je campagne voor de Ixische troon.'

Zich er terdege van bewust wat ik van zijn queeste vond, keek Cahil me aan, op zoek naar tekenen van sarcasme.

'Zolang ik de volledige steun van de Sitische Raad nog niet heb, kan ik niet zo veel,' zei hij. 'Trouwens, ik heb geld nodig voor mijn onkosten. Mijn mannen werken bijna allemaal op de veste als wachter of hovenier, afhankelijk van wat er nodig is.' Hij veegde zijn handen af aan zijn broek en staarde naar de paarden in de wei. 'Als de veste tijdens het hete seizoen leeg is, richt ik me zo veel mogelijk op het vormen van een achterban. Dit seizoen dacht ik eindelijk de steun van de Raad te kunnen krijgen.' Cahil keek me aan. 'Maar dat pakte anders uit. Daarom ben ik weer aan het werk gegaan en weer aan het smeken om mezelf op de agenda van de Raad te krijgen.' Hij fronste zijn wenkbrauwen en schudde zijn hoofd.

'Morgen dan maar?'

'Morgen.' Terwijl Cahil naar de stal liep, keek ik hem na. Hij had erop gerekend een Ixische spion te vangen om de Raad voor zijn karretje te spannen. Ik vroeg me af wat hij nog meer zou proberen.

Kiki stootte mijn arm aan, en ik krabde haar achter de oren voordat ik terugging naar mijn kamers. Nadat ik wat papier had opgesnord, nam ik plaats aan mijn bureau en tekende een ruwe schets van een paard. Ik benoemde de delen die ik me kon herinneren. Topaas en Kiki hielpen me met de rest.

De verbinding die ik met de paarden had gevormd, was vreemd maar geruststellend. Het was alsof we allemaal in dezelfde ruimte waren, bezig met onze eigen verschillende dingen en onze eigen gedachten. Maar als een van ons de ander rechtstreeks 'aansprak', konden we dat 'horen'. Ik hoefde maar aan Kiki te denken, en haar gedachten kwamen mijn hoofd binnen. Hetzelfde gold voor Irys. Ik hoefde geen macht aan te trekken en die op Irys te projecteren. Ik hoefde alleen maar aan haar te denken.

In de daaropvolgende week vervielen mijn dagen tot een patroon. De ochtenden bracht ik door met Irys om over magie te leren, 's middags deed ik een dutje en studeerde ik en oefende ik mijn zelfverdedigingstechnieken. De avonden bracht ik door met Cahil en Kiki. Als ik over het terrein liep, lette ik altijd op of ik Goel ergens zag. Ik was zijn dreigement niet vergeten.

Al vrij kort na het begin van mijn magische opleiding begon Irys me te testen op andere vermogens.

'Eens kijken of je vuur kunt maken,' zei Irys op een ochtend. 'Als je deze keer macht trekt, concentreer je je op het aansteken van deze kaars.' Ze zette een kandelaar voor me neer.

'Hoe dan?' vroeg ik, rechtop zittend. Ik had op de kussens in haar torenkamer liggen denken aan Kiki. We waren nu een week verder, en ik had haar nog steeds niet bereden. Tot dusver had Cahil elke les gebruikt om me te leren over verzorging en tuig. Wat een irritante man.

'Denk aan een losse vlam voordat je je magie richt.' Irys liet het zien. 'Brand,' zei ze. De kaars flakkerde op en brandde even voordat ze hem uitblies. 'Jouw beurt.'

Ik concentreerde me op de kaarsenpit en vormde het beeld van een vlam in mijn gedachten. Terwijl ik magie naar de kaars duwde, wilde ik dat hij aan ging. Er gebeurde niets.

Irys maakte een verstikt geluid, en de kaars brandde. 'Richt je je magie op de kaars?'

'Ja. Hoezo?'

'Je droeg mij net op de kaars voor je aan te steken,' zei Irys geërgerd. 'En dat deed ik.'

'Is dat erg?'

'Nee. Ik hoop alleen dat je op de gewone manier een fikkie kunt stoken, want tot nu toe ziet het er niet naar uit dat dat tot je magische vermogens behoort. We proberen iets anders.'

Ik probeerde een voorwerp te verplaatsen, maar tevergeefs. Tenzij het als een magisch vermogen gold dat ik Irys het voor me liet doen.

Ze trok haar mentale verdediging op om mijn invloed buiten te sluiten.

'Nog een keer. Richt je er nu op om de baas te blijven.'

Terwijl ik macht aantrok, gooide Irys een kussen naar me. Het kussen trof me in de buik. 'Hé!'

'Die moest je afbuigen met je magie. Nog een keer.'

Tegen het einde van de sessie was ik blij dat Irys een kussen gebruikte. Anders had ik onder de blauwe plekken gezeten.

'Volgens mij moet je gewoon oefenen op je beheersing,' zei Irys, niet opgevend. 'Neem wat rust. Morgen lukt het je beter.'

Voordat ik ging, vroeg ik iets wat me al enkele dagen bezig hield. 'Irys, kan ik nog meer van de citadel zien? En ik wil mijn Ixische munten ruilen voor Sitische, zodat ik wat kleren en andere dingen kan kopen. Is er een markt?'

'Ja, maar die is in het hete seizoen maar één dag in de week open.' Ze zweeg even, nadenkend. 'Ik zal je de marktdagen vrij geven. Geen les. Dan kun je op verkenning door de citadel of iets anders gaan doen. Over twee dagen is hij open. Ondertussen zal ik je geld wisselen.'

Irys kon de gelegenheid niet voorbij laten gaan om me te vermanen verstandig met mijn geld om te gaan. 'Zolang je in de veste bent, worden je onkosten gedekt,' zei Irys. 'Maar eenmaal afgestudeerd sta je er alleen voor. Uiteraard verdien je loon als magiër. Maar geef je geld niet weg.' Ze glimlachte om haar preek te verzachten.

'We proberen de bedelaars juist te ontmoedigen.'

Het beeld van het vieze jochie kwam op in mijn hoofd. 'Hoe komt het dat ze geen geld hebben?' vroeg ik.

'Soms zijn ze lui en gaan ze liever bedelen in plaats van werken. Soms kunnen ze niet werken vanwege lichamelijke of geestelijke gebreken. De genezers kunnen niet alles. En soms vergokken of verbrassen ze hun geld sneller dan ze het kunnen verdienen.'

'En de kinderen dan?'

'Weglopers, wezen of de nakomelingen van daklozen. Het hete seizoen is voor hen de zwaarste tijd. Als de school weer begint en de citadel is bevolkt, kunnen ze ergens terecht voor eten en onderdak.' Irys legde een hand op mijn schouder. 'Maak je over hen maar geen zorgen, Yelena.'

Onderweg naar mijn kamers dacht ik na over Irys' opmerkingen.

Die avond, toen hij me leerde Kiki te zadelen en te tuigen, vroeg Cahil: 'Wat heb jij toch? Je snauwt me de hele avond al af.'

Lavendelvrouw van streek, beaamde Kiki.

Ik haalde een keer diep adem om te zeggen dat het me speet, maar in plaats daarvan golfde er een onverwachtse woordenvloed uit mijn mond. 'Jij wilt Ixia zodat je koning kunt zijn. Zodat je belasting kunt innen, op een troon kunt zitten en een kroon met juwelen kunt dragen terwijl het volk net zo lijdt als onder je oom. Zodat je trawanten als Goel onschuldige kinderen kunnen doden als hun ouders de belasting niet kunnen betalen voor je mooie zijden kleren, of zodat ze de ouders kunnen doden om van hun nakomelingen dakloze bedelaars te maken.' Mijn uitbarsting stopte even abrupt als die was begonnen.

Geschokt staarde Cahil me aan, maar hij herstelde zich snel. 'Dat wil ik helemaal niet,' zei hij. 'Ik wil het volk van Ixia helpen. Zodat de mensen weer vrij zijn de kleren te dragen die ze willen in plaats van uniformen te moeten dragen. Zodat ze kunnen trouwen met wie ze willen zonder een vergunning van de generaal uit hun district. Wonen waar ze willen, ook al is dat in Sitia. Ik wil de kroon zodat ik Ixia kan bevrijden van de militaire dictatuur.'

Zijn redenen klonken oppervlakkig. Zouden de mensen vrijer zijn met hem als hun heerser? Ik geloofde niet dat zijn antwoord de ware reden was. 'Waarom denk jij dat het Ixische volk wil dat jij het bevrijdt?' vroeg ik hem. 'Geen enkele regering is volmaakt. Is het ooit bij je opgekomen dat de Ixiërs wel eens tevreden zouden kunnen zijn onder het bewind van de commandant?'

'Was jij tevreden met je leven in het noorden?' vroeg Cahil. Zijn lichaam stond stijf van spanning terwijl hij wachtte op mijn reactie.

'Ik zat daar onder ongebruikelijke omstandigheden.'

'Zoals?'

'Gaat je niets aan.'

'Laat me raden,' zei Cahil op superieure toon.

Ik sloeg mijn armen om me heen om hem niet te stompen.

'Een ontvoerde zuiderling met magische vermogens? Dat is onge-bruikelijk. Maar denk je dat jij de eerste was die Vierde Magiër moest redden? Er worden ook noorderlingen met magische krachten gebo-ren, hoor. Mijn oom was een meestermagiër. En je wéét wat de com-mandant doet met iemand die wordt betrapt met magische krachten.'

Valeks woorden galmden door mijn hoofd. Iedereen in het Terri-torium van Ixia die magische krachten bleek te hebben, werd omge-bracht. Magiërs werden in Ixia dan wel vervolgd, maar de rest van de bevolking kwam niets tekort.

'Zo veel verschillen wij niet van elkaar, Yelena. Jij bent geboren in Sitia en opgegroeid in Ixia, en ik ben een Ixiër die is opgegroeid in Sitia. Jij bent weer naar huis gekomen. Ik probeer het mijne nog te vinden.'

Ik deed mijn mond open om hem van repliek te dienen maar klap-te hem dicht toen Irys in mijn hoofd sprak. *Yelena, kom meteen naar de ziekenboeg.*

Is er iets met je? vroeg ik.

Met mij niet. Kom snel.

Waar is de ziekenboeg?

Laat Cahil je de weg wijzen. Toen trok haar magische energie zich terug.

Ik zei Cahil wat Irys verlangde. Meteen deed hij Kiki's zadel en tuig af. Nadat we ze in de tuigkamer hadden gehangen, gingen we naar het centrum van de veste. Ik moest een sukkeldrafje inzetten om hem bij te houden.

'Heeft ze gezegd waar het voor was?' vroeg hij over zijn schouder.

'Nee.'

We betraden een laag gebouw. De marmeren muren waren rust-gevend lichtblauw, waardoor ze op ijs leken. In het portaal was een jongeman in een wit uniform bezig lantaarns aan te steken. De stra-len van de zon waren al aan het verdwijnen.

'Waar is Irys?' vroeg ik de jongeman.

Hij keek bevreemd.

'Vierde magiër,' zei Cahil.

'Die is bij genezer Hees,' zei hij, en toen we bleven staan, wees de man naar opzij. 'Die gang door. Vijfde deur links.'

'Bijna niemand noemt haar Irys,' verduidelijkte Cahil terwijl we ons door de lange, lege gang repten.

Bij de vijfde deur bleven we staan. Hij was dicht.

'Binnen,' riep Irys voordat ik kon kloppen.

Ik deed de deur open. Irys stond naast een man in het wit. Wellicht genezer Hees. Er lag iemand onder een laken op een bed in het midden van de kamer. Haar gezicht zat in het verband.

In een hoek van de kamer zat Leif voorover gebogen in een stoel, ontsteld. Toen hij mij zag, vroeg hij: 'Wat doet zij hier?'

'Ik heb haar gevraagd te komen,' zei Irys. 'Ze kan ons misschien helpen.'

'Wat is er loos?' vroeg ik Irys.

'Tula is bijna dood gevonden in Burobijn,' verklaarde Irys. 'Haar geest is gevlucht, en we kunnen haar niet bereiken. We moeten uitzoeken wie dit met haar heeft gedaan.'

'Ik kan haar niet voelen,' zei Leif. 'De andere meestermagiërs kunnen haar niet bereiken. Ze is er niet meer, Vierde Magiër. Het is zonde van uw tijd.'

'Wat is er gebeurd?' vroeg Cahil.

'Geslagen, gemarteld, verkracht,' zei de genezer. 'Je kunt het zo gruwelijk niet verzinnen, of het is waarschijnlijk met haar gedaan.'

'En dan heeft ze nog geluk gehad,' zei Irys.

'Hoe kun je dat nou geluk noemen?' blafte Cahil. Zijn verontwaardiging sprak duidelijk uit de plotselinge spanning in zijn schouders en de schelle klank van zijn stem.

'Ze is er levend van afgekomen,' antwoordde Irys. 'Geen van de anderen had dat geluk.'

'Hoeveel?' vroeg ik, al wilde ik het eigenlijk niet weten, maar ik kon me niet inhouden.

'Zij is het elfde slachtoffer. De anderen zijn allemaal dood aangetroffen, op dezelfde wijze ontmenselijkt.' Irys' gezicht was getekend door afschuw.

'Wat kan ik doen?' vroeg ik.

'Mentaal genezen is mijn sterkste kracht, maar jij wist de commandant te bereiken en terug te brengen, ik niet,' zei ze.

'Wat?' riep Cahil uit. 'Heb jij de commandant geholpen?'

Zijn verontwaardiging richtte zich op mij. Ik negeerde hem.

'Maar ik kende de commandant,' zei ik tegen Irys. 'Ik had er een idee van waar ik moest zoeken. Ik weet niet of ik hiermee kan helpen.'

'Probeer toch maar. De lichamen zijn gevonden in verschillende steden, verspreid door heel Sitia. We hebben geen motief kunnen ontdekken, en er zijn geen verdachten. We moeten dit monster pakken.' Irys trok aan haar haren. 'Helaas zijn het juist dit soort dingen waarmee je als magiër te maken krijgt. Beschouw het maar als een ervaring om van te leren.'

Ik ging dichter bij het bed staan. 'Mag ik haar hand vasthouden?' vroeg ik de genezer.

Hij knikte en trok het laken terug, waardoor het bovenlichaam van het meisje zichtbaar werd. Tussen het bebloede verband zag haar huid eruit als rauw vlees. Cahil vloekte. Ik wierp een blik op Leif, die nog altijd naar de muur staarde.

Alle vingers van het meisje waren gespalkt en moesten dus gebroken zijn. Voorzichtig pakte ik haar hand en streelde de palm met mijn vingertoppen. Mijn ogen sluitend trok ik een draad macht naar me toe en projecteerde mijn energie naar haar.

Haar geest deed verlaten aan. Een gevoel dat ze was gevlucht om nooit meer terug te komen vulde de leegte. Er zweefden grijze, ongrijpbare spoken. Bij nadere beschouwing bleek elk spook te staan voor Tula's herinnering aan een bepaald gruwelbeeld. De gezichten van de spoken waren verwrongen van pijn, ontzetting en doodsangst. Rauwe emoties begonnen in mijn huid te dringen. Ik duwde de spoken weg, zoekend naar de echte Tula die zich hoogstwaarschijnlijk ergens verborgen hield waar haar gruwelen haar niet konden pakken.

Ik kreeg een gevoel in mijn armen alsof er lang gras langsstreek. Er hing een frisse aardgeur van een bedauwd weiland, maar ik kon niet zien waar die vandaan kwam. Ik zocht verder tot mijn energie uitgeput raakte en ik de verbinding niet langer in stand kon houden.

Ten slotte deed ik mijn ogen open. Ik zat op de vloer met de hand van het meisje nog in de mijne. 'Het spijt me,' zei ik. 'Ik kan haar niet vinden.'

'Ik zei toch dat het tijdverspilling was,' zei Leif. Hij kwam uit zijn hoek. 'Wat kun je verwachten van een noorderling?'

'Dat die het niet zo snel opgeeft als jij,' riep ik voordat hij de kamer uit beende.

Nors keek ik hem na. Er moest een andere manier zijn om het meisje bij te brengen.

De genezer nam Tula's hand uit de mijne en stopte hem weer onder het laken. Ik bleef op de vloer zitten terwijl hij de toestand van het meisje met Irys besprak. Haar lichaam zou genezen, dachten ze, maar waarschijnlijk zou ze nooit meer bij bewustzijn komen. Zo te horen was ze dus net zo wezenloos als de ontvoerde kinderen bij Reyad en Mogkan in Ixia. Door hun magische krachten af te tappen, hadden ze niets dan lege, zielloze lichamen van hen gemaakt. Ik huiverde bij de herinnering aan de pogingen van die twee snoodaards om mij te breken.

Ik stuurde mijn gedachten terug naar Tula's problemen. Hoe had ik de commandant ook al weer gevonden? Hij had zich teruggetrokken naar de plaats waar hij zijn grootste prestatie had bereikt. Waar hij zich het gelukkigst en machtigst had gevoeld.

'Irys,' onderbrak ik. 'Vertel me alles wat je weet over Tula.'

Even dacht ze na. Ik zag vragen op haar lippen branden.

Vertrouw me, zond ik naar haar.

'Dat is niet zo veel,' begon Irys. 'Haar familie heeft een winstgevende glasfabriek net buiten Burobijn. In dit seizoen hebben ze het het drukst, dus ze houden de ovens de hele tijd aan. Tula moest 's nachts het vuur hoog houden. Toen haar vader de volgende ochtend op het werk kwam, waren de kolen koud en was Tula verdwenen. Ze hebben dagenlang gezocht. Uiteindelijk is ze twaalf dagen later gevonden in een akker, meer dood dan levend. Onze genezer in

Burobijn heeft haar lichamelijke wonden verzorgd, maar haar geest was onbereikbaar, en daarom hebben ze haar ijlings naar mij gebracht.'

Irys' teleurstelling straalde van haar gezicht.

'Heeft Tula ook broers of zussen?' vroeg ik.

'Verscheidene. Hoezo?'

Ik dacht diep na. 'Ook van haar leeftijd?'

'Volgens mij een jongere zus.'

'Hoeveel jonger?'

'Niet veel. Misschien anderhalf jaar,' meende Irys.

'Kun je die zus hierheen halen?'

'Waarom?'

'Met de hulp van haar zus kan ik haar misschien terughalen.'

'Ik zal een bericht sturen.' Irys wendde zich tot de genezer. 'Hees, laat het me weten als Tula's toestand verandert.'

Hees knikte, en Irys stapte met vaste tred de deur uit.

Cahil en ik liepen achter haar aan. Hij zei nog steeds niets toen we uit de ziekenboeg de schemering in stapten. Nu de zon bijna weg was, werd het koeler, en er speelde een zwak briesje over mijn gezicht. Ik zoog de frisse lucht in me op in een poging de bittere geur van Tula's afgrijzen te verdunnen.

'Best arrogant,' zei Cahil met een blik mijn kant op. 'Om te denken dat je haar kunt bereiken als het een meestermagiër niet is gelukt.' Cahil schreed weg.

'Best dom,' riep ik hem na. 'Om het op te geven voordat alle mogelijke middelen zijn beproefd.'

Cahil liep verder zonder op mijn opmerking te reageren. Prima. Alweer een reden om zijn ongelijk aan te tonen.

12

Die nacht droomde ik van de afgrijselijke dingen die Tula had moeten doorstaan. Keer op keer vocht ik tegen haar demonen tot ze uiteindelijk veranderden in het spottende gezicht van mijn eigen demon. In mijn slaap werd ik geplaagd door levendige herinneringen aan mijn eigen kwellingen en de verkrachting door Reyad. Ik werd gillend wakker. Mijn hart bonkte in mijn borst. Mijn nachthemd was doornat van het zweet.

Ik veegde mijn gezicht af en richtte me op de werkelijkheid. Er moest een manier zijn om Tula te helpen. Klaarwakker kleedde ik me aan en ging naar de ziekenboeg.

In Tula's kamer zat genezer Hees onderuitgezakt in een stoel te dutten. Hij veerde overeind toen ik bij het bed kwam staan.

'Is er iets mis?' vroeg hij.

'Nee. Ik wilde...' Ik keek rond, op zoek naar de juiste verklaring. 'Even bij haar zijn.'

Hij geeuwde. 'Kan geen kwaad, en ik kan wel wat rust gebruiken. Ik ben in mijn kantoor aan het einde van de gang. Maak me maar wakker als er iets verandert.'

Ik nam plaats in Hees' stoel en pakte Tula's hand. Nadat ik ons contact had vernieuwd, bevond ik me weer in haar verlaten geest. De spoken van haar gruwelen flitsten voorbij. Ik keek ernaar, op zoek naar zwakheid. Als Tula terugkwam, moest ze met elk van die spoken zien af te rekenen, en ik was van plan haar te helpen hen te verjagen.

De volgende ochtend maakte Irys me wakker. Ik lag met mijn hoofd op de rand van Tula's bed.

'Heb je de hele nacht hier gezeten?' vroeg ze.

'Alleen de helft.' Glimlachend wreef ik in mijn ogen. 'Ik kon niet slapen.'

'Dat kan ik goed begrijpen.' Irys streek de lakens op Tula's bed glad.

'Ik kan hier ook niet met mijn armen over elkaar blijven zitten. Ik ga Tula's zus zelf halen. Ik heb met Tweede Magiër Baïn Bloedgoed afgesproken dat hij jou lesgeeft terwijl ik weg ben. Meestal geeft hij geschiedenis, en hij vertelt maar wat graag over beroemde en beruchte magiërs.' Irys glimlachte. 'Je krijgt kisten vol boeken te lezen van hem, en hij overhoort je erover, dus zorg ervoor dat je al je opdrachten afmaakt.'

Hees kwam de kamer binnen. 'En?'

Ik schudde mijn hoofd.

Toen hij Tula's verband begon te verschonen, verlieten Irys en ik de kamer.

'Ik vertrek deze ochtend,' zei Irys. 'Voordat ik ga, stel ik je voor aan Baïn.'

Ik volgde haar de ziekenboeg uit. We liepen naar het grote gele gebouw met de blokken perzikkleurig marmer tegenover de ingang van de veste.

Het gebouw herbergde kantoren voor het administratieve personeel. Er bevonden zich vergaderzalen van verscheidene formaten en voor elke meestermagiër een kantoor. Volgens Irys hielden de meesters hun afspraken met buitenstaanders en functionarissen liever in deze ruimten dan in hun eigen toren.

Irys ging me voor naar een kleine vergaderruimte. Vier mensen bogen zich daar over een landkaart die lag uitgespreid op een vergadertafel. Aan de muren hingen andere kaarten en diagrammen.

Van het viertal herkende ik Roos Vedersteen en Leif. Roos droeg een lange blauwe jurk, en Leif had zijn gebruikelijke chagrijnige gezicht weer opgezet. Naast hen stond een wat oudere man in een marineblauw gewaad en een jonge vrouw met gevlochten haar.

Irys stelde me voor aan de man. Hij had wit krulhaar dat alle kanten op piekte.

'Baïn, dit is Yelena, je student voor de komende week of zo,' zei Irys.

'Het meisje dat je gered hebt uit het noorden?' Hij schudde mijn hand. 'Vreemde missie, hoor.'

Een mislukte missie, prikten Roos' kille gedachten in mijn hoofd. Yelena had moeten worden gedood in plaats van gered. Ze is te oud om te leren.

Yelena staat in verbinding met mij. Ze kan je gedachten horen. Irys' ergernis was duidelijk.

Met haar amberkleurige ogen staarde Roos me aan. Kan me niet schelen.

Onverschrokken staarde ik terug. Staat je netjes.

Irys verbrak ons oogcontact door tussen ons in te gaan staan. 'En dit is Zitora Cowan, Derde Magiër,' zei Irys, gebarend naar de jonge vrouw.

Zitora's honingbruine vlechten hingen tot op haar middel. In plaats van een hand kreeg ik een knuffel van haar.

'Welkom, Yelena,' zei Zitora. 'Irys zei dat je ons misschien kon helpen Tula's belager te vinden.'

'Ik zal mijn best doen,' zei ik.

'Tula is van mijn stam, dus ik zou blij zijn met alles wat je kunt doen om haar te helpen.' Zitora's lichtgele ogen glinsterden van tranen. Ze wendde zich af.

'Zoals je ziet,' zei Baïn, wijzend op de inhoud van de kamer, 'proberen we de methoden en middelen van deze moordenaar te achterhalen. Een zeer listige en sluwe kerel. Helaas is dat alles wat we weten. Maar misschien ziet een frisse blik iets wat wij over het hoofd hebben gezien.' Baïn wees naar de landkaart op de tafel.

'Zij hoort hier niet,' zei Leif. 'Zij heeft hier geen verstand van.'

Voordat Irys me kon verdedigen, zei ik: 'Je hebt gelijk, Leif, ik heb hier nog nooit mee te maken gehad, want een gruwel zoals hij zou in Ixia niet erg lang hebben geleefd.'

'Ga toch lekker terug naar je geliefde commandant en je volmaakte Ixia en bemoei je niet met onze problemen!' Leif spuwde de woorden uit.

Ik haalde adem voor een repliek, maar Irys legde een waarschuwende hand op mijn arm.

'Yelena en Leif, zo is het wel genoeg,' zei ze. 'Hier hebben we geen tijd voor. We moeten deze moordenaar grijpen.'

Bedremmeld tuurde ik naar de landkaart op tafel. De Sitische landen waren verdeeld in elf gebieden, één per stam. Steden en dorpen stonden aangegeven, evenals de plaatsen waar de andere meisjes waren gevonden. In sommige steden waren twee slachtoffers gevallen, in andere geen. Ik kon er geen patroon in ontdekken.

'De enige overeenkomst zit in de slachtoffers,' zei Baïn. 'Allemaal ongehuwde vrouwen van vijftien of zestien jaar oud. Allemaal zo'n twaalf tot veertien dagen vermist. Allemaal 's nachts verdwenen. Sommigen zijn zelfs zo uit de slaapkamer gehaald die ze deelden met broertjes en zusjes. En geen getuigen. Niet één.'

Mijn gevoel zei dat er magie in het spel was, maar zoiets wilde ik niet zeggen in het bijzijn van vier meestermagiërs.

'We hebben gedacht aan een ontspoorde magiër,' zei Irys. 'En al hebben we de alibi's kunnen controleren van de magiërs die bij ons zijn afgestudeerd, mensen met ééntrucskrachten kunnen we niet ondervragen.'

'Ééntrucskrachten?' vroeg ik.

'Sommige mensen hebben net genoeg magie om één ding te doen, zoals een kaars aansteken, maar verder kunnen ze met magie niets doen,' legde Irys uit. 'Ééntrucers komen niet naar de veste, maar gewoonlijk wenden ze hun gave aan om goed te doen. Er zijn er echter ook die hun vermogen gebruiken voor de misdaad. Meestal kleine misdaad. Het is mogelijk dat het de ene truc van deze moordenaar is om zichzelf onzichtbaar te maken of te kunnen lopen zonder geluid. Iets waardoor hij ongemerkt die meisjes kan ontvoeren.'

Irys' gezicht verhardde zich tot een ernstig vastberaden uitdrukking. Een blik die ik herkende met een akelig gevoel diep in mijn maag. Zo had ze ook gekeken toen ze mij in Ixia had willen vermoorden.

'Voorlopig althans,' zwoer ze.

'We hebben een ontspoorde magiër niet uitgesloten,' vervolgde Baïn. 'De geschiedenis zit er vol mee. En dan hoef ik niet eens ver terug.' Hij knikte naar mij. 'Op een dag moet je me maar eens vertellen van de schanddaden van Kangom in Ixia, en hoe hij aan zijn einde is gekomen. Ik wil zijn dwaasheid opnemen in de geschiedenisboeken.'

Het duurde een moment van verwarring voordat het me te binnen schoot dat Kangom zijn naam had veranderd in Mogkan nadat hij naar Ixia was gevlucht.

'Over boeken gesproken,' zei Baïn tegen me, 'ik heb er een paar voor je liggen in mijn kantoor.' Hij keek Roos aan. 'Zijn we hier klaar?'

Ze gaf een kort knikje.

De andere magiërs maakten aanstalten om te vertrekken, maar Zitora bleef bij de tafel staan en ging met een vinger over de kaart van Sitia.

'Irys?' vroeg ze. 'Staat Tula's vindplaats er al op?'

'Nee.' Irys pakte een schrijfveer en doopte die in een flesje rode inkt. 'In alle commotie ben ik dat vergeten.' Ze zette een teken op de kaart en deed een stap achteruit. 'Over tien dagen ben ik terug. Stuur me maar bericht als er iets gebeurt. Yelena, blijf oefenen met je beheersing.'

'Ja, baas,' zei ik.

Irys glimlachte en verliet de kamer. Ik keek op de landkaart om te zien hoe ver Burobijn van de citadel af lag. De rode inkt was nog niet droog. Tula's dorp bevond zich aan de westelijke rand van de Avibianvlakte. Ik had gedacht dat kapitein Marrok overdreef toen hij zei dat de prairie immens was, maar op de kaart was te zien dat de vlakte het hele oosten van Sitia besloeg.

Toen mijn oog op de andere rode markeringen viel, moet ik een geluid hebben gemaakt, want Zitora pakte me bij de arm.

'Wat is er?' vroeg ze.

'Een patroon. Kijk.' Ik wees op de kaart. 'Alle punten staan langs de grens van de Avibianvlakte.'

De anderen keerden terug naar de tafel.

'Frisse blik,' zei Baïn, in zichzelf knikkend.

'Ja, nu de kaart is bijgewerkt, zie ik het ook,' zei Roos. Ergernis maakte haar stem scherp.

'Is er iemand op de prairie gaan zoeken toen de meisjes werden vermist?' vroeg ik.

'Niemand gaat de prairie op,' zei Zitora. 'De Zandzaadstam houdt niet van bezoek, en hun vreemde magie kan de geest benevelen. Je kunt er maar beter uit de buurt blijven.'

'Alleen de Zaltana's zijn welkom bij de Zandzaden,' merkte Roos op. 'Misschien kunnen Yelena en Leif eens gaan kijken of er iets niet pluis is.'

'Geen reden tot haast,' vond Baïn. 'Eerst maar wachten tot Irys terug is met Tula's zusje. Als Tula bijkomt en zegt wie haar zo heeft toegetakeld, zijn we veel verder.'

'En als er in de tussentijd nog een meisje verdwijnt?' vroeg Leif. Hij was nog chagrijniger gaan kijken en leek van streek door het idee van een nieuw slachtoffer of het vooruitzicht om weer met mij op reis te gaan.

'Dan sturen we een gewapende opsporingspatrouille de vlakte op, welkom of niet,' zei Baïn.

'Maar dan kan het te laat zijn,' wierp ik tegen.

'We hebben nog even.' Zitora trok aan een van haar vlechten.

'Dat was een ander patroon dat we konden onderscheiden. Hij houdt de slachtoffers twee weken en wacht dan vier weken voordat hij een nieuw slachtoffer maakt.'

De afgrijselijke gedachte aan een volgend slachtoffer leidde tot een gruwelijk scenario. 'En als hij naar de veste komt om zijn werk af te maken? Misschien is Tula nog wel in gevaar!'

'Laat hem maar komen.' Roos' stem klonk ijzig van vastberadenheid.

'Dan reken ík wel met hem af.'

'Eerst moeten we hem dan betrappen.' Met een knokige vinger tikte Baïn op de tafel. 'We moeten wachters posten in Tula's kamer.'

'Maar het is het hete seizoen, en we komen al handen tekort,' wierp Zitora tegen.

'Ik zeg Cahil wel wat van zijn mannen te sturen,' zei Roos. 'Ik heb nog wat van hem tegoed.'

'Doe maar meteen, Roos,' zei Baïn. 'Geen moment te verliezen. Kom, Yelena, er is werk aan de winkel.' Baïn nam me mee de kamer uit en de gang door. 'Goede observaties, jongedame. Ik snap waarom Irys ervoor heeft gekozen je niet te doden.'

'Heeft Irys er ooit voor gekozen wel te doden?' vroeg ik. Cahils opmerking dat ik niet de eerste was die Irys uit Ixia had gered, lag zwaar op mijn maag.

'Soms is dat onvermijdelijk. Altijd een kwalijke keuze, maar dat is Irys wel toevertrouwd. Ze heeft een uniek vermogen een hart stil te zetten zonder pijn of angst. Roos kan het ook, maar zij is veel te streng. Zij werkt beter met misdadigers en dergelijke. Leif helpt haar met die betreurenswaardige criminele onderzoeken. Tijdens zijn scholing op de veste hebben de meesters vastgesteld dat zijn ongewone kracht dan het beste tot zijn recht komt. Zitora zou echter eerder doodgaan dan een ander iets aan te doen. Ik heb nog nooit zo'n lief mens ontmoet.'

Baïn bleef staan om een deur te ontgrendelen. Hij beduidde me voor hem uit zijn kantoor in te gaan. Binnen werd ik begroet door een bonte kleurenpracht, een warboel van toestellen en planken en nog eens planken vol boeken.

'En u?' vroeg ik. 'Wat is uw plaats in deze groep magiërs?'

'Ik geef les. Ik geef begeleiding. Ik luister.' Hij stapelde boeken tot een stapel. 'Ik geef antwoord op vragen. Ik laat de jongere magiërs op missies gaan. Ik vertel verhalen over mijn bewogen verleden.' Baïn glimlachte. 'Of mijn gezelschap ze nou wil horen of niet. Nu dan, we zetten je aan de gang met deze paar boeken.'

Hij overhandigde me de stapel. Ik telde zeven teksten. Een paar? Kennelijk was mijn idee van 'een paar' anders dan het zijne. In elk geval waren de meeste boeken dun.

'Morgen is het marktdag. Een extra dag voor studie.' Er klonk iets eerbiedigs in Baïns stem. Voor hem was een extra dag om te studeren net zoiets als een buidel goud krijgen. 'Lees van elk boek de eerste drie hoofdstukken. Overmorgen gaan we ze bespreken. Kom na het ontbijt maar naar mijn toren.'

Hij ging in de weer rond een tafel, ergens naar op zoek. Van onder een immens boek haalde hij een lederen buidel. 'Voor jou, van Irys.'

De buidel rinkelde toen ik hem openmaakte. Irys had mijn Ixische munten gewisseld voor Sitische.

'Waar vind ik de markt?' vroeg ik.

Baïn rommelde wat rond op zijn bureau tot hij een vel papier tegenkwam. Het was een kaart van de citadel.

'Kijk hier maar.' Baïn wees het marktplein aan, nabij het centrum van de citadel.

'Mag ik hem houden?'

'Neem maar mee. En nu wegwezen. Lezen.' Met het genoegen van een vader die zijn kind wegstuurt om te gaan spelen joeg hij me de deur uit.

Onderweg terug naar mijn kamers las ik de boektitels. De Bron van Magie, Magische Mutaties, De Geschiedenis van Sitische Magie, Meestermagiërs door de Eeuwen Heen, Misbruik van de Machtbron, De Ethische Code van de Magiër, en Windri Bak Groenboom: Een Biografie.

Ik moest toegeven dat de titels fascinerend overkwamen, en zodra ik mijn kamers bereikte, begon ik aan mijn leesopdracht. De middag vloog om, en pas toen mijn maag niet meer stópte met rommelen hield ik op om iets te gaan eten.

Na de maaltijd ging ik naar de stallen. Zodra ik binnenkwam, staken Topaas en Kiki hun hoofd uit hun box.

Appels? Beide paarden keken hoopvol.

Ben ik ooit zonder gekomen? vroeg ik.

Nee, zei Topaas. Lavendelvrouw aardig.

Ik voerde Topaas en Kiki hun appels. Nadat ik het appelsap en paardenspeeksel van mijn handen had geveegd, besefte ik dat Cahil te laat was. Ik besloot niet op hem te wachten en ging Kiki's halster en rijzadel uit de tuigkamer halen.

Oefenen? Kiki klonk even verveeld als ik over de herhalingslessen.

Of een eindje lopen? vroeg ik.

Snel?

Nee. Langzaam en voorzichtig, zodat ik er niet af val.

Zonder problemen tuigde en zadelde ik Kiki en verbaasde mezelf erover hoeveel ik al had geleerd.

Voordat ik kon opstijgen, arriveerde Cahil met een rood gezicht en zijn baard nat van het zweet. Zo te zien was hij naar de stallen komen rennen. Ik vroeg me af hoe ver, wat me leidde tot de vraag waar in de veste hij woonde, en dat bracht me tot vragen over zijn jeugd. Hoe was het geweest om zonder familie op te groeien in de Magiërsveste?

Zich niet bewust van mijn nieuwsgierigheid inspecteerde Cahil nauwgezet Kiki's tuig. Vast op zoek naar een fout. Ik glimlachte tevreden toen hij alleen maar een scheve stijgbeugel wist te vinden.

'Goed dan, als ze toch al is gezadeld, stijg dan maar eens op,' zei Cahil en hij bracht me in herinnering altijd links van het paard op te stijgen.

Ik zette mijn linkervoet in de stijgbeugel en pakte het zadel vast. Toen hij me een zetje wilde komen geven, hield ik hem tegen met een blik. Kiki was met één meter zestig hoog voor een paard, maar ik wilde haar zonder hulp bestijgen. Afzettend met mijn rechtervoet sprong ik op en zwaaide mijn been omhoog.

Eenmaal in het zadel keek ik van een ongemakkelijk aandoende hoogte omlaag naar Cahil. Vanaf dit uitkijkpunt leek de grond aan zijn voeten wel veranderd van pluchen gras in bikkelharde aarde.

Cahil gaf uitleg over de teugels en de juiste manier om ze vast te houden en in het zadel te zitten. 'Als je denkt dat je gaat vallen, grijp je haar manen. Niet het zadel.'

'Waarom niet?'

'Dan kun je klem komen te zitten met een vinger. Maak je geen zorgen. Je doet het paard geen pijn.'

Cahil ging verder met de juiste manier om het paard te sturen en de beste manier om stop- en loopbevelen te geven. Ook herhaalde hij zijn raad om Kiki's manen te grijpen toen ik mezelf minstens een keer of zes voelde vallen. Uiteindelijk luisterde ik niet meer naar hem en keek vanaf mijn nieuwe perspectief het weiland rond. Ik bewonderde de glans van de zon op de vacht van een hengst vlak bij het hek aan de overkant, tot een verandering in de klank van Cahils stem ervoor zorgde dat Kiki's oren naar voren draaiden.

'...naar me luisteren?' vroeg Cahil streng.

'Hè?'

'Yelena, dit is heel belangrijk. Als je niet weet hoe je...'

'Cahil,' onderbrak ik. 'Ik heb geen bevelen nodig. Ik vraag het Kiki gewoon.'

Hij staarde me aan alsof ik een andere taal sprak.

'Kijk.' Ik hield de teugels voor me zoals Cahil me had verteld. Kiki's linkeroor draaide naar achteren, het andere wees naar voren. Ze draaide haar hoofd iets naar links zodat ze me helemaal kon zien.

Door het weiland lopen? vroeg ik haar. Langs het hek.

Kiki begon te lopen. Haar stappen deden me van links naar rechts schommelen. Ik liet haar de weg kiezen en genoot van het uitzicht.

Terwijl we het weiland rond liepen, hoorde ik Cahil schreeuwen: 'Hakken omlaag! Rechtop zitten!'

Uiteindelijk verdwenen we uit zijn zicht.

Snel? vroeg Kiki.

Nog niet.

Mijn oog werd getrokken door een fonkeling van zonlicht en een waas van beweging van buiten het hek. Kiki schrok en draaide schichtig naar rechts. Ik vloog naar links.

Vieze geur. Eng ding.

Als vanzelf greep ik haar manen om mijn val te stoppen. Met mijn rechterbeen over het zadel hing ik aan Kiki's zij, vastgeklampt aan haar ruwe bruine haar.

Kiki's spieren trokken, en ze danste naar opzij. Ik ving een glimp op van waar ze van was geschrokken. Stop. Een man.

Ze bleef staan, maar haar benen trilden van angst. Enge man. Glimmend ding.

Met een ruk trok ik me terug in het zadel. Enge man. Rennen.

13

KIKI GING ERVANDOOR.

Ik hield me vast aan haar manen en deed mijn best in het zadel te blijven. Na een paar sprongen keek ik om en zag nog net Goels zwaard blikkeren in het zonlicht.

Toen Cahil ons over de wei zag galopperen, zwaaide hij met zijn armen en riep: 'Hooo! Hooo!'

Kiki rende recht op hem af, zo gericht op overleven dat ik moest wachten tot Goels lucht was verdwenen voordat ze wilde reageren op mijn kalmerende gedachten.

Man weg, zei ik tegen haar. Alles goed. Ik klopte haar op de hals en fluisterde hetzelfde in haar oor. Ze kalmeerde en bleef op enkele centimeters van Cahil staan.

'In elk geval ben je op het paard gebleven.' Hij greep Kiki's teugels. 'Wat is er gebeurd?'

Ik sprong uit het zadel en keek Cahil onderzoekend aan. Hij keek niet geschrokken. In feite leek hij het wel grappig te vinden. 'Wat denk jij dat er is gebeurd?' kaatste ik terug.

'Kiki is ergens van geschrokken. Ik zei toch dat paarden schichtig zijn, maar jij moest en zou er al op voordat je eraan toe was.'

Iets in Cahils blik wekte mijn argwaan. 'Heb jij Goel soms op me afgestuurd?' vroeg ik bits.

'Goel?' Cahil leek verbluft. 'Nee, ik...'

'Jij hebt dit opgezet. Je wilde dat Kiki in paniek raakte.'

Cahil fronste zijn wenkbrauwen. 'Ik wilde jou iets leren. Paarden zijn prooidieren en reageren op de kleinste geluiden, geuren of bewegingen voordat er sprake is van enige logica. En als je was gevallen, dan wist je nu dat dat geen ramp is. Dan was je nu niet meer bang om te vallen of van een paard te springen als dat moest.'

'Wat aardig van je dat je al bent vergeten dat ik al eens van een paard ben gevallen. Of geduwd, eigenlijk. Van jouw paard, om precies te zijn. Kon ik dat maar zo gemakkelijk vergeten.'

Cahil was zo fatsoenlijk om schuldbewust te kijken.

'Het was dus een lesje om Goel te sturen?' vroeg ik. 'Daar geloof ik niets van, Cahil. Hij was gewapend.'

Er flitste razernij over Cahils gezicht. 'Ik heb Erant gevraagd me te helpen. Goel hoort nu op wacht te staan bij Tula. Hier hoort hij nog van.'

'Doe geen moeite. Ik zorg zelf wel voor Goel. Maar híj had tenminste het fatsoen me te waarschuwen voor zijn plannen. Dat kan ik niet van iedereen zeggen.' Met een vuile blik op Cahil griste ik de teugels uit zijn handen en beende met Kiki terug naar de stal. Het was een vergissing geweest om ongewapend mijn lessen te volgen. Ik was zo dom geweest ervan uit te gaan dat Goel me toch niet zou aanvallen als ik bij Cahil was. Lesje geleerd. Cahil kon trots zijn, ook al was het niet de les die hij in gedachten had gehad.

De volgende ochtend ging ik op zoek naar de markt. Ik hield de mensen op de straten van de citadel behoedzaam in de gaten. Iedereen leek op weg naar het grote plein. Verbaasd over de aantallen mensen rondom de marktkramen weifelde ik. Ik had geen zin me in het gedrang te begeven, maar ik had dingen nodig.

Ik zag een paar arbeiders uit de veste en wilde net een van hen om hulp vragen toen ik aan mijn mouw werd getrokken. Met een ruk draaide ik me om en greep naar mijn boog op mijn rugzak. Het jochie kromp ineen. Het was het bedelaartje dat ik op mijn eerste dag in de citadel mijn Sitische munten had gegeven.

'Neem me niet kwalijk,' zei ik. 'Je liet me schrikken.'

Hij ontspande. 'Mooie mevrouw, mag ik een koperstuk?'

Ik wist nog wat Irys over de bedelaars had gezegd en kreeg een idee. 'Weet je wat? Als jij mij helpt, help ik jou.'

Er verscheen een behoedzame blik in zijn ogen. Op dat moment leek hij wel tien jaar ouder te worden. Mijn hart brak, en het liefste leegde ik mijn beurs in zijn handen. Ik zei echter: 'Ik ben nieuw hier. Ik wil papier en inkt kopen. Weet jij een goede koopman?'

Hij leek het te snappen. 'Bij Maribella hebben ze de beste kantoorspullen,' zei hij met glimmende ogen. 'Ik zal je de weg wijzen.'

'Wacht. Hoe heet je?'

Hij aarzelde en sloeg toen zijn ogen neer. 'Fisk,' mompelde hij.

Ik liet me op een knie zakken, keek hem recht aan en stak mijn hand uit. 'Gegroet, Fisk. Ik ben Yelena.'

Met zijn mond wijd open van verbazing greep hij mijn hand met twee handen. Ik schatte hem op een jaar of negen. Fisk herstelde zich door een keer met zijn hoofd te schudden. Daarop ging hij me voor naar de tafel van een meisje aan de rand van het plein. Ik kocht schrijfpapier, een schrijfstift en wat zwarte inkt en gaf Fisk een Sitisch koperstuk voor zijn hulp. De rest van de ochtend loodste Fisk me langs andere kramen voor meer spullen, en algauw werden er andere kinderen 'ingehuurd' om mijn pakjes te helpen dragen.

Toen ik klaar was met mijn inkopen, nam ik mijn gevolg in ogenschouw. Zes groezelige kinderen keken me lachend aan, ondanks de hitte onder de verzengende zon. Een van hen was vast Fisks jongere broertje, want ze hadden dezelfde lichtbruine ogen. De andere twee jongens konden neefjes van hem zijn. De gezichten van de twee meisjes gingen grotendeels schuil achter vettige haarlokken, dus ik had er geen flauw idee van of zij familie van Fisk waren.

Ik merkte dat ik nog geen zin had om terug naar de veste te gaan.

Mijn stemming aanvoelend vroeg Fisk: 'Mooie Yelena, wil je een rondleiding door de citadel?'

Ik knikte. Door de hitte van de middag was de markt leeggestroomd, maar terwijl ik de kinderen door de verlaten straten volgde, bekroop me een gevoel van onbehagen. Wat als ze me in een val lokten? Mijn hand zocht het heft van mijn springmes. Ik concentreerde me, trok een draad macht en projecteerde mijn bewustzijn.

Mijn geest raakte al het leven om me heen. De meeste bewoners van de citadel zaten binnen en dachten erover een koel plekje op te zoeken of iets rustigs te gaan doen tot de zon onderging. Geen dreigingen. Geen hinderlagen.

Ik hoorde al water ruisen voordat ik de fontein zag. Joelend van verrukking zetten de kinderen mijn pakjes neer en renden naar de sproeiers. Fisk nam echter zijn rol als gids serieus en bleef bij me.

'Dat is de Eendrachtsfontein,' zei hij.

Een kring van waterspuwers omringde een enorme stenen bol met grote gaten op gelijke afstanden in het oppervlak. Binnen in de bol zag ik een kleinere bol met ook daarin gaten. De donkergroene kleur van de fontein was niet dooraderd als het marmer van de muren van de citadel, maar er leek nog iets anders in het steen te zitten.

'Marmer?' vroeg ik Fisk.

'Jade uit de Smaragdbergen. Dit is het grootste stuk zuivere jade dat ooit is gevonden. Het heeft een jaar gekost om het hier te krijgen, en omdat jade zo hard is, duurde het meer dan vijf jaar om hem te beitelen met diamantbeitels. Er zijn elf bollen, stuk voor stuk gebeiteld in die ene steen.'

Wonderlijk. Ik liep dichter naar de fontein om de andere bollen te zien. De koele nevel voelde heerlijk op mijn warme huid.

'Waarom elf?' vroeg ik.

Fisk kwam naast me staan. 'Eén bol voor elke stam,' legde hij uit. 'En één waterspuwer voor elke stam. Water staat voor leven. Zie je het beeldhouwwerk op de buitencirkel?'

Ik nam het risico drijfnat te worden om de ingewikkelde lijnen op de fontein te bekijken.

'Mythische wezens. Elk wezen staat voor een meestermagiër. Ying Lung, een hemeldraak voor Eerste Magiër; Fei Lian, een windpanter voor Tweede; Kioh Twan, een eenhoorn voor Derde; en Pyong, een havik voor Vierde.'

'Waarom die wezens?' vroeg ik, denkend aan het haviksmasker dat Irys had gedragen toen ze Ixia had bezocht als lid van de Sitische delegatie.

'Als magiërs het niveau van meester bereiken, ondergaan ze een aantal tests.' Fisk klonk alsof hij citeerde uit een schoolboek. 'In die periode maken ze een reis door de onderwereld en ontmoeten ze hun gids. Dit wezen wijst hun niet alleen de weg door de onderwereld maar is ook een gids door het leven.'

'Geloof je dat?' Het leek mij eerder een sprookje. Sinds de commandant de macht in Ixia had gegrepen, waren religie en bijgeloof ontmoedigd. Wie nog geloofde, hield dat stil en bad in het geheim.

Fisk haalde zijn schouders op. 'Ik weet wel dat er tijdens de test iets met de magiërs gebeurt omdat mijn vader het heeft gezien. Die werkte vroeger in de veste.'

Er verscheen iets hards in Fisks gezicht, dus ik vroeg maar niet verder. Maar ik was wel nieuwsgierig naar die wezens. Irys had zich in Ixia vermomd als valkenier. Ze had het juiste uniform gedragen om op te gaan tussen de Ixiërs. Misschien had ze ook wel gewerkt met de haviken van de commandant.

'Het brengt geluk om uit de fontein te drinken,' zei Fisk. Toen rende hij naar zijn vriendjes die in het water speelden en met open monden het water trachtten op te vangen.

Na een moment van aarzelen ging ik meedoen. Het water smaakte fris, alsof het vol zat met krachtige mineralen, als een levenselixir. Ik dronk met diepe teugen. Ik kon wel wat geluk gebruiken.

Toen de kinderen waren uitgespeeld, nam Fisk me mee naar een andere fontein. Deze was gemaakt van zeldzaam wit jade. Vijftien in hun beweging versteende paarden omringden een grote waterstraal.

Fisk klaagde niet, maar ik kon zien dat de hitte hem uiteindelijk te veel aan het worden was. Toch weigerden alle kinderen mijn aanbod om zelf mijn aankopen mee terug naar de veste te nemen en zeiden dat ze zouden doen wat ze hadden beloofd.

Op de terugweg voelde ik Topaas' bezorgdheid zodra ik Cahil de hoek om zag komen. Mijn stoet kinderen ging opzij van de weg staan toen Cahil naderde. Vlak voor ons hield hij Topaas staande.

'Yelena, waar ben je geweest?' vroeg hij streng.

Ik keek hem vuil aan. 'Winkelen. Waarom? Had je weer een verrassingstest voor me?'

Mijn vraag negerend staarde hij naar mijn metgezellen. De kinderen deinsden terug tegen de muur en maakten zich zo klein mogelijk.

'De markt is al uren dicht. Waar heb je gezeten?' vroeg hij.

'Gaat je niets aan.'

Zijn blik vloog naar mij. 'Toch wel. Dit is de eerste keer dat je alleen de citadel in gaat. Je had kunnen zijn beroofd. Je had kunnen verdwalen. Toen je niet terugkwam, vreesde ik het ergste.' Cahils ogen gleden terug naar de kinderen.

'Ik loop niet in zeven sloten tegelijk.' Ik wierp een blik op Fisk. 'We gaan verder,' zei ik.

Fisk knikte en liep de straat in. De andere kinderen en ik volgden hem.

Cahil snoof en steeg af. Met Topaas' teugels in de hand kwam hij naast me lopen. Maar zijn mond kon hij niet houden.

'Je krijgt nog last met je keuze van begeleiding,' zei hij. 'Elke keer dat je de citadel in gaat, komen ze op je af als parasieten en zuigen je helemaal leeg.' Op zijn gezicht stond walging.

'Ook al een les?' vroeg ik, mijn sarcasme niet verbergend.

'Ik probeer je alleen maar te helpen.' Zijn stem klonk verstikt van woede.

'Hou daar dan maar mee op. Beperk je tot de dingen waar je verstand van hebt, Cahil. Als het niets met paarden te maken heeft, heb ik je hulp niet nodig.'

In een lange zucht liet hij zijn adem ontsnappen. Vanuit mijn ooghoek zag ik hem zijn drift inslikken. Indrukwekkend.

'Je bent nog steeds kwaad op me,' zei hij.

'Waarom zou ik dat zijn?'

'Omdat ik niet geloofde dat je geen spion was.'

Toen ik niets zei, vervolgde hij: 'Om wat er is gebeurd bij Eerste Magiër. Ik weet dat het akelig moet zijn geweest...'

'Akelig!' Midden op straat bleef ik staan en ging recht tegenover Cahil staan. 'Wat weet jij daar nou van? Heeft ze het ook bij jou gedaan?'

'Nee.'

'Dan heb je er geen idee van waar je het over hebt. Stel je voor: hulpeloos, helemaal uitgekleed. Je intiemste gedachten en gevoelens open voor iemand die er meedogenloos in komt wroeten.'

Zijn ogen werden groot van schrik. 'Maar ze zei dat je je verzette.

135

Dat ze je niet volledig kon doorzien.'

Ik huiverde bij de gedachte dat Roos dieper was gegaan en begreep waarom Cahil had beweerd dat sommige mensen mentaal waren beschadigd door haar verhoor. 'Het is nog erger dan te worden verkracht, Cahil. En ik kan het weten. Het is me beide overkomen.'

Zijn mond viel open. 'Was het daarom?'

'Wat? Toe maar. Vraag maar.' Ik was niet van plan zijn gevoelens te sparen.

'Waarom je die eerste drie dagen in je kamer bleef?'

Ik knikte. 'Irys zei nog dat ik zat te mokken, maar ik kon het idee niet aan dat er ook maar iemand naar me keek.'

Topaas stak zijn hoofd over mijn schouder. Ik streek met mijn wang langs zijn zachte gezicht. Mijn boosheid op Cahil had de gedachten van het paard buitengesloten. Nu opende ik mijn geest voor hem.

Lavendelvrouw veilig. Topaas' genoegen stroomde bij me binnen. Appel?

Ik glimlachte. Straks.

Met een vreemde uitdrukking op zijn gezicht stond Cahil naar ons te kijken.

'Je lacht alleen maar naar de paarden.'

Ik wist niet of hij jaloers was of droevig.

'Wat Roos... met jou deed. Is dat de reden waarom je iedereen op afstand houdt?' vroeg Cahil.

'Niet alleen. En niet iedereen.'

'Naar wie lach je dan nog meer?'

'Irys.'

Hij knikte alsof hij dat antwoord had verwacht. 'Verder nog iemand?'

Mijn vingers gingen naar de bult op mijn borst van de vlinder aan het kettinkje onder mijn hemd. Valek kreeg wel meer van me dan een lach. Maar ik zei: 'Mijn vrienden in het noorden.'

'Die je hebben leren vechten?'

'Ja.'

'En degene van wie je die hanger hebt gekregen?'

Met een ruk haalde ik mijn hand weg. 'Hoe wist jij van mijn hanger?' vroeg ik bits.

'Die viel eruit toen je bewusteloos was.'

Met gefronst voorhoofd herinnerde ik me dat Cahil me na Roos' verhoor naar mijn kamer had gedragen.

'Daar had ik je dus beter niet aan kunnen herinneren,' zei hij. 'Maar het klopt dus wel dat je hem hebt gekregen, hè?'

'Dat gaat je niets aan, Cahil. Je gedraagt je alsof we vrienden zijn. Dat zijn we niet.'

De kinderen stonden bij een kruising op ons te wachten. Ik liep naar hen toe.

Cahil haalde me in. Zwijgend liepen we verder. Toen we bij de veste kwamen, nam ik mijn pakjes van de kinderen over en betaalde hun elk twee koperstukken.

Ik grijnsde naar Fisk en wierp toen een blik op Cahil, enigszins opgelaten over mijn lach.

'Tot de volgende marktdag,' zei ik tegen Fisk. 'En zeg je vriendjes dat ze een extra koperstuk krijgen als ze schoon op komen dagen.'

Hij zwaaide. Ik keek de kinderen na tot ze verdwenen waren. Waarschijnlijk kenden ze alle steegjes en geheime doorgangetjes in de citadel. Die kennis kon nog wel eens van pas komen. Ik zou Fisk er eens naar vragen.

Cahil was ook in de citadel opgegroeid en kende ze misschien ook wel, maar hem vroeg ik het niet. Zeker niet als hij zo'n zuur gezicht trok.

'Wat nu weer?' vroeg ik.

Hij zuchtte. 'Waarom maak je de dingen altijd zo moeilijk?'

'Jij bent begonnen. Weet je nog? Ik niet.'

Hij schudde zijn hoofd. 'Waarom beginnen we niet overnieuw? We hebben een verkeerde start gemaakt. Wat kan ik doen om zo'n zeldzame lach van jou te verdienen?'

'Waarom wil je er een? Als je soms hoopt dat we vrienden worden en ik je alle militaire geheimen van Ixia toevertrouw, doe maar geen moeite.'

'Nee. Dat wil ik helemaal niet. Ik wil dat het tussen ons anders is.'

'Hoe anders?'

Cahil keek rond alsof hij naar de juiste woorden zocht.

'Beter. Minder vijandig. Vriendelijker. Gesprekken in plaats van ruzies.'

'Na alles wat je me hebt aangedaan?'

'Het spijt me, Yelena.' De woorden kwamen slepend uit zijn keel, alsof het hem moeite kostte. 'Het spijt me dat ik niet geloofde dat je geen spion was. Het spijt me dat ik Eerste Magiër heb gevraagd om...' Hij slikte. 'Om je geest te verkrachten.'

Ik wendde mijn gezicht van hem af. 'Dat excuus is weken te laat, Cahil. Waarom nu wel?'

Hij zuchtte. 'Er worden voorbereidingen getroffen voor het Nieuw Beginfeest.'

Een lichte hapering in Cahils stem deed me hem aankijken. Hij wikkelde Topaas' leren teugels om zijn hand en weer los.

'Dat is een feest om het begin van het afkoelseizoen en het nieuwe schooljaar te vieren. Voor iedereen een kans om bij elkaar te komen en opnieuw te beginnen.' Cahils blauwe ogen zochten de mijne. 'In al die jaren heb ik nooit iemand mee willen nemen. Ik heb nog nooit iemand gehad die ik aan mijn zij wilde. Maar toen ik de koks vanochtend hoorde praten over het menu voor het banket, moest ik aan jou denken. Ga je met me mee, Yelena?'

14

Cahils woorden troffen me als een vuistslag. Verschrikt sprong ik achteruit.

Zijn gezicht betrok op mijn reactie. 'Nee dus. We zouden vast toch de hele avond alleen maar bonje hebben.' Hij begon weg te lopen.

'Cahil, wacht,' zei ik, hem inhalend. 'Je verraste me.' Erg zachtjes uitgedrukt.

Ik had werkelijk gedacht dat Cahil behalve informatie over Ixia niets van me wilde. Deze uitnodiging kon ook best een list zijn, maar voor het eerst zag ik iets zachts in zijn ogen. Ik legde mijn hand op zijn arm. Hij bleef staan.

'Gaat iedereen naar dat Nieuw Beginfeest?' vroeg ik hem.

'Ja. Het is voor de nieuwe studenten een mooie manier om kennis te maken met de leraren, en voor iedereen een kans om elkaar weer te treffen. Ik ga omdat ik de senior- en leerlingklassen ga lesgeven in de ruiterkunst.'

'Dus ik ben niet je eerste student?'

'Nee, maar wel mijn meest eigenwijze.' Hij glimlachte meewarig.

Ik glimlachte terug. Cahils ogen lichtten op.

'Oké, Cahil, in de geest van dit Nieuw Beginfeest beginnen we gewoon opnieuw. Ik ga met je mee naar het feest als de eerste stap in onze nieuwe vriendschap.' Trouwens, het idee om in mijn eentje kennis te gaan maken met mijn medestudenten was een beetje intimiderend.

'Vriendschap?'

'Meer kan ik je niet bieden.'

'Vanwege degene van wie je die vlinder hebt gekregen?' vroeg hij.

'Ja.'

'En wat heb jij hem ervoor teruggegeven?'

Ik wilde hem toeblaffen dat hem dat niets aanging maar beheerste mijn drift. Als we vrienden wilden worden, mocht hij de waarheid weten. 'Mijn hart.' Ik had er ook mijn lichaam, mijn vertrouwen en mijn ziel aan toe kunnen voegen.

Hij keek me een tijdlang aan. 'Dan zal ik me maar tevreden moeten stellen met vriendschap.' Hij grijnsde. 'Betekent dit dat je nu niet meer zo moeilijk doet?'

'Reken daar maar niet op.'

Hij lachte en hielp me mijn marktaankopen naar mijn kamers dragen. De rest van de avond las ik in de hoofdstukken die ik van Baïn had opgekregen. Zo nu en dan hield ik op om na te denken over Cahils nieuwe rol als vriend in mijn leven.

Ik genoot van mijn fascinerende ochtenden met Baïn Bloedgoed. De Sitische geschiedenis reikte eeuwen terug. De elf Sitische stammen hadden tientallen jaren met elkaar gevochten tot Windri Groenboom, een meestermagiër, hen had verenigd en de Raad van Oudsten had opgericht. Tot mijn verbijstering en tot Baïns genoegen besefte ik dat ik nog een hele studie voor me had liggen om de complete geschiedenis te leren. En alleen al de mythologie, vol wezens, demonen en legenden, zou jaren kosten om ze allemaal te leren kennen.

Baïn legde ook de structuur van de school uit. 'Iedere student heeft een magiër als mentor. Die mentor houdt toezicht op de vorderingen van de student. Hij geeft les. Hij begeleidt. Hij regelt lessen bij andere magiërs die op bepaalde gebieden meer expertise hebben.'

'Hoeveel studenten zitten er in een klas?' vroeg ik.

Baïn zwaaide met een hand door de lucht, wijzend op de kamer, leeg op ons na. We zaten in een open ronde kamer in de voet van zijn toren. Boeken stonden in keurige stapels langs de muren, en op elk van Baïns vier met inkt bevlekte werktafels lagen schrijfprojecten. De metalen ringen van Baïns astrolabium glommen in het ochtendzonlicht.

Ik zat op de rand van zijn brede bureau. Het blad was bezaaid met schrijfinstrumenten en stapeltjes papier. Een witte zeeschelp leek zijn enige siervoorwerp te zijn. Baïn zat tegenover me in een dieppurperen gewaad dat het licht absorbeerde. Zijn uiteenlopende verzameling gewaden was verbazingwekkend. Tot dusver was hij de enige magiër die ik dagelijks in een formeel gewaad zag.

'Wij zijn een klas,' zei hij. 'Er kunnen een tot vier studenten in, maar meer niet. Op deze school zie je geen rijen na rijen studenten luisteren naar een college. Wij gebruiken praktische methoden in kleine groepen.'

'Hoeveel studenten heeft een mentor?'

'Ervaren mentors niet meer dan vier. Nieuwe magiërs maar één.'

'Hoeveel studenten krijgen er les van de meestermagiërs?' Ik vreesde de dag dat ik Irys met iemand zou moeten delen.

'Eh...' Hij zweeg. Voor het eerst zat Baïn met een mond vol tanden. 'De meesters zijn geen mentor. Wij moeten naar raadsvergaderingen. Wij steunen Sitia. Wij werven toekomstige studenten. Maar af en toe verschijnt er een student die onze belangstelling wekt.'

Hij staarde me aan als om te besluiten hoeveel hij me zou vertellen. 'Ik ben die raadsvergaderingen een beetje zat. Daarom heb ik al mijn energie nu gericht op lesgeven. Dit jaar heb ik twee studenten. Roos heeft er nog maar één gekozen sinds ze Eerste Magiër is. Zitora geen enkele. Ze moet nog wennen. Ze is pas vorig jaar meester geworden.'

'En Irys?'

'Jij bent haar eerste.'

'Alleen ik?' vroeg ik verbaasd.

Hij knikte.

'En Roos had er eentje gekozen. Wie dan?'

'Je broer Leif.'

De bewijzen dat de veste zich voorbereidde op een invasie van terugkerende studenten stapelden zich in de loop van de week op. Het personeel was druk in de weer om kamers en slaapzalen te luchten. In de keuken was het een drukte vanjewelste ter voorbereiding op het banket. Zelfs in de straten van de citadel gonsde het van het leven van terugkerende bewoners. In de avond zweefde er gelach en muziek mee op de koeler wordende wind.

Terwijl ik wachtte tot Irys terugkwam met Tula's zus bracht ik mijn ochtenden door bij Baïn, mijn middagen in de boeken en mijn avonden met Cahil en Kiki. Mijn ruiterkunst was vooruitgegaan van stap tot draf, een letterlijk schokkende gang waarvan ik aan het einde van de dag stijf en beurs van Kiki klom.

Elke avond ging ik naar Tula om contact te maken en haar mijn steun te bieden. Haar geest bleef leeg, maar haar zwaar toegetakelde lichaam genas met horten en stoten.

'Heb je soms genezende krachten?' vroeg Hees me op een avond. 'Lichamelijk gaat ze verbazingwekkend snel vooruit. Het lijkt wel het werk van twee genezers.'

Ik dacht na over zijn vraag. 'Weet ik niet. Nooit geprobeerd.'

'Misschien help je haar wel genezen zonder het te beseffen. Zou je het willen weten?'

'Ik wil haar geen pijn doen,' zei ik.

'Daar zorg ik wel voor.' Glimlachend pakte Hees Tula's linkerhand op. De spalken aan haar rechterhand waren weg, maar de vingers van haar linker waren nog steeds gezwollen en blauw. 'Ik heb maar genoeg energie om een paar botten per dag te herstellen. Meestal laten we het lichaam zichzelf genezen. Maar bij ernstige verwondingen versnellen we het proces.'

'Hoe dan?'

'Ik trek kracht naar me toe. Dan richt ik me op de verwonding. Huid en spieren verdwijnen voor mijn ogen en maken de botten zichtbaar. Ik gebruik de kracht om het bot aan te sporen tot herstel. Bij andere verwondingen werkt het precies zo. Mijn ogen zien alleen de wond. Het is werkelijk fantastisch.'

Hees' ogen glommen van vastberadenheid, maar toen ze naar Tula gingen, werden ze doffer. 'Sommige verwondingen kunnen helaas niet worden genezen, en de geest is zo complex dat schade meestal permanent is. We hebben een paar geestgenezers. Van hen is Vierde Magiër de sterkste, maar ook zij kan niet alles.'

Terwijl Hees zich op Tula richtte, voelde ik de lucht om me heen dikker worden en ritmisch kloppen. Ademhalen kostte moeite. Toen sloot Hees zijn ogen. Zonder erbij na te denken maakte ik contact met zijn geest. Via hem zag ik Tula's hand. Haar huid werd doorschijnend en toonde het gehavende roze spierweefsel dat aan de botten hechtte. Ik zag vezels macht, dun als spinrag, gewikkeld rond Hees' handen. Hij weefde de webben rond de breuk in Tula's bot. Voor mijn ogen verdween de breuk, en vervolgens genazen de spieren.

Ik verbrak het mentale contact met Hees en keek naar Tula. De blauwe plekken op haar nu rechte wijsvinger waren vervaagd. De lucht werd dunner toen de macht verflauwde. Hees' voorhoofd glom van het zweet, en hij hijgde van de inspanning die hij zojuist had geleverd.

'Probeer jij nu maar,' zei hij.

Ik ging dichter bij Tula zitten en nam haar hand over van Hees. Voorzichtig pakte ik haar middelvinger en wreef er zachtjes over met mijn duim terwijl ik macht naar me toe trok om het bot zichtbaar te maken. Hees snakte naar adem. Ik hield op.

'Ga door,' zei hij.

Mijn machtdraden waren dik als touwen. Toen ik de draden aanbracht op het bot, wikkelden ze zich eromheen als een strop. Bang dat haar vinger doormidden zou breken, trok ik me terug.

Ik legde haar hand weer op het bed en keek Hees aan. 'Neem me niet kwalijk. Ik heb mijn magie nog niet helemaal onder controle.'

Hij staarde naar Tula's hand. 'Kijk.'

Beide vingers leken te zijn genezen.

'Hoe voel je je?' vroeg hij.

Als ik magie gebruikte, werd ik daar meestal doodmoe van, maar ik had er eigenlijk niets van gebruikt. Of wel? 'Ongeveer hetzelfde.'

'Na drie genezingen ben ik toe aan een dutje.' Hees schudde zijn hoofd.

Zijn donkere haar viel in zijn ogen. Met een ongeduldig gebaar veegde hij zijn lokken terug. 'Je hebt dat bot net moeiteloos genezen,' zei hij. 'Het lot zij met ons.' Zijn stem klonk ruw van ontzag en angst. 'Als jij je magie volledig onder controle krijgt, kun je misschien wel de doden doen opstaan.'

15

Er ging zo'n golf van angst door me heen dat mijn spieren ervan sidderden.

'Nee,' zei ik tegen Hees. 'Je moet niet overdrijven. Niemand kan de doden doen opstaan.'

Bedachtzaam wreef Hees met een hand over zijn vermoeide ogen. 'Misschien is dat iets te driest,' stemde hij in. 'In onze geschiedenis was er maar één die de doden tot leven kon wekken.' Hij huiverde. 'En de resultaten waren echt verschrikkelijk.'

Ik wilde nog meer vragen, maar Hees schoot naar de deur met de mededeling dat hij nog meer te doen had.

Met een vreemd en onbehaaglijk gevoel keek ik naar Tula's roerloze gedaante. Door haar deken en huid heen kon ik al haar verwondingen zien. Nu ik dit nieuwe vermogen had geleerd, kon ik het kennelijk niet meer uitzetten. Alle breuken, verstuikingen en kneuzingen pulseerden met een brandend rood licht. Hoe langer ik naar het licht keek, hoe meer het me naar zich toe trok, en ik voelde me doordrongen raken van Tula's lichamelijke pijn. Plotseling kreperend van de pijn zakte ik ineen op de vloer.

Met mijn ogen stijf dicht geknepen rolde ik me op tot een bal. Een klein deel van me wist dat de pijn denkbeeldig was, maar in paniek probeerde ik de foltering toch weg te duwen. Ik trok macht uit de bron en stroomde vol met magie. De opbouw knetterde over mijn huid als vuur. Ik liet de macht los.

Terwijl mijn gil door de kamer schalde, spoelde de koele opluchting door me heen, mijn pijn stillend. Leeggelopen bleef ik liggen hijgen op de vloer.

'Yelena, gaat het?'

Ik deed mijn ogen open. Boven me hing een bezorgde Hees. Ik knikte. 'Tula?'

Hij stapte opzij. 'Niets bijzonders.'

Ik ging rechtop zitten. De kamer tolde nog na, maar ik dwong mezelf me te concentreren.

'Wat is er gebeurd?' vroeg Hees.

Ik wilde zeggen dat ik de controle was kwijtgeraakt, uitleggen dat mijn oude overlevingsdrang zich had laten gelden als een onbewuste reactie op de pijn. Maar zo was het eigenlijk niet geweest, en het zou gevaarlijk zijn om toe te geven dat ik de controle was kwijtgeraakt. Onbeheerste magiërs konden de machtbron beschadigen, dus zouden de meesters me moeten doden. Daarom klemde ik mijn lippen op elkaar en deed mijn best enige orde te scheppen in mijn verhaspelde gedachten.

Voordat ik kon spreken, zei Hees: 'Je hebt haar twee andere vingers genezen.'

Hij stond bij Tula's bed en hield haar linkerhand omhoog. Nadat Hees haar vingers aandachtig had bekeken legde hij haar arm over haar buik.

Toen keek hij me aan met een frons op zijn gezicht. 'Dat had je niet zonder mij mogen proberen. Geen wonder dat je gilde. Je hebt te veel macht verzameld en moest die loslaten.' Hees gebaarde naar mijn zittende gestalte. 'Een beginnersfout, en nu ben je uitgeput. Je moet echt harder werken aan je beheersing.'

Terwijl hij me overeind hielp, verzachtte Hees' frons tot iets wat opluchting had kunnen zijn. 'Je hebt het vermogen te genezen maar moet wel worden begeleid. Ik had je net verkeerd beoordeeld en dacht dat je misschien een zielvinder was.' Hees blafte een lachje. 'De volgende keer wacht je op mij. Oké?'

Niet vertrouwend op mijn stem knikte ik.

Hees hielp me naar de deur. 'Neem wat rust. Je zult nog wel een paar dagen verzwakt zijn.'

Terwijl ik naar de leerlingenvleugel schuifelde, liet ik de gebeurtenissen opnieuw afspelen in mijn hoofd, en tegen de tijd dat ik me op mijn bed liet vallen, had ik mezelf er bijna van weten te overtuigen dat Hees' verklaring klopte. Bijna.

De hele volgende dag was ik nog duf van vermoeidheid. Baïns ochtendles ging voorbij in een waas. In plaats van lezen versliep ik de hele middag, en die avond moest ik vechten om wakker te blijven terwijl ik op Kiki reed. Cahils gebulder wist uiteindelijk de mist in mijn hoofd te doorboren.

'Yelena!'

Ik keek hem aan alsof ik hem die avond voor het eerst zag. Zijn eens witte katoenen hemd zat onder het vuil en paardenhaar en kleefde aan zijn gespierde torso. Zijn voorhoofd was gerimpeld van ergernis. Zijn mond bewoog, maar het kostte me even om woorden te onderscheiden.

'...afgeleid, uitgeput, en dan raak je gewond.'

'Gewond?' vroeg ik.

'Gewond, ja. Als je in het zadel in slaap valt en van het paard glijdt.' Cahil beheerste zijn frustratie, maar aan zijn gebalde vuisten kon ik zien dat hij me wel door elkaar kon rammelen.

Lavendelvrouw moe, beaamde Kiki. Appels vergeten.

'Yelena, ga naar huis.' Cahil pakte Kiki's teugels om haar vast te houden terwijl ik afsteeg.

Naar huis? Ongevraagd verscheen het beeld van mijn kamertje in het kasteel van de commandant in mijn hoofd, gevolgd door de herinnering aan Valeks lachende gezicht. Ik kon nu wel wat van zijn energie gebruiken.

'Gaat het wel?'

Ik staarde diep in Cahils lichtblauwe ogen. Ze waren bleek vergeleken bij de levendige saffierkleur van Valek. 'Ja. Ik ben alleen een beetje moe.'

'Een beetje?' Cahil lachte. 'Ga jij maar slapen, ik zorg wel voor Kiki. Je hebt je energie nog nodig voor morgenavond.'

'Morgenavond?'

'Het Nieuw Beginfeest. Weet je nog?'

'Ik wist niet dat het al zo gauw was.'

'Bereid je maar voor op een invasie van studenten en magiërs. Morgenvroeg is het gedaan met onze rust en vrede.'

Cahil leidde Kiki naar de stal. Ik beloofde haar extra appels voor onze volgende les en vertrok naar mijn kamers.

Ongerustheid over het feest knaagde echter dwars door mijn vermoeidheid heen toen ik in bed klauterde. Half slapend schrok ik bijna klaarwakker van het besef dat ik niets had om aan te trekken voor een feest. Wat droeg je eigenlijk naar zo'n feest? Moest ik mijn officiële leerlingengewaad aan? Ik zuchtte. Te moe om me druk te maken over dingen zoals kleren rolde ik me op mijn andere zij. Belangrijker zorgen, zoals de noodzaak om mijn magie de baas te worden, verdrongen alle andere.

De volgende ochtend was het op het schoolterrein een drukte vanjewelste. Onderweg naar Baïns toren liep ik langs groepjes mensen met pakketjes. In de deuropening van zijn werkkamer wilde ik Baïn net vragen naar de arriverende studenten toen ik zag dat hij twee bezoekers had.

Van achter zijn bureau wenkte Baïn me binnen. 'Yelena, dit zijn mijn studenten. Dax Groenhalm, een medeleerling, en Gelsi Maan, een novice.' Met een open hand wees hij hen beurtelings aan.

Ze knikten me toe. Hun ernstige blik paste maar slecht op zulke jonge gezichten. Ik schatte Dax op achttien jaar, en het meisje moest rond de vijftien zijn.

'Hebt u een nieuwe student gekozen, meester Bloedgoed?' vroeg Gelsi. Afwezig trok ze aan het witte kant aan het einde van haar mouw. Op haar blouse en lange rok zaten violette en witte wervelpatronen.

'Nee, Yelena werkt bij iemand anders,' antwoordde Baïn.

Ik moest een grijns inhouden toen ze allebei ontspanden. Dax lachte naar me.

Gelsi leek echter door me geïntrigeerd. 'Wie is jouw mentor?' vroeg ze.

'Irys... eh... meester Juweelroos.'

De twee studenten leken al even verbaasd als ik was geweest toen Baïn me had verteld over Irys.

'Van welke stam ben jij?' vroeg Gelsi.

'Zaltana.'

'Ook al een verre nicht van Leif?' vroeg Dax. 'Je bent wel een beetje oud om net te beginnen. Welke merkwaardige kracht heb jij?'

Zijn toon suggereerde nieuwsgierigheid en humor, maar Baïn zei: 'Dax, dat is niet netjes. Ze is Leifs zuster.'

'Ach...' Met levendige belangstelling keek Dax me aan.

'Hebben we les vanochtend?' vroeg ik Baïn.

De magiër leefde op van mijn vraag. Hij gaf Dax de opdracht zijn koffers uit te pakken maar vroeg Gelsi te blijven. Haar hartvormige gezicht verbleekte even voor ze zich vermande en haar tot op haar schouders vallende koperen krullen gladstreek.

'Ik vrees dat Irys je binnenkort weer komt opeisen,' zei Baïn tegen me met een glimlach. 'Gelsi gaat zich er dit semester op richten om magisch te leren communiceren met andere magiërs. Van Irys weet ik dat dit jouw sterkste vermogen is. Daarom wil ik graag jouw assistentie om mijn student met deze vaardigheid bekend te maken.'

Gelsi's ogen werden groot. Haar lange, dikke oogwimpers raakten haar wenkbrauwen.

'Ik zal doen wat ik kan,' zei ik.

Baïn rommelde wat in een van zijn bureauladen en haalde er een klein juten zakje uit. Hij zette het zakje op het bureau, maakte het open en haalde er twee bruine klontjes uit.

'Voor de eerste les gebruiken we theobroma,' zei hij.

De klontjes riepen herinneringen op uit mijn tijd in Ixia. Theobroma was de zuidelijke naam voor criollo, een verrukkelijke snoepsoort met de onfortuinlijke uitwerking om iemands geest open te stellen voor magische invloeden. Generaal Brazell had het zoete nagerecht met de lichte nootsmaak gebruikt om de sterke wil van de commandant te buigen opdat Brazells magiër Mogkan de geest van de commandant kon overnemen.

Baïn overhandigde mij een van de brokjes theobroma en gaf het andere aan Gelsi. Vervolgens zei hij ons te gaan zitten in de twee stoelen die tegenover elkaar stonden. Al had ik de lekkernij met genoegen in mijn mond gestopt, ik vond het onnodig.

'Kunnen we het niet eerst proberen zonder?' vroeg ik.

Baïns borstelige grijze wenkbrauwen gingen omhoog, en hij dacht na over mijn vraag. 'Heb je het dan niet nodig om voor het eerst verbinding te maken?'

Ik dacht aan mijn contacten met verscheidene mensen en paarden. 'Tot nu toe niet, nee.'

'Goed dan. Yelena, maak maar verbinding met Gelsi.'

Energie opvissend uit mijn vermoeide lijf trok ik een draad macht en richtte die op het meisje, mijn bewustzijn op haar projecterend. Ik voelde haar ongerustheid over het samenwerken met deze vreemde vrouw uit Ixia in haar geest.

Hallo, zei ik.

Van schrik sprong ze op.

Om haar gerust te stellen zei ik: Ik ben geboren in het Illiais-oerwoud. Waar kom jij vandaan?

Gelsi vormde een beeld van een in mist gehuld dorpje in haar hoofd. We wonen aan de voet van de Smaragdbergen. 's Ochtends is ons huis gehuld in de nevel uit de bergen.

Ik liet haar het huis van mijn ouders in de bomen zien. We 'praatten' over de gezinssamenstelling. Met twee oudere broers en twee jongere zussen was Gelsi de middelste, maar ze was de enige in het gezin die magische krachten had ontwikkeld.

Baïn keek in stilte toe tot hij ons onderbrak. 'Verbreek nu de verbinding.'

Futloos trok ik mijn bewustzijn terug.

'Gelsi, het is jouw beurt om contact te maken met Yelena.'

Ze deed haar ogen dicht, en ik voelde haar zoeken naar mijn geest. Ik hoefde maar een klein rukje aan haar bewustzijn te geven.

'Niet helpen,' waarschuwde Baïn me.

In plaats daarvan hield ik mijn geest open, maar het lukte haar niet me te bereiken.

'Geen zorgen,' troostte Baïn haar. 'De eerste keer is het moeilijkst. Daarom gebruiken we ook theobroma.'

Baïns grijze ogen namen me vriendelijk in zich op. 'We proberen het een andere keer opnieuw. Gelsi, ga maar uitpakken en inrichten.'

Nadat ze Baïns toren had verlaten, zei hij: 'Je hebt je zeker uitgeput gisteren. Hees zei al zoiets. Wat is er precies gebeurd?'

Ik vertelde hem over de pijn en de macht. 'Ik heb het dus nog niet helemaal onder controle,' opende ik en ik wachtte af of hij me zou straffen. Als het echt een ongecontroleerde uitbarsting was geweest, hadden de andere meestermagiërs het gevoeld. En zeker die Roos zou daar meteen op hebben gereageerd.

'Laat het een les voor je zijn,' zei Baïn. 'Verwondingen herstellen kost immense inspanning. Genoeg voor vandaag. Ik zie je vanavond op het feest.'

Het feest! Ik was het vergeten. Alweer. 'Wat moet ik...' Ik zweeg. Plots voelde ik me ongemakkelijk en dom om te vragen over kleren.

Baïn glimlachte medelevend. 'Geen expertise in die materie,' zei hij, blijkbaar mijn gedachten lezend. 'Zitora helpt je graag. Zij heeft dit jaar nog niets omhanden en zal blij zijn met gezelschap.'

'Ik dacht dat ze het druk had met raadszaken.'

'Dat klopt, maar ze maakt nu ook de omschakeling door van vijf jaar studentschap naar op zichzelf te zijn aangewezen. Geen tijd hebben om mentor te zijn betekent nog niet dat ze geen tijd heeft om vriendschap te sluiten.'

Ik verliet Baïns toren en ging meteen naar die van Zitora op de noordoostelijke hoek van de veste. Overal liepen energieke groepjes over de wandelpaden op het terrein, en in alle richtingen haastten mensen zich langs me heen. Aan mijn rustige wandelingen door de veste was een einde gekomen, maar ik voelde me verkwikt door al die activiteit.

Zitora begroette me met een stralende lach die pas verflauwde toen we Tula's toestand bespraken. Uiteindelijk ging het toch weer over de naderende festiviteiten, en ik informeerde naar gepaste kleding.

'De officiële gewaden zijn er alleen voor de saaie schoolfuncties,' zei Zitora. 'Vertel me nu gauw dat je iets moois hebt om aan te trekken.'

Toen ik mijn hoofd schudde, veranderde ze in een moederkloek en ging in de weer om iets voor me te zoeken.

'Het lot zij dank heb je mijn maat,' zei Zitora opgewekt.

Ondanks mijn protesten sleepte ze me twee trappen op naar haar slaapkamer en laadde mijn armen vol jurken, rokken en kanten blouses. Met haar handen op haar heupen inspecteerde Zitora mijn laarzen. 'Dat kan dus echt niet.'

'Maar ze zitten lekker, en ik kan er goed op lopen,' sputterde ik tegen.

'Een uitdaging, dus. Hmmm. Ik ben zo terug.'

Ze verdween in een andere kamer terwijl ik wachtte in haar slaapkamer op de derde verdieping van haar toren. Aan de muren hingen bloemenschilderijen in zachte pasteltinten. Bovenmaatse kussens sierden haar hemelbed. De kamer straalde troost uit als open armen die zich om me heen sloegen.

Met een triomfantelijke kreet drentelde Zitora terug de kamer in met een paar zwarte sandalen die ze omhoog hield ter bewondering.

'Rubberen zolen, zacht leer en een smalle hak. Perfect om de hele avond op te dansen.' Ze lachte.

'Ik kan niet dansen,' zei ik.

'Maakt niet uit. Je hebt natuurlijke gratie. Doe gewoon de anderen na.' Zitora legde de sandalen boven op mijn stapel.

'Dit kan ik echt niet allemaal aannemen.' Ik probeerde de kleren terug te geven. 'Ik kwam voor advies, niet voor je hele garderobe.' Ik ging wel naar de markt. Nu de bewoners van de citadel waren teruggekeerd, bleven de winkels elke dag open.

Ze joeg me weg. 'Nauwelijks een deuk in mijn kledingkast. Ik verzamel kleren. Ik kan geen kledingzaak langs zonder iets te vinden wat ik moet hebben.'

'Laat me dan tenminste betalen...'

'Stop.' Ze hief haar hand op. 'Ik zal het wat makkelijker voor je maken. Morgen moet ik op een missie voor de Raad, en dan krijg ik, tot mijn grote ellende, een escorte van vier soldaten mee. Irys en Roos kunnen lekker in hun eentje heel Sitia door boemelen, en zij krijgen alle leuke, geheime missies. Maar over mij is de Raad niet gerust. Daarom ben ik beperkt tot missies onder escorte.' Ze snoof van frustratie. 'Ik heb je met je boog zien oefenen bij de stal. Wat dacht je van mijn kleren in ruil voor een paar lessen in zelfverdediging?'

'Oké. Maar waarom heb je jezelf niet leren verdedigen toen je hier nog student was?'

'Ik had een bloedhekel aan de wapenmeester,' antwoordde ze met een diepe frons. 'Een bullebak die van de lessen een kwelling maakte. Hij genoot ervan om anderen pijn te doen. Ik ging hem tegen elke prijs uit de weg. Toen de meesters merkten dat ik sterke krachten had, richtten ze zich meer op mijn studie.'

'Wie is de wapenmeester?'

'Een van de noorderlingen bij Cahil. Hij heet Goel.'

Zitora huiverde van afkeer. 'Al was hij nog niet zo'n ramp als de meestertest...' Ze zweeg, en er trok een zweem van afgrijzen over haar gezicht. Haar hoofd schokte even, alsof ze zich losmaakte van ongewenste herinneringen.

'Maar goed, Roos bood dus aan om me les te geven, maar ik heb liever jou als instructeur.' Ze wierp me een samenzweerderig lachje toe.

Akkoord met de ruil stapte ik voorzichtig via Zitora's torentrap omlaag met de bundel kleren in mijn armen. Daarmee belast ging ik op weg naar mijn kamers. Onderweg dacht ik na over de meestertest. Fisk, de bedelaarsjongen, had het er ook al over gehad. Ik moest Irys er eens naar vragen.

Op de binnenplaats tegenover mijn onderkomen wemelde het van de studenten. Een paar jongens gooiden een bal naar elkaar terwijl anderen op het gras lagen of in groepjes stonden te praten. Gehinderd door Zitora's kleren klunsde ik voor mijn deur.

'Hé, jij!' riep iemand.

Ik keek rond en zag een groepje meisjes naar me gebaren.

'De eerstejaarskazerne is die kant op.' Een van de meisjes, met lang blond haar, wees. 'Dit is alleen voor leerlingen.'

'Bedankt, maar dit is mijn kamer,' riep ik en draaide me weer om.

Ik wist de deur open te krijgen voordat ik een prikkeling van macht langs mijn ruggengraat voelde. Ik smeet de kleren op de vloer en draaide me met een ruk om. Op enkele decimeters van me af stond een groep studenten.

'Jij hoort hier niet,' zei het meisje met de lange haren. In haar violetkleurige ogen fonkelde een gevaarlijke glans. 'Jij bent nieuw. Ik ken iedereen, en nieuwe studenten gaan naar de eerstejaarskazerne. Een kamer hier moet je verdíénen.'

Ze straalde overtuigende magie uit. Een sterke wens om mijn spullen te pakken en naar de slaapzaal van de eerstejaars te gaan kwam in me op en drukte tegen mijn lijf. Ik weerde haar magische bevel af door mijn mentale verdediging te versterken.

Ze gromde verontwaardigd. Haar metgezellen wisselden een blik uit. Macht zwol aan toen ze zich opmaakten om mee te doen. Ik zette me schrap voor een volgende aanval, maar voordat ze hun gecombineerde kracht konden gebruiken, schalde er een andere stem door de menigte.

'Wat is hier aan de hand?'

De macht loste op in een stugge golf toen Dax Groenhalm zich met zijn soepele, gespierde lijf een weg door de groep heen baande, de anderen strak aanstarend met zijn flesgroene ogen. In het zonlicht maakte zijn honingbruine huid hem ouder.

'Zij hoort hier niet,' herhaalde het meisje.

'Yelena studeert bij Vierde Magiër,' zei Dax. 'Ze heeft een kamer in deze vleugel.'

'Maar da's niet eerlijk,' klaagde het meisje. 'Je moet het recht verdienen om hier te zijn.'

'En wie zegt dat zij dat niet heeft verdiend?' vroeg Dax. 'Als jij vindt dat Vierde Magiër zich vergist, dan neem je dat maar met haar op.'

Er volgde een ongemakkelijke stilte voordat de groep terugging naar de binnenplaats. Dax bleef bij me staan.

'Bedankt,' zei ik. De groep ging dicht opeen staan praten, onderwijl vuile blikken mijn kant op werpend. 'Ik geloof dat ik hier geen vrienden heb gemaakt.'

'Drie punten in je nadeel, vrees ik. Eén.' Dax stak een lange, slanke vinger op. 'Jij bent nieuw. Twee. Vierde Magiër is je mentor. Een door een meester gekozen student is gegarandeerd het onderwerp van jaloezie. Als je op zoek bent naar vrienden, dan vrees ik dat Gelsi en ik je enige keuzes zijn.'

'Wat is het derde punt?'

Hij grijnsde sardonisch. 'Geruchten en speculatie. De studenten duikelen elk stukje informatie op dat ze kunnen krijgen over jou en de reden dat je hier bent. Het maakt daarbij niet uit of het waar is of niet. Hoe vreemder het nieuwtje, hoe beter zelfs. En voor zover ik al heb gehoord, zullen de nieuwtjes over jou best sappig zijn en de roddels des te meer aanwakkeren.'

Ik keek hem onderzoekend aan. Op zijn voorhoofd stonden zorgrimpeltjes, en ik zag geen tekenen van bedrog. 'Nieuwtjes?'

'Jij bent Leifs verloren zusje, je bent ouder dan alle studenten, en je bent ontzettend machtig.'

Verbaasd keek ik hem aan. Ik? Machtig?

'Ik ben niet gekomen om jou te helpen. Ik kwam hen beschermen.' Hij gaf een knikje naar de groep op de binnenplaats.

Voordat ik iets terug kon zeggen, wees Dax naar een kamer vijf deuren verderop. 'Je kunt altijd en overal mee komen. Gelsi zit in de novicenkazerne bij de westmuur.'

Dax zwaaide gedag en schreed naar zijn kamer. De vijandigheid van de groep verplaatste zich even naar zijn rug alvorens terug te keren naar mij. Ik deed mijn deur dicht.

Geweldig. Dag één, en nu al het buitenbeentje. Maar kon mij dat iets schelen? Ik was hier om te leren en niet om vrienden te maken, dus zodra de lessen begonnen, maakte het niet meer uit. Tegen die tijd hadden de studenten het te druk om nog aandacht voor mij te hebben.

Spittend tussen Zitora's kleren koos ik een lange zwarte rok en een rood-met-zwarte blouse met een v-hals. De blouse bestond uit twee lagen stof. Een patroon van fijne zwarte kant over rode zijde.

Ik trok de combinatie aan. Op het feest kon ik mijn boog beter achterlaten, en daarom sneed ik een gleuf in een van de zakken in de rok om snel bij mijn springmes te kunnen. De sandalen waren wat groot, dus stak ik een gaatje bij in het riempje.

Pas toen ik mezelf bekeek in de spiegel besefte ik dat ik de kleuren van commandant Ambrosius droeg, dezelfde combinatie als mijn noordelijke uniform. Ik overwoog een ander stelletje, probeerde zelfs verschillende kleren aan maar voelde me toch het meest op mijn gemak in mijn eerste keuze.

Nadat ik de vlecht uit mijn haren had gehaald, keek ik stuurs naar de slappe bende. Vorig jaar had ik er de klitten en knopen uitgeknipt, en nu waren de uiteinden rafelig uitgegroeid. Mijn zwarte haar hing nu tot over mijn schouders. Het moest nodig geknipt en gewassen worden.

Ik trok mijn dagelijkse kloffie weer aan en verliet mijn kamer om Topaas en Kiki de beloofde appels te gaan voeren. De gesprekken op de binnenplaats verstomden zodra ik naar buiten kwam. Zonder acht op de anderen te slaan vertrok ik naar de stal. Op de terugweg ging ik wel langs het badhuis.

De tijd voor het feest naderde sneller dan ik had verwacht. Andermaal stond ik voor de spiegel in mijn slaapkamer met een kritisch oog mijn kleren te beoordelen. Ik veegde een verdwaalde krul uit mijn gezicht.

Een assistent in het badhuis had zich druk gemaakt over mijn onhandige pogingen mijn eigen haar te knippen. Ze had mijn schaar geconfisqueerd, was de puntjes bij gaan knippen en had hete metalen buisjes in mijn haar gedraaid.

In plaats van een knot had ik nu haar dat in grote zachte krullen op mijn schouders viel. Ik zag er belachelijk uit. Maar voordat ik het anders kon doen, werd er op de deur geklopt.

Ik greep mijn boog en gluurde uit het venster. Buiten stond Cahil. Zijn haar en baard leken wel wit in het maanlicht.

Ik trok de deur open. 'Ik dacht dat we hadden afgesproken in...' Mijn mond viel open.

Cahil droeg een lange zijden nachtblauwe tuniek. De kraag stond op, en de zilveren bies volgde de rand van de stof in een V die ver genoeg onder zijn hals doorliep om een glimp van zijn gespierde borst prijs te geven. De bies liep ook over zijn schouders en omlaag langs de naad van zijn wijde mouwen. Om zijn smalle middel sloot een riem van zilvergaas, bezet met edelstenen. Zijn broek paste bij zijn hemd, en ook daar volgde een zilveren bies de buitenste naad van de pijpen, mijn blik geleidend naar een paar glimmende leren laarzen. Vorstelijkheid in eigen persoon.

'Ik kwam onderweg langs jouw kamer,' zei Cahil. 'Het leek me raar om je niet even op te halen.'

Hij kneep met zijn ogen tegen het lantaarnlicht dat achter me scheen, en ik besefte dat hij mijn open mond niet kon zien.

'Klaar?' vroeg hij.

'Eén moment nog.' Teruglopend naar de zitkamer gebaarde ik Cahil naar een stoel en liep door naar mijn slaapkamer, waar ik mijn springmes aanbracht en mijn rok gladstreek. Er was geen tijd meer om mijn haar te doen, dus stopte ik het maar achter mijn oren. Krullen! Het leven in Sitia had me verweekt.

Cahil glimlachte breed toen hij me in het licht zag.

'Niet lachen,' waarschuwde ik.

'Ik lach nooit óm een mooie vrouw. Ik lach en dans veel liever mét haar.'

'Met valse vleierij kom je bij mij niet ver.'

'Ik meen er elk woord van.' Cahil bood zijn arm aan. 'Zullen we?'

Na een korte aarzeling stak ik mijn arm door de zijne.

'Maak je geen zorgen. Ik ben vanavond gewoon jouw escorte. Ik wil je best beschermen tegen de dronken attenties van de andere mannen, maar ik weet maar al te goed dat je heel goed op jezelf kunt passen. Je bent ook vast gewapend. Toch?'

'Altijd.'

We liepen in gemoedelijk stilzwijgen. Groepen studenten en andere stellen die dezelfde kant op liepen, voegden zich algauw bij ons. Van verre klonk levendige muziek die harder werd naarmate we dichterbij kwamen.

De eetzaal was omgetoverd in een balzaal. Oranje, rode en gele fluwelen slingers kronkelden langs het plafond en de muren. Gelach en geroezemoes wedijverden met de muziek. Sommige mensen dronken en aten wat terwijl andere dansten op de houten dansvloer. Iedereen droeg blijkbaar zijn of haar beste kleren. Overal glitterden sieraden in het kaarslicht.

Onze komst verliep onopgemerkt. Maar toen Cahil me door de menigte heen meenam naar de andere kant van de zaal, werden ons verbaasde blikken toegeworpen.

Er ging een schok door me heen toen we uit het gedrang stapten en ik Leif zag. Ik had hem sinds Irys' vertrek niet meer gezien en had aangenomen dat hij niets meer met de studenten of lessen te maken had, aangezien hij was afgestudeerd. Maar daar stond hij, bij Roos en Baïn. Cahil ging op hen af.

Ik viel bijna flauw toen Leif naar me lachte toen we dichterbij kwamen, maar zodra hij me herkende was zijn norse blik terug. Ik vroeg me af wat ik moest doen om Leif een echte lach te ontlokken. Maar ik verwierp het idee, want ik hoefde bij hem toch niet in een goed blaadje te staan. Daar had ik geen enkele behoefte aan. En als ik dat keer op keer in mijn hoofd bleef herhalen, ging ik het misschien nog geloven ook.

Toen we erbij kwamen staan, complimenteerde Baïn me met mijn kapsel. Roos negeerde me. Ons groepje kwam pas echt tot leven toen Zitora zich bij ons voegde.

'Perfect! Helemaal perfect!' riep Zitora uit over mijn kleding.

Het gesprek ging algauw over raadszaken, en Cahil drong er bij Roos op aan op de agenda te worden gezet. Politiek interesseerde me niet, dus toen mijn aandacht afdwaalde, ging mijn blik langs de menigte. Ik zag maar een paar van Cahils mannen. Ze droegen gala-uniformen en stonden onbeholpen opzij alsof ze dienst hadden en niet voor hun plezier waren gekomen. Misschien was dat ook wel zo.

Ik keek een tijdje naar de dansende mensen. In paren cirkelden ze over de vloer. Na acht tellen bleven ze staan, deden vier stappen naar het midden, toen vier stappen terug en gingen weer rond. Daarna werd het patroon herhaald. Net als mijn zelfverdedigingskata's leek de dans op een voorgeschreven reeks bewegingen.

Dax en Gelsi verschenen. Met stijve formaliteit begroetten Baïns studenten de drie meestermagiërs. Gelsi droeg een zachtgroene japon, die glinsterde in het lantaarnlicht. De kleur van haar japon paste goed bij haar grote ogen. Dax' rode hemd, bezet met gouden knopen, had een staande kraag. De naad van zijn zwarte broekspijpen was met goud afgebiesd.

'Hé, we passen bij elkaar,' zei Dax tegen me. Ik kon hem maar net boven de muziek uit horen. 'Wil je met me dansen?'

Ik keek naar Cahil, die druk in gesprek was met Leif. 'Tuurlijk.'

Glimlachend voerde Dax me mee naar een opening op de dansvloer. Kijken was gemakkelijker dan doen, maar onder Dax' vaste leiding kreeg ik het ritme snel te pakken.

Terwijl we over de vloer cirkelden, vroeg Dax: 'Weet je nog dat ik zei dat er drie punten in je nadeel waren?'

Ik knikte.

'Nu zijn het er vijf.'

'Wat nou weer?' vroeg ik geïrriteerd. Wanneer had ik dan tijd gehad om nog iemand anders kwaad te maken?

'Je kwam naar het feest aan de arm van Cahil. Iedereen gaat dus uit van twee dingen. Eén. Dat jij zijn vriendin bent. En twee. Dat je sympathiseert met een Ixiër, wat nog het ergste is.'

'Nou, dan hebben ze het mooi mis. Wie verzint al die punten en veronderstellingen?' vroeg ik nors.

'Ik in elk geval niet,' zei Dax. 'Als ik het voor het zeggen had, kregen we bij het eten meer nagerechten, hielden we meer feesten en werd er veel meer gedanst.'

Een tijdlang dansten we in stilte. Na enig gepeins over de implicaties besloot ik me er niets van aan te trekken wat iedereen dacht, of een poging te doen om hen op andere gedachten te brengen. Mijn tijd in de veste was slechts een oponthoud. Laat ze maar denken. Mijn zenuwen over de avond verdwenen met mijn besluit. Ik lachte naar Dax.

'Je hebt een ondeugende glans in je ogen. Wat ben je van plan?'

'Maar vijf punten in mijn nadeel?' Ik deed alsof ik bezorgd keek. 'Wat een klein aantal. Laten we eens mikken op negen of tien.'

Er ontstond een wolfachtige grijns op Dax' gezicht. 'Mijn vrouwe, u bent veel te bescheiden. U kunt er gemakkelijk vijftien of twintig aan.'

Ik lachte met oprecht plezier. Dax en ik wervelden nog een paar muzieknummers over de dansvloer voordat we teruggingen naar de groep. Cahil bekeek onze terugkomst met een zure blik. Voordat hij iets kon zeggen of weer met Leif in gesprek kon gaan, greep ik zijn hand en trok hem de dansvloer op.

'Vanavond is niet voor zaken,' zei ik terwijl we Dax en Gelsi over de vloer volgden. 'Vanavond is voor de lol. Dansen in plaats van vechten.'

Hij lachte. 'Je hebt gelijk.'

De avond vloog om terwijl ik danste met Cahil, Dax en Baïn. Zelfs de stalmeester liet me rondzwaaien op een luidruchtig voetenstampnummer. Als Cahil er niet op had aangedrongen, was ik niet gestopt om te eten.

Irys' komst had de avond volmaakt af kunnen ronden, maar ik kon haar uitputting op haar gezicht zien. Haar reiskleren waren verruild voor een eenvoudige lichtblauwe japon, dus ze had de tijd genomen in bad te gaan en haar vorstelijke knot te tooien met robijnen en diamanten alvorens naar het feest te komen.

'Is alles in orde?' vroeg ik. 'Heb je Tula's zus gevonden?'

Irys knikte. 'Haar zusje Opaal is nu bij Tula.' Ze keek me vreemd aan.

'Moeten we straks niet proberen of we Tula kunnen helpen?'

Irys schudde haar hoofd. 'Laat Opaal maar een poosje bij haar zus. Het is de eerste keer dat ze haar ziet sinds Tula is ontvoerd.' Opnieuw keek Irys me raar aan.

'Wat dan? Er is iets wat je me nog niet hebt verteld.'

'Ik heb Opaal gewaarschuwd voor Tula's toestand, zowel geestelijk als lichamelijk.' Irys wreef met een hand over haar wang. 'Maar toen we kwamen, leek er wel een wonder te zijn gebeurd.' Irys keek me diep en indringend in de ogen.

'Is Tula wakker?' vroeg ik verward. Irys' nieuws was in tegenspraak met haar lichaamstaal.

'Nee, haar ziel houdt zich nog steeds verborgen, maar haar lichaam is volledig genezen.'

16

'HOE KAN DAT NOU?' VROEG IK IRYS. HEES HAD GEZEGD DAT HIJ maar een paar botten tegelijk kon genezen. Misschien was er een andere genezer hem komen helpen met Tula.

'Dat vraag ik aan jou,' zei Irys. 'Wat heb jij die dag gedaan? Hees is sindsdien in alle staten. Hij is doodsbang van jou.'

'Van mij?'

Baïn kwam me tijdelijk redden. 'Misschien willen de dames even naar buiten.'

Ik keek rond. Verscheidene mensen waren gestopt met praten om naar ons te staren.

'Neem me niet kwalijk,' bood Irys haar verontschuldigingen aan. 'Dit is niet het moment om dit te bespreken.'

Ze liep naar het buffet. De gestokte gesprekken werden hervat. Maar ze was nog niet klaar met me.

Yelena, sprak ze in mijn hoofd. Vertel me alsjeblieft wat er met Tula is gebeurd.

Plotseling kolkte er angst in mijn maag. Was Irys van streek omdat ik de controle over mijn magie was kwijtgeraakt en Tula per ongeluk had genezen, of omdat ik Tula's leven in gevaar had kunnen brengen? Schoorvoetend vertelde ik haar alles wat er die dag in Tula's kamer was gebeurd.

Je had pijn, en je duwde de pijn van jezelf af? vroeg Irys.

Ja. Heb ik iets verkeerds gedaan?

Nee. Je hebt iets onmogelijks gedaan. Ik dacht dat je haar probeerde te genezen, wat gevaarlijk zou zijn geweest, maar het lijkt er meer op dat je haar verwondingen overnam en toen jezelf genas.

Stomverbaasd staarde ik Irys aan. Ze zat aan de andere kant van de zaal te eten.

Zou je dat nog een keer kunnen? vroeg ze.

Dat weet ik niet. Het moet als vanzelf zijn gegaan.

Er is maar één manier om daar achter te komen. Ik voelde Irys' vermoeide zucht. Rust vannacht eerst maar eens goed uit. Dan zie ik je morgenmiddag in Tula's kamer. Irys verbrak haar magische verbinding met me.

Cahils verwarring stond op zijn gezicht te lezen, en ik besefte dat hij naar me had staan kijken. 'Wat is er loos?' vroeg hij. 'Zou Vierde Magiër niet juist blij moeten zijn dat je dat meisje hebt genezen? Dat betekent dus... O, mijn zwaard!' Zijn mond viel open.

Voordat ik hem naar het fijne kon vragen, stopte de muziek.

'Middernacht,' verklaarde Baïn. 'Tijd om te gaan. De studenten hebben een drukke dag morgen.' Zijn blije verwachting van een drukke studiedag ontlokte een glimlach aan de mensen om hem heen.

Braaf stroomde iedereen het donker in, op weg naar slaapzalen en appartementen. In het voorbijgaan ving Dax mijn blik op. Grijnzend stak hij zeven vingers op. Ik keek ernaar uit om van hem te horen over mijn twee extra punten voor roddel-instigerend gedrag.

Cahil bracht me naar mijn kamers. Hij was ongebruikelijk stil.

Uiteindelijk kon ik er niet meer tegen. 'Wat nou: o, mijn zwaard?' vroeg ik.

'Er schoot me iets te binnen,' zei hij in een poging het langs zich heen te laten gaan.

Niet tevreden met zijn vage antwoord drong ik aan. 'Namelijk...'

'Als ik het zeg, word je boos. Ik wil de avond niet besluiten met ruzie.'

'En als ik beloof niet boos te worden?'

'Dan word je dat toch.'

'Morgen dan maar?'

'Vraag het me maar als we weer ruzie hebben.'

'En als we geen ruzie krijgen?'

Cahil schoot in de lach. 'Dat bestaat niet bij jou.'

Met een snelheid die me verbaasde greep hij me toen rond mijn middel en trok me naar zich toe voor een kusje op mijn wang voordat hij me losliet.

'Tot morgen,' zei hij over zijn schouder terwijl hij wegbeende.

Pas nadat ik hem in het donker had zien verdwijnen, besefte ik dat ik met mijn springmes in mijn rechterhand stond. Maar ik had het lemmet niet uitgeklapt. Het zuiden maakte me week. Eerst krullen, en nu dit. Hoofdschuddend deed ik mijn deur open.

De volgende dag moest ik me 's middags Tula's kamer in persen. Tula's bed stond in het midden. Leif en Hees stonden rechts van het bed, en links stonden Irys en een jong meisje. Tula's wachter, een van Cahils mannen, stond ongemakkelijk in een hoek gedrukt.

Hees verbleekte toen ik hem aankeek. Irys stelde me voor aan Opaal, Tula's zusje. Opaals lange bruine haar zat in een paardenstaart, en haar roodomrande ogen waren gezwollen van het huilen.

Ik had geen publiek verwacht. 'Irys,' zei ik. 'Ik moet wat tijd doorbrengen met Opaal voordat ik kan proberen Tula terug te halen.'

Onderweg naar buiten mompelde Leif iets over op het publiek spelen, en Hees vloog meteen naar de deur.

'Moet ik erbij blijven?' vroeg Irys.

'Nee.'

'Er is niet veel tijd meer,' waarschuwde Irys toen ze de kamer verliet.

Ze hoefde mij er niet aan te helpen herinneren dat Tula's belager nog altijd op vrije voeten was, vermoedelijk op zoek naar een volgend slachtoffer. Maar diep van binnen wist ik ook dat het me niet zou lukken als ik er te veel vaart achter zette.

Ik vroeg Opaal me te vertellen over haar zus. In horten en stoten vertelde het meisje me een paar verhalen over hun jeugd.

'Tula heeft een keer een grote glazen tijger gemaakt om me te beschermen tegen nachtmerries.' Opaal glimlachte bij de herinnering. 'Het werkte, en de tijger zag er zo echt uit dat Tula nog meer glazen dieren ging maken.' Ze keek even op van de roerloze gedaante van haar zus op het bed naar de wachter in de hoek.

Opaal leek te aarzelen, afgeleid door de toestand waarin haar zus verkeerde. Daarom veranderde ik van onderwerp en vroeg haar naar de reis naar de citadel.

Haar donkerbruine ogen werden groot. 'Vierde Magiër maakte ons midden in de nacht wakker. Ik schrok me dood.'

Bij dat woord wierp het kind een angstige blik op Tula.

'Ik sliep nog half, en voordat ik het wist, zat ik bij de magiër op het paard, in volle vaart op weg naar de veste.' Opaal sloeg haar armen om zich heen. 'Toen Tula werd gevonden, brachten de genezers haar meteen naar de citadel. Mijn ouders moesten op zoek naar mensen om bij de ovens te werken en voor ons te zorgen voordat ze konden gaan. Ze zijn nog ergens onderweg.' Opaal begon te ratelen. 'We zijn hen niet tegengekomen. Ze weten niet eens dat ik hier ben. Dit is de eerste keer dat ik van huis ben, en we stopten alleen om te eten. Ik sliep in het zadel.'

Vandaar dat Irys zo uitgeput was. Ook vandaag had ze nog donkere kringen onder haar ogen. En het verklaarde ook waarom Opaal zo van streek was. Ik veranderde van tactiek en vroeg Opaal mee om een eindje te wandelen. Ze leek haar zus niet graag alleen te laten, tot ik haar ervan verzekerde dat er niets met Tula zou gebeuren.

Ik liet haar het terrein zien. Het was aangenaam weer. Met de warme middagen en koele avonden was het afkoelseizoen mijn favoriete tijd van het jaar.

Uiteindelijk dwaalden we de veste uit, de citadel in. Ik nam Opaal mee naar de markt. Daar verscheen Fisk met een bereidwillige glimlach, en hij bracht ons naar een kledingzaak. Ik kocht nieuwe kleren voor Opaal, en Fisk speelde stadsgids voor haar.

Toen Opaal wat meer op haar gemak leek, stelde ik wat specifiekere vragen over Tula. Toen haar nog meer verhalen te binnen schoten, trok ik een draad magie en koppelde mijn gedachten aan die van Opaal om haar herinneringen te zien terwijl ze erover sprak. Ik rook de hete oven van de glasfabriek bij haar thuis en voelde het grove zand in mijn handen.

'Tula en ik verstopten ons altijd voor Mara, onze oudste zus. We hadden een perfecte plek. Mara weet nog steeds niet waar het is.' Opaal glimlachte.

In Opaals gedachten verscheen het beeld van een overkapping van boomtakken en vlekjes zonlicht op gras, en ik rook de koele geur van vochtige aarde.

'Dat is het.' Ik pakte Opaals arm. 'Blijf aan die plek denken. Concentreer je erop.'

Ze deed wat ik vroeg. Ik sloot mijn ogen en plaatste mezelf in de herinnering. Grassprietjes streelden mijn armen toen ik ging liggen in de kleine holte achter een rij opgeschoten struiken. Er hing een zware geur van zoete kamperfoelie. Dauwdruppels fonkelden in de ochtendzon. Dit moest de plek zijn waar Tula's ziel zich verborgen hield.

'Kom mee.' Terwijl ik Fisk gedag zwaaide, trok ik Opaal mee naar de veste. Bij de deur van Tula's kamer stond een wachter. Hij knikte ons toe, en we gingen naar binnen.

'Moeten we niet wachten op Vierde Magiër en de anderen?' vroeg Opaal.

'Geen tijd. Ik wil het beeld niet kwijtraken.' Ik pakte een van Tula's handen en stak mijn andere uit naar Opaal. 'Pak mijn hand. Stel je nu voor dat je met Tula op jullie verstopplaatsje zit. Doe je ogen dicht en concentreer je erop. Kun je dat?'

Opaal knikte, haar bleke gezichtje afgetobd.

Ik maakte contact met Tula. De spoken van haar gruwelbeelden zweefden nog altijd door de leegte, maar ze leken minder tastbaar dan eerst. Nadat ik me had verbonden met Opaal, volgde ik de geur van kamperfoelie en dauw door Tula's geest.

Met plotselinge razernij verdichtten de spoken zich en vlogen op me af om de weg te versperren. De lucht werd dik en kleverig als stroop. Ik worstelde me langs hen heen maar raakte verstrikt in een rij doornstruiken. Mijn kleren bleven haken achter takken, en de stekels prikten in mijn huid.

'Ga weg,' riep Tula. 'Ik wil niet meer terug.'

'Je familie mist je,' zei ik.

Er wikkelden zich ranken om mijn armen en middel om me vast te houden.

'Ga weg!'

Ik liet haar Opaals herinneringen zien over het verdriet van haar familie nadat Tula was verdwenen.

De doornstruiken werden wat dunner. Door de takken heen zag ik Tula opgerold liggen op het verstopplaatsje.

'Ik kan niet meer terug,' zei Tula.

'Naar je familie?'

'Ja. Ik heb... dingen gedaan. Heel erge dingen, zodat hij me geen pijn zou doen.' Tula huiverde. 'Maar dat deed hij toch.'

De ranken klommen langs mijn armen omhoog en krulden zich om mijn hals.

'Maar ze houden toch van je.'

'Niet waar. Hij zegt hun wat ik heb gedaan. En dan walgen ze van me. Ik was zijn slaaf, maar ik deed niet goed genoeg mijn best voor hem. Ik deed alles verkeerd. Ik kon niet eens voor hem sterven.'

Ik beheerste mijn woede. Mijn wens om het beest te slachten moest wachten. 'Tula, híj is degene van wie ze walgen. Híj is degene die moet sterven. Je familie weet wat hij heeft gedaan met je lijf. Maar ze willen je terug.'

Ze rolde zich nog strakker op. 'Hoe weet jij dat nou? Je weet niet eens wat ik heb doorgemaakt. Ga weg.'

'Dat denk jij maar,' zei ik verstikt terwijl de ranken om mijn keel stevig knepen. Ik kreeg nauwelijks lucht. Kon ik mijn eigen gruwelen weer onder ogen zien? Wel om dit monster te vinden. Ik opende mijn geest voor haar en liet haar Reyad zien. Het genoegen waarmee hij me martelde. Mijn bereidheid hem blij te maken, zodat hij me geen pijn zou doen. En de nacht dat ik zijn keel doorsneed nadat hij me had verkracht.

Tussen haar armen door gluurde Tula naar me. De ranken verminderden de druk. 'Jij hebt je kweller vermoord. De mijne is er nog en wacht af.'

Ik probeerde het opnieuw. 'Dan is hij vrij om van iemand anders zijn slaaf te maken. Stel dat Opaal zijn volgende slachtoffer wordt.'

Verschrikt sprong Tula op. 'Nee!' krijste ze.

Ik koppelde Opaals geest aan de onze. Heel even bleef Opaal verbijsterd staan, knipperend met haar ogen. Toen rende ze naar Tula en sloeg haar armen om haar heen. Ze huilden samen. De ranken trokken zich terug, en de struiken stierven weg.

Maar dit was nog maar het begin. De grazige holte vervaagde algauw, en om ons heen zweefden Tula's spoken.

'Het zijn er te veel,' zei Tula verslagen. 'Ik raak ze nooit meer kwijt.'

Ik haalde mijn boog uit de houder op mijn rug en brak hem in drie stukken. Een stuk gaf ik aan Tula en het andere aan Opaal. 'Je bent niet alleen. We vechten samen.'

De spoken vielen aan. Ze waren koppig en snel. Keer op keer zwaaide ik met mijn deel van de boog naar hen tot mijn armen van lood leken. Enkele spookbeelden van Tula verdwenen, sommige verschrompelden, maar andere leken te groeien van het gevecht.

In schrikbarend tempo raakte ik mijn energie kwijt. Ik voelde mijn boog verstrikt raken in een van de spoken. De geest zette uit en omgaf me. Ik gilde toen de pijn van zweepslagen door mijn lijf gierde.

'Je bent zwak,' fluisterde een stem in mijn oor. 'Als je zegt dat je me gehoorzaamt, hou ik op.'

'Nee.' De paniek nabij zocht ik naar hulp. Er vormde zich een krachtige verschijning die me een boog gaf van volledig formaat waar de energie van af straalde. Ik kreeg weer kracht, en ik bleef op de gruwel inslaan tot hij vluchtte.

We hadden de aanval afgeslagen, maar ik zag Tula's spoken zich al voorbereiden op een volgende.

'Tula, dit is nog maar de eerste slag in een langdurige oorlog. Het zal tijd en moeite kosten om je te bevrijden van je angstbeelden, maar je krijgt alle hulp van je familie. Ga je met ons mee?' vroeg ik.

Bijtend op haar lip staarde ze naar het stuk boog in haar handen. Opaal voegde haar boog toe aan die van Tula. Tula drukte ze beide tegen haar borst. 'Ja. Ik ga mee.'

Tula's geest vulde zich met herinneringen aan haar leven. In mijn maag wervelde hoogtevrees toen ik mijn mentale koppelingen met Tula en Opaal verbrak. Er daalde opluchting neer, en ik zakte weg in het zwart.

Toen ik bijkwam, voelde ik hard steen tegen mijn rug. Voor de derde keer was ik onderuit gegaan op de vloer van Tula's kamer. Ditmaal kon ik me niet meer verroeren. Mijn energie was volkomen uitgeput. Een poosje later merkte ik dat iemand mijn handen pakte. Sterke vingers wikkelden zich om de mijne en brachten er warmte in.

Met moeite opende ik mijn ogen om te zien wie me vasthield. Toen kneep ik ze stevig dicht. Ik sliep zeker nog. Maar nadat ik Irys aanhoudend had horen roepen, keek ik nogmaals. En daar zat mijn broer, met mijn handen in de zijne, zijn energie met me te delen.

17

LEIFS GEZICHT WAS GETEKEND DOOR VERMOEIDHEID. 'HIER BEN JE nog niet zomaar van af,' zei hij.

Het klonk niet als een dreigement maar als een feitelijke vaststelling, en zoals ik al verwachtte, zag ik achter hem Irys, Roos, Hees en Baïn allemaal met ernstige gezichten naar me kijken. Leif liet mijn handen los maar bleef bij me op de vloer zitten.

Roos keek naar hem met haar ongenoegen kenbaar in haar opeengeperste lippen. 'Had haar toch dood laten gaan,' berispte ze hem.

'Eén magiër minder om ons land te besmetten met haar ongelooflijke stupiditeit.'

'Wel een beetje aan de hardvochtige kant, Roos,' zei Baïn. 'Al ben ik het wel eens over de stupiditeit. Kind, waarom heb je dat in je eentje geprobeerd?'

Ik kon niets ter verdediging aanvoeren, want ik had de energie niet om woorden te vormen, laat staan mezelf te verklaren.

'Dom én arrogant,' sprak Roos voor me. 'Nadat ze Tula had genezen van haar lichamelijke verwondingen, zal ze wel hebben gedacht dat ze een almachtig magiër was die alles kon. Het wicht vraagt straks nog om de test voor het meesterniveau.' Roos snoof minachtend. 'Misschien draait ze nog wel bij als we haar naar de eerstejaarskazerne sturen. Dan kan ze daar de grondbeginselen van de magie leren terwijl ze de vloeren schrobt, net als alle andere nieuwe studenten.'

Ik keek naar Irys. Roos' straf klonk verschrikkelijk. Irys zei niets. Ze straalde afkeuring uit. Ik zette me schrap voor een uitbarsting.

In plaats daarvan riep Opaal uit: 'Tula is wakker!'

Opgelucht deed ik mijn ogen dicht terwijl iedereen naar Tula ging. Toen ik mijn ogen opendeed, waren alle magiërs uit mijn blikveld verdwenen.

'Je bent nog altijd eigenwijs en roekeloos; een woekerende wurgvijg,' zei Leif. 'Ixia heeft je dus toch niet helemaal veranderd.' Op onvaste benen stond hij op en ging naar de anderen aan Tula's bed.

Ik verwonderde me over zijn opmerking. Goed of slecht? Ik wist het niet. Maar toen deed Roos' schelle stem me opschrikken uit mijn overpeinzing. Ze bombardeerde Tula met vragen over haar belager, maar Tula gaf geen antwoord. Ik kromp ineen, want Tula was nog lang niet opgewassen tegen Roos' verhoor. Het lot zij dank kwam Hees tussenbeide.

'Gun haar wat tijd,' zei hij.

'Er is geen tijd,' kaatste Roos terug.

Een iel, schor stemmetje vroeg: 'Wie zijn al die mensen? Waar is Yelena? Ik zie haar niet.'

'Ze is hier,' zei Opaal. 'Ze is gewoon uitgeput nadat ze je had geholpen, Tulie.'

'Hees, ga assistentie halen en leg dat domme wicht in een andere kamer,' instrueerde Roos. 'Ze heeft al genoeg schade aangericht voor vandaag.'

Toen Hees gehoorzaam weg wilde lopen, zei Tula: 'Nee. Gaan jullie maar weg. Allemaal. Ik zeg jullie niets. Yelena blijft bij mij. Ik praat met haar.'

Er ging een golf van irritatie en onenigheid door de magiërs voordat Roos er met tegenzin mee instemde dat er een bed voor mij werd binnengebracht. Hees en Irys tilden me van de vloer en lieten me zonder plichtplegingen op de matras ploffen. Irys had nog steeds geen woord gezegd, en haar stilte maakte me bang.

'Kind,' zei Baïn tegen Tula. 'Ik snap dat je bang bent. Je bent wakker geworden in een kamer vol vreemden.' Daarop stelde hij alle aanwezigen aan haar voor. 'Eerste Magiër en Leif zijn degenen aan wie je moet vertellen over je ontvoering. Zij gaan op zoek naar de dader.'

Tula trok het laken op tot aan haar kin. 'Ik vertel het aan Yelena. Niemand anders. Zij rekent wel met hem af.'

Roos' schelle lach knarste in mijn oren. 'Ze kan niet eens praten! Als de dader hier binnenkwam, zou hij jullie allebei vermoorden.' Ze schudde het hoofd van ongeloof. 'Je denkt niet helder. Ik kom morgen wel terug, en dan zúl je praten. Kom, Leif.' Roos schreed de deur uit met Leif op haar hielen.

Hees joeg verder iedereen naar buiten. Toen de deur dicht ging, hoorde ik Baïn tegen Irys zeggen die avond een extra wachter te plaatsen. Een goed idee. Als Goel binnenkwam, kon ik niets uitrichten tegen de marteling die hij me had beloofd.

De bezorgdheid over mijn hulpeloze staat kroop over mijn ruggengraat. Het leek op de situatie waarin Tula verkeerde. Een van haar vele spoken was te zijn overgeleverd aan de genade van een ander. Haar belofte mij alles te vertellen drukte zwaar op me; ik had mijn eigen spook nog maar net verjaagd. En ik moest toegeven dat Reyad nog steeds enige macht bezat. Wanneer ik twijfelde, verscheen hij maar wat graag in mijn nachtmerries. Of veroorzaakte hij die? Of nodigde ik hem uit?

Om mezelf van zulke storende gedachten af te leiden, probeerde ik wat energie te verzamelen om met Tula te praten. Ik werd echter gegrepen door uitputting en zakte weg in een diepe, droomloze slaap.

In de ochtend voelde ik me iets beter, maar ik was maar net sterk genoeg om rechtop in bed te zitten. In elk geval kon ik Tula vragen hoe ze zich voelde.

Ze deed haar ogen dicht en wees naar haar slaap. 'Kom,' zei ze.

Ik slaakte een spijtige zucht. 'Ik heb de energie niet om onze gedachten te koppelen, Tula.'

'Misschien kan ik helpen,' zei Leif vanuit de deuropening.

'Nee! Ga weg.' Tula schermde haar gezicht af met haar armen.

'Als je met mij niet praat, komt Eerste Magiër de dingen die ze nodig heeft, uit je hoofd halen,' legde Leif uit.

Verward gluurde Tula tussen haar armen door naar mij.

'Dat is niet prettig,' zei ik. 'Bijna net zo erg als wat jouw belager met je heeft gedaan. Ik kan het weten.'

Leif wendde zijn blik af. Ik hoopte dat hij zich schuldig voelde. Beter naar hem kijkend vroeg ik me af waarom hij me de vorige dag had geholpen. Wat was er met zijn meesmuilende grijns gebeurd? Waar waren zijn hoon en laatdunkendheid? Ik besefte dat ik deze man nauwelijks kende. Zonder nog langer te willen raden naar zijn motieven vroeg ik hem: 'Waarom heb je me geholpen?'

Meteen keek hij weer chagrijnig, maar met een zucht trok hij zijn gezicht in de plooi, zijn emoties afschermend. 'Moeder zou me vermoorden als ik je had laten sterven,' zei hij.

Hij keek naar Tula, maar met zo'n luchthartig antwoord kwam hij er niet van af. 'En waarom echt?'

Haat vlamde op in Leifs jadekleurige ogen, maar een tel later verzachtte zijn houding, alsof iemand een kaars had uitgeblazen. Hij fluisterde: 'Ik kon het niet verdragen je opnieuw kwijt te raken zonder iets te doen.'

Toen zakte zijn mentale verdediging in en hoorde ik zijn gedachten. Ik haat je nog steeds.

Zijn vertrouwen verraste me, al kon ik me niet druk maken over zijn gemelijke opmerking. Elke emotie, zelfs haat, was beter dan apathie. Kon dit een eerste stap zijn in het overbruggen van de afstand tussen ons?

'Wat zei hij?' vroeg Tula.

'Hij wil je helpen,' zei ik. 'Tula, dit is mijn broer. Zonder hem hadden we je niet terug kunnen halen. Als je wilt dat ik jouw belager vind, heb ik zijn kracht nodig.'

'Maar dan ziet hij het. Dan weet hij van...' Tula drukte haar armen tegen elkaar.

'Dat weet ik toch al,' zei Leif.

Hij haalde Tula's armen bij haar gezicht vandaan met een zachtheid die me verbaasde. Ik dacht terug aan wat mijn moeder had gezegd over Leifs magie. Hij hielp bij misdrijven en voelde iemands schuldgevoel en verleden. Nu ik hem zo bij Tula zag, wilde ik meer weten over hem en hoe hij zijn magie gebruikte.

'We moeten hem vinden om te voorkomen dat hij nog een meisje kwaad doet,' legde Leif uit.

Ze slikte en beet op haar lip voordat ze knikte. Leif kwam tussen onze bedden in staan, pakte Tula's hand en bood me de zijne aan. Ik liet me terug op de matras zakken en greep zijn hand. Met zijn energie vormde ik een mentale koppeling met Tula.

In haar gedachten stonden we samen bij een grijze steenoven. Leifs macht brulde om ons heen als het vuur onder de oven.

'Ik zat hier kolen in de brander te doen. Het was bijna middernacht toen...' Ze balde haar vuisten in haar schort. Er kwamen zwarte roetvlekken op de witte stof. 'Ik kreeg een zwarte doek voor mijn gezicht. Voordat ik kon gillen, voelde ik een scherpe steek in mijn arm. Toen... toen...' Tula hield op met praten.

Op ons mentale podium deed ze een stap naar me toe. Ik drukte haar bevende lichaam tegen me aan, en een ademtocht later werd ik Tula en was ik getuige van mijn eigen ontvoering.

Vanuit de steekwond verspreidde zich een doof gevoel over mijn spieren. Duizeligheid was het enige waaraan ik merkte dat ik werd verplaatst. De tijd verstreek. Toen de doek voor mijn gezicht werd weggehaald, lag ik in een tent. Ik kon me niet bewegen en staarde omhoog naar een magere man met kort bruin haar waar gouden strepen in zaten. Hij droeg alleen een rood masker. Overal op zijn zandkleurige huid waren vreemde, bloedrode tekens geschilderd. Hij hield vier houten staken, touw en een houten hamer vast. Het gevoel keerde terug in mijn ledematen.

'Tula, nee,' zei ik in mijn hoofd. 'Ik kan het niet.' Ik wist welke gruwelen er dreigden te komen. Ik had de kracht nog niet ze samen met haar te doorstaan. 'Laat hem maar gewoon zien.'

Ze zette het beeld van de man stil zodat ik de tekens kon bekijken. Binnen grotere patronen van dieren stonden cirkelpatronen. Op zijn haarloze armen en benen stonden driehoeken. Hij was dun, maar hij straalde kracht uit.

Tula had hem nog nooit gezien, en alles aan hem kwam haar vreemd voor. Zelfs de ruwe manier waarop hij haar naam uitsprak, met de klemtoon op de la, klonk raar. Maar hij kende haar wel. Hij wist hoe haar zussen en ouders heetten. Hij wist hoe ze zand smolten en verwerkten tot glas.

Toen, in een werveling van geluid en kleur, liet ze me de man zien op andere momenten. Ze mocht de tent niet uit, maar telkens wanneer hij naar binnen of buiten ging, ving Tula een glimp op van de buitenwereld, een kwelling van vrijheid. Hoog en dicht gras vulde het hele uitzicht.

Als hij bij haar kwam, droeg hij altijd een masker. Dan liet hij het dove gevoel in haar lichaam verflauwen voordat hij haar sloeg of verkrachtte; liet hij haar de pijn voelen die hij met schijnbare eerbied veroorzaakte. Als hij stopte met martelen, bekraste hij haar huid met een doorn.

Aanvankelijk verbaasd hierover leerde Tula algauw te vrezen voor en te verlangen naar de zalf die hij dan in de bloedende snee van de doorn wreef. Dat was het verdovende wondwater dat haar verlamde en al haar pijn wegnam maar ook de kans die ze misschien nog had om te ontsnappen.

De zalf had echter een sterk, fris aroma dat leek op de scherpe geur van alcohol vermengd met een citrusparfum. Als een giftige nevel bleef het aroma om me heen hangen toen Leifs energie afnam. Hij verbrak de magische verbinding met Tula.

'Die geur...' zei Leif terwijl hij op de rand van mijn bed ging zitten. 'Die heb ik niet goed kunnen ruiken. Ik moest alles op alles zetten om jou en Tula in contact te houden.'

'Die is gruwelijk,' zei Tula, huiverend. 'Die vergeet ik nooit meer.'

'En die symbolen?' vroeg ik Leif. 'Kende je die?'

'Niet echt. Al zijn er stammen die symbolen gebruiken voor rituelen.'

'Rituelen?' In mijn maag kronkelde afgrijzen.

'Huwelijksplechtigheden en naamgevingsrituelen.' Leif keek nors van concentratie. 'Duizenden jaren geleden voerden magiërs ingewikkelde rituelen uit. Ze geloofden dat hun magische kracht afkomstig was van een godheid. Als ze hun lichamen tatoeëerden en voldoende eerbied betoonden, zo dachten ze, zouden ze meer macht krijgen. Inmiddels weten we beter. Ik heb wel eens geschilderde symbolen op gezichten en handen gezien, maar niet zoals die op Tula's belager.'

Met beide handen bracht Leif zijn zwarte haren achter zijn hoofd. Met zijn ellebogen vooruit naast zijn gezicht kwam die houding me zo vertrouwd voor. Het was alsof ik terug kon naar een tijd dat mijn enige zorg bestond uit de vraag welk spelletje ik nu zou gaan spelen. De vage jeugdherinnering loste op met mijn inspanningen om me erop te concentreren.

Tula sloeg de handen voor de ogen. Stille tranen rolden over haar wangen. Het moest verschrikkelijk zijn om de ontvoering en de kwelling opnieuw te beleven.

'Rust wat uit,' zei Leif tegen haar. 'Ik kom straks terug. Misschien weet Tweede Magiër iets over die symbolen.' Hij verliet de kamer.

De gebeurtenissen van die ochtend hadden mijn eigen kleine ener-

gievoorraad helemaal uitgeput. Met woorden kon ik Tula onmogelijk troosten, dus het was een hele opluchting voor me toen Opaal
binnenkwam. Bij het zien van het bezorgde gezicht van haar zusje
begon Tula luid te snikken, en Opaal kroop bij haar in bed, drukte
Tula dicht tegen zich aan en wiegde haar als een baby. Luisterend
hoe Tula haar lichaam zuiverde van het gif van de gemaskerde man
viel ik in slaap.

In de loop van de dag kregen we nog meer bezoek. Cahil kwam
en rook naar de schuur.

'Hoe is het met Kiki?' vroeg ik. Ik miste haar. Mijn verbinding met
haar was er nog, maar ik kon niet genoeg kracht opbrengen om haar
gedachten te horen.

'Een beetje geagiteerd. Dat zijn alle paarden. De stalmeester heeft
weer eens een van zijn buien. Paarden nemen de emoties van mensen over. Als een ruiter zenuwachtig is, wordt het paard dat ook.' Cahil schudde zijn hoofd. 'Ik kan het nog steeds maar amper geloven
dat je met hen kunt communiceren. Maar vandaag is dus weer zo'n
dag dat mijn ideeën onjuist blijken te zijn.'

'Hoezo?'

'Ik vond jou maar een overmoedige opschepper toen je zei dat je
Tula kon helpen. Maar het is je nog gelukt ook.' Cahil keek me onderzoekend aan.

Dat overmoedige moest ik toegeven. Vergeleken bij Tula was het
vrij eenvoudig geweest om de ziel van commandant Ambrosius te
redden, maar ik was vergeten dat Irys toen bij me was geweest en dat
we ons hadden kunnen bevrijden van zijn demonen doordat hij zo
ontzettend goed kon vechten en zo vastberaden was geweest.

'Maar het heeft je wel bijna het leven gekost om Tula te redden,'
zei Cahil. 'Was het je het risico waard om te bewijzen dat ik het weer
mis had?'

'Ik deed het niet voor mezelf,' beet ik hem toe. 'Ik wou haar helpen. Ik begreep wat ze door had gemaakt, en ik wist dat ze me nodig had. Zodra ik er enig idee van had hoe ik haar kon vinden, dacht
ik nergens meer over na. Ik deed gewoon.'

'En het gevaar voor jezelf is nooit bij je opgekomen?'

'Deze keer niet.' Ik zuchtte om de ontzetting op zijn gezicht.

'Heb je jezelf al vaker voor anderen in gevaar gebracht?'

'Ik was wel de voorproever van de commandant, hè.' Dat was algemeen bekend, in tegenstelling tot mijn rol in de verijdeling van Brazells plannen.

Cahil knikte. 'Een perfecte positie om de commandant af te luisteren. Hij gebruikte jou als schild. Ik snap niet dat je niet wilt helpen om hem omver te werpen. Waarom ben je hem nog altijd trouw?' Zijn stem klonk scherp van frustratie.

'Vanwege mijn positie kon ik door zijn reputatie heen kijken. Ik zag vriendelijkheid en een grote betrokkenheid bij zijn volk. Hij maakte geen misbruik van zijn macht, en al is hij lang niet perfect, hij bleef wel altijd trouw aan zijn overtuigingen. Hij was betrouwbaar, hij hield zich aan zijn woord, en je hoefde bij hem nooit op je hoede te zijn voor verborgen boodschappen of bedrog.'

Zijn koppigheid wist niet van wijken. 'Je bent gehersenspoeld, Yelena. Hopelijk kom je nog bij je positieven als je een tijdje in Sitia hebt gewoond.' Zonder te wachten op een reactie ging Cahil weg.

Ons gesprek had me uitgeput. De rest van de middag zweefde ik op het randje van een onrustige slaap. De gemaskerde man drong mijn dromen binnen en achtervolgde me door een dicht oerwoud.

Tegen de avond stormde Dax Groenhalm binnen, de kamer vullend met energie.

'Wat zie jij er beroerd uit,' zei hij zachtjes tegen me. Tula en Opaal waren in slaap gevallen in Tula's smalle bed.

'Goh, Dax, waarom zo omzichtig?,' zei ik. 'Zeg maar gerust wat je eigenlijk denkt.'

Hij sloeg een hand voor zijn mond om zijn lach te dempen. 'Ik dacht het nog maar even erger voor je te maken, want zodra je iets hoort van de geruchten die over het terrein vliegen als blote voeten op heet zand, denkt je ego meteen dat het een compliment is.' Met een groots gebaar spreidde Dax zijn armen. 'Je bent een legende geworden!'

'Een legende? Ikke?' Ongeloof kleurde mijn stem.

'Een enge legende,' voegde hij eraan toe, 'maar toch een legende.'

'Kom nou toch! Hoe onnozel denk jij dat ik ben?'

'Simpel genoeg om te denken dat je iemands bewustzijn in je eentje kunt vinden.' Dax zwaaide met een hand over mijn bed. 'Hoewel, zo dom was het niet als dit een poging was om niet naar les te hoeven. Maar als je je medestudenten hun nek ziet breken om bij je uit de buurt te blijven, weet je nu waarom. Daar is Yelena, de almachtige zielvinder!'

Ik gooide mijn kussen naar Dax. Zijn magie streelde langs mijn huid toen het kussen naar rechts afboog en met een zachte bons de muur raakte alvorens op de vloer te vallen. Ik keek naar de meisjes. Die sliepen nog.

'Nu overdrijf je,' zei ik.

'Kun je me het kwalijk nemen? Vervloekt met het vermogen om archaïsche talen te lezen en te spreken moet ik van meester Baïn antieke geschiedenis vertalen. Gortdroog en saai.' Dax raapte mijn kussen op en schudde het zelfs even op voordat hij het teruggaf.

Toen Leif de kamer in kwam met een grote vierkante kist, boog Dax zich dicht naar me toe en fluisterde: 'Over saai gesproken...'

Ik onderdrukte mijn gegrinnik. Dax vertrok toen Leif kleine bruine flesjes begon uit te pakken. Van het getinkel van glas werden Tula en Opaal wakker. Zichtbaar geschrokken keek Tula naar de flesjes.

'Wat zijn dat?' vroeg ik Leif.

'Parfumflesjes,' antwoordde hij. 'In elk daarvan zit een bepaalde geur. Die heb ik samen met moeder en vader gemaakt. Geur roept herinneringen op, en dat kan me helpen bij het opsporen van misdadigers. Maar ik dacht hiermee een begin te maken om erachter te komen welke zalf Tula's belager gebruikte.'

Geïnteresseerd probeerde Tula overeind te komen. Opaal stapte uit bed om haar te helpen. Leif rommelde door zijn verzameling van zo'n dertig flesjes tot hij er tien op een rij had gezet.

'Hier beginnen we mee.' Hij pakte de eerste, haalde de stop eraf en hield hem onder mijn neus. 'Gewoon inademen.'

Ik trok mijn neus op en nieste. 'Nee. Dat is afschuwelijk.'

Even speelde er een glimlachje om Leifs lippen toen hij dat flesje wegzette.

'Leif?' vroeg Tula. 'En ik dan?'

Hij aarzelde. 'Je hebt al zo veel gedaan. Ik wilde je niet te zwaar belasten.'

'Ik wil ook helpen. Beter dan hier niets liggen doen.'

'Goed.' Hij liet ons nog drie flesjes ruiken. Tula en ik roken allebei verschillende, en toen namen we een pauze om te eten.

'Van te veel geuren krijg je hoofdpijn, en na een tijdje kun je ze niet meer uit elkaar houden,' legde hij uit.

Leif bracht de avond bij ons door. Mijn belangstelling begon te tanen, maar hij bleef doorgaan, ook al kwam de bodem van de kist al in zicht. Ik was bijna in slaap gesukkeld toen ik opschrok van een scherpe geur.

Leif hield een ontkurkt flesje vast. Tula maakte zich klein in haar bed, haar handen opgeheven als om een klap af te weren. Leif keek verbaasd.

'Dat is hem,' riep ik. 'Ruik je het niet?'

Hij haalde het flesje onder zijn neus door en ademde de prikkelende geur in. Toen deed hij de stop er weer op, draaide het flesje om en las het etiket. Geschokt staarde hij me aan.

'Nu snap ik het!' Zijn mond ging open van afgrijzen.

'Wat?' vroeg ik. 'Zeg dan.'

'Het is curare.' Toen hij mijn verwarring zag, vervolgde hij:

'Afkomstig van een rank uit het Illiais-oerwoud. Het verlamt de spieren. Een geweldig middel tegen kiespijn en om kleine pijnen te verlichten. Om een heel lichaam te verlammen, moet het medicijn sterk geconcentreerd zijn geweest.' Leifs blik verschoot van wanhoop.

'Wat is er zo erg?' vroeg ik. 'Nu weet je wat het is. Dat is toch goed?'

'Curare is pas vorig jaar herontdekt. Er is maar een handjevol Zaltana's die de eigenschappen ervan kennen. Onze stam wil eerst alles over een stof weten voordat die aan anderen wordt verkocht.'

Als een golf stroomde het besef bij me binnen. Leif dacht dat de roodbeschilderde man van onze stam was.

'Wie heeft het curare gevonden?' vroeg ik.

Nog steeds van streek draaide Leif het flesje in zijn handen.

'Vader,' zei hij. 'En de enige van wie ik weet dat die het curare sterk genoeg kan concentreren om een heel lichaam te verlammen, is moeder.'

18

Ik veerde rechtop in bed. 'Leif, je denkt toch niet echt...'

Ik kon me er niet toe brengen daar hardop over na te denken. Te zeggen dat Esau en Perl, onze ouders, iets te maken konden hebben met deze gruwelijke moordenaar.

Leif schudde zijn hoofd. 'Nee. Maar iemand uit hun directe omgeving misschien wel.'

Er kwam een andere vreselijke gedachte in me op. 'Zijn ze in gevaar?'

'Weet ik niet.' Leif begon zijn parfumflesjes terug te stoppen in de kist. 'Ik moet met onze stamleider gaan praten. Het curare moet op een of andere manier zijn gestolen. Dat iemand uit onze stam...' Zoekend naar woorden sloeg Leif het deksel van de kist met een klap dicht. 'Het slechte pad op is gegaan? Zelfs ik vind het te dramatisch om te zeggen dat we een spion in ons midden hebben.' Leif schonk me een meewarig glimlachje. 'Ik betwijfel of onze leider me wel wil geloven.' Hij pakte zijn kist op en stoof de kamer uit.

Tula, die tijdens ons gesprek stil was geweest, vroeg: 'Zou Ferde...' Ze slikte. 'Zou mijn belager van de Zaltanastam kunnen zijn?'

'Ferde? Heet hij zo?'

Ze sloeg een hand voor haar gezicht. 'Nee. Zo heb ik hem gewoon genoemd. Dat heb ik voor je verborgen gehouden. Ik schaamde me zo.' Ze zweeg, haalde diep adem en wierp een blik op haar zus.

Opaal geeuwde en zei dat ze wilde gaan slapen. Ze gaf Tula een kus op de wang en trok de dekens op tot Tula's kin voordat ze vertrok.

Na een paar momenten van stilte zei ik: 'Je hoeft het niet uit te leggen.'

'Maar dat wil ik. Praten helpt. Ferde is een verkorting voor Ferde-lance, een gifslang die op zijn prooi jaagt door te zoeken naar warmte. We kregen ze vaak in onze fabriek. Ze werden aangetrokken door de ovens. Mijn oom is overleden aan een beet. Wanneer iemand van ons naar de fabriek ging, zei mijn moeder altijd: "Doe voorzichtig. Pas op dat Ferde je niet pakt." Mijn oudere zus en ik maakten Opaal altijd bang door haar te vertellen dat Ferde haar kwam halen.'

Tula maakte een zacht geluidje, en de tranen biggelden over haar gezicht. 'Ik moet Opaal zeggen dat het me spijt dat ik zo gemeen ben geweest. Toch grappig...' Haar stem klonk verstikt. 'Ik ben door Ferde gepakt, maar als ik had mogen kiezen, was ik liever gebeten door de echte slang.'

Ik wist niets te zeggen om Tula te troosten.

Later die avond kwam Baïn. Hij had een lantaarn bij zich, en achter hem verscheen Dax, beladen met een groot in leer gebonden boek en rollen papier. Onder Baïns arm zat ook een rol papier. Hij stak de lantaarns in de kamer aan zodat we in een zee van kaarslicht zaten. Baïn droeg hetzelfde purperen gewaad dat hij de vorige dag aan had gehad. Zonder een woord rolde hij het papier uit over mijn bed. Mijn maag verkrampte toen ik de opschriften zag. Op het perkament stonden de tekens die ik op Ferdes lijf had gezien.

Baïn lette goed op mijn reactie. 'Dit zijn dus de symbolen?'

Ik knikte. 'Waar...'

Baïn nam het boek over van Dax, wiens gezicht voor het eerst ernstig stond.

'Deze antieke tekst, geschreven in de taal van de Efe, spreekt van magische symbolen van lang geleden. Er staat dat deze symbolen zo krachtig waren dat ze niet in het boek mochten worden opgetekend, want daarmee zou de kracht worden opgeroepen. Maar gelukkig voor ons hebben ze die tot in detail beschreven. En gelukkig voor ons kon Dax de taal van de Efe ook vertalen in dit.' Baïn gebaarde naar het papier.

'Dat is heel wat,' zei ik.

Dax lachte even. 'Mijn talenten komen eindelijk eens goed van pas.'

Baïn keek Dax streng aan. Dax werd weer ernstig.

'De volgorde van de symbolen is erg belangrijk,' legde Baïn uit, 'want die vormen een verhaal. Als je ons kunt zeggen waar ze op het lijf van de moordenaar stonden, kunnen we misschien achterhalen wat hem drijft.'

Turend naar het vel probeerde ik me te herinneren waar Ferde de tekens op zijn lichaam had geschilderd. 'Hij had ook patronen die niet op dit papier staan,' zei ik.

'Hier,' zei Tula. Haar ogen waren dicht. Haar arm beefde, maar toch hield ze haar rechterhand uit. 'Ik ken ze van buiten.'

Baïn gaf haar het papier, en Dax legde zijn rollen op de vloer. Nadat hij er eentje had uitgerold, tekende hij met een smal stukje houtskool de contouren van een man op het vel. Tula staarde een tijdlang naar de symbolen en begon de volgorde op te noemen. Vanaf Ferdes linkerschouder ging ze over zijn lichaam naar zijn rechterschouder en vervolgde toen van links naar rechts als de regels op een bladzijde in een boek.

Toen Tula bij een symbool kwam dat niet op Baïns rol stond, tekende ik het voor Dax op een stukje papier. Vergeleken bij de zijne zag mijn tekening er maar onhandig uit, maar hij wist toch mijn inspanningen op zijn papier te dupliceren.

Tula stotterde beschaamd toen ze aankwam bij Ferdes kruis. Baïn kneep in haar hand en merkte op dat de man moest hebben geleden voor zijn kunst. Eén kort lachje ontsnapte aan Tula. Aan haar gezicht zag ik dat ze er zelf verbaasd over was. Ik onderdrukte een glimlach; Tula was begonnen aan de lange weg van herstel.

Ook de tekens op de rug van haar belager kende Tula uit het hoofd. Ik kromp ineen toen ik eraan dacht dat ze bijna twee weken zijn gevangene was geweest. Ze kon zich ook andere dingen aan hem herinneren: de littekens op zijn enkels, de grootte van zijn handen, het rode vuil onder zijn vingernagels, de vorm en zachte stof van zijn rode masker, en zijn oren.

'Waarom zijn oren?' vroeg Baïn.

Tula kneep haar ogen dicht, en met trillende stem legde ze uit dat de man, wanneer hij haar met de staken aan de grond had genageld en diep in haar drong, zijn hoofd draaide om haar niet aan te hoeven kijken. Om de pijn buiten te sluiten had Tula zich geconcentreerd op zijn oor. De eerste keer dat hij haar had verkracht, had Tula hem in het rechteroor gebeten. Ze wist nog hoe voldaan ze zich even had gevoeld toen de warme metaalsmaak van zijn bloed in haar mond was gelopen.

'Een kleine overwinning voor mij,' zei Tula en huiverde toen zo erg dat haar bed ervan schudde. 'Ik heb het nooit meer gedaan.'

Dax, die vanaf zijn zitplaats op de vloer al Tula's aanwijzingen had opgetekend, bracht zijn ontstelde gezicht in de plooi voordat hij haar zijn schets gaf.

Na wat kleine correcties gaf Tula het papier aan Baïn. 'Dat is hem,' zei ze.

De inspanning had zo veel kracht van haar gevergd dat Tula al in slaap was gevallen voordat Dax zijn spullen bijeen had geraapt.

Ik legde een hand op Baïns mouw. 'Mag ik wat vragen?'

De magiër wierp een blik op zijn leerling.

'Ik wacht wel op u in de toren,' zei Dax tegen hem. Hij vertrok.

'Je mag me altijd iets vragen. Daar heb je geen toestemming voor nodig, kind.'

Ik schudde mijn hoofd om zijn uiting van genegenheid. Met maar een fractie van mijn krachten tot mijn beschikking voelde ik me stokoud. Ik had de energie niet om hem terecht te wijzen, al betwijfelde ik dat het me iets zou hebben opgeleverd. Hij noemde immers iedereen kind, zelfs Irys, en die was tweemaal zo oud als ik.

'Irys is niet op bezoek geweest. Is ze nog boos op me?'

'Ik zou het woord boos niet willen gebruiken. Woedend of ziedend komt er meer bij in de buurt.'

Mijn schrik moet op mijn gezicht hebben gelegen, want geruststellend legde Baïn een hand op de mijne.

'Vergeet niet dat jij haar student bent. Jouw daden getuigen van haar vaardigheden als leraar. Wat jij met Tula hebt gedaan, was ontzettend gevaarlijk. Het had Tula, Opaal, Leif en jezelf fataal kunnen worden. Je hebt niet met Irys overlegd, hebt haar niet om hulp gevraagd maar rekende alleen maar op jezelf.'

Ik deed mijn mond open om mezelf te verdedigen, maar Baïn hief een hand op om me tegen te houden. 'Iets wat je vast in Ixia hebt geleerd. Niemand om je te helpen. Niemand om te vertrouwen. Je deed wat je moest doen om te overleven. Dat klopt toch?' Baïn wachtte niet op mijn antwoord. 'Maar je bent niet meer in het noorden. Hier heb je vrienden, collega's en anderen om je te begeleiden en te helpen. Sitia is heel anders dan Ixia. Er is geen staatshoofd. We hebben een Raad die ons volk vertegenwoordigt. We debatteren en beslissen samen. Dat is iets wat je moet leren en wat Irys je moet bijbrengen. Als ze begrijpt waarom je het zo hebt gedaan, is ze niet meer zo kwaad.'

'Hoe lang gaat dat duren?'

Baïn glimlachte. 'Niet zo lang. Irys is net als de vulkanen in de Smaragdbergen. Ze spuwt wat stoom en lava maar koelt ook snel weer af. Ze had vandaag vast wel willen komen, maar er is vanmiddag een boodschapper uit Ixia gearriveerd.'

'Een boodschapper?' Ik probeerde uit bed te komen, maar mijn benen konden mijn gewicht niet dragen. Ik zakte neer op de vloer.

Baïn klikte berispend met zijn tong tegen zijn tanden en riep Hees om me in bed te helpen.

Toen Hees weg was, vroeg ik weer: 'Wat voor een boodschapper? Vertel eens.'

'Raadszaken.' De magiër maakte een wegwuivend gebaar met zijn hand alsof het hele onderwerp hem verveelde. 'Iets over een Ixische ambassadeur die met zijn gevolg Sitia wil komen bezoeken.'

Kwam er een Ixische ambassadeur hierheen? Ik overpeinsde wat dat kon betekenen terwijl Baïn zich de kamer uit repte om meteen de tatoeages van de moordenaar te gaan vertalen.

'Baïn,' riep ik toen hij de deur opendeed. 'Wanneer komen de Ixiërs?'

'Weet ik niet. Maar dat hoor je vast wel van Irys als ze komt.'

Als. Op dit moment was 'als' inderdaad de grote vraag. Wachten op haar werd ondraaglijk. Ik vond het verschrikkelijk om daar maar wat te liggen, volkomen hulpeloos. Irys moet mijn agitatie hebben gevoeld.

Yelena, hoorde ik haar stem in mijn hoofd. Rustig maar. Bewaar je krachten.

Maar ik moet...

Vannacht goed slapen. Want anders vertel ik je niets. Begrepen?

Haar ferme toon duldde geen tegenspraak. Ja, baas.

Ik probeerde tot rust te komen. In plaats van te willen weten wanneer de delegatie uit het noorden zou arriveren, dacht ik erover na wie commandant Ambrosius zou sturen als zijn ambassadeur. Met een van zijn generaals zou hij het risico niet lopen. Een adjudant leek me logischer.

Valek zou mijn keuze zijn, maar de Sitiërs vertrouwden hem niet, en hij zou een te groot gevaar lopen. Cahil en zijn mannen zouden hem willen ombrengen voor de moord op de vroegere koning van Ixia. Maar zou het hun lukken? Dat hing ervan af met hoeveel man ze hem tegelijk zouden aanvallen.

Ik stelde me voor hoe Valek zich zou verweren met zijn kenmerkende gratie en snelheid, maar er schoven enorme groene bladeren voor het beeld in mijn hoofd. De bladeren ontnamen me het zicht, en algauw was ik omsingeld door groen. Op zoek naar Valek baande ik me een weg door het dichte oerwoud. Ik verhoogde mijn tempo toen ik voelde dat ik achterna werd gezeten. Over mijn schouder kijkend zag ik een lange, geelbruine slang met rode tekeningen achter me aan glibberen.

Af en toe ving ik tussen de bomen een glimp op van Valek. Ik schreeuwde naar hem, roepend om hulp, maar dikke ranken uit het oerwoud hadden zich om zijn benen en bovenlijf gekronkeld. Hij hakte ernaar met zijn zwaard, maar de ranken bleven zich maar om hem heen wikkelen tot ze ook zijn armen bedekten. Moeizaam bewoog ik me naar hem toe, maar een scherpe steek in mijn bovenbeen hield me tegen.

De slang had zich om mijn been gekronkeld. Van zijn giftanden droop curare. Bloed welde op uit de twee kleine gaatjes in mijn broek. Het gif verspreidde zich door mijn lichaam. Ik gilde tot het curare mijn stem bereikte.

'Yelena, wakker worden.'

Er schudde iemand hard aan mijn schouder.

'Het is maar een droom. Kom op, wakker worden.'

Ik knipperde met mijn ogen naar Leif. Er lag een frons op zijn gezicht. Zijn korte zwarte haar piekte alle kanten op, en hij had donkere vlekken onder zijn ogen. Ik keek naar Tula. Liggend op één elleboog keek ze me aan met bezorgdheid in haar bruine ogen.

'Is Valek in gevaar?' vroeg ze me.

Leifs blik sprong naar Tula. 'Waarom vraag je naar hem?' vroeg hij op hoge toon.

'Yelena wilde hem gaan helpen toen ze werd gebeten door de slang.'

'Heb je dat gezien?' vroeg ik.

Ze knikte. 'Ik droom elke nacht van die slang, maar Valek is nieuw. Die komt vast uit jouw dromen.'

Leif keek weer naar mij. 'Ken je hem?'

'Ik...' Ik deed mijn mond dicht. Mijn woorden zorgvuldig kiezend zei ik: 'Als voorproever van de commandant zag ik hem elke dag.'

Leif knipperde met zijn ogen. De rode blos van ergernis verdween uit zijn gezicht. 'Ik weet niets van jouw leven in Ixia,' zei hij.

'Dat ligt helemaal aan jou.'

'Ik denk niet dat ik tegen het extra schuldgevoel had gekund.' Leif wendde zijn gezicht af en staarde naar de muur.

'Je hoeft je nu niet meer schuldig te voelen nu je weet dat ik ben ontvoerd,' zei ik. 'Je had er niets aan kunnen doen.' Maar hij weigerde in mijn vragende ogen te kijken.

'Is zij niet jouw zus?' vroeg Tula in de stilte. Ze trok haar neus op, en staarde ons in verwarring aan.

'Dat is een lang, ingewikkeld verhaal,' zei ik.

Tula legde haar hoofd op het kussen en bewoog toen onder de dekens alsof ze een gemakkelijker houding zocht. 'We hebben tijd genoeg.'

'We hebben helemaal geen tijd,' zei Irys vanuit de deuropening. 'Leif, ben je klaar?'

'Ja.'

Irys deed een stap de kamer in. 'Ga Cahil dan helpen met de paarden.'

'Maar ik wilde net...'

'Uitleggen wat er aan de hand is,' zei ik op dwingende toon, overeind komend.

'Geen tijd. Je hoort het nog wel van Baïn.'

Irys en Leif draaiden zich alweer om.

In mijn borst bloeide razernij op. Zonder erbij na te denken trok ik macht en richtte die op hen. 'Stop.'

Ze bleven allebei stokstijf staan tot ik hen losliet. Ik zakte neer in bed. Mijn uitbarsting had me mijn laatste beetje kracht gekost.

Irys kwam terug naar mijn bed met een vreemde mengeling van woede en bewondering op haar gezicht. 'Voel je je nu beter?'

'Nee.'

'Leif, wegwezen,' zei Irys. 'Ik haal je zo wel in.'

Op weg naar buiten wierp hij me een meewarige blik toe. Leifs manier van afscheid nemen, leek me.

Irys ging op de rand van mijn bed zitten en duwde me terug op het kussen. 'Je wordt nooit beter als je maar magie blijft gebruiken.'

'Neem me niet kwalijk. Maar ik kan er gewoon niet tegen dat ik zo...'

'Hulpeloos ben.' Irys' lippen plooiden zich in een ironisch glimlachje. 'Dat is je eigen schuld. Tenminste, dat zegt Roos me steeds.

Ze wil dat ik je een seizoen lang keukendienst geef als straf voor het redden van Tula.'

'Ze verdient een beloning, geen straf,' sputterde Tula tegen.

Irys hield haar hand omhoog. 'Advies dat ik niet opvolg. Ik vind namelijk dat jouw huidige situatie al erg genoeg is en dat je je nu wel tweemaal bedenkt voordat je in de verleiding komt meer magie te gebruiken dan je aankunt. En dat je hier vastzit terwijl Cahil, Leif en ik naar de Avibianvlakte gaan voor een bezoek aan de Zandzaadstam, is al straf genoeg.'

'Wat is er gebeurd?' vroeg ik.

Irys sprak zachter, haar woorden amper meer dan een gefluister. 'Gisteravond hebben Leif en ik Bavol, de raadsman van de Zaltana's, gevraagd naar het curare. Die was inderdaad van je ouders afkomstig. Ze hebben een grote partij gemaakt en laten afleveren bij de Zandzaadstam.'

Mijn hart sloeg een slag over. 'Waarvoor?'

'Volgens Bavol had Esau in een geschiedenisboek over de nomaden op de Avibianvlakte gelezen over een stof die spieren verlamt. Daarom ging Esau op reis naar de Zandzaadstam. Daar vond hij een genezer, een zekere Gédé, die wel iets wist over deze stof. Bij de Zandzaadstam wordt informatie mondeling doorgegeven van de ene genezer aan de volgende, en soms gaat er kennis verloren. Esau en Gédé gingen in het oerwoud zoeken naar de curarerank, en toen ze die hadden gevonden, vroegen ze Perl te helpen om er een aftreksel van te maken. Dat is een tijdrovend proces, dus Gédé ging terug naar de vlakte, en Esau beloofde hem wat curare te sturen als geschenk voor zijn hulp.' Irys stond op. 'Dus nu gaan we uitzoeken wat Gédé met zijn curare heeft gedaan, want raadslid Harun Zandzaad wist het niet.'

'Ik moet mee!' Ik ploeterde om overeind te komen, maar mijn arm weigerde mijn gewicht te dragen.

Onbewogen keek Irys toe. Toen ik het opgaf, vroeg ze: 'Waarom?'

'Omdat ik de moordenaar ken. Ik heb hem gezien in Tula's geest. Hij kan bij de stam zijn.'

Ze schudde het hoofd. 'We hebben Dax' tekening, en Leif heeft een glimp van de man opgevangen toen hij jou hielp verbinding te maken met Tula.' Irys stak een hand uit en streek mijn haar uit mijn gezicht. Haar hand voelde koel aan op mijn warme huid. 'Trouwens, je bent niet sterk genoeg. Blijf hier. Rust uit. Word weer sterk. Ik heb je een hoop te leren als ik terugkom.' Ze aarzelde even, boog zich toen naar me toe en kuste me op het voorhoofd.

Mijn protesten versteenden op mijn lippen. Leren was de reden dat ik in de veste was, en nu al had ik het gevoel dat ik uit koers lag, maar een bezoek aan de Zandzaadstam kon een leerzame ervaring zijn. Waarom ging alles zo moeilijk?

Irys was al bij de deur toen ik me herinnerde te vragen over de Ixische delegatie.

Op de drempel bleef ze nog even staan en zei: 'De Raad heeft ingestemd met een ontmoeting. De boodschapper is vanochtend vertrokken om ons antwoord af te leveren in Ixia.'

Ze deed de deur dicht, en ik dacht na over alles wat ze me had verteld.

'Ixia,' zei Tula met verwondering. 'Denk je dat Valek uit de ranken ontsnapt en meekomt met de delegatie?'

'Tula, dat was een nachtmerrie.'

'Maar het leek zo echt,' wierp ze tegen.

'Enge dromen zijn spoken van de dingen waar we bang voor zijn, die ons komen plagen als we slapen. Ik denk niet dat Valek in gevaar is.'

Maar in gedachten zag ik Valek nog altijd verstrikt tussen de ranken. Het had inderdaad echt geleken. Van frustratie en ongeduld klemde ik mijn kiezen op elkaar. Irys had gelijk, hier blijven liggen zonder iets te kunnen doen was veel erger dan de keuken schrobben.

Een paar keer diep ademhalend bracht ik mezelf tot kalmte, mijn zorgen en irritatie verjagend. Ik dacht terug aan mijn laatste nacht met Valek in Ixia. Een herinnering die ik koesterde.

Ik moet in slaap zijn gesukkeld, want ik voelde Valeks aanwezigheid. Ik werd omringd door een sterke wolk van energie.

Heb je hulp nodig, lief? vroeg hij in mijn droom.

Ik mis je. Ik mis liefde. Ik mis energie. Ik mis jou.

Zijn spijt pulseerde in mijn hart. Ik kan hier niet weg. Mijn liefde heb je al. Maar ik kan je mijn kracht geven.

Nee! Dan ben je nog dagen hulpeloos. Het beeld van Valek, verstrikt in ranken, sprong me weer voor de geest.

Ik red me wel. Ik heb het superduo bij me. Zij beschermen me wel. Valek liet me een beeld zien van Ari en Janco, mijn vrienden in Ixia, die zijn tent bewaakten. Ze kampeerden in het Slangenwoud, waar ze deelnamen aan een legeroefening.

Voordat ik hem kon tegenhouden, werd ik overspoeld door kracht die in mijn lichaam trok.

Succes, lief.

'Valek,' riep ik hardop. Hij verdween.

'Wat was dat?' vroeg Tula.

'Een droom.' Maar ik voelde me flink opgeknapt. Ik ging staan op mijn nu stevige benen, stomverbaasd.

Tula staarde. 'Dat was geen droom. Ik zag een licht, en...'

Plotseling nam ik een besluit en schoot naar de deur. 'Ik moet weg.'

'Waarheen?' vroeg Tula.

'Irys inhalen.'

19

DE TWEE MANNEN DIE OP WACHT STONDEN VOOR ONZE KAMER sprongen verschrikt op toen ik de deur uit stoof. Ik rende naar de stal voordat ik me door logica kon laten tegenhouden, maar ik was al te laat. De binnenplaats was leeg.

Kiki stak haar hoofd uit haar box. Lavendelvrouw beter?

Ja, veel beter. Ik streelde haar neus. Ik heb de anderen gemist. Wanneer zijn ze weggegaan?

Een paar happen hooi. We gaan inhalen.

Ik keek in Kiki's blauwe ogen. Dat was een interessant idee van haar. Ook al had ik Irys ingehaald voordat ze waren vertrokken, dan nog had ze me misschien niet mee laten gaan naar de Avibianvlakte.

Ongeduldig krabde Kiki aan de grond. Gaan.

Snel dacht ik na. Misschien was het beter als ik Irys en Leif volgde naar de vlakte en mezelf pas liet zien als we zo ver waren dat ze me niet meer terug naar de veste kon sturen. Ik moet proviand hebben, zei ik tegen Kiki. Op weg naar mijn kamer verzon ik een lijstje van alles wat ik nodig had. Mijn rugzak en boog, mijn springmes, mijn mantel, wat kleren en eten. Geld misschien.

Nadat ik had verzameld in mijn kamer wat ik kon, sloot ik de deur af, draaide me om en botste tegen Dax.

'Kijk nou wie er weer verticaal is,' zei hij. Er verscheen een brede glimlach op zijn lippen. 'Ik snap niet dat ik nog verbaasd ben. Je bent per slot van rekening een levende legende.'

Hoofdschuddend zei ik: 'Dax, ik heb geen tijd om stekeligheden met je uit te wisselen.'

'Waarom niet?'

Ik zweeg in het plotselinge besef dat ik alweer een zwart punt tegen me kreeg als ik er in mijn eentje op uit ging. Een Ixische beslissing. Maar ik vond het veel te belangrijk informatie te gaan halen bij de Zandzaden om me druk te maken over de gevolgen. Ik vertelde Dax over mijn plannen. 'Kun jij Tweede Magiër vertellen waar ik heen ben? Ik wil niet dat Baïn de hele veste naar me uitkamt.'

'Je bent nu wel heel hard op weg om van school te worden gestuurd,' waarschuwde Dax. 'Ik ben de tel van punten tegen je al kwijt.' Hij zweeg even en dacht na. 'Maakt nu niet uit. Hoeveel voorsprong wil je?'

Ik keek naar de hemel. Halverwege de middag. 'Tot het donker is.' Dan had Baïn nog steeds een kleine kans om iemand achter me aan te sturen, maar ik hoopte dat hij zou wachten tot de ochtend.

'Top. Ik wil je wel succes wensen, maar ik denk niet dat het wat uit zou maken.'

'Hoezo niet?'

'Mijn vrouwe, u maakt uw eigen succes.' Toen joeg hij me weg. 'Vort.'

Ik repte me naar de keuken en griste genoeg brood, kaas en gedroogd vlees mee voor tien dagen. Van kapitein Marrok wist ik dat de Avibianvlakte zo groot was dat het tien dagen duurde om hem over te steken. Als de Zandzaadstam aan de overkant woonde, had ik genoeg te eten om er te komen, en ik hoopte dat ik meer kon kopen voor de terugreis.

Met mijn gedachten bij proviand rende ik naar de schuur. Toen ik er bijna was, snoof Kiki geagiteerd, en ik stelde me voor haar open.

Vieze geur, waarschuwde ze.

Ik draaide me net op tijd om om Goel te zien aanstormen. Voordat ik kon reageren, bleef de punt van zijn zwaard hangen op enkele centimeters van mijn buik.

'En waar gaan wij naar toe?' vroeg hij.

'Wat doe jij hier?'

'Ik heb hore zegge dat jij uit je hok was. Het viel bes mee om je op te spore.'

De wachters voor Tula's kamer moesten Goel hebben gewaarschuwd. Ik zuchtte. Totaal in beslag genomen door het verzamelen van proviand was ik een gemakkelijk doelwit geweest.

'Oké, Goel. Vlug dan maar.' Ik deed een stap achteruit en greep naar mijn boog, maar Goel kwam naar voren. De punt van zijn zwaard sneed door mijn hemd en prikte in mijn huid toen mijn handen het gladde hout van mijn staf vonden.

'Staan blijve!' schreeuwde hij.

Ik hijgde meer van ergernis dan angst. Ik had hier geen tijd voor. 'Te bang voor een eerlijk gevecht? Au!' De zwaardpunt porde in mijn maag.

'La je boog op de grond valle,' gebood hij. 'Langzaam.'

Hij duwde zijn zwaardpunt dieper toen ik aarzelde. Met vertraagde bewegingen haalde ik mijn boog uit zijn houder, Goels aandacht vasthoudend, want vanuit mijn ooghoek zag ik Kiki de grendel van haar boxdeur openen met haar tanden.

De deur bonsde open. Op het kabaal keek Goel om. Kiki draaide zich vliegensvlug om en mikte met haar achterbenen. Snel deed ik een paar stappen terug.

Niet te hard, zei ik tegen haar.

Enge man. Ze gaf hem een trap.

Goel vloog door de lucht en sloeg tegen het houten hek van het weiland. Daar zakte hij in een hoop. Toen hij niet bewoog, ging ik naar hem toe en zocht naar een hartslag. Hij leefde nog. Ik had daar gemengde gevoelens over. Zou hij het ooit opgeven, of bleef hij achter me aan komen tot hij me had of ik hem had gedood?

Kiki onderbrak mijn gedachten. Gaan.

Ik ging haar tuig halen en begon haar te zadelen. Terwijl ik haar de buikriemen omdeed, vroeg ik: Kon je altijd al je deur openen?

Ja. Hek ook.

Waarom doe je dat dan nooit?

Hooi zoet. Water fris. Pepermuntjes.

Ik lachte, zorgde voor wat pepermuntjes uit Cahils voorraad en stopte ze in mijn rugzak. Ik hing vijf voerzakken en waterzakken voor haar aan het zadel naast mijn eigen eten en waterzakken.

Te zwaar? vroeg ik.

Smalend keek ze me aan. Nee. Nu weggaan. Topaas geur minder.

Ik steeg op. We verlieten de Magiërsveste en gingen de citadel in. Zorgvuldig stappend liep Kiki door de drukke straten van de markt. Ik zag Fisk, mijn bedelaarsjongen, een enorm pakket dragen voor een dame. Hij glimlachte en probeerde te zwaaien. Zijn schone zwarte haar glom in de zon, en de holle vlekken onder zijn ogen waren verdwenen. Geen bedelaar meer. Fisk had een baan gevonden.

Toen we onder de immense marmeren bogen van de poort van de citadel door gingen, verhoogde Kiki haar tempo en zette een galop in. Het landschap vloog voorbij aan weerszijden van de hoofdweg door de vallei, die van de citadel naar het woud liep.

Rechts werd op de akkers druk geoogst. Links strekte de Avibian-vlakte zich uit tot aan de horizon. De kleuren van het hoge gras waren veranderd van de groene en blauwe tinten uit het hete seizoen in rode, gele en oranje schakeringen, alsof iemand met een reuzenkwast brede banen over het landschap had geschilderd.

De prairie leek verlaten, en ik zag geen sporen van wild. Alleen de kleuren wuifden in de wind. Waar Kiki de vlakte op draaide, zag ik een vaag spoor door het gras lopen.

De lange halmen streken langs mijn benen en Kiki's buik. Kiki deed het wat kalmer aan. Ik raakte haar geest aan. We zaten op de goede weg, en de sterke reuk van paarden vulde haar neus. Ze herkende hen stuk voor stuk aan hun geur. Zijde. Topaas. Rusalka.

Rusalka?

Van Treurman.

Het duurde een moment van verwarring voordat het tot me doordrong dat Kiki Leif Treurman noemde. Voor zover ik van Kiki had begrepen, bepaalde de eerste indruk van iemand die een paard voor het eerst ziet, de naam die het paard aan die persoon gaf en gaven ze die door aan andere paarden. Kennelijk veranderde er daarna niets meer aan. Voor de paarden was dat volkomen normaal.

Zij gaven ons namen, net zoals wij hun namen hadden gegeven.

Andere paarden? vroeg ik.

Nee.

Andere mannen?

Nee.

Vreemd, dat Cahil niemand van zijn mannen had meegenomen. Ik vroeg me af waarom. Op onze reis naar de citadel had Cahil de vlakte gemeden uit angst voor de Zandzaden, ook al waren we met twaalf man. In het gezelschap van een meestermagiër voelde hij zich vast veiliger. Of dat, of Irys had geëist dat hij zijn waakhonden achterliet in de veste.

Terwijl we verder de vlakte op gingen, ontdekte ik dat er van alles schuilging in het omringende grasland. De grond leek vlak maar glooide als een rommelige deken. Als ik achterom keek, kon ik de akkers niet meer zien. Verspreid over de vlakte stonden groepjes grijze keien, hier en daar rees een boom op uit het gras, en ik zag veldmuizen en kleine beestjes wegschieten voor Kiki's hoeven.

We kwamen langs een vreemde, bloedrode rotsformatie. Er liepen witte aderen door de enkele steen, waarvan de toplaag hoog boven mijn hoofd torende. Het dikke, vierkante profiel van de constructie deed me ergens aan denken. Ik ging mijn geheugen af en besefte dat de rots leek op een mensenhart. Het feit dat ik me mijn lessen kon herinneren verbaasde me. In Brazells weeshuis was biologie mijn minst geliefde vak geweest. De leraar had er behagen in geschept zijn leerlingetjes kotsmisselijk te maken.

Toen het donker en kouder begon te worden, kreeg ik een ongemakkelijk gevoel bij het vooruitzicht om op deze vlakte zonder enige beschutting een nacht onder de blote hemel door te moeten brengen.

Inhalen? vroeg Kiki.

Is het nog ver?

De doordringende geur van paarden vermengde zich met een vleugje rook. Door Kiki's ogen kon ik in de verte vuur zien.

Ze stoppen.

Ik overwoog mijn mogelijkheden. Een nacht alleen, of de mogelijkheid om Irys' woede te wekken als ik naar haar toe ging. Ik was het niet gewend om langer dan een uur achtereen in het zadel te zitten, en mijn benen en rug deden zeer. Ik was toe aan een pauze. Kiki kon het echter nog veel langer volhouden. Macht aantrekkend liet ik mijn bewustzijn uitgaan om de algemene stemming in het kamp te peilen.

Cahil hield het gevest van zijn zwaard vast. Door de weidsheid van de vlakte was hij slecht op zijn gemak. Leif lag languit op de grond en sliep bijna. Irys...

Yelena! Haar verontwaardiging schroeide in mijn hoofd.

Beslissing genomen. Voordat ze een verklaring kon eisen, liet ik haar zien wat er was gebeurd tussen Valek en mij.

Onmogelijk.

Het woord riep een herinnering op. Dat zei je ook al toen ik Valek vroeg mij te helpen tegen Roos' mentale verhoor. Misschien is er tussen ons een vorm van contact die je nooit eerder bent tegengekomen?

Misschien wel, gaf ze toe. Kom naar ons toe. Het is te laat om je terug te sturen. En je kunt niet terug naar de veste zonder mij om je te helpen tegen de toorn van Roos.

Met die ontnuchterende gedachte zei ik Kiki het kamp te gaan zoeken. Ze was wel blij toen we bij Topaas kwamen. Samen met de andere paarden stond hij vlak bij het kamp te grazen.

Ik deed Kiki's tuig af, wreef haar droog en zorgde ervoor dat ze genoeg te eten en te drinken had. Tegenzin en spierpijn maakten mijn bewegingen traag.

Toen ik eindelijk op de kleine open plek waar ze voor de nacht waren gestopt, bij Irys ging zitten, vroeg ze alleen maar of ik iets te eten wilde. Ik keek naar de anderen. Leif roerde in een pan met soep die boven de vlammen hing. Zijn gezicht stond neutraal. Cahils hand zweefde nu nabij zijn zwaardgevest. Hij leek meer op zijn gemak. Hij grijnsde toen hij mijn blik opving. Of hij was blij met mijn komst, of hij verkneukelde zich al over de berisping die ik beslist van Irys zou krijgen. In plaats daarvan gaf Irys Cahil en mij een preek over de juiste omgangsvormen met de leden van de Zandzaadstam.

'Respect voor de oudsten is een noodzaak,' zei ze. 'Alle verzoeken worden gedaan aan de oudsten, maar pas nadat ze ons vragen om te spreken. Mensen van buiten vertrouwen ze niet, en ze letten op elk teken van minachting en alles wat erop wijst dat je komt spioneren. Stel dus geen vragen voordat je daar toestemming voor hebt gekregen, en niet staren.'

'Waarom zouden we staren?' vroeg ik.

'Ze hebben een hekel aan kleren. Sommige leden kleden zich wel aan als er mensen van buiten op bezoek zijn, maar anderen niet.' Irys glimlachte meewarig. 'Ook hebben ze enkele sterke magiërs. Die zijn niet geschoold in de veste, dat doen ze zelf. Al zijn er wel wat jongere magiërs naar de veste gekomen om hun kennis te verbreden. Een van hen was Kangom, maar die is niet lang in de veste gebleven.' Irys fronste haar voorhoofd.

Helaas wist ik maar al te goed waar hij vervolgens naar toe was gegaan. Hij had zijn naam veranderd in Mogkan en was kinderen gaan ontvoeren om hen naar Ixia te smokkelen.

Voordat Cahil zijn vragen over Mogkan kon verwoorden, vroeg ik Irys: 'En de Zandzaadmagiërs die bij de stam blijven?'

'Die noemen ze verhaalwevers,' legde Irys uit. 'Zij bewaren de geschiedenis van de stam. De Zandzaden beschouwen hun geschiedenis als een levende entiteit, als een onzichtbare aanwezigheid die hen omringt. Aangezien de geschiedenis van de stam altijd in ontwikkeling is, begeleiden de verhaalwevers de stam.'

'Hoe doen ze dat dan?' vroeg Cahil geïnteresseerd.

'Ze bemiddelen bij geschillen, helpen bij het nemen van besluiten, laten de stamleden hun verleden zien en bieden hulp om te voorkomen dat ze dezelfde fouten maken. Zeg maar hetzelfde als wat de meestermagiërs doen voor de mensen van Sitia.'

'Ze kalmeren een bekommerd hart,' zei Leif, starend in de vlammen. 'Dat beweren ze tenminste.' Abrupt stond hij op. 'De soep is klaar. Wie heeft er honger?'

We aten in stilte. Nadat we de slaapplekken hadden ingedeeld, liet Irys ons weten dat we hierna nog één nacht op weg zouden zijn voordat we bij de onderkomens van de stam aankwamen.

Cahil wilde een wachtschema opstellen. 'Ik neem de eerste wacht wel,' bood hij aan.

Irys keek hem alleen maar aan.

'Normaal toch?' vroeg hij ter verdediging.

'Cahil, er is hier niets om bang voor te zijn,' zei Irys. 'En zodra er gevaar dreigt, heb ik je al lang wakker gemaakt voordat het zo ver is.'

Ik hield mijn lachen in toen ik Cahil zag pruilen. Ik wikkelde mijn mantel om me heen tegen de koude nachtlucht en ging liggen op de zachte zandgrond van de open plek. Nog even Kiki vragen. Alles goed?

Gras lekker. Knapperig.

Enge geuren?

Nee. Fijne lucht. Thuis.

Het schoot me te binnen dat Kiki was gefokt door de Zandzaden. Fijn om thuis te zijn? Ik dacht aan Valek in het Slangenwoud en hoopte dat hij weer wat op krachten was gekomen.

Ja. Fijner met Lavendelvrouw. Pepermuntjes? Hoopvol.

Morgenochtend, beloofde ik.

Omhoog starend naar de nachtelijke hemel zag ik de sterren dansen terwijl ik wachtte tot ik in slaap viel. Kiki's levensvisie klonk niet verkeerd. Lekker eten, vers water, af en toe iets lekkers en iemand die je lief is. Meer had je toch niet nodig? Ik wist best dat het een simplistische, onrealistische visie was, maar ik putte er toch troost uit.

Mijn gedachten dwaalden echter af naar vreemde dromen. Ik rende over de vlakte, op zoek naar Kiki. Het kniehoge gras groeide tot het boven mijn hoofd uit kwam en me hinderde in mijn voortbewegen. Ik baande me een weg door de scherpe halmen maar kon geen uitweg vinden. Mijn voet bleef ergens achter haken, en ik viel. Toen ik me op mijn rug draaide, veranderde het gras in een veld van slangen, en die begonnen zich om me heen te wikkelen. Ik spartelde tot ik me niet meer kon bewegen.

'Jij hoort bij ons,' siste een slang in mijn oor.

Ik schrok wakker in het flauwe licht van de dageraad. Mijn oor kriebelde nog van de droomslang, en huiverend in de koude ochtendlucht probeerde ik het afgrijzen van mijn nachtmerrie van me af te schudden.

Irys en de anderen zaten rond het kampvuurtje. We aten een ontbijt van brood en kaas en zadelden onze paarden. Mijn spieren waren die nacht verstijfd, en ze protesteerden bij elke beweging. Halverwege de ochtend had de zon het land verwarmd en deed ik mijn mantel af en stopte hem in mijn rugzak.

De zachte grond maakte inmiddels plaats voor hard steen, en het gras werd dunner. Overal stonden zandstenen uitstulpingen. Tegen de tijd voor het middagmaal kwamen de uitstulpingen al tot boven onze hoofden en leek het wel alsof we in een kloof reden.

Tijdens een korte pauze zag ik een stukje verderop op een paar zandstenen zuilen rode strepen staan. 'Tula's belager had iets roods onder zijn vingernagels,' zei ik tegen de anderen. 'Zou dat van hier kunnen zijn?'

'Best mogelijk,' beaamde Irys.

'Laten we een monster nemen,' zei Leif. Hij rommelde in zijn rugzak tot hij een kort glazen flesje vond.

'We moeten verder.' Irys tuurde naar de zon. 'Voordat het donker wordt, wil ik een kampeerplek zoeken.'

'Ga maar,' zei Leif. 'Ik haal jullie wel in.'

'Yelena, ga jij hem helpen, en zorg ervoor dat het de kleur is die je je herinnert,' droeg Irys me op en ze wendde zich tot Cahil voordat hij de bezwaren achter zijn frons kon verwoorden. 'Cahil, jij blijft bij mij. Als Yelena ons uren na ons vertrek uit de citadel kon vinden, zal ze ons nu moeiteloos in kunnen halen.'

Irys en een nog steeds nors kijkende Cahil stegen op hun paarden en vertrokken in de richting van de zon terwijl Leif en ik een pad kozen naar de zuilen. Die stonden verder weg dan ik had gedacht. Vervolgens duurde het langer dan we hadden verwacht om een monster te nemen. De strepen bleken een laag rode klei te zijn. Die was hard aan de buitenkant, en we moesten door de verharde laag heen kerven om bij het zachtere materiaal eronder te komen. We deden zowel de harde brokken als de zachte klei in het flesje.

Tegen de tijd dat we terugkwamen bij ons beginpunt, stond de zon al halverwege boven de horizon. Kiki vond Topaas' spoor, en we zetten de paarden aan tot een draf.

Ik maakte me geen zorgen toen het donker begon te worden. Kiki's gevoelige neus had geen enkele moeite met het vinden van Topaas' sterke geur, dus kwamen we al dichterbij. Maar toen het helemaal donker was en ik nergens vuur zag, begon ik hem te knijpen. Toen de maan opkwam, hield ik Kiki in.

'Zijn we verdwaald?' vroeg Leif. Sinds we het spoor hadden gevonden, had hij me zonder commentaar gevolgd. In het flauwe maanlicht kon ik nog net zijn geërgerde frons onderscheiden.

'Nee. Kiki zegt dat ze Topaas' geur goed kan ruiken. Misschien zijn ze verder doorgereden?'

'Kun je Irys bereiken?' vroeg Leif.

'O, slangenspuug! Vergeten!' Kwaad omdat ik alweer niet had gedacht aan mijn magie haalde ik diep adem om een machtdraad te verzamelen. Wanneer werd het nou eens vanzelfsprekend om magie te gebruiken?

Ik voelde een verrassende golf van macht. De bron leek sterk geconcentreerd in deze streek. Mijn bewustzijn projecterend zocht ik het gebied rondom ons af. Niets.

Geschrokken reikte ik verder. Toen drong het tot me door dat ik ook geen veldmuizen of andere dieren had gevonden. Gefrustreerd hield ik op. Als ik contact kon krijgen met Valek in het Slangenwoud, moest ik toch ook Irys kunnen vinden. Haar paard was immers nog maar pas hier voorbij gekomen.

Topaas geur altijd sterk, beaamde Kiki.

Altijd?

Ja.

'Nou?' vroeg Leif ongeduldig.

'Er klopt iets niet. Ik kan Irys niet vinden.' Ik zei hem wat Kiki me net had gezegd.

'Maar dat is toch goed?'

'De geur zou juist langzaamaan steeds sterker moeten worden, maar sinds we hun spoor hebben gevonden, is die gelijk gebleven.' Ik reed een keer rond in een cirkel. Overal om ons heen golfde magie door de lucht.

'Iemand probeert ons een loer te draaien.'

'Hèhè, eindelijk!' blafte een zware stem vanuit het donker.

Kiki en Rusalka steigerden van schik maar werden gekalmeerd door een troostende streng magie. Mijn hand ging naar mijn boog, en ingespannen tuurde ik naar de paar vage vormen die ik in het flauwe licht kon zien.

'Niet erg snel van begrip, hè?' plaagde de stem links van me.

Ik draaide Kiki net op tijd om vanuit een straal blauw maanlicht een man te zien verschijnen. Hij was naakt en haarloos, zijn huid was diepblauw, en hij was zo lang dat hij me recht aan kon kijken. Zijn kale kop glom van het zweet, en ik zag kracht in zijn sterke spieren. Maar zijn ronde gezicht stond geamuseerd, en hij straalde geen dreiging uit. Wel kwamen er golven pure magische energie van hem af, dus mogelijk beïnvloedde hij mijn emoties.

Ik trok mijn boog. 'Wie ben je, en wat moet je?' eiste ik.

Parelwitte tanden flitsten toen hij glimlachte. 'Ik ben jouw verhaalwever.'

20

IK KEEK NAAR LEIF. ZIJN SCHRIK WAS OMGESLAGEN IN ANGST. KRIJT-wit staarde hij van mij naar de grote indigoblauwe man. Zijn beschilderde huid en gebrek aan kleren deden me denken aan Tula's belager, maar zijn lichaam was gespierder, en zijn armen en benen zaten vol littekens. Maar geen tatoeages. Met mijn mentale barrière op zijn plaats hield ik mijn boog in de aanslag, maar de man bleef rustig staan. Ik zou ook rustig zijn als ik de beschikking had over zijn hoeveelheid magische kracht. Hij hoefde zich niet in te spannen. Hij kon ons doden met een woord. Wat kwam hij doen?

'Wat wil je?' vroeg ik.

'Ga weg,' zei Leif tegen de man, 'je brengt alleen maar last.'

'Jullie verhalen zijn in elkaar verstrikt geraakt,' zei Verhaalwever. 'Ik kom als gids om jullie te laten zien hoe je ze kunt ontwarren.'

'Stuur hem weg,' zei Leif tegen me. 'Hij moet je gehoorzamen.'

'O ja?' Dat leek me te gemakkelijk.

'Als je wilt dat ik ga, ga ik weg. Maar je broer en jij mogen ons dorp niet in. Zijn verwrongen ziel doet ons pijn, en jij bent met hem verbonden.'

In verwarring staarde ik de verhaalwever aan. Wat hij zei sloeg nergens op. Vriend of vijand?

'Je zei dat je onze gids was. Waar breng je ons naartoe?'

'Stuur hem nou weg!' riep Leif. 'Hij misleidt je alleen maar. Hij spant vast samen met Tula's ontvoerder en probeert ons op te houden.'

'Jouw angst blijft sterk,' sprak Verhaalwever tot Leif. 'Je bent er nog niet aan toe om je verhaal te zien en omringt jezelf liever met knopen. Op een dag word je erdoor opgeknoopt. Het was jouw keuze onze hulp te weigeren, maar je kluwen dreigt het leven uit je zus te persen. Dat moet worden rechtgezet.' Hij stak zijn hand uit naar mij. 'Jij bent er wel aan toe. Laat Kiki achter en ga mee.'

'Waarheen?'

'Kijken naar je verhaal.'

'Hoe dan? Waarom?'

Verhaalwever gaf geen antwoord. Hij straalde kalm geduld uit alsof hij daar de hele nacht kon blijven staan, met uitgestoken hand.

Kiki keek om naar mij. Gaan met Maanman, drong ze aan. Honger. Moe. Wil Topaas.

Geur? vroeg ik. Eng?

Harde weg, maar Lavendelvrouw sterk. Gaan.

Ik stak mijn boog terug in de houder en steeg af.

'Yelena, nee!' schreeuwde Leif. Hij hield Rusalka's teugels vast in zijn vuisten, dicht bij zijn borst.

Verbluft bleef ik staan. 'Dat is de eerste keer dat je me bij mijn naam noemt. Kan het je nú ineens schelen wat er met me gebeurt? Het spijt me, maar het heeft een beetje te lang geduurd om daarin te trappen. Eerlijk gezegd heb ik geen behoefte aan jouw problemen. Ik heb er zelf al genoeg. En we moeten Tula's belager zien te vinden voordat hij weer iemand ontvoert, dus we moeten per se de stamoudsten spreken. Als dit daarvoor nodig is, dan is het niet anders.' Ik trok mijn schouders op. 'En trouwens, Kiki zegt dat ik het moet doen.'

'Dus jij luistert liever naar een paard in plaats van naar je broer?'

'Tot nu toe heeft mijn broer zich tegen elk contact met mij verzet sinds ik in Sitia ben. Kiki vertrouw ik.'

Leif snoof geërgerd. 'Jij hebt je hele leven in Ixia gezeten. Je weet niets van die Zandzaden.'

'Ik heb geleerd wie ik kan vertrouwen.'

'Een paard. Je bent gek.' Hij schudde zijn hoofd.

Het had geen zijn om hem uit te leggen dat ik mijn vertrouwen had geschonken aan een huurmoordenaar, aan een magiër die me tot twee keer toe had willen doden en aan twee soldaten die me in het Slangenwoud hadden besprongen. Alle vier waren ze me nu zeer dierbaar.

'Wanneer ben ik terug?' vroeg ik Verhaalwever.

'Bij de eerste zonnestralen.'

Ik zadelde Kiki af en wreef haar snel droog terwijl ze wat haver at. Daarna verruilde ik haar voerzak voor een zak met water. Toen dat op was, legde ik de lege zakken bij haar tuig.

In mijn maag begon iets te kriebelen van ongerustheid over deze merkwaardige tocht. Wacht op mij? vroeg ik Kiki.

Ze snoof, sloeg naar me met haar staart en liep weg, op zoek naar wat lekker gras om van te grazen. Moet je maar geen domme vragen stellen.

Heel even zocht ik Leifs strakke blik en liep toen naar Verhaalwever. Die had zich niet verroerd. Kiki had hem Maanman genoemd. Voordat ik zijn hand pakte, vroeg ik: 'Hoe heet u?'

'Maanman is goed genoeg.'

Ik keek naar zijn gekleurde huid. 'Waarom diepdonkerblauw?'

Langzaam verscheen er een grijns op zijn lippen. 'Een verkoelende kleur om het vuur tussen jou en je broer wat te sussen.' Toen keek hij me schaapachtig aan. 'Mijn lievelingskleur.'

Ik legde mijn hand in de zijne. Die voelde aan als fluweel. Zijn warmte drong diep in mijn botten en stroomde omhoog door mijn arm. Er glinsterde magie, en de wereld om ons heen verdween. Ik begon me af te wikkelen. Mijn lichaam werd losser en langer, alsof het veranderde in een draad. De afzonderlijke strengen van mijn levensverhaal raakten los van elkaar zodat ik zicht kreeg op de vele gebeurtenissen die mijn leven hadden gevormd.

Een deel van mijn geschiedenis was vertrouwd. Ik zocht de prettige herinneringen op en keek ernaar alsof ik buiten een venster stond.

Daarom heb je mij dus nodig, zweefde Maanmans stem door het tafereel voor mijn ogen. Jij zou hier blijven. Het is mijn taak je naar de juiste draad te gidsen.

Om me heen verscheen een waas van herinneringen. De visioenen kolkten door elkaar heen, en ik deed mijn ogen dicht. Toen de lucht kalmer werd, deed ik ze weer open.

Ik zat midden in een levende omgeving. Om me heen stonden banken van lianen en een tafel met een glazen blad. Tegenover me lag een jochie van een jaar of negen languit op de houten vloer. Hij had een groene korte broek aan. Met zijn handen achter zijn hoofd en naar voren stekende ellebogen staarde hij naar het plafond van bladeren. Op de grond tussen ons in lagen een stuk of tien benen dobbelstenen.

'Ik verveel me,' zei de knul.

In mijn hoofd kwam het juiste antwoord op. 'Zullen we gaan bikkelen? Of twee-door-de-schedel?' Ik pakte de dobbelstenen op en schudde ze in mijn handen.

'Dat is voor baby's,' zei hij. 'Laten we beneden in het oerwoud op verkenning gaan!' Leif sprong overeind.

'Ik weet niet. Of zullen we gaan slingeren bij Nootje?'

'Ga jij maar lekker met Nootje babyspelletjes spelen. Ik ga op verkenning. Misschien doe ik wel een grote ontdekking. Het medicijn tegen de rotziekte, of zo. Dan word ik beroemd. En dan word ik straks gekozen tot stamleider.'

Van belangrijke ontdekkingen en daaruit voortvloeiende roem wilde ik niets missen, dus ik besloot met hem mee te gaan. Na een snelle roep naar onze moeder verlieten we onze boomwoning en klommen langs de Palmladder omlaag naar de koelere lucht van de oerwoudbodem. De zachte grond voelde sponsachtig aan onder mijn blote voeten.

Terwijl ik Leif door het oerwoud volgde, verbaasde ik me over de jeugdige energie die door mijn zes jaar oude lichaam stroomde. Een deel van me wist dat ik in werkelijkheid ouder en ergens anders was, dat dit een visioen was. Maar dat kon me niet schelen, en puur voor de lol maakte ik radslagen over het pad.

'Dit is geen spelletje,' las Leif me de les. 'We zijn verkenners. We moeten monsters verzamelen. Pluk jij wat bladeren, dan zoek ik naar bloemblaadjes.'

Toen hij zich omdraaide, stak ik mijn tong naar hem uit, maar ik pakte toch maar wat boombladeren. Een snelle beweging tussen de takken trok mijn aandacht. Als versteend bleef ik staan en keek rond. Aan een zaailing hing een jonge zwart-witte valmur. Met zijn uitpuilende bruine ogen in zijn smalle gezichtje staarde hij me aan.

Ik lachte en floot naar het diertje. Dat klauterde wat hoger, keek toen weer naar mij en sloeg met zijn lange staart. Het beestje wilde spelen. Ik ging achter hem aan en volgde al zijn bewegingen door het oerwoud. We klommen in ranken, slingerden langs lianen en klauterden over de kronkelende wortels van een rozenhoutboom.

Toen ik in de verte een stem hoorde, bleef ik staan. Heel zachtjes hoorde ik Leif naar me roepen. Spelen was veel leuker dan bladeren verzamelen, en ik zou hem hebben genegeerd als ik niet had gedacht dat hij iets riep over een ylang-ylangboom. Moeder zou stervruchttaart voor ons bakken als we ylang-ylangbloemen meebrachten voor haar parfums.

'Ik kom al,' riep ik en ik sprong omlaag naar de bosgrond. Toen ik me omdraaide om gedag te zwaaien naar de kleine valmur, schrok hij en stoof hoog de rozenhoutboom in. Als een nevel daalde er een gevoel van onbehagen over me heen. Ik speurde de takken af naar halsbandslangen, de grootste vijand van valmurs. Met mijn blik gericht op het bladerdek struikelde ik bijna over een man.

Verbaasd sprong ik achteruit. Hij zat op de grond met zijn rechterbeen languit en het andere naar hem toe gevouwen. Met zijn handen hield hij zijn linkerenkel vast. Zijn kleren waren tot rafels gescheurd en zaten vol vlekken en zweet. In zijn zwarte haar kleefden bladeren en slierten groen.

Het volwassen deel van mijn geest gilde. Mogkan! Rennen! Maar mijn jonge zelf was niet bang.

'Het lot zij dank!' riep Mogkan uit, en opluchting verjoeg de zorgen van zijn gezicht. 'Ik ben verdwaald. Volgens mij heb ik mijn enkel gebroken. Kun je me helpen?'

Ik knikte. 'Ik zal mijn broer gaan...'

'Wacht. Help me eerst overeind.'

'Waarom?'

'Om te zien of ik kan lopen. Als mijn enkel inderdaad gebroken is, moet je meer hulp gaan halen.'

Mijn volwassen bewustzijn wist dat hij loog, maar ik kon mijn kind-zelf er niet van weerhouden een stap dichterbij te doen. Ik stak een hand uit. Hij pakte die en trok me omlaag. In één snelle beweging greep hij me vast en dempte mijn kreet met een vochtige doek. Die drukte hij stevig tegen mijn mond, waardoor ik een zoet aroma in mijn neus kreeg.

Het oerwoud begon te draaien. Wakker blijven! Wakker blijven! schreeuwde ik naar mijn lichaam, maar de duisternis kwam al naderbij.

Spartelend in Mogkans armen wist mijn volwassen zelf al wat er ging gebeuren. Mogkan bracht me naar Ixia, ik werd opgevoed in het weeshuis van Reyads vader, generaal Brazell, en zodra ik volwassen werd, konden ze de magie uit me halen alsof ik een melkkoe was. Allemaal opdat Mogkan zijn magische krachten kon vergroten om Brazell te helpen de macht over commandant Ambrosius en Ixia over te nemen. Dat ik wist hoe het afliep, gaf me geen beter gevoel over mijn ontvoering.

Leifs gezicht in de struiken was het laatste wat mijn jonge zelf zag voordat de duisternis me kwam halen. En dat was pas echt gruwelijk.

Het visioen vervaagde. Ik stond met Maanman op een donkere vlakte.

'Heeft Leif echt gezien wat er met me is gebeurd?' vroeg ik Verhaalwever.

'Ja.'

'Waarom heeft hij het onze ouders dan niet verteld?' Die hadden een reddingsploeg kunnen sturen of kunnen proberen om me terug te krijgen. Je kunt maar beter weten wat het lot van je kind is dan er jaren naar te moeten raden.

Hoe langer ik over Leif nadacht, des te groter werd mijn wrok. Hij had me beroofd van de kans op een jeugd, van een eigen kamer en liefhebbende ouders, van de mogelijkheid om van mijn vader te leren over het oerwoud en met mijn moeder parfums te destilleren, om met Nootje door de bomen te slingeren en om spelletjes te spelen in plaats van de Gedragscode van Ixia uit mijn hoofd te leren.

'Nou?' vroeg ik.

'Dat is een vraag die je hem moet stellen.'

Ik schudde mijn hoofd. 'Hij moet me hebben gehaat. Hij was blij dat ik werd ontvoerd. Dat verklaart ook zijn woede toen ik terug was in Sitia.'

'Haat en woede zijn wel emoties die je broer wurgen, maar niet alle emoties,' zei Maanman. 'Het gemakkelijkste antwoord is nooit het juiste. Je moet jezelf van je broer losmaken voordat hij zichzelf verstikt.'

Ik dacht na over Leif. Hij had me geholpen met Tula, maar over de reden had hij kunnen liegen, net zoals hij veertien jaar lang had gelogen tegen onze ouders. Mijn omgang met hem sinds ik terug was in Sitia was vrijwel altijd onprettig geweest. En de enige herinnering aan Leif die ik nu had van vóór mijn tijd in Ixia, deed mijn bloed koken van razernij. Misschien als ik meer herinneringen aan mijn jeugd had.

'Waarom weet ik niets meer van mijn leven van voordat Mogkan me ontvoerde?' vroeg ik.

'Mogkan gebruikte magie om al je herinneringen te onderdrukken zodat je hem zou geloven en in het weeshuis zou blijven.'

Dat klonk logisch. Als ik me een familie had kunnen herinneren, zou ik zijn weggelopen.

'Wil je die herinneringen terug?' vroeg hij.

'Ja!'

'Als je belooft dat je je broer helpt, zal ik ze vrijmaken.'

Daar dacht ik over na. 'Hoe moet ik hem dan helpen?'

'Je vindt wel een manier.'

'Lekker cryptisch wel, hè?'

Hij glimlachte. 'Een van de leuke dingen aan mijn baan.'

'En als ik weiger hem te helpen?'

'Die beslissing is aan jou.'

Ik snoof van frustratie. 'Waarom maak jij je daar druk om?'

'Hij is op de Avibianvlakte komen zoeken naar verlichting van zijn pijn. Hij wou zich van kant maken. Ik werd aangetrokken door zijn behoefte. Ik bood hem mijn diensten aan, maar zijn hart werd verwrongen door angst, en hij weigerde. Zijn pijn bereikt me nog altijd. Mijn werk is niet af. Zijn ziel dreigt verloren te gaan. Er is nog wel tijd, maar ik zal doen wat ik kan, ook al moet ik het daarvoor op een akkoordje gooien met een zielvinder.'

21

'ZIELVINDER?' ER STREEK EEN VLAAG VAN ANGST LANGS MIJN RUG-gengraat omhoog. 'Waarom zegt iedereen dat toch steeds?' vroeg ik Verhaalwever. We stonden nog steeds op de kale vlakte. Het had wel iets van een bevroren vijver.

'Omdat jij er een bent,' zei hij op vlakke, zakelijke toon.

'Nee,' protesteerde ik, denkend aan de walging en het afgrijzen op Hees' gezicht toen hij die benaming voor het eerst bezigde. Hij had toen iets gezegd over het doen opstaan van doden.

'Ik zal het je laten zien.'

Het gladde oppervlak onder onze voeten werd doorzichtig, en daardoorheen zag ik mijn Ixische vriend Janco. Zijn bleke gezicht was vertrokken van pijn, en het bloed gutste langs het zwaard in zijn buik. Het tafereel ging over op commandant Ambrosius die met lege blik roerloos op een bed lag. Toen zag ik mijn eigen gezicht terwijl ik over een bewusteloze generaal Brazell gebogen stond. Mijn groene ogen kregen plots iets intens, alsof ik een openbaring had gehad. Een flits van Fisk, de bedelaarsjongen, sjouwend met pakjes en lachend. Toen een beeld van Tula, gebroken op haar bed. De beelden vervaagden, en de grond keerde terug.

'Je hebt al vijf zielen gevonden,' zei Maanman.

'Maar die waren niet...'

'Dood?'

Ik knikte.

'Weet je wat een zielvinder is?' vroeg hij.

'Iemand die de doden doet opstaan?' Toen hij zwijgend een wenkbrauw optrok, zei ik: 'Nee, dat weet ik niet.'

'Dan moet je het leren.'

'En gewoon vertellen is te gemakkelijk. Toch? Dan is het lang niet zo leuk meer om een geheimzinnige verhaalwever te zijn.'

Hij grijnsde. 'En mijn akkoordje dan? Jeugdherinneringen voor jouw hulp met Leif.'

Op alleen al het horen van zijn naam gierde de woede door mijn lijf. Mijn redenen om naar Sitia te gaan waren zo simpel geweest. In de eerste plaats om te blijven leven, op de vlucht voor het executiebevel van de commandant. In de tweede plaats om te leren hoe ik mijn magie moest gebruiken en om mijn familie te ontmoeten. Misschien ontwikkelde ik onderweg ook nog enige verwantschap met deze zuidelijke wereld. Misschien ook niet.

Zo ingewikkeld waren mijn plannen nooit geweest, maar mijn weg bleef maar wenden en keren, en telkens raakte ik weer ergens in verstrikt. Nu zat ik midden in de wildernis vast in de modder. Verdwaald.

'Je pad is duidelijk,' zei Maanman. 'Je moet het alleen zien te vinden.'

En de beste manier om iets te vinden wat je kwijt was, was teruggaan naar de plek waar je het voor het laatst nog had. In mijn geval moest ik helemaal terug naar het begin.

'Ik beloof dat ik mijn best zal doen om Leif te helpen,' zei ik.

Geuren en zachtheid stroomden mijn geest binnen toen mijn

jeugdherinneringen tot leven kwamen. Appelbessenparfum, vermengd met de gronderige geur van aarde. Vrolijkheid en het pure genot van zwaaien door de lucht volgden een ruzie met Leif om de laatste mango. Verstoppertje spelen met Leif en Nootje, hurken op takken
om Nootjes broers in een hinderlaag te lokken tijdens een gespeelde
veldslag. Het scherpe prikken van hazelnoten op mijn blote armen
toen haar broers onze schuilplaats ontdekten en overgingen tot de
aanval. Het kletsen van modder toen onze stamleider een graf groef
voor mijn opa. Mijn moeders rustgevende stem toen ze me in slaap
zong. De lessen bij Esau over verschillende soorten bladeren en hun
geneeskrachtige eigenschappen.

Alle geluk, droefenis, pijn, angst en spanning van mijn jeugd kwamen in één golf terug. Sommige dingen zouden mettertijd weer vervagen, wist ik, maar andere zouden me altijd bijblijven.

'Dank je wel,' zei ik.

Verhaalwever neeg zijn hoofd. Hij stak een hand uit, en die pakte
ik. De donkere vlakte vervaagde, en uit de grond doken vormen op.
Kleuren keerden terug toen het eerste licht van de zon boven de horizon uitkwam.

Knipperend met mijn ogen probeerde ik me te oriënteren. De open
plek waar ik Kiki en Leif had achtergelaten, was veranderd. Rondom een enorme vuurkuil stonden grote ronde tenten. Op de witte
tentdoeken stonden bruine diervormen geschilderd. Rondom het
laaiende vuur liepen mensen met een donkere huid. Sommigen waren aan het koken terwijl anderen voor kinderen zorgden. Sommigen droegen kleren en anderen niets. De kleren waren allemaal van
wit katoen. De vrouwen droegen of mouwloze jurken die tot hun
knieën reikten, of een tuniek en korte broek zoals de mannen.

Vlak bij het vuur zaten Irys en Cahil met gekruiste benen bij twee
oudere mannen en een vrouw. Ze waren zo verdiept in hun gesprek
dat ze me niet zagen. Leif of zijn paard zag ik nergens, maar bij een
van de tenten stond Kiki. Ze werd geroskamd door een vrouw in een
korte broek. Haar bruine haar krulde in haar hals.

Ik schrok toen het tot me doordrong dat Maanman niet meer naast me stond. Ik kon hem zelfs nergens in het dorpje meer zien. Misschien was hij een van de tenten in gegaan.

Omdat ik Irys niet wilde onderbreken, ging ik bij Kiki kijken. Ze hinnikte begroetend naar me. De vrouw hield op met het roskammen van haar vacht. Zwijgend keek ze me aan.

Wie is dat? vroeg ik Kiki.

Moeder.

'Is dit jouw paard?' vroeg de vrouw. De buiging in haar stem rees en daalde met elk woord, en er lag een korte pauze tussenin.

Ik dacht terug aan Irys' preek over de Zandzaden van gisteravond. De vrouw had als eerste gesproken, dus het leek me in orde om antwoord te geven. 'Ik ben van haar.'

Ze snoof een kort lachje door haar neus. 'Ik heb haar grootgebracht, opgevoed en op reis gestuurd. Het is een genoegen haar weer te zien.' Ze schopte naar haar zadel op de grond. 'Dat heeft ze niet nodig. Ze zweeft onder je als een windvlaag.'

'Dat is voor mij.' En voor onze proviand.

Weer een snuif van geamuseerdheid. Ze rondde het roskammen af. Kiki richtte haar blauwe ogen op haar, en er flitste begrip over het gezicht van de vrouw. Met een vreugdekreet sprong ze op Kiki's rug.

Veel plezier, zei ik tegen Kiki toen ze wegstoof door het hoge gras.

'Is dat verstandig?' vroeg Cahil. Hij keek Kiki na tot ze verdween over een heuvel. 'Wat als die vrouw niet terugkomt?'

'Het kan me niet schelen of ze terugkomt of niet.' Schokschouderend keek ik langs Cahil. Irys en de drie Zandzaden stonden bij het vuur, nog altijd druk in gesprek. Een van de mannen maakte een woedend gebaar.

'Kan het je niet schelen of ze Kiki steelt?'

In plaats van Cahil op de hoogte te brengen van mijn relatie met Kiki keek ik hem onderzoekend aan. Zijn ogen stonden strak van spanning. Zijn blik schoot heen en weer door het kamp alsof hij een aanval verwachtte.

'Wat is er aan de hand?' vroeg ik hem met een knikje naar Irys.

'Gisteravond hebben we kamp opgeslagen en gewacht op jou en

Leif. Ik was bezorgd toen jullie niet op kwamen dagen, maar Irys vond het alleen maar grappig. Toen verscheen er een groep Zandzaden in ons kamp. Dit zijn de stamleiders. Ze reizen van dorp naar dorp om nieuws en goederen te brengen en te bemiddelen bij geschillen. Het kwam heel goed uit dat ze ons vonden. Volgens mij houden ze iets achter.'

Cahils frons deed me denken aan mijn broer. 'Waar is Leif?'

Er verschenen lijnen van bezorgdheid in zijn gezicht. 'Zíj zeiden dat hij terug is naar de veste. Maar waarom zou hij dat doen?'

Omdat ook hij bang was. Maar ik zei: 'Misschien wilde hij de monsters rode aarde naar Baïn brengen.'

Cahil leek niet overtuigd. Voordat ik nog meer kon vragen, maakte Irys een einde aan haar gesprek en kwam ze naar ons toe.

'Ze zijn kwaad,' zei ze.

'Waarom?' vroeg ik.

'Ze denken dat wij hun er de schuld van geven dat ze Tula's belager curare hebben gegeven. En Cahils pogingen om hen warm te maken voor zijn queeste is hun in het verkeerde keelgat geschoten.' Irys keek vuil naar Cahil. 'Ik dacht dat jij mee wilde om een ander aspect van onze cultuur te zien. Met je zelfzuchtige obsessie om een leger te vormen heb je onze missie in gevaar gebracht.'

Cahil maakte geen berouwvolle indruk. 'Ik zou geen leger hoeven te vormen als de Raad achter me stond. Jullie...'

'Stilte!' Irys hakte met een hand door de lucht, en ik voelde magie langs me strijken.

Op Cahils wangen verschenen helderrode vlekken van de moeite die hij deed om nog te spreken.

'Ondanks al mijn diplomatieke training krijg ik hen niet aan het praten. Cahil heeft hen beledigd. Ze praten nu alleen nog maar met jou, Yelena.'

'Moeten we nu geen ontsnappingsplan maken?' vroeg ik.

Irys lachte kort. 'We duwen hun Cahil wel voor de voeten om hen op te houden.'

Cahil wierp Irys een giftige blik toe.

'Jij bent iets in het voordeel, Yelena,' zei ze. 'Ik mag dan meester-magiër en raadslid zijn, maar jij bent een bloedverwant. In hun ogen is dat belangrijker dan een meester.' Irys schudde haar hoofd van frustratie.

'Bloedverwant?' vroeg ik.

'Een jaar of vijfhonderd geleden trok er een groep Zandzaden het oerwoud in. Van nature zijn de Zandzaden nomaden, en er hebben zich al veel groepen losgemaakt van de stam om hun eigen weg te gaan. De meeste daarvan houden geen contact met de stam, maar andere, zoals de Zaltana's, doen dat wel. Probeer jij maar eens wat te achterhalen zonder te insinueren dat de Zandzaden ermee te maken hebben. Kies je woorden zorgvuldig.'

Irys moest de scepsis op mijn gezicht hebben gelezen, want ze voegde eraan toe: 'Beschouw het maar als je eerste les diplomatie.'

'Aangezien het jou zo goed afging, verbaast het me dat ik er niet méér vertrouwen in heb.'

'Vermijd sarcasme.'

'Wat vind je ervan om samen te gaan? Voordat ik iets stoms zeg, kun je dan mooi met je hand zwaaien om mij ook het zwijgen op te leggen.'

Er flitste een sardonische grijns over haar gezicht. 'Ik heb te horen gekregen te vertrekken en "die vervelende puppy" mee te nemen. Je staat er alleen voor. In deze bubbel van Zandzaadse magie zal ik je geest niet kunnen bereiken, dus we spreken af aan de rand van de Avibianvlakte, bij de Bloedrots.'

Irys vormde een beeld in mijn hoofd van het witdooraderde stuk steen waar Kiki en ik twee dagen eerder langs waren gekomen.

Cahil zwaaide met zijn armen en tikte op zijn keel. Irys zuchtte. 'Alleen als je belooft niet over legers te praten tot we terug zijn in de citadel.'

Hij knikte.

'Yelena, jij mag zijn stem losmaken,' zei ze.

Nog een les. Ik kalmeerde de nerveuze gedachten over mijn ontmoeting met de oudsten voordat ik mijn geest openstelde voor de magie. Overal om me heen zinderde magie, maar ik zag ook een dunne draad macht rondom Cahils keel gewikkeld. Door de macht naar me toe te trekken maakte ik zijn stem vrij.

'Knap werk,' vond Irys.

Cahils oren waren nog rood, maar hij was zo verstandig om zonder stemverheffing te spreken. 'Als ik even een open deur mag intrappen,' zei hij. 'Het is gevaarlijk om Yelena hier achter te laten.'

'Ik heb geen keus,' wierp Irys tegen. 'Ik zou hen kunnen dwingen me te vertellen wat ze weten, maar dat zouden de Zandzaden beschouwen als een oorlogshandeling. En dan krijg jij nooit je leger, Cahil, want dan hebben we het te druk om te voorkomen dat de Zandzaden bloedwraak nemen op iedereen in Sitia.' Ze wendde zich tot mij. 'Veel succes, Yelena. We hebben een hoop te bespreken als je weer bij ons bent. Cahil, ga Topaas zadelen.' Irys beende weg, fluitend naar haar paard.

Met een koppig gezicht sloeg Cahil zijn armen over elkaar. 'Ik kan beter blijven. Je hebt rugdekking nodig. Militaire basistactiek. Nooit ergens alleen op af gaan.'

'Cahil, er hangt hier zo veel magie in de lucht dat de Zandzaden mijn luchtpijp zomaar kunnen afsluiten zonder dat jij of ik er ook maar iets aan kunnen doen.'

'Ga dan met ons mee.'

'En Tula of het volgende slachtoffer dan? Ik moet het proberen.'

'Maar het risico...'

'Leven is een risico,' blafte ik hem toe. 'Elke beslissing, elke handeling, elke stap, telkens wanneer je 's ochtends je bed uit stapt, neem je een risico. Overleven is weten dat je dat risico neemt en niet in bed blijven in de illusie dat je veilig bent.'

'Die levensvisie van jou klinkt niet erg bemoedigend.'

'Dat is ook niet de bedoeling. Daar gaat het juist om.' Voordat Cahil een filosofische discussie kon starten, probeerde ik hem weg te jagen. 'En nu wegwezen voordat Irys haar geduld weer met je verliest.' Ik zwaaide met mijn hand door de lucht zoals Irys had gedaan.

Hij greep mijn pols. 'Nee, je laat het!' Hij hield mijn hand even vast. 'Als de Zandzaden jou iets doen, dan zullen ze mijn bloedwraak eens meemaken. Pas goed op jezelf.'

Ik trok mijn hand los. 'Altijd.'

Al die bezorgde gedachten over het beledigen van de Zandzaden kwamen weer terugstromen toen ik de wegrijdende Irys en Cahil nakeek. Ik nam Irys' laatste instructies over de omgang met de stamoudsten nog even door. Rondkijkend vroeg ik me af wat ik moest doen.

De Zandzaden waren met efficiënte bedaardheid druk bezig in hun dorp. Ik kreeg honger toen ik een vage geur opving van bradend vlees en besefte dat ik niet meer had gegeten sinds onze pauze van de vorige middag. Ik legde mijn rugzak bij Kiki's zadel en zocht erin naar iets te eten, maar het bleek een vergissing te zijn om te gaan zitten, want meteen voelde ik me uitgeput. Ik liet mijn nieuwe jeugdherinneringen rondcirkelen in mijn hoofd en stelde me tevreden met enkele herbelevenissen. Met mijn hoofd op het zadel strekte ik me uit op het gras, zonder de moeite te nemen mijn mantel uit te spreiden. Raar dat ik me hier zo veilig voelde.

Maar ik was niet veilig voor mijn nachtmerries. Opgejaagd door een kronkelende massa slangen ploeterde ik door het oerwoud. Ze wikkelden zich rond mijn enkels en trokken me neer. Toen ik me niet meer kon bewegen, zetten ze hun giftanden, druipend van curare, diep in mijn vlees. 'Ga met ons mee,' sisten de slangen.

'Nicht?' vroeg een bedeesd stemmetje.

Met één schreeuw werd ik wakker. Een tenger vrouwtje met grote ogen deed verschrikt een stap terug. In haar bruine haar zaten gele strepen, en het was met een lederen koord in een staart gebonden. Er zaten vlekken op de witte stof van haar jurk.

'De oudsten kunnen je nu ontvangen.'

Ik keek naar de hemel, maar de zon ging schuil achter dikke wolken. 'Hoe lang heb ik geslapen?'

De vrouw glimlachte. 'De hele dag. Loop maar met mij mee.'

Ik keek naar mijn boog. Als ik hem meenam, zou dat een belediging zijn, maar ik wilde het toch. Met tegenzin liet ik hem op de grond liggen en volgde de vrouw. Allerlei vragen wervelden door mijn hoofd terwijl we langs de tenten liepen, maar ik beet op mijn lip om ze binnen te houden. Wachten, wachten, dacht ik, mijn ongeduld in toom houdend. Helaas was diplomatie een dans die ik nog moest leren.

Bij de grootste tent bleef de vrouw staan. Het witte tentdoek zat bijna helemaal onder de dierenfiguren. Ze zwaaide een flap open en beduidde me naar binnen te gaan. Ik stapte de tent in en wachtte tot mijn ogen zich hadden aangepast aan het gedempte licht.

'Je mag dichterbij komen,' klonk een mannenstem van de andere kant van de tent.

Terwijl ik naar achteren liep, nam ik het interieur in ogenschouw. Op de vloer van de ronde tent lagen tapijten in aardkleuren met ingewikkelde meetkundige patronen erin geweven. Links zag ik slaapmatten en kleurige kussens. Grotere kussens lagen rechts rondom een lage tafel, en aan het plafond hingen kandelaars met lange rode kwasten. Twee mannen en een vrouw zaten met gekruiste benen naast elkaar op een ebbenzwart met gouden mat. Een van hen herkende ik. In het midden zat Maanman naar me te lachen. Zijn huid was nu geel geschilderd. Het gezicht van de andere man zat vol rimpels, en het haar van de vrouw was vergrijsd. Beiden droegen een rood gewaad.

Geschokt bleef ik staan toen er plotseling een beeld van mijn gevangenisgewaad, vol bloed en scheuren, in mijn hoofd opkwam. Aan dat kledingstuk had ik niet meer gedacht sinds Valek me de keuze had gegeven om te worden terechtgesteld of de voorproever van de commandant te worden. Zonder er nog naar om te kijken had ik het uitgetrokken en het Ixische uniform geaccepteerd. Vreemd dat ik daar juist nu aan dacht. Of had Verhaalwever die gedachten uit mijn geest getrokken? Argwanend keek ik Maanman aan.

'Ga zitten,' zei de vrouw. Ze gebaarde naar een klein rond kleed voor hen op de vloer.

Ik nam plaats in dezelfde houding als de oudsten.

'Een Zaltana die van ver is gekomen,' sprak de man. 'Je bent naar je voorouders teruggekeerd om te vragen om raad.' Zijn donkere ogen liepen over van kennis, en zijn blik boorde zich in mijn ziel.

'Ik zoek antwoord,' zei ik.

'Je reis heeft vele bochten en wendingen gehad. Je reis heeft je bevlekt met bloed en pijn en de dood. Je moet worden gereinigd.' De man knikte naar Verhaalwever.

Maanman stond op. Van onder de mat haalde hij een kromzwaard tevoorschijn. De scherpe rand van de lange kling blikkerde in het kaarslicht.

22

MAANMAN KWAM DICHTERBIJ. HIJ LEGDE DE KLING VAN HET KROM-zwaard op mijn linkerschouder met de scherpe rand gevaarlijk dicht bij mijn hals.

'Ben je klaar om te worden gereinigd?' vroeg hij.

Mijn keel verstrakte. 'Wat? Hoe dan?' Mijn mond struikelde over de woorden. Alle logica was gevlogen.

'We nemen de vlekken van bloed, pijn en de dood van je af. We nemen je bloed en doen je pijn. Je doet boete voor je misdaden met je eventuele dood en wordt verwelkomd in het uitspansel.'

Eén woord hakte door de wirwar van angst in mijn hoofd. Plotseling helder richtte ik mijn gedachten. Behoedzaam stond ik op om niet tegen het wapen te duwen en deed een stap achteruit. De kling bleef hangen in de lucht.

'Ik heb geen misdaden begaan om voor te boeten. Ik heb geen wroeging over mijn daden, en daarom hoef ik niet te worden gereinigd.' Ik zette me schrap voor hun reactie. Diplomatie kon de pot op.

Maanman grijnsde, en de twee stamoudsten knikten goedkeurend. Verward zag ik hem het kromzwaard terugleggen onder de mat en zijn positie weer innemen. 'Dat is het juiste antwoord,' zei hij.

'En als ik had ingestemd?'

'Dan hadden we je weggestuurd met een paar cryptische opmerkingen om je hoofd over te breken.' Hij lachte. 'Ik moet toegeven dat ik lichtelijk teleurgesteld ben. Ik heb de hele middag op die opmerkingen zitten werken.'

'Ga zitten,' gebood de vrouw. 'Waar zoek je antwoord op?'

Terwijl ik plaatsnam op de mat, koos ik mijn woorden met grote zorg. 'Sitia wordt geplaagd door een beest dat jacht maakt op jonge vrouwen. Tot op heden heeft hij er tien gedood en één verwond. Ik wil hem tegenhouden. Ik wil erachter komen wie hij is.'

'Waarom bij ons?' vroeg de vrouw.

'Hij maakt gebruik van een bepaalde stof als wapen. Ik ben bang dat hij die kan hebben gestolen van een van uw stamleden.' Ik wachtte af in de hoop dat het woord 'gestolen' niet zou wijzen op schuld.

'Ach, ja, deze stof,' zei de oude man. 'Een zegen en een vloek. Er werd een pakketje van Esau Liaan Zandzaad Zaltana bezorgd in een van onze dorpen nabij het Daviianplateau. Kort daarna werd dat dorp geplunderd door het Daviiaanse gespuis.' De oude man spoog op de zandvloer. 'Daarbij is er van alles gestolen.'

Zijn minachting voor dit gespuis was zonneklaar, maar ik vroeg er toch naar. 'Wie zijn dit gespuis?'

Weigerachtig klemden de oudsten hun kaken op elkaar.

Met gefronste wenkbrauwen legde Maanman het me uit. 'Dat zijn jonge mannen en vrouwen die zich verzetten tegen onze tradities. Ze hebben gebroken met de stam en zich gevestigd op het plateau. Het plateau geeft zijn rijkdommen niet zomaar prijs. Het gespuis komt liever bij ons stelen dan te werken om hun eigen voedsel te verbouwen.'

'Kan een van hen het monster zijn dat ik zoek?'

'Ja. Ze misbruiken onze kunst van het weven van magie. In plaats van nuttig te zijn voor de stam proberen ze hun macht te vergroten, alleen maar om zichzelf te verrijken. De meesten hebben de gave niet, maar er zitten er enkelen bij die zeer machtig zijn.'

De felheid op Maanmans gezicht gaf me er een indruk van hoe hij eruit zou zien wanneer hij met zijn kromzwaard zou zwaaien in de strijd. Ik hield een beeld van Ferde, Tula's belager, voor mijn geestesoog.

'Is hij een van hen?' vroeg ik. Maanmans magie vloeide door me heen.

Hij kreunde en gromde toen diep in zijn keel. 'Ze beoefenen het oude kwaad,' zei hij tegen de oude man. 'We moeten hen tegenhouden.'

Vol afgrijzen antwoordde de man: 'We zullen nog een keer proberen door hun magische scherm heen te dringen. We zullen hen vinden.' Sierlijk en waardig stond hij op, maakte een buiging voor me en gebaarde naar de vrouw. 'Kom. We moeten plannen maken.'

Ze verlieten de tent. Ik bleef achter met Maanman. 'Het oude kwaad?' vroeg ik.

'Een gruwelijk ritueel uit de oudheid om iemands ziel aan je te binden en hem vervolgens te doden. Als het slachtoffer sterft, vloeit zijn magie over in jou en neemt jouw kracht toe. De rode tekens op dat beest horen bij dat ritueel.' Maanman fronste zijn voorhoofd even voordat zijn ogen groot werden van bezorgdheid. 'Je zei dat er één vrouw was verwond. Waar is ze nu?'

'In de Magiërsveste.'

'Bewaakt?'

'Ja. Hoezo?'

'Degene die je zoekt is niet op het Daviianplateau. Die zit in de veste, te wachten op een kans om een einde aan haar leven te maken. Pas als zij dood is, kan hij weer een andere ziel aan zich binden.'

'Ik moet terug.' Ik sprong op van het kleedje met de bedoeling om te vertrekken.

Maanman pakte me bij een schouder en draaide me naar zich toe. 'Vergeet niet wat je hebt beloofd.'

'Doe ik ook niet. Maar eerst Tula, dan Leif.'

Hij knikte. 'Mag ik om nog een gunst vragen?'

Ik aarzelde. In elk geval vroeg hij niet om een belofte. 'Vragen mag.'

'Als je opleiding bij meester Irys is voltooid, kom je dan bij me terug zodat ik je kan onderwijzen in de magische kunsten van de Zandzaden? Dat hoort bij je afkomst en je bloed.'

Het leek me een aantrekkelijk voorstel, maar het werd wel weer een bocht in mijn reis. Met dit tempo vroeg ik me af of ik mijn opleiding wel ooit zou voltooien. Als ik af mocht gaan op het verleden, vertoonde mijn toekomst de neiging onverwachte richtingen te nemen. 'Ik zal mijn best doen.'

'Mooi. Ga nu!' Hij maakte een buiging voor me en joeg me vervolgens de tent uit.

In het kamp heerste een drukte vanjewelste. Op de grond lagen ontmantelde tenten van stamleden die zich opmaakten voor vertrek. Het begon al te schemeren toen ik op zoek ging naar mijn rugzak. In plaats daarvan vond ik Kiki. Ze was gezadeld en klaar om te gaan. Haar kortharige 'moeder' bood me haar teugels aan.

Terwijl ik de leren banden in ontvangst nam, zei ze: 'Ga niet op het zadel zitten. Blijf erboven hangen en verplaats je gewicht naar voren. Dan vliegt ze voor je naar huis.'

'Dank je wel.' Ik maakte een buiging.

Ze glimlachte. 'Jullie passen goed bij elkaar. Dat doet me deugd.' Met een laatste klop op Kiki's hals draaide de vrouw zich om en ging de stam helpen met pakken.

Ik besteeg Kiki en probeerde haar aanwijzingen op te volgen. Het bleef niet lang meer licht. Kiki draaide haar hoofd naar links en tuurde naar me met een blauw oog.

Topaas inhalen? vroeg ze. En Zijde?

Ja. We gaan vliegen!

Kiki kwam in beweging. Het hoge gras werd een waas onder mijn voeten tot ik het in het donker niet meer kon zien. Galopperend over de vlakte hield ik mijn houding vol. Het was net alsof ik op een stormvlaag reed in plaats van een paard.

Toen de maan zijn hoogste punt bereikte, voelde ik de magie van de Zandzaden dun worden en vervolgens verdwijnen. Niet langer omringd door hun macht gebruikte ik mijn magie om Irys te zoeken.

Hier ben ik, zei ze in mijn hoofd, en ik zag door haar ogen dat ze kamp hadden opgeslagen bij de Bloedrots.

Maak Cahil wakker, zei ik haar. We moeten zo snel als we kunnen terug naar de veste. Tula is nog steeds in gevaar.

Ze wordt goed bewaakt.

Hij beschikt over krachtige magie.

We gaan al.

Ik stuurde mijn bewustzijn naar de veste in de hoop hen daar te waarschuwen. Mijn geest trof Hees, duttend in zijn kantoor. Vol afgrijzen deinsde hij voor me terug en wierp een krachtige barrière op. De verdediging van de andere meestermagiërs was even degelijk gebouwd als de torens waarin ze lagen te slapen. Moe van de inspanning trok ik me terug.

De hemel begon net op te lichten toen Kiki op de weg naar de citadel Irys en Cahil inhaalde. Voordat we hen voorbijsnelden, had ik maar even de tijd om me af te vragen hoe ze het voor elkaar kreeg om een reis van twee dagen af te leggen in één nacht.

Rust nodig? vroeg ik haar, net op tijd achteromkijkend om Irys en Cahil me verder te zien wuiven.

Nee.

Maar mijn benen brandden alsof de vlammen er uitsloegen. Ik richtte er afkoelende gedachten op, en het gevoel werd minder.

De marmeren poorten van de citadel waren al in zicht toen de wens om te rusten compleet uit mijn gedachten verdween. Een plots, intens gevoel van hulpeloze doodsangst drukte op mijn lichaam. Tula. Ik liet mijn bewustzijn uitgaan naar de veste, op zoek naar iemand, wie dan ook, om te waarschuwen. De wachters bij Tula hadden geen magie tot hun beschikking. Ik kon de gedachten van niet-magiërs wel lezen, maar zij konden mij niet 'horen'. Wanhopig joeg ik verder.

Mijn geest vond Dax. Hij zat midden in een oefenpartij om te leren pareren en uitvallen met een houten zwaard.

Tula, schreeuwde ik in zijn hoofd. Gevaar! Ga hulp halen!

Verrast liet hij zijn zwaard vallen en hij kreeg een mep in zijn ribben van zijn tegenstander.

Yelena? Met een ruk draaide hij zich om, op zoek naar mij.

Tula is in gevaar! Schiet op. Nu, droeg ik hem op. Toen werd mijn contact met hem verbroken. Het was alsof iemand een stenen gordijn tussen ons dichttrok.

De tijd vertraagde tot druppels stroop toen we de citadel in kwamen en door de drukke straten reden. Het leek wel of de hele bevolking op straat liep. In hun ongehaaste tempo verstopten ze de rijbaan.

De sprankelende lucht had de perfecte temperatuur van het afkoelseizoen. En was een perfect contrast voor het vuur in mijn hart. Ik wilde schreeuwen dat iedereen aan de kant moest. Kiki voelde mijn haast en verhoogde haar tempo, de treuzelaars opzij duwend.

Achter ons werd gevloekt. Bij de ingang van de veste liet Kiki de wachters schrikken toen ze weigerde te stoppen. Ze rende meteen door naar de ziekenboeg en zelfs de trap op en bleef pas staan toen we bij de deur waren.

Ik liet me van haar zadel glijden. Rennend naar Tula's kamer vreesde ik het ergste toen ik haar wachters in de gang zag liggen. Ik sprong over hen heen en viel de kamer binnen. De deur sloeg tegen de muur. De klap die van het koude marmer weerkaatste kon Tula echter niet meer wakker maken.

Haar levenloze ogen staarden in het niets. Haar bloedeloze lippen stonden versteend in een grimas van afschuw en pijn. Mijn vingers zochten een polsslag, maar haar huid was ijskoud en stijf. In haar hals stond een kring van blauwe plekken.

Te laat, of toch niet? Ik legde mijn hand op haar keel en trok macht naar me toe. Voor mijn geestesoog zag ik haar verbrijzelde luchtpijp. Ze was gewurgd. Ik stuurde een machtbel naar binnen om lucht in haar longen te brengen. Ik concentreerde me op haar hart en droeg het op te pompen.

Haar hart sloeg, en er stroomde lucht in haar longen, maar de dofheid verdween niet uit haar ogen. Ik zette meer kracht. Haar huid warmde op en kreeg kleur. Haar borst ging op en neer. Maar toen ik ophield, viel haar bloed weer stil en haalde ze geen adem meer.

Hij had haar ziel gestolen. Ik kon haar niet meer tot leven brengen.

Er viel een zware arm over mijn schouder. 'Je kunt niets meer voor haar doen,' zei Irys.

Ik keek rond. Achter me stonden Cahil, Leif, Dax, Roos en Hees. Het hele kamertje stond vol, en ik had niet eens gemerkt dat ze binnenkwamen. Tula's huid koelde af onder mijn vingers. Ik trok mijn hand terug.

Een scherpe, verpletterende uitputting maakte zich van me meester. Ik zakte neer op de vloer, deed mijn ogen dicht en legde mijn hoofd in mijn handen. Mijn schuld. Mijn schuld. Ik had haar nooit alleen moeten laten.

Er barstte een tumult los in de kamer, maar ik sloeg er geen acht op en liet de tranen over mijn gezicht stromen. Ik wilde door de vloer zakken, mezelf laten opgaan in het harde steen. Een steen had maar één doel: zijn. Geen ingewikkelde beloften, geen zorgen en geen gevoelens.

Ik bracht mijn wang naar het gladde oppervlak. De kou prikte in mijn koortsige huid. Pas toen het kabaal in de kamer verflauwde, deed ik mijn ogen open. En zag onder Tula's bed een stukje papier liggen. Dat moest eraf zijn gevallen toen ik had geprobeerd het leven terug in haar lichaam te brengen. In de veronderstelling dat het van Tula was, pakte ik het op.

De woorden die erop stonden geschreven, sneden door de mist van mijn verdriet als Maanmans kromzwaard.

Op het briefje stond: Ik heb Opaal. Bij opkomst van de volgende volle maan zal ik Opaal ruilen voor Yelena Zaltana. Hijs Tula's smartvlag op de toren van Eerste Magiër ten teken van akkoord, en er zal Opaal niets overkomen. Later meer instructies.

23

'We zullen Tula's smartvlag hijsen, maar we ruilen Yelena niet voor Opaal,' zei Irys beslist. 'We hebben twee weken tot volle maan. Dat moet tijd genoeg zijn om Opaal te vinden.'

Opnieuw werd er luidkeels geruzied in de vergaderzaal van de magiërs. Zitora was terug van haar missie voor de Raad, dus alle vier de meestermagiërs waren aanwezig, evenals Tula's ouders, Leif en de kapitein van de vestewacht.

Voor de vergadering had Leif me nog willen vragen over de Zandzaden, maar ik had hem afgesnauwd. Als ik naar hem keek, zag ik nog steeds zijn acht jaar oude gezicht in de struiken kijken hoe ik werd ontvoerd, zonder iets te doen.

De gebeurtenissen na mijn ontdekking van het briefje leken wel een droom. Toen de rust weer was hersteld, waren Ferdes gangen van voor de aanval op Tula aan het licht gekomen.

Hij had een positie bekleed bij de hoveniers van de veste. Helaas konden de mensen die met hem hadden gewerkt het niet eens worden over zijn gelaatstrekken. Aan de hand van hun beschrijvingen had Baïn vier totaal verschillende gezichten getekend. Ook wisten ze niet meer hoe hij heette.

Met tien magische zielen had Ferde net zo veel macht verkregen als een meestermagiër. Hij hield zijn aanwezigheid in de veste moeiteloos verborgen en wist iedereen met wie hij samenwerkte in verwarring te brengen.

Tula's wachters waren neergeschoten met piepkleine in curare gedoopte pijltjes. Ze wisten alleen nog dat een van de hoveniers Hees wat geneeskrachtige planten was komen brengen voordat hun spieren versteenden. Het feit dat Ferde in de veste was geïnfiltreerd had de vestewachters ernstig in moeilijkheden gebracht.

'Hij woonde gewoon in de veste zonder dat we er iets van wisten,' zei Roos. Haar schelle stem kwam boven het kabaal uit. 'Waarom zouden we hem nu wel kunnen vinden?'

Tula's moeder en vader hijgden van ontzetting. Laat op de vorige dag waren ze gearriveerd. Het nieuws van haar overlijden was een diepe schok voor hen geweest. Aan hun afgetobde gezichten en hun holle blikken was te zien dat ze in een nachtmerrie leefden door de wetenschap dat dezelfde man Opaal in handen had. Dat gold ook voor mij.

'Geef hem Yelena,' zei Roos in de nu stille kamer. 'Zij wist Tula bij te brengen. Zij heeft de macht om deze moordenaar aan te pakken.'

'Er mogen geen slachtoffers meer vallen,' zei Tula's vader. Hij droeg een simpele bruine tuniek en broek. Zijn grote handen zaten vol ruwe eeltplekken en littekens van brandwonden die getuigden van een leven lang werken met gesmolten glas.

'Nee, Roos,' zei Irys vermanend. 'Ze heeft haar magie nog niet helemaal onder controle. Mogelijk juist de reden waarom hij haar wil. Als hij haar magie zou stelen, hoe machtig zou hij dan worden?'

Baïn, die de tekens op de huid van de moordenaar had vertaald, vertelde de groep in de vergaderzaal dat het doel van 's mans queeste stond geschreven in zijn tatoeages. Baïns gegevens klopten met de dingen die ik van Maanman had gehoord.

Ferde voerde een eeuwenoud bindingsritueel van de Efe uit om met intimidatie en marteling een slachtoffer te veranderen in een gewillige slaaf. Als de vrije wil volledig was opgegeven, werd het slachtoffer vermoord en ging haar magie over in Ferde, waarmee zijn eigen macht toenam. Hij richtte zich op vijftien en zestien jaar oude meisjes omdat hun magische potentieel nog maar net ontlook.

In mijn maag kolkte bittere gal toen ik Baïns verklaring aanhoorde. Het vertoonde walgelijk veel overeenkomsten met de tactiek waarmee Reyad en Mogkan in Ixia Mogkans magie hadden versterkt. Hoewel, zij hadden hun tweeëndertig slachtoffers niet verkracht of vermoord maar slechts wezenloos gemaakt. Net zo gruwelijk.

Ferde had elf zielen geroofd. Volgens het ritueel moest de twaalfde ziel vrijwillig naar hem toe komen. Geen ontvoering voor het definitieve ritueel, waarmee hij uiteindelijk vrijwel onbeperkte macht zou krijgen.

Discussie over de vraag hoe het kwam dat Tula de aanvankelijke aanval had overleefd, leidde tot de veronderstelling dat Ferde bijna was ontdekt en was gevlucht voordat hij het ritueel had kunnen voltooien.

'Yelena moet te allen tijde worden beschermd,' zei Irys. Haar woorden brachten me terug naar de vergadering. 'Als we hem niet kunnen vinden, zetten we bij de plaats van uitwisseling een hinderlaag op om hem te grijpen.'

De magiërs ruzieden verder. Het leek wel alsof ik niets in de plannen te zeggen had. Dat maakte niet uit. Of ik vond Ferde, of ik ging naar die plek van uitwisseling. Ik had Tula laten barsten, en ik verdomde het om Opaal hetzelfde lot te laten ondergaan.

Toen de vergadering werd besloten, verscheen er een boodschapper van de Raad. Hij gaf een tekstrol aan Roos. Ze las het bericht en duwde met een afkerig gebaar Irys het papier in handen. Irys liet de schouders hangen toen ze haar ogen over het document liet gaan.

Wat is er nog meer mis? vroeg ik haar.

Kon er ook nog wel bij. Niets van levensbelang, het komt alleen ontzettend slecht uit. In elk geval is dit voor jou een kans om je diplomatie te oefenen.

Hoezo?

Over zes dagen wordt er een delegatie uit Ixia verwacht.

Zo gauw al? De boodschapper met het antwoord van de Raad was toch nog maar net vertrokken?

Yelena, dat was vijf dagen geleden. Het is twee dagen rijden naar de Ixische grens en een halve dag naar het kasteel van de commandant.

Vijf dagen? Er was in die vijf dagen zo veel gebeurd dat het eerder één eindeloze dag leek. Het was trouwens ook moeilijk te geloven dat ik nog maar tweeëneenhalf seizoen in Sitia was. Bijna een halfjaar verstreken in schijnbaar twee weken tijd. Mijn verlangen naar Valek was niet verflauwd, en ik vroeg me af of ik hem door de delegatie uit het noorden nog meer zou missen.

Ik volgde de anderen de zaal uit. Buiten op de gang haakte Zitora haar arm in de mijne.

'Ik heb je hulp nodig,' zei ze en ze troonde me mee van het raadsgebouw van de veste in de richting van haar toren.

'Maar ik moet...'

'Uitrusten,' zei Zitora. 'En níét in de citadel op zoek gaan naar Opaal.'

'Dat doe ik toch wel. Dat weet je best.'

Ze knikte. 'Maar vanavond niet.'

'Wat moet ik voor je doen?'

Er verscheen een trieste glimlach op haar gezicht. 'Helpen met Tula's vlag. Als ik het haar ouders vraag, wordt hun verdriet alleen maar groter.'

We betraden haar toren en beklommen twee trappen naar haar werkkamer. De grote ruimte stond vol gemakkelijke stoelen en tafels die waren beladen met naai- en tekenspullen.

'Voor naaister ben ik niet in de wieg gelegd,' zei Zitora. Ze liep de kamer door en legde stof en draad op de ene lege tafel bij de stoelen. 'Al oefen ik genoeg. Ik kan best naaien en borduren, maar ik ben beter in tekenen. Wanneer ik tijd heb, experimenteer ik met verven op zijde.'

Tevreden met haar verzameling begon Zitora te spitten in een andere stapel stoffen en haalde er een lap witte zijde uit. Ze mat en knipte een stuk uit van één bij anderhalve meter.

'De achtergrond wordt wit, voor Tula's reinheid en onschuld,' zei Zitora. 'Yelena, wat zal ik op de voorgrond zetten?' Toen ze mijn verwarring zag, legde ze uit: 'Met een smartvlag eren we de doden. Het is een uitbeelding van de overledene. We versieren hem met de dingen waaruit diens leven bestond, en als we de vlag in top hijsen, wordt diens geest opgenomen in het uitspansel. Waarmee kan ik Tula het beste uitbeelden?'

Mijn gedachten gingen meteen naar Ferde. Een giftige slang, rode vlammen voor pijn en een kruik curare kwamen me allemaal voor de geest. Ik keek kwaad omdat ik me Tula's geest niet vrij kon voorstellen. Door mijn stommiteit was ze gevangen in het zwart van Ferdes ziel.

'Wat een sluwe demon is het, hè?' zei Zitora alsof ze mijn gedachten kon lezen. 'De brutaliteit om in de veste te komen wonen, en dan nog zo knap zijn om onder ons dak zodanig een moord te plegen dat je jezelf er de schuld van geeft. Een meesterlijke truc, zou ik zeggen.'

'Nou praat je al net als een zekere verhaalwever die ik ken,' liet ik me ontvallen.

'Dat vat ik dan maar op als een compliment.' Zitora rangschikte een aantal kleurrijke vierkantjes zijde. 'Eens even zien. Als jij naar Irys had geluisterd en was gebleven, zou hij Tula én jou hebben vermoord.'

'Maar ik had mijn energie terug,' wierp ik tegen. Irys had het beter gevonden om het maar niet over Valeks hulp te hebben.

'Ja, omdat je achter Irys aan wilde.' Zitora trok een smalle wenkbrauw op.

'Maar ik zou niet vrijwillig zijn meegegaan met Ferde.'

'O nee? En als hij had beloofd om Tula niet te doden in ruil voor jou?'

Ik deed mijn mond open en weer dicht en dacht na. Daar zat wat in.

'Als je de woorden eenmaal hebt uitgesproken of met opzet hebt gehandeld, is het gebeurd,' zei Zitora. 'Wat er daarna komt, verandert daar niets aan, en uiteindelijk zou hij Tula toch wel hebben vermoord.' Ze legde de gekleurde vierkantjes op een rij langs de rand van de tafel. 'Als je hier was gebleven, waren we jullie allebei kwijt en hadden we geen informatie van de Zandzaden.'

'Probeer je me soms op te vrolijken?'

Zitora glimlachte. 'Nou, wat zullen we op Tula's vlag zetten?'

Het antwoord kwam bij me bovendrijven. 'Kamperfoelie, één dauwdruppel op een grashalm en glazen dieren.'

Opaal had me over Tula's glazen dieren verteld. De meeste had Tula verkocht of weggegeven, maar bij haar bed had Tula er een stel bewaard. De onwelkome vraag wat we op Opaals vlag zouden zetten diende zich aan. Die gedachte verdrong ik door het beeld in een klein hoekje van mijn brein te persen. Ferde zou Opaal niet vermoorden.

Zitora tekende vormen op de zijde, en ik knipte ze uit. Toen het stapeltje haar goedkeuring kon wegdragen, schikten we de lapjes op de witte zijde. De vlag kreeg een rand van kamperfoelie. In het midden stond de grashalm, omringd door dierenfiguren.

'Prachtig,' zei Zitora. Haar ogen glommen van verdriet. 'Nu komt het saaie gedeelte: al die lapjes vastnaaien op de achtergrond!'

Ik deed de draden voor haar aan de naalden; verder reikte mijn naaikunst niet. Na een tijdje zei ze me terug naar mijn kamer te gaan om te slapen.

'Vergeet niet wat we hebben afgesproken,' riep Zitora toen ik de trap af ging.

'Nee, hoor.'

Nu ze terug was, kon ik haar gaan leren zichzelf te verdedigen. In gedachten bezig met het opzetten van een trainingsschema schrok ik van twee wachters die me stonden op te wachten voor Zitora's toren.

'Wat moeten jullie?' bitste ik en ik trok mijn boog.

'Bevelen van Vierde Magiër,' zei de grootste van de twee. 'U moet te allen tijde worden bewaakt.'

Ik snoof geërgerd. 'Ga maar naar de kazerne. Ik pas wel op mezelf.'

De mannen grijnsden.

'Ze zei al dat u dat zou zeggen,' sprak de andere man. 'We volgen háár bevelen op. Als onze eenheid u niet beschermt, mogen we de rest van onze dagen nachtspiegels schoonmaken.'

'Ik kan het jullie erg lastig maken,' waarschuwde ik.

De koppige stramheid in hun schouders verzachtte geen moment.

'Wat u ook gaat doen, erger dan nachtspiegels schoonmaken kan het nooit zijn,' vond de grote wachter.

Ik zuchtte. Het zou niet meevallen hen kwijt te raken om naar Opaal te gaan zoeken. Juist daarom had Irys hen natuurlijk aan me toegewezen. Ze wist dat ik op jacht zou gaan zodra ik kon.

'Als jullie me maar niet voor de voeten lopen,' snauwde ik.

Ik draaide de wachters mijn rug toe en vertrok naar de leerlingen-vleugel. De donkere campus leek te rouwen, en er heerste een onbe-haaglijke stilte. Bij het krieken van de ochtend zou Tula's vlag wor-den gehesen.

Daarna zou het leven weer gewoon doorgaan. 's Ochtends kreeg ik weer les van Irys. Cahil had me al helpen herinneren aan onze avondrit. Ik zou mijn best doen mijn belofte aan Maanman na te ko-men. En al die dingen zouden plaatsvinden ondanks het feit dat Opaal in gevaar was. Of was dat in weerwil daarvan?

Mijn wachters lieten me mijn kamers niet ingaan tot een van hen had gezocht naar indringers. Maar nadien bleven ze tenminste bui-ten staan. Irys had hun echter verteld dat ik zou proberen te 'ont-snappen', want toen ik uit mijn slaapkamerraam keek, zag ik een van de wachters daar staan. Ik sloot de luiken en grendelde ze af.

De wachters blokkeerden beide uitgangen. In gedachten zag ik de grijns van Dax al waarmee hij me zou vertellen over de roddels en geruchten van de andere studenten over mijn beschermers.

Geërgerd ging ik op het bed zitten en berustte in mijn lot. De zachte troost van mijn kussen lokte. Ik zou maar even gaan liggen tot mijn hoofd weer helder genoeg was om een manier te bedenken om mijn twee schaduwen kwijt te raken.

In de vijf dagen daarop lukte het me maar één keer te ontsnappen. De ochtend nadat ik Zitora had geholpen met Tula's smartvlag, stond ik naast Irys voor het hijsen van de vlag.

Tula's lichaam was gewikkeld in witte linnen repen en afgedekt met haar vlag. De leider van de Cowanstam sprak vriendelijke woor-den bij haar lichaam, en haar ouders weenden. Alle vier de meester-magiërs woonden de plechtigheid bij. Zitora doorweekte haar zak-doek met haar tranen, maar ik drukte mijn emoties de kop in en concentreerde me op Opaal, vastberaden haar te vinden.

Tula's lichaam zou thuis worden begraven op de begraafplaats van haar familie, maar volgens Sitisch geloof ging tijdens deze afscheidsceremonie haar geest over in de vlag. De mensen om mij heen ge-loofden dat Tula's geest vrij werd opgenomen in het uitspansel wan-neer dit vaandel van witte zijde boven Roos' toren wapperde.

Maar ik wist beter. Tula's geest zat gevangen in Ferde en zou pas vrij zijn als hij dood was. Voor mij was Tula's vlag niet alleen het sig-naal voor Ferde dat we akkoord gingen met zijn ruil maar ook een symbool voor mijn besluit hem te vinden en tegen te houden.

De ochtend na Tula's ceremonie liep ik met de wachters in mijn kielzog naar het badhuis. In de baden en kleedkamers wemelde het van de studenten die zich opmaakten om naar de les te gaan, en on-danks de verscheidene argwanende blikken mijn kant op wist ik een paar novicen te betalen om bij de achteringang voor afleiding te zor-gen.

De list lukte. Ik stoof het badhuis en de veste uit voordat de sol-daten bij de poort me konden herkennen. De wachters bij de poort van de veste letten er alleen op wie er naar binnen kwamen, en al-leen in tijd van nood hadden ze aandacht voor de mensen die ver-trokken.

Eenmaal uit het zicht moest ik als eerste Fisk en zijn vrienden zien te vinden. De markt kwam net tot leven. Op dit vroege uur drentel-den er nog maar weinig klanten langs de kramen. Ik trof Fisk, die zat te dobbelen met een groepje kinderen.

Hij rende naar me toe. 'Mooie Yelena, wat kan ik vandaag voor je doen?' Zijn lach deed zijn gezicht oplichten.

De andere kinderen kwamen om me heen staan en wachtten op instructies. Ze zagen er schoon en verzorgd uit. Ze verdienden geld voor hun gezinnen, en nadat deze akelige kwestie met Ferde was op-gelost, zou ik hun meer hulp bieden. Wel dacht ik eraan hun te ver-tellen dat er in de veste een plaats vrij was voor een hovenier en zag tot mijn genoegen een meisje naar huis rennen om haar vader in te lichten.

'Ik heb gidsen nodig,' zei ik tegen Fisk. 'Laat me alle binnendoor-tjes en schuilplaatsen in de citadel zien.'

Terwijl ze me door smalle steegjes en vergeten kwartieren leidden, stelde ik hun vragen over de mensen. Nieuwe gezichten? Iemand die zich vreemd gedroeg? Hadden ze een man met een angstig meisje gezien? Ze onthaalden me op wilde verhalen maar wisten me niet te vertellen wat ik zocht. Onderweg speurde ik in de huizen met mijn magie, op zoek naar Opaal, een zweem van de magie van iemand anders, of een ander spoor dat erop kon wijzen waar ze was.

De dag werd goed besteed, en het enige waardoor ik me liet stoppen was mijn honger. Fisk nam me mee naar de beste vleesbrader op de markt. Etend van een sappig stuk rundvlees besloot ik tot laat in de avond te blijven zoeken en dan te kijken waar ik kon slapen. Ik had immers nog dagen genoeg voor mijn speurtocht naar Opaal.

Dat was tenminste mijn bedoeling geweest, tot Irys en mijn wachters me in een hinderlaag lokten. Verborgen achter een scherm van magie voorkwam ze dat ik hen voelde voordat het te laat was. Zodra de twee soldaten mijn armen grepen, nam zij de controle over mijn lichaam over en duwde de naar mijn idee toch sterke mentale barrière opzij. De volle kracht van een meestermagiër deed mijn eigen verdediging verkruimelen. Ik kon me niet bewegen, kon niet eens praten, en staarde haar totaal verrast aan.

Ik had Irys' les van die ochtend gemist en haar pogingen mij te zoeken met haar magie gedwarsboomd, maar ik had gedacht dat ze wel kon begrijpen wat ik deed. Dat ze zo boos zou zijn had ik nooit verwacht.

Grimmig en angstig kijkend klemden mijn wachters zich aan me vast.

Je gaat de veste níét meer uit. Je schudt je wachters niet meer af. Anders sluit ik je op in het gevang van de veste. Begrepen?

Ja. Ik...

Ik hou je in de gaten.

Maar...

Irys kapte ons mentale contact zo abrupt af dat ik er hoofdpijn van kreeg. Maar haar magie liet mijn lichaam niet los.

'Breng haar terug naar de veste,' droeg Irys de wachters op. 'Breng haar naar haar kamers. Ze mag er alleen uit om te eten en lessen te volgen. Raak haar niet nog eens kwijt.'

De wachters krompen ineen onder haar verzengende blik. De grootste pakte me op en gooide me over zijn schouder. Ik onderging de vernedering om door de citadel en over het terrein van de veste te worden gedragen en op mijn bed te worden gesmeten.

Pas de volgende ochtend gaf Irys de controle over mijn lichaam op, al bleef ik een band van haar magie rondom mijn keel voelen. Inmiddels was ik bereid iedereen te wurgen die het waagde me in de weg te staan. Ik werd echter gemeden alsof ik een ziekte verspreidde, dus ik kon mijn kwade luim alleen maar koelen op de wachters wanneer die me over het terrein begeleidden.

Na drie van deze helse dagen stond ik naast Irys in de grote zaal van het raadsgebouw te wachten op de komst van de Ixische delegatie. Irys had mijn lestijd gebruikt om me te onderwijzen over Sitische protocollen en diplomatie. Ze had geweigerd over iets anders met me te praten dan de lesstof. De frustratie om niets te weten over de zoektocht naar Opaal drukte als een loden gewicht op mijn borst.

De grote zaal was versierd met grote zijden banieren, een voor elk van de elf stammen en voor ieder van de vier meestermagiërs. Hangend aan het plafond golfden deze kleurige banieren langs drie verdiepingen marmeren muren omlaag tot op de vloer. Tussen de banieren in lieten smalle, hoge ramen zonlicht binnen dat gouden strepen trok over de vloer. De raadsleden droegen staatsiegewaden van zijde met borduursel van zilverdraad. Irys en de andere meesters droegen hun ceremoniële gewaden en maskers.

Irys' haviksmasker kende ik nog van haar bezoek aan de commandant in Ixia, en met belangstelling keek ik naar de andere maskers. Eerste Magiër Roos Vedersteen droeg een blauw drakenmasker. Tweede Magiër Baïn Bloedgoed had een masker op van een pantervel. En het gezicht van Derde Magiër Zitora ging schuil achter een witte eenhoorn.

Volgens Fisk waren deze dieren hun gidsen door de onderwereld en in het leven. Ze hadden hun gids gevonden tijdens de zogenaamde meestertest, die, naar het weinige wat ik erover had gehoord, nog-al een vreselijke beproeving moest zijn.

Cahil droeg de nachtblauwe tuniek met de zilveren biezen die hij aanhad op het Nieuw Beginfeest. De kleur stak mooi af tegen zijn blonde haar, en ondanks zijn harde gezicht zag hij er vorstelijk uit. Het was een aardige gelegenheid voor hem zijn vijand te beoordelen op zwakheden, maar hij had de raadsleden moeten beloven zijn gemak te houden en geen aandacht te trekken, want anders had hij er niet bij mogen zijn.

Onrustig draaide ik de wijde mouwen van mijn officiële leerlingengewaad rond mijn arm. De zoom van het lichtgele effen katoenen ding raakte mijn voeten en onthulde de zwarte sandalen die ik van Zitora had gekregen. Ik plukte aan de huid in mijn hals en trok aan de kraag van het gewaad.

Wat heb je toch? vroeg Irys. Haar stramme houding straalde afkeuring uit.

Het was de eerste keer sinds mijn huisarrest dat ze mentaal met me communiceerde. Ik had zin om haar te negeren. Mijn bloed kookte nog steeds vanwege haar straf. Ook nu nog lag Irys' magie om mijn nek gewikkeld. Het was haar bittere ernst geweest toen ze zei dat ze me in de gaten zou houden. De macht die ik nodig had om haar magie te verwijderen zou me uitputten, en ik had het lef niet haar nogmaals te tarten.

Je halsband schuurt. Mijn gedachten waren koud.

Mooi. Misschien leer je dan te luisteren en na te denken voordat je iets doet. Op andermans oordeel te vertrouwen.

Ik heb er wel van geleerd, ja.

Wat dan?

Dat de strenge tactieken van de commandant niet zijn voorbehouden aan Ixia.

Ach, Yelena. Irys' stijve manier van doen smolt. De harde band van magie om mijn keel verdween. Ik ben ten einde raad. Je bent zo gericht op actie. In je doelgerichtheid dender je overal dwars doorheen. Tot nu toe heb je geluk gehad, maar als Tula's moordenaar jouw krachten in zich opneemt, is hij onstuitbaar. Dan ligt Sitia aan zijn voeten. Dit gaat verder dan jou en je wens om wraak te nemen. Dit is van invloed op ons allemaal. Voordat er iets wordt gedaan, moeten alle mogelijkheden zorgvuldig worden overwogen. Zo doen we dat nu eenmaal hier in Sitia.

Ze schudde haar hoofd en zuchtte. Ik ben vergeten dat je een volwassen vrouw bent. Als je je magie eenmaal volledig onder controle hebt en deze moordenaar is gevonden, kun je doen waar je zin in hebt en gaan waar je wilt. Ik had gehoopt dat je deel zou gaan uitmaken van onze inspanningen om de veiligheid en welvaart in Sitia te behouden. Maar door je onvoorspelbaarheid breng je onze gemeenschap juist meer in gevaar.

Irys' woorden hakten dwars door mijn woede heen. Vrij te zijn om te doen wat ik wilde, was iets vreemds voor me. Voor het eerst in mijn leven werd me een dergelijke keuze gegeven.

Ik stelde me voor dat ik met Kiki door heel Sitia trok, zonder zorgen en zonder me aan beloftes te moeten houden. Ongebonden. Van het ene dorp naar het andere trekken om de cultuur te ervaren. Of door het oerwoud klauteren met mijn vader, om te leren over de geneeskrachtige eigenschappen van een plant. Of stiekem naar Ixia gaan voor een ontmoeting met Valek. Het was een aantrekkelijk voorstel.

Misschien ging ik er wel op in, maar pas nadat ik Ferde had gepakt en had gedaan wat ik Maanman had beloofd.

Ik nam het besluit meer mijn best te doen voor een Sitische aanpak en zei: Irys, ik wil graag helpen om Opaal te zoeken.

Gevoelig voor mijn intenties keek ze me onderzoekend aan. Na de formaliteiten met de Ixiërs staat er een vergadering gepland. Kom gerust.

Ik streek de mouwen van mijn gewaad glad toen de rij trompetspelers de komst van de noorderlingen aankondigde. Het werd muisstil in de grote zaal toen er een statige stoet Ixiërs binnenkwam.

Voorop liep de ambassadeur. Haar zwarte maatuniform verleende haar een belangrijk aanzien. Op haar kraag fonkelden twee diamanten. Het moest een enorme gunst voor haar zijn dat ze de edelstenen voor deze missie mocht dragen van de commandant. Haar lange, sluike haar was grijzende, maar in haar amandelvormige ogen blonk een krachtige vitaliteit.

Plots ging er een steek van herkenning door mijn hart.

24

V<small>LUG LIET IK MIJN BLIK GAAN OVER HET GEVOLG VAN DE AMBASSA-</small>deur, zoekend naar iemand die erbij moest zijn. Haar adjudant, vlak achter haar, droeg hetzelfde uniform als de ambassadeur, alleen waren de diamanten op zijn kraag van rood stiksel. Zijn onopvallende gezicht zei me niets, dus ik verplaatste mijn blik naar de anderen.

Enkele wachters zagen er bekend uit, maar in het midden trokken twee kapiteins mijn oog. Ari's immense spieren hielden de naden van zijn uniform op spanning. Zijn blonde krulletjes waren bijna wit in het zonlicht. Zijn gezicht bleef onbewogen toen hij mijn kant op keek, maar ik zag twee rode blossen op zijn wangen verschijnen terwijl hij vocht om zijn grijns in te houden.

Naast hem kuierde Janco, een stuk gezonder dan toen ik in Ixia afscheid van hem had genomen. Toen had zijn bleke gezicht strak gestaan van pijn en had hij de kracht niet gehad om rechtop te staan. De resultaten van zijn inspanningen om Irys te verdedigen tegen Mogkans mannen. Nu bewoog hij zijn slanke gestalte met atletische gratie en had zijn huid een lekker kleurtje van de zon. Met een strak gezicht staarde hij naar me, maar in zijn ogen zag ik een glans van pure ondeugd.

Het was heerlijk om hen te zien, maar ik zocht verder. Met de vlinder om mijn hals door het gewaad heen in mijn hand speurde ik de gezichten van alle wachters af. Hij móést erbij zijn. Als de commandant er was, vermomd als de Ixische ambassadeur, dan móest Valek vlakbij zijn.

Maar Valek wist niet van het geheim van commandant Ambrosius. Alleen ik wist af van wat de commandant aanduidde als zijn mutatie, nadat hij als vrouw was geboren met de ziel van een man. Als Valek niet wist dat de ambassadeur de commandant was, zat hij waarschijnlijk bij degene die zich nu in Ixia voordeed als de commandant.

Tenzij de commandant Valek op een andere missie had gestuurd, of, nog erger, als Valek nog steeds niet was hersteld nadat hij mij zijn kracht had gegeven. Misschien was hij tijdens zijn zwakte wel verwond. Of gedood. De gruwelijkste scenario's joegen door mijn hoofd terwijl de delegatie formele begroetingen uitwisselde.

Konden die aardigheden niet wat sneller? Mijn behoefte om Ari en Janco te vragen naar Valek werd met de seconde groter.

Met mijn gedachten bij Valek merkte ik dat mijn ogen bleven rusten op de adjudant van de ambassadeur. Zijn sluike zwarte haar hing tot op zijn oren en plakte futloos aan zijn hoofd. Boven een zwakke kin en kleurloze lippen stond een zachte, dikke neus. Schijnbaar verveeld liet hij zijn blik langs de raadsleden en magiërs in de zaal gaan, zonder enige blijk van intelligentie in zijn blauwe ogen.

Heel even troffen onze blikken elkaar. Er sloeg een saffierblauwe bliksemschicht in mijn hart. Die rat. Ik kon Valek wel meppen en zoenen tegelijk.

Zijn gezicht bleef onbeweeglijk. Zonder dat er aan hem was te merken dat hij me had gezien, ging zijn aandacht weer naar de raadsleden. De rest van de bijeenkomst kon ik nauwelijks verdragen.

Te ongeduldig om te wachten tot die over was, probeerde ik contact te leggen met Valeks geest. Ik stuitte op een geweldige barrière, krachtiger dan die van een van de meestermagiërs. Valek voelde de magie en keek naar me.

Nadat iedereen netjes was voorgesteld en de formaliteiten werden besloten, kreeg de Ixische delegatie iets te drinken aangeboden en liep iedereen in groepjes door elkaar.

Ik koerste regelrecht af op Ari en Janco, die bij de ambassadeur stonden alsof er een metalen staaf op hun rug zat geplakt, maar Bavol Cacao, mijn stamleider, hield me staande.

'Ik heb een bericht van je vader,' zei Bavol. Hij gaf me een kleine tekstrol.

Ik bedankte hem. Dit was nog maar de tweede keer dat ik hem sprak sinds hij in de citadel was. Hij had ook de kleren gebracht die Nootje voor me had genaaid. Ondanks het feit dat ik dolgraag mijn vrienden wilde spreken, informeerde ik naar de stam.

'Druk met de gebruikelijke niemendalletjes en in gevecht met een schimmel die op enkele muren het hout aanvreet.' Hij glimlachte. 'Esau weet er vast wel iets op te vinden. Maar neem me niet kwalijk, ik moet gaan kijken of de suite voor de ambassadeur al klaar is.'

Voordat Bavol kon weglopen, legde ik een hand op zijn mouw. 'Hoe ziet die suite eruit?' vroeg ik hem.

Verbaasd gaf hij antwoord. 'Onze weelderigste kamers. De gastensuites van de citadel zijn van alle gemakken voorzien. Hoezo?'

'De ambassadeur houdt niet van weelde. Misschien kan er iets van worden weggehaald? Ze houdt meer van elegante eenvoud.'

Bavol dacht na. 'Het is een nicht van commandant Ambrosius. Ken je haar?'

'Nee. Maar iedereen in Ixia weet dat de commandant niet van verkwisting houdt.'

'Bedankt voor je zorgen. Ik zal erop toezien.' Bavol repte zich weg.

Ik verbrak het waszegel op de tekstrol. Nadat ik het papier had ontrold en het bericht gelezen, deed ik mijn ogen even dicht. Voor mijn geestesoog zag ik mijn verhaallijn afbuigen in een grote, ingewikkelde stropachtige lus. Volgens de brief waren Esau en Perl onderweg om me in de veste te komen bezoeken. Vijf dagen voor de volle maan verwachtten ze te arriveren.

Wie zouden er nog meer komen? Het zou me niet eens meer hebben verbaasd om een bericht uit de onderwereld te ontvangen met de mededeling dat Reyad en Mogkan op bezoek kwamen.

Hoofdschuddend stopte ik het briefje weg. Deze gebeurtenissen had ik niet in de hand, en ik zou wel zien wat ik met mijn ouders deed als ze kwamen. Ik liep naar de Ixiërs. De ambassadeur stond te babbelen met Baïn, Tweede Magiër.

Haar gouden ogen flitsten naar mij, en Baïn onderbrak het gesprek om ons aan elkaar voor te stellen. 'Ambassadeur Signe, dit is leerling Yelena Liaan Zaltana.'

Op Ixische wijze drukte ik haar koele hand en maakte toen formeel een buiging op zijn Sitisch.

Ze boog terug. 'Mijn neef heeft me veel over u verteld. Hoe vordert uw studie?'

'Uitstekend, dank u,' zei ik. 'Doet u mijn hartelijke groeten aan commandant Ambrosius.'

'Dat zal ik doen.' Signe wendde zich tot haar adjudant. 'Dit is adviseur Ilom.'

Met een neutraal gezicht schudde ik zijn slappe hand. Hij mompelde een groet en negeerde me als iemand die zijn tijd of aandacht niet waardig is. Het moest een pose van Valek zijn, maar door zijn totale desinteresse raakte ik bezorgd of hij nog wel om me gaf.

Ik kreeg echter niet veel tijd om daarover te piekeren. Toen Baïn Signe en Ilom ging voorstellen aan een ander raadslid, nam Ari me in een stevige omhelzing.

'Wat moet jij in een jurk?' vroeg Janco.

'Beter dan dat kreukelige uniform van jou,' kaatste ik terug. 'En is dat grijs haar in je sik?'

Janco streek met een hand over zijn gezichtshaar. 'Da's nog van toen ik tegen een zwaard op ben gelopen. Of moet ik zeggen dat het zwaard tegen mij is opgelopen?' Zijn ogen lichtten op. 'Wil je het litteken zien? Ziet er stoer uit.' Hij begon zijn hemd al uit zijn broek te trekken.

'Janco,' waarschuwde Ari. 'We mogen ons niet met de Sitiërs verbroederen.'

'Maar zij is geen Sitische. Toch, Yelena? Je bent toch geen zuiderling geworden, hè?' In Janco's stem klonk zogenaamd afgrijzen. 'Want dan kan ik je je cadeautje niet geven.'

Ik haalde mijn springmes tevoorschijn en hield Janco de inscriptie voor. 'En "Belegeringen doorstaan, samen vechten, voor altijd vrienden" dan? Houdt dat op als ik officieel zuiderling ben?'

Peinzend wreef Janco over het haar op zijn kin.

'Nee,' zei Ari. 'Al verander je in een geit, dan blijft het gelden.'

'Alleen als ze dan geitenkaas voor ons maakt,' zei Janco.

Ari sloeg zijn lichtblauwe ogen ten hemel. 'Geef het haar nou maar gewoon.'

'Het is van Valek,' zei Janco, spittend in zijn tas. 'Aangezien hij niet meekon met de delegatie.'

'Zelfmoord,' zei Ari. 'De Sitiërs zouden Valek meteen executeren als ze hem aantroffen op hun grondgebied.'

Bezorgd om Valek keek ik de zaal door om te zien of iemand anders hem al had herkend. Iedereen was druk in gesprek, behalve Cahil. Hij stond apart, kijkend naar de Ixiërs. Toen hij mijn blik ving, fronste hij zijn wenkbrauwen.

Bij het horen van Janco's triomfantelijke grom wendde ik me weer tot mijn vrienden. Zodra ik zag wat Janco in zijn hand hield, waren alle gedachten aan Cahil verdwenen. Een zwart stenen slang met zilveren spikkels wikkelde zich viermaal rond zijn vingers. Op de rug van de slang hadden de schubben een ruitpatroon, en in zijn ogen fonkelden twee piepkleine saffiertjes. Een van Valeks maaksels.

'Het is een armband,' zei Janco. Hij pakte mijn hand en schoof de slang eroverheen tot hij paste op mijn onderarm. 'Hij was te klein voor mij,' grapte Janco. 'Dus heb ik Valek maar gezegd dat hij hem aan jou moest geven. Zo te zien past hij precies.'

Vol verwondering keek ik naar de armband. Waarom had Valek gekozen voor een slang? In mijn maag kronkelde een ongerust gevoel.

'Het is erg stil geweest sinds je weg bent,' zei Ari. 'Ook al zitten we niet in zijn korps, Valek heeft voor Janco een beeldje van een vos gemaakt en voor mij een paard. Het zijn de mooiste dingen die we hebben.'

We praatten tot Ari en Janco de ambassadeur moesten begeleiden naar haar suite. Ze vertelden nog dat ze wisseldiensten hadden om

Signe en Ilom te bewaken en nog wel tijd zouden krijgen om verder te praten. Ik bood hun aan de citadel en misschien zelfs de veste te laten zien.

Irys vond me voordat ik de grote zaal verliet en liep met me mee door de straten van de citadel naar de vergadering over de speurtocht naar Opaal. Mijn immer aanwezige wachters, die tijdens de plechtigheden discreet op afstand waren gebleven, liepen achter ons aan.

'Janco ziet er goed uit,' zei Irys. 'Hij is snel hersteld na zo'n ernstige verwonding. Dat doet me deugd.'

Irys' woorden deden me denken aan iets wat Verhaalwever had gezegd. In alle commotie rondom Opaal en de delegatie had ik Maanmans beweringen nog niet met haar kunnen bespreken.

'Irys, wat is een zielvinder? Mijn...'

Niets meer hardop zeggen, waarschuwde Irys' stem in mijn hoofd. Dat is niet iets wat andere oren mogen opvangen.

Waarom niet? Vanwaar al die angst? Mijn hand ging naar Valeks armband. Ik draaide hem rond mijn arm.

Ze zuchtte. De Sitische geschiedenis zit vol geweldige en dappere magiërs die de stammen samenbrachten en een einde maakten aan de oorlogen. Helaas worden die verhalen niet in de taveernen en aan de kinderen verteld. Het zijn juist de verhalen over de weinige magiërs die schade hebben veroorzaakt die bij het haardvuur worden gefluisterd. Na de kwalijke praktijken van Mogkan en met dit beest dat Opaal in handen heeft, wil ik niet dat er geruchten en verhalen rondgaan over een zielvinder.

Irys frunnikte aan de bruine veren van het haviksmasker dat ze bij zich had. Zo'n honderdvijftig jaar geleden werd er een zielvinder geboren. Hij werd beschouwd als een geschenk uit de onderwereld. Met zijn sterke magie wist hij de zielen van vele mensen te raken en zowel emotionele als lichamelijke pijn te genezen. Toen ontdekte hij dat hij een ziel uit de lucht kon plukken voordat die naar het uitspansel zweefde en zo de doden kon laten opstaan.

Maar er ging iets mis. Wat weten we niet, maar hij raakte verbitterd, en in plaats van mensen te helpen ging hij hen gebruiken. Hij bewaarde de zielen voor zichzelf en liet de doden verrijzen zonder hun ziel. Deze emotieloze wezens volgden al zijn bevelen op en kenden geen wroeging over hun daden. Dat vermogen wordt beschouwd als een afwijking en is in tegenspraak met onze ethische code. Met zijn zielloze leger greep hij voor vele duistere jaren de macht over Sitia voordat de meestermagiërs hem konden tegenhouden.

Voordat ik haar naar bijzonderheden kon vragen, vervolgde Irys haar verhaal. Yelena, jij hebt alle vermogens van een zielvinder. Toen jij ademde voor Tula, was dat voor mij een schok en voor Roos een waarschuwing. Daarom was ik zo streng voor je toen je je wachters had afgeschud. Ik moest Roos laten zien dat ik je de baas was. Maar vandaag heb je me laten inzien dat dat een vergissing was. Mogelijk was dat net zo'n paniekreactie als datgene wat de zielvinder te veel geworden was. We moeten weten hoe ver jouw vermogens strekken voordat we een etiket op je plakken. Wie weet? Misschien ben je wel een meestermagiër.

Ik moest erom lachen en dacht eraan hoe gemakkelijk Irys me in de val had gelokt en door mijn magische verdediging was gebroken. 'Hoogst onwaarschijnlijk,' vond ik. En even onwaarschijnlijk was Maanmans bewering dat ik een zielvinder was. Tula's ziel was gestolen. Ik kon voor haar ademen, maar ik kon haar niet zonder ziel laten opstaan. Ik had wel wat vermogens gemeen met een zielvinder, maar duidelijk niet allemaal.

Toen we dichter bij de ingang van de veste kwamen, zag ik een bedelaartje in een vieze mantel ineengedoken tegen de muur zitten, schuddend met een beker. Geërgerd omdat ik de enige was die hem zag, liep ik naar hem toe om een munt in de beker te laten vallen. Het bedelaartje keek op, en even zag ik Fisks glimlach flitsen voordat hij zijn gezicht weer verborg.

'We hebben nieuws over de man die u zoekt. Kom morgen naar de markt.'

'Hé, jij!' riep een van mijn wachters. 'Val die dame niet lastig.'

Met een ruk draaide ik me om en keek de wachter vuil aan. Toen ik me weer omdraaide, was Fisk verdwenen.

Ik dacht na over Fisks bericht. Mijn eerste ingeving was morgen mijn wachters lozen om naar hem toe te gaan. Een Ixische reactie, maar ik besloot de Sitische benadering te proberen en zien wat de anderen hadden ontdekt over Opaal.

In de vergaderzaal stond Leif gebogen over een tafel een landkaart te bestuderen. Hij keek verbaasd op toen ik binnenkwam, maar ik weigerde op hem te reageren en moest een plotseling in mijn keel opwellende woede onderdrukken. Ik had er nog geen idee van hoe ik mijn belofte aan Maanman moest nakomen als ik alleen maar zin had om Leif door elkaar te schudden en een verklaring te eisen.

Irys verbrak de stilte en bracht me op de hoogte van alle inspanningen tot dusver. Ze hadden de citadel in secties verdeeld, en in elk kwart was één magiër op zoek. Raadslid Harun, vertegenwoordiger van de Zandzaden, had zijn mensen meegenomen om naar Opaal te zoeken in het deel van de Avibianvlakte dat grensde aan de citadel. Er waren geen sporen gevonden.

'We gaan er wachters op uitsturen om alle gebouwen in de citadel uit te kammen,' zei Roos toen ze de vergaderzaal kwam binnenzeilen met Baïn op haar hielen.

'Waardoor Opaal meteen wordt vermoord,' zei ik.

Roos keek me hoonlachend aan. 'Wie heeft jou uitgenodigd?' Ze wierp Irys een giftige blik toe.

'Ze heeft wel gelijk, Roos,' zei Irys. 'Het nieuws over zo'n klopjacht gaat als een stalvuurtje rond, en dan is hij gewaarschuwd.'

'Heeft er iemand een beter idee?'

'Ja, ik,' zei ik in de stilte.

Alle ogen gingen naar mij. De blik van Roos deed mijn bloed stollen.

'Ik heb vrienden in de citadel die aan informatie kunnen komen zonder de aandacht op zichzelf te vestigen. Het schijnt dat ze al iets hebben ontdekt, maar ik heb morgen met hen afgesproken op de markt.' Onder mijn mouw draaide ik Valeks slang rond mijn pols terwijl ik wachtte op hun reactie.

'Nee,' zei Roos. 'Dat kan een val zijn.'

'Maak jij je nu zorgen over mijn welzijn?' kaatste ik terug. 'Ontroerend. Al denk ik dat de juiste emotie eerder jaloezie is.'

'Dames, alsjeblieft,' zei Baïn. 'Laten we ons concentreren op de zoektocht. Vertrouw je deze bron, Yelena?'

'Ja.'

'Het zou niet opvallen als Yelena naar de markt ging om boodschappen te doen,' vulde Irys aan. 'En ze heeft haar wachters bij zich.'

'Bij het zien van de wachters gaat mijn bron op de loop,' wierp ik tegen, waarmee ik geen woord loog om te bereiken wat ik wilde. 'Ook is het mogelijk dat mijn bron me ergens mee naartoe neemt, dus ik moet me snel kunnen verplaatsen.'

'Maar je hebt bescherming nodig,' drong Irys aan. 'We zouden je wachters kunnen vermommen.'

'Nee. Dat is niet de bescherming die ik nodig heb. Tegen een lichamelijke dreiging kan ik me wel weren, maar ik moet me ook kunnen weren tegen een magische.' Irys was een machtig bondgenoot.

Irys knikte, en we maakten plannen voor de volgende dag.

Na de vergadering ging ik naar de eetzaal voor een maaltijd en om wat appels te halen voor Kiki en Topaas. Mijn wachters volgden me overal naartoe, en het was raar hoe snel ik gewend was geraakt aan hun aanwezigheid. In elk geval hoefde ik me geen zorgen te maken over een nieuwe verrassingsaanval van Goel. Vooral nu ik zo veel andere dingen aan mijn hoofd had.

Sinds mijn huisarrest had ik niet meer gereden, en al kon ik de veste niet uit, ik kon in elk geval een oefenritje maken. Kiki's moeder had haar neus opgehaald voor mijn zadel, en daarom wilde ik leren rijden zonder. Trouwens, zoiets kon nog wel eens van pas komen. In een noodsituatie had ik geen tijd om haar te zadelen.

En ik kon de afleiding goed gebruiken. Er bleven maar slechte gedachten bovenkomen om mijn wachters kwijt te raken en stiekem naar de kamer van een zekere adviseur in de gastenverblijven van de citadel te gaan. Ik smoorde de gevaarlijke impuls. Voor mijn eigen zelfzuchtige redenen kon ik Valeks leven niet op het spel zetten. Ik trok mijn mouw op, en terwijl ik Valeks geschenk in het licht van de late middagzon bekeek, liet ik een vinger over de rug van de slang lopen. De armband voelde zelfs aan als een slang, maar zijn lichaamstaal leek eerder te wijzen op een beschermende dan een aanvallende houding.

Opnieuw verbaasde ik me over zijn keuze. Misschien had hij op een of andere manier iets gemerkt van mijn nachtmerries over slangen, maar waarom had hij er dan een voor me gemaakt? Was een mangoest dan geen beter geschenk geweest?

Kiki stond bij het hek van het weiland op me te wachten. Ze hinnikte begroetend, en ik gaf haar een appel voordat ik over de omheining klom. Mijn wachters namen buiten het hek posities in, in de buurt maar niet te dichtbij. Ze leerden het al.

Terwijl Kiki at, nam ik haar in ogenschouw. Er zaten netels in haar staart, en er kleefde modder aan haar buik en rondom haar hoeven.

'Heeft niemand je geroskamd?' vroeg ik hardop en ik klikte met mijn tong.

'Ze liet niemand in de buurt,' zei Cahil. Hij hield een emmer met borstels en kammen over de omheining. 'Kennelijk mag jij als enige de honneurs waarnemen.'

Ik nam het handvat aan. 'Dank je.' Ik pakte een roskam en begon de modder uit haar vacht te halen.

Cahil leunde met zijn armen op het hek. 'Ik zag je vandaag praten met de noorderlingen. Zitten er mensen bij die je kent?'

Ik keek Cahil aan. Zijn gezicht stond ernstig. Dus zijn tijdige komst met de spullen was geen toeval geweest. Hij had me opgewacht met vragen over de Ixiërs.

Mijn woorden zorgvuldig kiezend zei ik: 'Twee van de wachters zijn vrienden van me.'

'De mannen die je hebben leren vechten?' Cahil deed zijn best om het langs zijn neus weg te vragen.

'Ja.'

'In welk onderdeel zitten ze?'

Ik hield op met Kiki borstelen en staarde hem aan. 'Cahil, wat wil je nou eigenlijk weten?'

Hij stamelde.

'Je denkt er toch niet over om de delegatie in gevaar te brengen, hè? Om de ontmoetingen te saboteren? Of wou je hen in een hinderlaag laten lopen als ze teruggaan naar Ixia?'

Hij deed zijn mond open, maar er kwamen geen woorden uit.

'Dat zou namelijk niet verstandig zijn,' vervolgde ik. 'Want dan heb je zowel Sitia als Ixia tegen je, en trouwens...'

'Trouwens wat?' vroeg hij.

'De ambassadeur wordt omringd door het keurkorps van de commandant. Het zou zelfmoord zijn om een ontvoering op touw te zetten.'

'Wat zit jij vandaag vol wijsheid,' zei Cahil met bijtend sarcasme. 'Je bezorgdheid om het welzijn van mijn mannen is werkelijk hartverwarmend. Of probeer je soms gewoon je vriendjes uit het noorden te beschermen? Of anders je hartsmaatje?'

Dat moest een gok van hem zijn. Ik trapte er niet in. 'Wat bazel je?'

'Ik heb op je gelet toen de delegatie binnenkwam. Aan je gezicht was niets te zien, maar ik zag je hand wel gaan naar die vlinder onder je gewaad. Degene van wie je hem hebt, is er ook bij. Hij heeft je vandaag zelfs nog iets gegeven.'

Ik ging weer aan de slag met Kiki om mijn gezicht voor Cahil te verbergen. 'Als jij zo veel weet, waarom kom je míj dan vragen stellen?'

'Wie is het?' Toen ik geen antwoord gaf, vervolgde Cahil: 'Het is die man met dat halve rechteroor. Van wie je die slang kreeg.'

Cahil keek zo zelfvoldaan dat ik in lachen uitbarstte. 'Janco? We bekvechten als broer en zus. Nee. Hij kwam het gewoon afgeven.'

'Ik geloof er niets van.'

Ik haalde mijn schouders op. 'Hier.' Ik hield Cahil een draadborstel voor. 'Haal jij de netels maar uit haar staart.' Toen hij aarzelde, voegde ik eraan toe: 'Geen nood, ze schopt niet.'

Een tijdlang waren we zwijgend bezig.

Cahil was echter niet tevreden met de stilte. 'Je bent gelukkiger nu je vrienden uit het noorden er zijn.'

'Ik heb hen gemist,' gaf ik toe.

'Zou je terug willen naar Ixia?'

'Ja. Maar dat kan niet omdat ik een magiër ben.' En omdat er een executiebevel tegen me was uitgevaardigd, maar het leek me verstandig het daar niet over te hebben.

'Alles kan.' Cahil was klaar met Kiki's staart en begon haar manen te kammen. 'Als ik de macht over Ixia krijg en het volk bevrijd, heb jij een plaats aan mijn zij als je die zou accepteren.'

Zonder in te gaan op zijn onuitgesproken vraag wierp ik hem een twijfelende blik toe. 'Denk je nog steeds dat Sitia je zal steunen nu ze zo vriendelijk doen tegen de noordelijke delegatie?'

Met de passie van een mysticus zei Cahil: 'Mijn hele leven is mij gezegd dat ik op een dag over Ixia zal heersen. Al mijn lessen, al mijn daden en al mijn emoties zijn daarop gericht geweest. Zelfs de Raad stimuleerde me om te oefenen en plannen te maken en onderwijl te wachten op het juiste moment om aan te vallen.' Cahils blauwe ogen straalden zo'n pure intensiteit uit dat ik bijna een stap achteruit deed.

'En dan gaat het noorden akkoord met een handelsverdrag en komen ze op bezoek in Sitia.' Hij spuwde de woorden uit. 'Opeens is de commandant een vriend van de Raad en wordt mijn bestaansreden niet meer gesteund. Wat de Raad alleen niet door heeft, is dat de commandant vals spel speelt, en als hij zijn kaarten laat zien, dan ben ik er. Ik heb vele trouwe volgelingen die al net zo ongelukkig zijn over het geflirt van de Raad met het noorden.'

'Je hebt een geoefend leger nodig als je iets wilt uitrichten tegen de troepen van de commandant,' zei ik. 'En als Valek...'

'Wat is er met Valek?' Cahil greep mijn arm. Zijn vingers persten mijn armband in mijn huid. Ik kromp ineen van pijn.

Kiki spitste een oor. Schoppen?

Nee. Nog niet.

'Als Valek achter jouw plannen komt, houdt hij je tegen voordat je je mannen bijeen kunt roepen.'

'Denk je nou echt dat hij me kan tegenhouden?' vroeg hij.

245

'Ja.' Ik trok mijn arm uit Cahils greep, maar hij ving mijn pols met zijn andere hand en trok met zijn vrije hand mijn mouw omhoog om de slang rondom mijn arm zichtbaar te maken. Voordat ik iets kon doen, liet hij mijn mouw los en trok mijn kraag omlaag. Mijn zwart stenen vlinder bungelde tevoorschijn. De zilveren spikkels op de vleugels fonkelden in het zonlicht, net zoals het zilver op het lijf van de slang.

'En jij kan het weten,' zei Cahil en hij liet me los. Een plotseling besef deed hem verbijsterd kijken.

Ik wankelde een stap achteruit.

'Als voorproever van de commandant had jij dagelijks te maken met Valek. Van hem leerde je alles over vergiften en vergiftigings- technieken.' Afkerig staarde hij me aan. 'Als er een lid van het ko- ninklijk huis werd vermoord, liet de moordenaar een zwart beeldje met zilveren glitters achter, heb ik gehoord van Marrok. Dat was het visitekaartje van de moordenaar. Pas toen de commandant in Ixia aan de macht was, werd Valek bekend gemaakt als de moordenaar.'

Ik ging Kiki weer borstelen. 'Dat zijn wel flink wat gedachtespron- gen, Cahil. Op basis van wat snuisterijtjes en een verhaaltje voor het slapen gaan, dat er vast steeds iets beter op wordt wanneer het op- nieuw wordt verteld. Valek is niet de enige die dingen maakt van die stenen. Denk daar maar eens over na voordat je overhaaste conclu- sies trekt.'

Zonder Cahil in de ogen te kijken deed ik de borstelspullen terug in de emmer en bracht Kiki naar haar box. Tegen de tijd dat ik klaar was met het vullen van haar wateremmer, was Cahil verdwenen.

Mijn wachters volgden me naar het badhuis en bleven buiten wach- ten terwijl ik het paardenhaar en stof van mijn huid waste. De zon was al onder toen we bij mijn kamers kwamen. Huiverend in de kou- de avondlucht wachtte ik buiten terwijl een van de wachters binnen ging controleren. Toen alles veilig bleek, stapte ik mijn donkere woon- kamer binnen. Ik deed de luiken dicht tegen de koude wind en stak de haard aan.

'Dat is beter,' klonk een stem die mijn ziel in vuur en vlam zette.

Ik draaide me om. Valek zat onderuitgezakt op een stoel met zijn laarzen op de tafel.

25

VALEK HIELD HET VALMURBEELDJE DAT IK LANG GELEDEN VOOR HEM had gekocht in de hand en bewonderde het in het haardlicht. Hij droeg een simpel zwart hemd en een zwarte broek. De kleren sloten niet zo nauw als zijn sluippak met muts maar zaten toch strak genoeg om zijn bewegingen niet te hinderen.

'Hoe komt het...'

'Dat de wachters me niet hebben gezien? Ze zijn niet zo goed. Ze zijn vergeten het plafond te controleren op spinnen.' Valek grijnsde. Zijn hoekige gezicht werd zachter.

Met een schok besefte ik dat hij niet was vermomd. 'Dit is gevaarlijk.'

'Ik wist dat het gevaarlijk was om voor jou te vallen, lief.'

'Ik bedoel dat je in Sitia bent. Hier in de Magiërsveste met wachters vlak voor de deur.' Ik maakte wilde gebaren.

'Dat is alleen gevaarlijk als ze weten dat ik er ben. Volgens hen ben ik gewoon de nederige en niet zo snuggere adjudant van ambassadeur Signe.' Met vloeiende bewegingen stond Valek op. De zwarte stof van zijn kleren kleefde aan zijn slanke gestalte. Hij rekte zich uit met zijn armen naar opzij. 'Zie je, ik ben niet eens gewapend.'

Hij deed een zwakke poging om onschuldig te kijken, maar ik wist wel beter. 'Zal ik nu raden hoeveel wapens je verborgen hebt, of moet ik je fouilleren en uitkleden?'

'Fouilleren en uitkleden is de enige manier om het absoluut zeker te weten.' Valeks diepblauwe ogen fonkelden van genoegen.

Ik deed drie stappen en lag in zijn armen, waar ik hoorde. Hier geen verwarring. Hier geen zorgen. Hier geen problemen. Alleen Valeks geur, een bedwelmende combinatie van muskus en kruiden.

Tijdens onze korte tocht naar het bed vond ik twee messen op Valeks onderarmen, pijltjes en andere werpinstrumenten aan de binnenkant van zijn riem, een springmes op zijn rechterbovenbeen en een kort zwaard in zijn laars.

Er moesten nog meer wapens zijn verborgen in zijn kleren, maar zodra ik zijn blote huid voelde, verloor het spelletje mijn interesse en vonden we elkaar terug. Met zijn lichaam naast het mijne voelde ik al de lege plekken binnen in me opgevuld worden met zijn wezen. Thuis.

Pas diep in de nacht hielden we op met praten. Naast hem onder de deken liggend bedankte ik hem met zachte stem voor de slangarmband en vertelde hem over Tula, Opaal en de werkelijke reden voor de wachters.

'En jij zei dat het voor mij gevaarlijk was,' zei Valek, wijzend op de ironie. 'Maar goed dat ik er ben. Je hebt steun nodig die niet gevoelig is voor magie.'

Valeks immuniteit voor magie kon ook als een verborgen wapen worden beschouwd. Voor het eerst sinds Opaals verdwijning bloeide er hoop in mijn borst dat we haar ongeschonden terug zouden vinden. 'Hoe kun jij nou steun geven? Jij moet toch bij de ambassadeur zijn?'

Hij grijnsde. 'Maak je geen zorgen. Dat heb ik allang geregeld. Dit is niet de eerste keer en het zal ook niet de laatste keer zijn dat ik in Sitia ben. Als hoofd beveiliging is het een van mijn taken om de buren in de gaten te houden. Erg leuk.'

'Tot je wordt gepakt,' zei ik. Mijn stemming verzuurde, maar Valek leek zich niets aan te trekken van mijn opmerking.

'Die kans is er altijd. Een van de dingen die het zo aantrekkelijk maken, denk ik.' Hij duwde zijn neus in mijn hals en slaakte een spijtige zucht. 'Laat ik maar teruggaan. Het wordt zo licht.' Hij liet zich uit bed rollen en begon zich aan te kleden. 'Trouwens, ik wil weg zijn wanneer je vriendje komt.'

'Wie?' Ik kwam overeind.

'Die blonde die je overal achternaloopt met zijn smachtende blik,' plaagde Valek.

'Cahil?' Ik lachte en wuifde het weg. 'Die dacht dat Janco mijn hartsmaatje was. Volgens mij kun je beter jaloers zijn op mijn paard. Dat heeft mijn hart gestolen.'

Valek viel stil, en de pret verdween van zijn gezicht.

'Hoe heet hij?'

'Zij heet Kiki.'

Hij schudde zijn hoofd. 'Het paard niet. Die blonde.'

'Cahil.'

'Cahil Ixia? Het neefje van de koning? Leeft die nog?' Valek leek in verwarring.

'Ik dacht dat je dat wel wist,' zei ik.

Ik had me voorgesteld dat Valek Cahil had laten leven toen hij eenmaal in Sitia zat. Maar pas nu schoot me Cahils opmerking me te binnen dat Valek was vergeten de lijken te tellen toen hij de koninklijke familie had uitgemoord. Met groeiend afgrijzen besefte ik mijn fout.

'Valek, maak hem niet dood.'

'Hij vormt een bedreiging voor de commandant.' Er schoof een dode vlakheid voor Valeks ogen. Hij had zijn stenen gezicht opgezet. Onbuigzaam. Onverzettelijk.

'Het is een vriend van me.'

Valeks kille moordenaarsblik trof de mijne. 'Zodra hij meer wordt dan een potentiële dreiging, is hij er geweest.'

Valek had gezworen de commandant te beschermen, en zijn liefde voor mij was het enige wat hem ervan weerhield Cahil die nacht nog te vermoorden. Valeks trouw was onwankelbaar. Als de commandant hem een rechtstreeks bevel had gegeven mij te doden, zou Valek het hebben gedaan. Gelukkig voor ons had de commandant Valek dat bevel niet gegeven.

'Ik ben blij dat de commandant veilig binnen de grenzen van Ixia is.' Valeks gezicht werd zachter, en hij lachte. 'Hij is op vakantie. Hij is de enige die ik ken die bijkomt van het jagen op zandspinnen.'

'Ben je niet bang dat hij wordt gestoken?' Alleen al de gedachte aan de giftige spinnen bezorgde me kippenvel. Ze waren zo groot als een kleine hond en konden dodelijk snel springen. Maar toen schoot me te binnen dat de commandant in werkelijkheid in de gastenverblijven van de citadel zat.

'Nee. Ik kan de commandant nog altijd niet verslaan in een messengevecht. Hij is meer dan bekwaam genoeg om met een zandspin om te gaan. Maar plannen smedende koningszonen is een ander verhaal. Ik zal die Cahil in de smiezen moeten houden.'

Het was natuurlijk slechts een kwestie van tijd voordat Valek achter Cahils plannen kwam om zijn koninkrijk te heroveren. Wat zou ik dan doen? Dat deed me denken aan iets wat Cahil had gezegd en volgens mij nergens op sloeg.

'Valek, liet jij een beeldje achter wanneer je iemand vermoordde?'

'Heb je zitten luisteren naar Sitische geruchten?' Hij glimlachte.

Ik knikte. 'Maar ik geloof niet zomaar alles wat ik hoor.'

'Mooi zo. Hoewel ik tot mijn schaamte moet toegeven dat dit wel waar is. Ik was jong, arrogant en dom, en ik genoot van mijn reputatie als de Doodskunstenaar. Ik ging zelfs beeldjes achterlaten voordat ik aan een klus begon, zodat mijn slachtoffer er eentje vond.' Hoofdschuddend dacht Valek eraan terug. 'Die onzin is me bijna fataal geworden, dus daar ben ik mee gestopt.'

Valek had zich aangekleed. 'Ik ben vandaag op de markt voor het geval er iets gebeurt.'

Hij kuste me, en ik klampte me een ogenblik aan hem vast met de wens dat we konden weglopen om alles te vergeten over ziel stelende magiërs en Cahil. Maar dat was niet voor ons weggelegd. Afrekenen met gifmengers, intriganten en moordenaars leek ons levenslot te zijn. Trouwens, zonder problemen en gevaar zouden we ons vast gaan vervelen. Maar het bleef toch mijn wens.

Met tegenzin liet ik Valek los. Hij knikte naar de deur. Ik deed hem open om de wachter af te leiden. Toen ik terugkwam in de woonkamer, drukte de duisternis zwaar op mijn huid en drong de ijskoude lucht in mijn botten. Valek was weg.

Irys en ik liepen die ochtend naar de markt. De sombere, bewolkte hemel weerspiegelde mijn stemming. Ik liep ineengedoken in mijn mantel. Het was de eerste keer dat ik hem overdag aan moest.

Op de markt was het druk. Haastig deden de mensen hun boodschappen voordat de donkere wolken aan de horizon konden neerdalen op de citadel.

Kort nadat ik wat dingetjes had gekocht voelde ik een vertrouwd rukje aan mijn mouw. Naast me stond Fisk. Hij lachte naar me. Zijn gezicht was niet langer uitgemergeld van ondervoeding, en ik zag ook andere kinderen uit zijn groepje druk bezig met pakjes dragen voor de klanten.

'U zocht toch naar een vreemde man die samenwoonde met een meisje?' vroeg hij.

'Ja. Heb je hem gezien?'

Grijnzend stak hij zijn hand uit. 'Informatie kost geld.'

'Dus je bent ook al bezig met andere vormen van handel,' zei ik terwijl ik hem een Sitisch koperstuk gaf. 'Heel verstandig. Maar pas op met wie je je inlaat. Niet iedereen is gediend van je vragen.'

Hij knikte begrijpend, en in zijn lichtbruine ogen zag ik een wijsheid die verder ging dan zijn leeftijd van negen jaar. Ik onderdrukte een zucht. In Ixia zou Fisks intelligentie worden gestimuleerd. Daar kon hij uitgroeien tot adviseur of hoge officier, maar in Sitia leefde hij op straat en moest hij bedelen om eten en geld. Maar nu niet meer.

Ik glimlachte. 'Hoeveel weet je?'

'Zal ik laten zien.' Fisk trok aan mijn hand.

Irys, die tijdens onze uitwisseling had gezwegen, vroeg: 'Mag ik ook mee?'

Fisk boog zijn hoofd en keek naar de grond. 'Als het u belieft, Vierde Magiër,' mompelde hij.

Er verscheen een meewarig glimlachje op haar gezicht. 'Poging tot vermommen is dus mislukt.'

Verrast keek Fisk op. 'Alleen de bedelaars die bij de raadszaal werken zouden u herkennen, Vierde Magiër. Daar letten ze op de raadsleden, omdat ze toch niet zo veel te doen hebben. Het is een spelletje om als eerste een van de meestermagiërs te herkennen.'

Irys dacht na over Fisks opmerkingen. Met moeite doorstond hij haar vorsende blik tot hij er niet meer tegen kon en zich van haar af wendde.

'Kom,' zei hij. 'Deze kant op.'

We volgden hem door de citadel. Voortstappend door smalle steegjes en lege binnenplaatsen vroeg ik me af of Valek ons volgde. De inwoners hadden het zo druk met hun bezigheden dat ze ons vaak niet eens zagen.

Vlak voordat we een groot plein betraden, bleef Fisk staan. Midden op het plein stond een groot jaden standbeeld van een schildpad met ingewikkeld snijwerk op zijn schild. De donkergroene schildpad spuwde water uit zijn bek in een plas water.

Wijzend naar een gebouw aan de andere kant van het plein zei Fisk: 'Op de eerste verdieping woont een man met rode strepen op zijn handen. Hij is nieuw, en niemand kent hem. Hij draagt een mantel die zijn gezicht verborgen houdt. Mijn broer heeft een klein meisje naar binnen zien gaan met pakjes.'

Ik keek Irys aan. Is deze wijk doorzocht met magie? vroeg ik haar in gedachten.

Ja. Maar niet door een meester.

Ze liet haar bewustzijn uitgaan, en ik keek met haar mee. Onze geesten troffen een jonge vrouw op de begane grond die een baby de borst gaf. Ze dacht erover om de baby een dutje te laten doen als hij klaar was met drinken. Een andere vrouw op de tweede verdieping was er bezorgd over dat het kon gaan regenen. Op de eerste verdieping voelden we niemand, maar Ferdes magie was even sterk als die van Irys, en hij zou niet gemakkelijk te vinden zijn.

Ik kan wel harder zoeken, maar dan weet hij dat we er zijn, zei Irys. Ik kom straks terug met versterking.

Wie dan?

Roos en Baïn. Samen moeten we hem eronder kunnen krijgen. En eenmaal bewusteloos is hij gemakkelijker naar het gevang van de veste te brengen.

Waarom bewusteloos?

Een magiër is hulpeloos als hij buiten westen is.

En als hij slaapt? vroeg ik geschrokken.

Nee. Alleen onder invloed of na een dreun.

En als hij weer bijkomt? Kan hij dan niet ontsnappen met zijn magie?

De cellen zijn voorzien van een machtlus. Als een magiër in een cel gebruikmaakt van magie, vangt de lus de magische kracht op en leidt die om naar de verdediging van de cel tot de magiër is uitgeput.

Fisk, die ons gefascineerd stond aan te staren, schraapte zijn keel. 'Denkt u dat degene die u zoekt hier woont?'

'Kan het meisje dat je broer heeft gezien niet het meisje met de baby zijn?' vroeg Irys aan Fisk.

Hij schudde zijn hoofd. 'Dat is Robijn. Die betaalt me soms om op Jettie te letten.'

Ik grijnsde. 'Jij bent me het ondernemertje wel.'

'Ik heb een nieuwe jurk voor mijn moeder gekocht,' zei hij trots.

Het begon te regenen toen we terugliepen naar de markt. Met een zwaai van zijn arm ging Fisk naar zijn vrienden en verdween. Het werd stil op de markt, en de kraamhouders waren hun spullen al aan het pakken. In haar haast aan de regen te ontsnappen botste er een vrouw tegen me op. Ze riep iets ter verontschuldiging maar hield de pas geen moment in. Galmend weerkaatsten er donderslagen van de harde marmeren muren van de citadel.

Ik ga Roos en Baïn zoeken, liet Irys weten. Ga jij terug naar de veste.

Maar ik wil erbij zijn als jullie dat gebouw doorzoeken.

Nee. Jij blijft in de veste, Yelena. Hij wil jou. En als er iets misgaat en hij dreigt iets te doen met Opaal, geef jij jezelf zo over. Het is te gevaarlijk.

Ik wilde haar tegenspreken, maar Irys had gelijk, en als ik ondanks

253

haar instructies toch achter haar aan ging, zou ze me nooit meer vertrouwen.

Irys vertrok naar de raadszaal om op zoek te gaan naar Roos, die een afspraak had met de Ixische ambassadeur. Een vergadering die ik maar wat graag zou hebben afgeluisterd. De arrogante meestermagiër tegenover de machtige commandant.

De regen kwam met bakken omlaag, en mijn mantel werd kletsnat. Toen ik mijn koude, natte handen in de zakken stak, raakten mijn vingers papier. Ik kon me niet herinneren dat ik dat erin had gestopt. Sinds ik in Sitia was, had ik mijn mantel niet meer gedragen, al had ik er wel op geslapen toen we kampeerden op de Avibianvlakte. Misschien stond er wel een cryptische boodschap van Verhaalwever op. Ik moest erom lachen. Dat leek me echt iets voor hem, een raadselachtig briefje achterlaten in mijn mantel. Maar dat mysterie moest wachten tot ik kon schuilen tegen de regen.

Bij de ingang van de veste stonden mijn wachters al paraat. Ze volgden me naar mijn kamer. Nadat ze de boel hadden nagekeken, vroeg ik hen binnen, maar ze weigerden, zich beroepend op een legervoorschrift.

Nadat ik een flink vuurtje had gestookt en mijn doorweekte mantel had opgehangen, haalde ik het papier tevoorschijn. Het was inderdaad een bericht aan mij. Mijn handen veranderden in ijsklompen terwijl ik de woorden las, en zelfs de hitte van de haard kon ze niet verwarmen.

'Wat staat er?' vroeg Valek, die uit de slaapkamer stapte.

Ik verbaasde me al lang niet meer over zijn vermogens. Hij was druipnat, dus hij moest langs een van mijn wachters door het raam naar binnen zijn gekomen.

Hij plukte het papier uit mijn hand. 'Ze had wat rudimentaire vaardigheden. Mogelijk een zakkenroller, betaald om jou dit briefje te geven. Heb je haar gezicht kunnen zien?'

Vrij laat legde ik het verband tussen het briefje en de vrouw die op de markt tegen me aan was gelopen. 'Nee. Haar hoofd ging schuil onder een capuchon.'

Valek schokschouderde, maar nadat hij het briefje had gelezen, keek hij me indringend aan. 'Interessante ontwikkeling.'

Ja, Valek zou zo'n onverwachte wending inderdaad interessant vinden. Maar ik stond in tweestrijd.

'Zo te zien is hij de magiërs een stap voor,' zei hij. 'Hij weet dat ze jou nooit zullen ruilen voor Opaal. Daarom neemt hij de zaken in eigen handen. Hoe belangrijk is Opaals leven voor je?'

Zoals gewoonlijk was Valek al doorgedrongen tot de kern van de zaak. Op Ferdes briefje stond een nieuwe datum en een plaats voor de ruil. Drie nachten voor de volle maan, dus nu over vier dagen. Hij had zeker nog tijd nodig om me voor te bereiden op het ritueel van de Efe. Ik kreeg kippenvel van afgrijzen, en met moeite bande ik gruwelijke beelden van te worden verkracht en gemarteld uit mijn hoofd.

Ik kon het Irys en de anderen vertellen. Dan zouden zij voor Ferde een val opzetten. Maar ze zouden me nooit naar de plek laten gaan, dus die val ging nooit lukken.

Of ik vertelde Irys niet over het briefje en ging alleen naar de plaats van ontmoeting. Irys had me ervoor gewaarschuwd wat er zou gebeuren als Ferde mijn magie in zich opnam. Dan was hij sterk genoeg om de macht over Sitia te grijpen.

Opaal laten doodgaan om Sitia te redden? Ik had mezelf al beloofd dat ik dat niet zou laten gebeuren. En wat weerhield Ferde er na Opaals dood van om een andere magiër zo ver te krijgen hem haar ziel te geven? Niets.

Ik moest deze nieuwe situatie diep onder mijn oppervlakkige gedachten stoppen. Irys had zich aan haar woord gehouden en niet in mijn hoofd zitten spitten, maar als het lot van Sitia op het spel stond, zou het me niet verbazen als ze haar belofte brak.

Mijn blik vond die van Valek. Magie kon hem niet deren.

'Heel belangrijk,' zei ik in antwoord op zijn vraag. 'Maar de moordenaar móét worden gepakt.'

'Wat kan ik voor je doen, lief?'

26

VALEK EN IK MAAKTEN EEN BEGIN VOOR EEN PLAN OM OPAAL TE bevrijden. Toen hij terugging naar de Ixische delegatie, had ik tenminste weer een doel voor ogen. De volgende dag oefende ik in mijn vrije tijd op de controle over mijn magie en deed ik wat lichamelijke training ter voorbereiding op mijn confrontatie met Ferde.

Irys, Roos en Baïn waren de woning binnengevallen waar volgens Fisk de man met de rode handen woonde. De kamers waren leeg, en aan de rommel op de vloer te zien waren de bewoners overhaast vertrokken. Of iemand had hem ingeseind, of hij had de meesters voelen naderen. Hoe dan ook een dood spoor, waardoor de plannen van Valek en mij meer belang kregen.

Ook begon ik Zitora te onderrichten in zelfverdedigingstechnieken. Eindelijk kon ik zo iets terugdoen voor de stapel kleren die ik van de Derde Magiër had gekregen. Het onderricht hielp ook nog eens bij mijn eigen training.

De regen van de vorige dag lag nog in plassen op het oefenterrein, en onder de modderspetters werkten we aan basistechnieken voor zelfverdediging. Zitora was vlot van begrip en pikte de principes snel op.

'Ik haal mijn pols uit jouw greep via je duim?' vroeg Zitora.

'Ja. Dat is het zwakste punt.' Ik gromde terwijl zij haar arm losrukte. 'Perfect. Nu zal ik je laten zien hoe je niet alleen je pols kunt bevrijden maar ook je hand kunt draaien om de arm van je tegenstander te pakken en die te breken.'

Haar ogen lichtten op van de pret, en ik lachte. 'Iedereen vindt jou zo lief en aardig. Ik heb bijna medelijden met de eerste die daar misbruik van wil maken. Bijna!'

We gingen een tijdje door tot haar bewegingen meer vanzelf gingen.

'Dat is een mooi begin,' zei ik. 'Deze dingen zijn goed tegen iemand die sterker is dan jij, maar als je een geoefend tegenstander hebt, moet je andere tactieken gebruiken.'

Zitora keek langs me heen, en haar geelbruine ogen werden groot. 'Wou je soms zeggen dat ík iets kon uitrichten tegen iemand als híj?'

Ik keek om. Ari beende het oefenterrein op met Janco op zijn hielen. In zijn mouwloze oefenhemd en korte broek viel zijn krachtige bouw erg op. Janco mocht dan niet zo breed zijn als zijn maat, maar zijn snelheid was een goede compensatie voor Ari's lichaamskracht. Ze hadden bogen bij zich en een brede grijns op hun gezicht. Mijn vestewachters keken ongemakkelijk en besluiteloos. Ik wuifde hen weg.

'Ja,' zei ik tegen Zitora. 'Met de juiste training kun je aan hem ontsnappen. Een oefenpartij zou je niet overleven, maar daar gaat het ook niet om bij zelfverdediging. Weet je nog wat ik heb gezegd? Meppen en...'

'Wegwezen!' maakte Janco af. 'Rennen als een haas met een wolf op zijn staart. Ik zie dat je onze wijsheid aan het doorgeven bent, Yelena.' Op samenzweerderige fluistertoon vervolgde Janco tegen Zitora: 'Ze heeft les gehad van de allerbeste instructeurs in heel Ixia.'

'Een andere zelfverdedigingsregel is niet alles geloven wat je wordt verteld,' zei Ari toen Zitora zich onder de indruk toonde van Janco's woorden.

'Hoe zijn jullie langs de wachters voor de veste gekomen?' vroeg ik Ari.

Hij trok zijn massieve schouders op. 'De wachter vroeg hoe we heetten en wat de reden was van ons bezoek. Dat zeiden we, en hij ging het wachthuis in om met iemand te overleggen. Toen hij terugkwam zei hij waar we je konden vinden.'

Er moest dus een magiër bij de poort zijn gestationeerd die per magie kon communiceren met anderen in de veste. Dat was goed om te weten.

'Mogen we meedoen?' vroeg Janco. 'Ik heb een paar nieuwe verdedigingstechnieken geleerd. Lekker gemene!'

'We waren net klaar,' zei ik.

Zitora veegde haar gezicht af met een handdoek. 'Ik ga me gauw wassen voor de raadsvergadering.' Zwaaiend rende ze weg.

'Heb je nog fut voor een partijtje?' vroeg Janco. 'Ik wil wel dat je op je best bent als ik je versla.' Hij glimlachte lief.

'Hij is de hele dag al klierig,' zei Ari. 'Te lang staan nietsdoen, op wacht bij ambassadeur Signe en adviseur Ilom die de ene vergadering na de andere hielden.'

'Saai!' beaamde Janco.

Het feit dat Valek Ari en Janco had weten beet te nemen met zijn vermomming als Ilom stelde me wat geruster over zijn aanwezigheid in Sitia.

'Al slaap ik half, dan kan ik je nog aan, Janco,' pochte ik terug.

Hij liet zijn boog draaien en nam een vechthouding aan. Ik pakte mijn boog op en concentreerde me om me mentaal af te stemmen. Ik viel aan.

'Goed om te weten dat je in vorm blijft,' pufte Janco. Hij trok zich een paar stappen terug maar zette een vastberaden tegenaanval in. 'Ze is sterk en snel, maar ik krijg haar wel,' zong hij.

Glimlachend besefte ik hoezeer ik zijn vechtrijmpjes had gemist. Een tel voordat hij in actie kwam, wist ik dat hij een hoge schijnaanval zou maken om mijn verdediging omhoog te lokken zodat mijn ribben vrij kwamen voor een mep. Toen ik er niet in trapte en de ribstoot afweerde, viel Janco stil. Lachend dreef ik hem terug, maaide zijn voeten onder hem vandaan en sprong achteruit tegen de opspattende modder toen hij in een plas viel.

Met de rug van zijn hand de modder uit zijn ogen vegend zei Janco: 'Goh, Ari, en jij maakte je nog wel zorgen om háár.'

'Ze heeft in haar tijd in Sitia een nieuw trucje geleerd,' zei Cahil. Hij stond tegen het hek van het oefenterrein en moest naar de partij hebben gekeken.

Ari's houding werd defensief en alert toen Cahil naar ons toe kwam. Cahil droeg een losse zandkleurige tuniek en een bruine broek en was gewapend met zijn lange zwaard.

Ook nadat ik Cahil had voorgesteld, ontspande Ari niet. Hij hield hem argwanend in het oog. Ik hoopte maar dat Ari en Janco zijn naam niet herkenden. Namen van familieleden van de dode koning kwamen niet voor in de geschiedenisboeken van na de overname door de commandant, en oudere burgers van Ixia die ze nog kenden, noemden ze maar niet.

'Wat voor trucje?' vroeg Janco.

'Een magisch trucje,' antwoordde Cahil. 'Ze weet wat je gaat doen door je gedachten te lezen. Sluw van haar, hè?'

Voordat Janco kon reageren, zei ik: 'Ik heb zijn gedachten niet gelezen. Ik hield mijn geest open en ving zijn bedoelingen op.'

'Dat is toch precies hetzelfde?' kaatste Cahil terug. 'Het was dus waar wat Leif zei toen hij je ervan beschuldigde magie te gebruiken om me te verslaan tijdens onze partij in het woud. Niet alleen sluw, maar ook nog een leugenaar.'

Ik legde een hand op Ari's arm om te voorkomen dat hij Cahil bij de strot greep. 'Cahil, ik hoefde jouw gedachten niet te lezen,' zei ik. 'Je bent gewoon niet zo goed als Ari en Janco. Trouwens, zij hebben me zelf geleerd om me mentaal af te stemmen, anders had ik tegenover hen geen kans. Er is er maar één die het zonder enige hulp van hen zou winnen.'

Janco dacht na. 'Eén?' Hij krabde aan het litteken in zijn rechteroor.

'Valek,' zei Ari.

'O ja. De beruchte Valek. Natúúrlijk heeft zijn liefje hem zo hoog zitten. Of kan ik je maar beter zijn spion noemen?' Cahil staarde me uitdagend aan.

'Ik denk dat je maar beter kunt gaan,' zei Ari. 'En wel meteen.' Zijn stem klonk bijna grommend.

'Ik woon hier, dankzij Valek, dus ga jij maar,' zei Cahil tegen Ari, maar zijn ogen bleven op mij gericht.

Janco stapte tussen ons in. 'Even zien of ik het goed snap,' zei hij tegen Cahil. 'Yelena wint van jou, dus jij wilt een revanche, maar jij denkt dat ze haar magie gebruikt in plaats van haar gevechtstechnieken om te winnen. Wat moet ik daar nou op zeggen.' Janco trok aan zijn geitensik. 'Want ik ben degene die haar alles heeft geleerd wat ze kan, en ik kan geen magie, het lot zij dank, dus wat vind je ervan om dan maar tegen mij te vechten? Dat lange zwaard van jou tegen mijn boog?'

'Jíj hebt haar alles geleerd?' vroeg Ari.

Janco wuifde zijn opmerking weg. 'Niet zeuren over details. Het gaat hier om het grote geheel, Ari.'

Cahil stemde in met een partij. Met een zelfverzekerd gezicht ging Cahil in een vechthouding staan en viel aan. Janco's boog werd een waas, en in drie stappen had hij Cahil ontwapend. Zijn stemming werd er niet beter op toen Janco hem zei dat hij een lichter zwaard moest gebruiken.

'Zij heeft je geholpen,' zei Cahil tegen Janco. 'Ik had het kunnen weten: noorderlingen zijn niet te vertrouwen.' Cahil beende weg met de belofte van een toekomstige confrontatie vlammend in zijn ogen.

Ik schokschouderde om zijn opmerkingen. Ik liet mijn tijd met mijn vrienden niet verpesten door Cahil. Nadat ik Janco opnieuw had uitgedaagd, liet ik mijn boog naar hem toe zwaaien, maar hij blokkeerde met gemak en pareerde met een van zijn bliksemsnelle stoten.

Gedrieën zwoegden we een tijdlang door. Zelfs met mijn mentale afstemming werd ik tweemaal verslagen door Ari.

Hij grijnsde. 'Ik probeer niet te denken aan wat ik van plan ben,' zei hij nadat hij me in de modder had gekwakt.

Het daglicht verdween in rap tempo. Moe, onder de modder en het zweet en stinkend alsof ik mestkevers kon lokken, verlangde ik naar een bad.

Voordat Ari en Janco terug naar de citadel gingen, legde Ari een grote hand op mijn schouder. 'Pas ontzettend goed op. Het staat me niets aan zoals Cahil naar je keek.'

'Ik pas altijd goed op, Ari.' Ik zwaaide en sleepte mijn beurse lijf naar het badhuis.

Het liep alweer tegen het einde van het afkoelseizoen. Ik kon het sterrenbeeld van de IJskoningin zien glinsteren aan de heldere avondhemel. De halve maan glom als een juweel. Nog maar zes dagen voor volle maan. Ik huiverde in de koude lucht. Morgenochtend zouden de plassen bevroren zijn.

Mijn gedachten bleven hangen bij Cahil. Ik verbaasde me erover hoe snel onze relatie was teruggedraaid naar die eerste dagen toen hij dacht dat ik een noordelijke spion was. Een volle cirkel. Mijn hand ging naar mijn slangarmband en draaide hem rond mijn arm.

Pas toen ik merkte dat het merkwaardig leeg en stil was op het terrein, keek ik rond om te zien waar mijn wachters waren. Ik was zo aan hen gewend geraakt dat het even duurde voordat het tot me doordrong dat ze niet meer achter me aan liepen.

Speurend naar aanvallers trok ik mijn boog. Ik zag niemand. Ik trok macht naar me toe om mijn bewustzijn uit te laten gaan, maar ik werd in mijn nek gestoken door een mug en afgeleid mepte ik ernaar. Mijn vingers troffen een piepklein pijltje. Op de holle metalen punt zat een druppel van mijn bloed.

Ik had tegen Ari gelogen. Ik paste helemaal niet op. Ik had erop vertrouwd dat mijn wachters me beschermden. Honderden smoezen voor mijn onoplettendheid kolkten door mijn hoofd terwijl de wereld om me heen begon te tollen. Het was helemaal mijn eigen schuld. Helaas voorkwam deze erkenning van mijn eigen domheid niet dat ik wegzakte in het zwart.

27

EEN SCHERPE PIJN EN EEN BRANDEND GEVOEL IN MIJN SCHOUDERS maakten me wakker. Met een vieze smaak in mijn droge mond keek ik rond. Niets wat er bekend uitzag. En waarom stond ik rechtop? Nee, ik stond niet, ik hing. Omhoogkijkend zag ik de reden van mijn positie. Mijn polsen waren geboeid aan de uiteinden van een lange ketting die hing aan een dikke houten balk in het plafond. Toen ik mijn gewicht overbracht op mijn voeten, zakte de pijn in mijn schouders wat.

Rondkijkend zag ik roestige spaden en schoffels met korsten zand erop aan de houten muren hangen. Aan botte zeisen kleefden spinnenwebben. Het gereedschap zat onder het stof. Door spleetjes en gaatjes viel zonlicht binnen dat mijn omgeving, naar mijn idee een verlaten schuur, in een gedempt licht zette.

Meteen hield ik op met me afvragen hoe ik hier terecht was gekomen toen ik achter me zijn stem hoorde.

'We gaan nu beginne met de les.' Mijn maag draaide zich om van Goels vergenoegde toon.

'Draai je maar es om, dan zie je wat ik voor je in petto hebt,' zei hij.

Mijn huid tintelde van angst, maar ik trok mijn gezicht in de plooi voordat ik me met een ruk omdraaide. Met een zelfvoldane grijns op zijn smoel gebaarde Goel naar een tafel rechts van hem. Daarop lagen wapens en exotische martelwerktuigen. Links van Goel stond een wagen met daarop een lege jutezak. Het gebouwtje was groter dan ik had gedacht. Achter hem zag ik de schuurdeur, onmogelijk ver weg, maar in werkelijkheid slechts drie meter.

Goel volgde mijn blik en lachte. 'Vergrendeld en afgeslote. We zitten ergens ver weg van de veste, waar niemand meer kom.' Hij pakte een zwartleren zweepje met metalen punten aan de uiteinden.

De veste! Ik trok wat macht naar me toe en projecteerde een mentale wanhoopskreet. Irys.

'Hoe is het met je ribben?' vroeg ik om hem af te leiden.

Met gefronste wenkbrauwen bracht hij een hand naar de zijkant van zijn borstkas. 'Dat paard wor straks een lekker soeppie.' Hij smakte met zijn lippen. 'Maar da's voor later.' Hij hief de zweep.

Yelena! klonk Irys' bezorgde stem in mijn hoofd. Je leeft nog, het lot zij dank. Waar zit je?

Ergens in een schuur.

Goel kwam een stap dichterbij om me te slaan met de zweep. Ik schopte hem in de buik. Eerder van schrik dan van pijn sprong hij achteruit.

'Foutje,' zei hij en hij liep terug naar zijn tafel. 'Geef niks. Zo opgelos.' Hij pakte een pijltje op en doopte het in een flesje met een vloeistof.

Het slaapmiddel. Snel dacht ik na.

Ik heb meer informatie nodig, zei Irys. Is Ferde bij je?

Niet Ferde. Goel.

Goel?

Geen tijd. Ik leg het later wel uit.

Goel deed het pijltje in een holle buis. Hij mikte. Ik lachte. De buis schommelde toen hij verward naar me keek.

'Niet te geloven,' zei ik.

'Wat niet?' Hij liet het wapen zakken.

'Dat je bang voor me bent. En niet zomaar bang. Doodsbang.' Ik lachte opnieuw. 'In een eerlijk gevecht kun je me niet verslaan, en daarom lok je me in een hinderlaag en geef je me een slaapmiddel. En al zit ik vastgeketend, dan nog ben je bang.'

'Niet waar.' Hij verwisselde de buis voor een paar boeien en dook op mijn voeten af.

Ik spartelde, maar hij was zwaarder dan ik. Uiteindelijk werden mijn enkels aan elkaar gekluisterd. Vervolgens zette Goel het stukje ketting tussen de boeien vast aan de vloer. Schoppen ging niet meer, maar ik was nog wel wakker, en ik kende nog een trucje. Magie. Razendsnel nam ik mijn mogelijkheden door.

Ik kon kijken of ik de spieren in zijn lichaam kon laten verstenen, maar ik wist niet hoe. Goel koos een andere zweep van zijn tafel. Deze was langer en van gevlochten leer, met metalen balletjes aan de franjes van de punt.

Zijn arm werd een waas. Ik projecteerde een verwarrende reeks beelden in zijn hoofd.

Goel verloor zijn evenwicht en viel op de grond. 'Hè?' Hij leek in verwarring.

Terwijl Goel overeind krabbelde, zag ik achter hem iets bewegen.

De grendel verschoof, en de knop draaide. Met een vlaag van licht vloog de deur open. In de deuropening stonden twee gedaanten. Ze richtten hun zwaarden op Goels hart. Ari en Janco.

'Yelena, is alles goed?' vroeg Ari. Zijn ogen bleven gericht op Goels verbaasde gezicht.

Janco kwam de ketenen inspecteren. 'Sleutels?' vroeg hij Goel, die zijn lippen op elkaar perste. 'Dan maar op mijn manier.' Janco haalde zijn slothaken uit zijn zak.

Mijn eerste golf van opluchting bij het zien van mijn vrienden verkoelde. Deze redding weerhield Goel er niet van het nog een keer te proberen. Al werd hij gearresteerd wegens ontvoering, Goel zou zijn wrok koesteren tot hij vrijkwam, en dan kon ik me jaren later in exact dezelfde positie bevinden. Ík moest met hem afrekenen. Hij moest weten dat hij het van mij niet kon winnen.

Ik schudde mijn hoofd naar Janco. 'Ik heb de situatie onder controle. Ga terug naar de veste. Ik zie jullie daar.'

Verbluft staarde Janco me aan. Ari vertrouwde me wel. 'Kom op, ze heeft onze hulp niet nodig.' Ari stak zijn zwaard in de schede.

Janco herstelde zich. Hij wierp me zo'n ondeugende grijns van hem toe. 'Wedden om een koperstuk dat ze binnen vijf minuten los is?' zei hij tegen Ari.

Ari gromde geamuseerd. 'Een zilverstuk op tien minuten,' zei hij terug.

'Ik wed met jullie allebei om een goudstuk dat ze hem doodt,' sprak Valek van achter hen. Ze stapten opzij, en hij kwam binnen, nog steeds in zijn vermomming als adviseur Ilom. 'De enige manier om je probleem op te lossen. Toch, lief?'

'Er wordt hier niemand gedood,' zei ik. 'Ik red me wel.'

'Dit is een van mijn mannen; ik los dit wel op,' zei Cahil vanuit de deuropening.

Met een ruk draaide Valek zich om, maar Cahil staarde hem slechts even aan voordat hij naar binnen liep. 'Goel, ingerukt,' gebood Cahil.

Valek verdween uit het zicht. Door de drukte leek de schuur kleiner te zijn geworden, en op dit moment zou ik niet eens meer verbaasd zijn geweest als Irys en de andere meesters achter Cahil aan kwamen. Dan konden we een feestje bouwen.

Tijdens de gesprekken en binnenkomsten was Goels gezicht omgeslagen van verbijsterd naar ontzet en uiteindelijk blijven staan op koppige vastbeslotenheid. 'Nee,' zei hij tegen Cahil.

'Goel, je had gelijk over haar. Maar dit is niet de manier om met haar af te rekenen. Vooral niet met die twee handlangers van haar vlakbij. Laat haar gaan.'

'Ik voer jouw bevelen niet uit. Verder mag iedereen doen alsof jij de baas bent. Maar ik doe het niet.'

'Wou jij mijn gezag ondermijnen?' vroeg Cahil op strenge toon.

'Jij heb geen gezag over mijn,' kaatste Goel terug.

Met een felrood gezicht begon Cahil te sputteren. 'Hoe durf...'

'Heren!' riep ik. 'Vecht dit later maar uit. Iedereen naar buiten. Nu! Mijn armen doen zeer.'

Janco trok Cahil de schuur uit. Ari sloot de deur. Knipperend met zijn ogen bleef Goel in het plotselinge donker staan.

'Waar waren we?' spoorde ik hem aan.

'Je denk toch niet dat ik...' Hij gebaarde naar de deur.

'Maak je over hen maar niet druk. Hier binnen heb je meer om je zorgen over te maken dan buiten.'

Hij hoonlachte. 'Jij ben nie ech in de positie op te scheppe.'

'En jij hebt nog steeds niet in de gaten wat het is om te vechten tegen een magiër.'

De hoonlach verdween van zijn lippen.

'Jij denkt dat ik zomaar een griet ben die een lesje moet worden geleerd. Dat ik bang voor je moet zijn. Jij bent degene die een lesje nodig heeft.' Ik verzamelde macht en liet mijn bewustzijn uitgaan naar dat van Goel.

Het woord 'magiër' had maar een kort moment van twijfel in Goels gedachten gezaaid. Want, dacht hij, als zij een goed magiër was, zou ze nooit zo gemakkelijk te vangen zijn geweest.

'Ik was er toen even niet bij,' zei ik. Aangezien hij geen magische kracht had, kon hij mijn gedachten niet horen, maar mogelijk kon ik wel de controle over hem overnemen. Ik deed mijn ogen dicht en projecteerde mezelf in Goel. Het was een gok, maar als ik het bij Topaas kon, zou ik het ook bij een mens moeten kunnen.

Als door de bliksem getroffen sprong hij op toen ik zijn geest binnenkwam. Al was ik blij dat het lukte, zo kort op Goels smerige gedachten deed me verlangen naar Topaas' reine geest.

Toen ik Goels ogen op mij richtte, begreep ik waarom hij zo min over me dacht. Mijn haar hing in slordige klitten omlaag. Met mijn gesloten ogen, de vieze vegen op mijn gezicht en de modder op mijn kleren zag ik er maar armzalig uit. Een hulpeloze figuur die nodig in bad moest.

Ik voelde zijn paniek toen het tot hem doordrong dat hij de controle over zijn lichaam kwijt was. Hij kon nog wel denken, zien en voelen. Ik verbaasde me over zijn lichaamskracht, maar ik had enige moeite zijn lichaam rond te laten lopen. De verhoudingen voelden vreemd aan, en het kostte me moeite om zijn lichaam in evenwicht te houden.

Hij probeerde de controle terug te krijgen, maar ik duwde zijn zwakke poging opzij. Ik zocht naar de sleutels van de boeien en vond ze in zijn tas onder de tafel. Vervolgens haalde ik de kluisters van de voeten van mijn lichaam. Mezelf ondersteunend met een van Goels armen maakte ik de polsboeien los. Ik greep mijn lichaam voordat het op de grond kon vallen en tilde het op.

Het was zo licht als een kussen. Mijn lichaam ademde, en er stroomde bloed door mijn aderen. Ik droeg het naar de deur en legde het voorzichtig op de grond. Met Goels duim tilde ik mijn linkerooglid op. Mijn lichaam leefde, maar de levensvonk was eruit verdwenen. Nerveus stond ik op en deinsde terug.

Toen het gevoel van volslagen hulpeloosheid Goel trof, liet ik het hem lange tijd ervaren. Ik pakte een mes van de tafel en sneed een ondiepe lijn over zijn arm. Ik voelde zijn pijn van de snee, maar gedempt en als van verre. Met de punt van het lemmet op zijn borst vroeg ik me af of ik ons allebei zou doden als ik het mes in zijn hart stak.

Een interessante vraag die maar een andere keer moest worden beantwoord. Ik schopte zijn laarzen uit, klikte de boeien dicht rond Goels enkels en verkortte de ketting die aan de plafondbalk hing voordat ik zijn polsen in de boeien sloot. Ik genoot van de combinatie van angst, ongemak en irritatie die door zijn hoofd golfde voordat ik mezelf terugstuurde naar mijn eigen lichaam.

De schuur draaide even toen ik mijn ogen opendeed. Vermoeidheid koerste door mijn ledematen. Traag stond ik op en wist een zelfvoldane grijns op te brengen om Goels lastige parket. Terwijl ik me omdraaide naar de deur, bedacht ik dat ik dit magische trucje vast niet zou hebben ontdekt tijdens lessen bij Irys of de andere magiërs. En wat had ik precies gedaan? Mijn magie overgebracht? Mijn wil? Mijn ziel? Die verontrustende gedachten ging ik met graagte uit de weg. Iemands lichaam overnemen en hem dingen laten doen was vast een schending van de ethische code. Maar door mij te ontvoeren had Goel van zichzelf een misdadiger gemaakt. De ethische code was op hem niet van toepassing. Ik moest er bijna om lachen. Eigenlijk zou ik Goel dankbaar moeten zijn dat hij me had aangevallen. Nu kende ik een nieuwe magische verdedigingsmethode.

Ari en Janco stonden op me te wachten in het overwoekerde veld dat de schuur omringde. Ik zag een verwaarloosd hek en een bouwvallige stal, en het leek me dat we ons bevonden bij een verlaten boerderij buiten de citadel. Valek en Cahil hadden niet op me gewacht.

Ari grijnsde terwijl Janco een zilveren munt in zijn enorme hand liet kletsen.

'En je probleem?' vroeg Ari me.

'Ik heb hem laten hangen.'

'Waarom duurde het zo lang?' klaagde Janco.

'Ik wilde overtuigend overkomen. Waar zijn... eh, adviseur Ilom en Cahil?'

'Vanwaar die plotselinge bezorgdheid om Ilom?' vroeg Janco met geveinsde oprechtheid. 'Die man is oud en wijs genoeg en kan verrassend uit de hoek komen. Die ouwe saaie kluns verscheen zomaar uit het niets, deed een perfecte imitatie van Valeks stem en verdween als bij toverslag. Die man is een genie! Ik had kunnen weten dat hij mee ging. Valek zou zo'n pleziertje nooit willen missen.'

De grijns verdween van Ari's gezicht. 'Valek wordt straks nog gepakt. Cahil ging regelrecht naar de citadel, mogelijk om de raadsleden te vertellen over Valek.'

'Wel een goede vermomming,' vond Janco. 'Daar zijn we mooi in getrapt.'

'Cahil vermoedde al dat Valek hier was,' zei ik, huiverend in de koude ochtendlucht. Nu wist hij het zeker. 'Daar weet Valek vast wel mee om te gaan.' Mijn vermoeide geest wist echter geen goede oplossing te vinden.

Ari ging naar de schuur om mijn rugzak te halen die tegen de muur stond. 'Ik dacht dat je die wel kon gebruiken.' Hij gaf hem aan mij.

Ik haalde mijn mantel eruit. Gehuld in het warme kledingstuk wilde ik de rugzak omdoen, maar Ari nam hem van me over.

'We gaan,' zei Ari.

Hij en Janco gingen me voor over de braakliggende akkers. We kwamen langs een lege woning.

'Waar zijn we?' vroeg ik.

'Zo'n twee mijl ten oosten van de citadel,' antwoordde Ari.

De gedachten om twee mijl te moeten lopen deed me struikelen. 'Hoe hebben jullie me gevonden?'

'Gisteravond gingen we achter jouw wachters aan om te zien of ze wel wisten wat ze deden,' zei Ari. 'Toen we erachter kwamen dat ze waren uitgeschakeld, was je al verdwenen.'

Janco grijnsde. 'De magiërs waren door het dolle heen. Er werd overal gezocht.' Hij schudde zijn hoofd alsof al die opschudding hem verbaasde. 'We hadden er geen idee van wat ze dachten te vinden in het donker. We hoopten alleen dat ze het spoor niet zouden uitwissen. Toen de zon eenmaal op was, konden we je zo achterna. Goel had je op een wagen uit de veste en de citadel gereden.'

Ik dacht aan de jutezak die in de wagen lag. Goel moest me daarin hebben verstopt.

'En Cahil zal ons wel zijn gevolgd,' besloot Janco. Krabbend aan zijn litteken voegde hij eraan toe: 'Maar natuurlijk hoefde jij geen hulp. Nu moet ik ergens een soldaat in elkaar gaan slaan om mijn ego intact te houden.'

Toen we bij de oostpoort van de citadel kwamen, zag ik een opstootje bij het wachthuis. De wachters hadden problemen met een losgebroken paard. Kiki.

Ze bleef staan toen we door de poort kwamen. Lavendelvrouw moe. Niet zelf lopen.

Hoe heb je me gevonden?

Geur volgen van Sterke Man en Haasman.

Ze bedoelde Ari en Janco. Ik bood de poortwachters mijn excuses aan voor Kiki's gedrag. Ari hielp me op haar rug en gaf me mijn rugzak aan.

'We halen je straks wel in,' beloofde Ari.

Voordat Kiki en ik naar de veste gingen, bedankte ik mijn vrienden.

'Waarvoor?' mopperde Janco. 'We hebben toch niets gedaan?'

'Omdat jullie zo goed waren om achter mijn wachters aan te gaan. En de volgende keer heb ik misschien wél hulp nodig.'

'Zorg jij er nou maar voor dat er geen volgende keer ís,' zei Ari met een strenge blik.

'Ontroerend,' zei Janco en deed alsof hij zijn ogen afveegde. 'Ga maar gauw, Yelena. Ik wil niet dat je me ziet huilen.' Hij snifte zogenaamd.

'Dat kan jouw ego vast wel hebben,' zei ik. 'Of moet je dan eerst wat leerlingetjes in elkaar slaan voordat je je weer een man voelt?'

'Erg grappig,' zei hij.

Ik zwaaide en vroeg Kiki me naar huis te brengen. Onderweg maakte ik contact met Irys om haar te vertellen wat er was gebeurd. Ze beloofde enkele wachters te sturen om Goel te laten arresteren.

Als ik mijn kamer niet haal, lig ik te slapen in de stal, zei ik geeuwend. Ik voelde haar aarzelen. Wat nou weer?

Je ouders zijn vanochtend gearriveerd.

O, nee!

Toch wel. Esau zit hier bij mij, maar toen je moeder hoorde dat je werd vermist, is ze in een boom geklommen, en ze wil er niet meer uit. Ze is hysterisch en luistert niet naar ons. Je moet met haar komen praten.

Ik zuchtte. Ik kom eraan. Waar zit ze?

Perl zat in een van de hoge eikenbomen langs het weiland.

Kiki bracht me naar de voet van de boom. Aan de takken hingen nog wat plukjes oranje en bruine bladeren. Iets onder de top zag ik de groene mantel van mijn moeder. Ik riep naar Perl dat alles goed met me was. 'Je kunt weer naar beneden komen,' zei ik.

'Yelena! Het lot zij dank! Kom naar boven, hier is het veilig.'

Berustend in het feit dat het lastig ging worden om Perl omlaag te krijgen deed ik mijn rugzak af, trok mijn mantel uit en liet ze op de grond vallen. Zelfs staande op Kiki's rug moest ik me uitrekken om bij de onderste tak te kunnen. Mijn moeder kon geweldig goed klimmen.

Terwijl Kiki graasde, hees ik mezelf omhoog en klom verder tot ik bij mijn moeder was. Ik ging op een tak onder haar zitten, maar in een oogwenk was ze bij me en drukte me stevig tegen zich aan. Toen haar lichaam begon te schokken van het snikken moest ik me vasthouden aan de boomstam om te voorkomen dat we allebei vielen.

Ik wachtte tot ze kalmeerde voordat ik me zachtjes losmaakte. Ze ging naast me zitten en leunde tegen mijn schouder. Haar gezicht zat vol vegen waar haar tranen zich hadden vermengd met de opgedroogde modder op mijn kleren. Ik bood haar de enige schone plek op mijn hemd aan, maar ze schudde haar hoofd en haalde een zakdoek uit haar zak. In haar donkergroene mantel zaten veel zakken, en hij had een slanke pasvorm doordat overbodig materiaal was weggehaald. Een goede deken zou het niet zijn, maar je bleef er wel warm in als je door de boomtoppen trok.

'Is dit een ontwerp van Nootje?' vroeg ik haar, voelend aan de stof.

'Ja. Ik was al veertien jaar het oerwoud niet meer uit geweest...' Meewarig glimlachend keek ze me aan. 'Dus ik moest iets hebben voor kouder weer.'

'Ik ben blij dat je er bent,' zei ik.

Haar glimlach verdween. In haar ogen verscheen doodsangst totdat ze een paar keer diep ademhaalde. 'Je vader heeft me wat eladine gegeven om me kalm te houden tijdens de reis, en het ging heel goed, tot...' Ze trok een grimas en bracht een hand naar haar hals.

'Dat was een beetje een ongelukkig moment,' beaamde ik. 'Maar alles is goed met me, zie je?' Ik stak een arm uit. Foutje.

Snakkend naar adem staarde ze naar de bloederige kneuzingen om mijn pols. Vlug trok ik mijn mouw eroverheen.

'Een paar krasjes.'

'Wat is er gebeurd? En niets verbloemen voor me,' gebood ze.

Ik gaf haar een verkorte versie met maar een paar bloemetjes. 'Die valt me nu niet meer lastig.'

'Dat overkomt je niet meer,' verklaarde ze. 'Je gaat met ons mee naar huis.'

Na deze ochtend had ik daar best zin in. 'Wat moet ik daar doen?'

'Je vader helpen met het verzamelen van monsters of mij helpen met het maken van parfums. Het idee om je nog een keer kwijt te raken is te veel voor me.'

'Daar zul je mee moeten leren omgaan, moeder. Ik loop niet weg en ik verstop me niet voor lastige of gevaarlijke situaties. En ik heb mezelf en andere mensen dingen beloofd. Daar moet ik mee doorgaan, want als ik wegloop, kan ik niet meer met mezelf leven.'

Er ruiste een briesje door de bladeren, en het zweet op mijn huid voelde als ijs. Mijn moeder trok haar mantel steviger dicht. Ik kon de wirwar van emoties om haar heen voelen draaien. Ze bevond zich op vreemd terrein, vechtend met het besef dat haar dochter zichzelf vrijwillig in gevaar bracht voor anderen en dat ze haar opnieuw kon kwijtraken. Ze worstelde met haar angst en wilde niets liever dan de veiligheid van haar gezin en de vertrouwdheid van thuis.

Ik kreeg een idee. 'Nootjes mantel doet me denken aan het oerwoud,' zei ik.

Ze keek naar het kledingstuk. 'Echt waar?'

'Hij heeft dezelfde kleur als de onderkant van een ylang-ylangblad.

Weet je nog dat we onderweg terug van de markt werden overvallen door de regen en moesten schuilen onder een groot ylang-ylangblad?'

'Je weet het weer.' Ze straalde.

Ik knikte. 'Ik heb mijn jeugdherinneringen terug. Maar die zou ik nu niet hebben als ik het risico niet had genomen om Irys te volgen naar de Avibianvlakte.'

'Ben jij op de vlakte geweest?' Het afgrijzen op haar gezicht veranderde in ontzag. 'Jij bent ook nergens bang voor, hè?'

'Tijdens die tocht was ik voor minstens vijf dingen bang.' Vooral dat mijn hoofd zou worden afgehakt door Maanmans kromzwaard, maar ik was wel zo slim om dát niet aan mijn moeder te vertellen.

'Maar waarom ben je dan gegaan?'

'Omdat we informatie nodig hadden. Ik kon me er door mijn angst niet van laten weerhouden wat ik moest doen.'

Zwijgend dacht ze daarover na.

'Je mantel kan je voor meer dingen beschermen dan het weer,' zei ik. 'Als je allemaal dingen van thuis in je zakken stopt, kun je jezelf omringen met het oerwoud wanneer het je even te veel wordt.'

'Daar had ik nog niet aan gedacht.'

'Ik heb zelfs iets voor je om in je zak te stoppen wat je aan mij doet denken. Kom.' Zonder te kijken of ze volgde, klom ik naar beneden. Vanaf de laagste tak liet ik me omlaag hangen en op de grond vallen.

Terwijl ik in mijn rugzak zocht, hoorde ik iets ruisen en keek net op tijd op om mijn moeder langs de boomstam omlaag te zien schuifelen. In een van de vakken in mijn rugzak vond ik mijn vuuramulet. Gezien mijn perikelen van de laatste tijd was de amulet bij mijn moeder in veiliger handen.

'Deze heb ik gewonnen in een tijd in mijn leven dat ik altijd alleen maar bang was.' Het was de eerste prijs voor een acrobatiekwedstrijd op het jaarlijkse vuurfestival in Ixia. Daarna had ik de verschrikkelijkste tijd van mijn leven doorgemaakt, maar ik zou zo opnieuw meedingen naar die amulet, ook al wist ik de uitkomst.

Ik gaf de amulet aan mijn moeder. 'Dit is een van de vier voorwerpen die me dierbaar zijn. Hij is voor jou.'

Ze bekeek de vuuramulet. 'Wat zijn de andere drie?'

'Mijn vlinder en slang.' Ik haalde mijn halsketting tevoorschijn en liet haar mijn armband zien.

'Heeft iemand die voor je gemaakt?'

'Ja, een vriend van me,' zei ik voordat ze verder kon vragen.

Ze trok een smalle wenkbrauw op maar vroeg slechts: 'En het vierde voorwerp?'

Rondrommelend in mijn rugzak vroeg ik me af hoe groot de schok voor mijn moeder zou zijn als ze wist dat een wapen me dierbaar was. De ideale dochter was ik allang niet meer, dus misschien viel het wel mee. Ik liet haar mijn springmes zien en legde uit wat de zilveren tekens op het heft betekenden.

'Dezelfde vriend?' vroeg ze.

Ik lachte en vertelde haar over Ari en Janco. 'Dat zijn eerder oudere broers dan vrienden.'

Mijn moeders glimlach was als het doorbreken van de zon na een hevig onweer. 'Fijn om te weten dat er in Ixia mensen zijn die om je geven.' Ze stak mijn vuuramulet in een zak van haar mantel. 'Vuur staat voor kracht. Ik zal hem altijd bij me houden.'

Na een korte omhelzing maakte Perl zich los en verkondigde: 'Je bent steenkoud. Trek je mantel aan. We gaan naar binnen.'

'Ja, moeder.'

In de gastenverblijven aan de westzijde van het terrein op de veste werden we opgewacht door Esau en Irys. Ik doorstond een verpletterende omhelzing van mijn vader maar moest een uitnodiging om met mijn ouders te gaan eten afslaan. Mijn behoefte aan een bad en slaap was sterker dan mijn honger. Voordat ze me wilden laten gaan, moest ik beloven dat ik de volgende dag voor het grootste gedeelte met hen door zou brengen.

Irys liep met me mee naar het badhuis. Onder haar ogen zaten donkere kringen, en ze zag er net zo moe uit als ik me voelde. Ze maakte een bedachtzame indruk.

'Heb je magie op je moeder gebruikt?' vroeg ze.

'Volgens mij niet. Hoezo?'

'Ze leek me zo vredig. Misschien zonder het te weten?'

'Dan is dat niet zo mooi. Ik moet het helemaal onder controle hebben. Toch?'

'Ik begin te geloven dat op jou niet alle regels van toepassing zijn, Yelena. Misschien komt het door je opvoeding of doordat je op een latere leeftijd met je magie begon dat je vermogens zich zo anders ontwikkelen. Maar maak je geen zorgen,' haastte ze zich te zeggen toen ze mijn gezicht zag. 'Volgens mij is dat in je voordeel.'

Bij het badhuis nam ik afscheid van Irys. Na een lang heet bad sleepte ik mezelf naar mijn kamers. Het laatste waar ik met verbazing aan dacht voordat ik in slaap sukkelde, was dat Irys me voldoende vertrouwde om geen wachters meer met me mee te sturen.

Het was alsof ik nog maar net was weggezakt in een droomloze sluimering toen Irys' mentale roep me wekte. Turend in het heldere zonlicht probeerde ik me te oriënteren.

Hoe laat? vroeg ik haar.

Halverwege de ochtend, zei Irys.

Ochtend? Dat hield in dat ik sinds gistermiddag had geslapen.

Waarom maak je me wakker?

De Raad is bijeengeroepen voor een spoedzitting, en jouw aanwezigheid is gewenst.

Spoedzitting?

Goel is vermoord, en Cahil beweert dat adviseur Ilom een vermomming van Valek is.

28

Goel vermoord? Valek opgepakt? Mijn duffe hoofd kon Irys' mededelingen niet helemaal goed verwerken, en haar aandacht werd alweer weggetrokken voordat ik haar iets kon vragen. Zo snel ik kon, kleedde ik me om en rende naar de raadszaal.

Had Valek Goel vermoord? En als Valek echt was opgepakt, had hij de Sitiërs gewoon nog een reden gegeven om hem terecht te stellen. Moest ik me verbaasd tonen over Valeks aanwezigheid of toegeven dat ik van hem wist? Zou ik medeplichtig worden gehouden aan de moord op Goel? Misschien verdachten ze mij. Ik had Irys alleen gezegd waar ze hem kon vinden. Over de anderen had ik niets gezegd.

Vragen zonder antwoorden wervelden door mijn hoofd. Voor het bordes van de raadszaal bleef ik staan, streek mijn vlecht glad en schikte mijn kleren. Ik droeg een van de nieuwe hemden en de broekrok die Nootje voor me had gemaakt. Even keek ik rond om te zien of ik werd gevolgd. Irys vertrouwde erop dat ik op mezelf kon passen. Ik mocht haar niet teleurstellen.

De raadsleden, de vier meestermagiërs, een handvol vestewachters en Cahil waren bijeen in de grote zaal. Het kabaal van de vele ruzies was oorverdovend, en ik zag Cahil wild gebaren tegen het raadslid van de Zandzaden. Cahils rode gezicht vertrok zich van woede toen de man hem van repliek diende.

Eerste Magiër Roos Vedersteen timmerde met een voorzittershamer om de orde te herstellen. De gesprekken verstomden, en de raadsleden namen hun zetels in. De versieringen voor de ontvangstplechtigheid waren weggehaald, en er stond nu een U-vormige tafel. Roos en de drie overige magiërs zaten aan de bocht, en de stamoudsten hadden een plaats langs de rechte zijden, zes aan de ene kant, vijf aan de andere met Cahil in de zesde zetel. In het midden van de U was een houten podium opgezet. Ik ging bij de kapitein van de wacht en zijn mannen langs de zijmuur staan, in de hoop op te gaan in het witte marmer.

'Bespreken wij de kwestie-Luitenant Goel Ixia,' verkondigde Roos.

Verrast keek ik naar Irys.

Alle noordelijke vluchtelingen krijgen Ixia als stamnaam, verduidelijkte Irys in mijn hoofd. Cahil wordt beschouwd als hun stamleider. Het is een erestam en een eretitel. Hij heeft geen land en geen stem in de Raad.

Dat verklaarde Cahils frustratie en waarom hij het de Raad zo kwalijk nam dat hij geen steun kreeg voor zijn campagne tegen de commandant.

'Luitenant Ixia is dood aangetroffen op een braakliggend terrein ten oosten van de citadel op grond van de Vedersteenstam,' las Roos op. 'Door de genezers is vastgesteld dat hij is gedood met een zwaardsteek door het hart.'

Er brak een gemompel uit onder de raadsleden. Met een ijzige blik legde Roos hun het zwijgen op. 'Het wapen is ter plaatse niet aangetroffen, en momenteel is er een zoektocht gaande in de omliggende velden. Volgens Vierde Magiër is Yelena Liaan Zaltana de laatste die hem levend heeft gezien. Ik verzoek haar plaats te nemen in de getuigenbank.'

Zestien paar ogen wendden zich naar mij. Er zaten vijandige, bekommerde en bezorgde blikken tussen.

Geen nood, zei Irys. Vertel gewoon wat er is gebeurd.

Ik liep naar het podium in de veronderstelling dat dat de getuigenbank was.

'Verklaar u nader,' eiste Roos.

Ik vertelde over de ontvoering en mijn ontsnapping. Er werd collectief naar adem gesnakt toen ik vertelde dat ik de controle over Goels lichaam had overgenomen. Hier en daar werd er al gefluisterd over de ethische code.

Irys stond op en zei: 'Het is volkomen legaal magie te gebruiken om jezelf te verdedigen. In feite is het zelfs te prijzen dat ze zich heeft bevrijd zonder Goel iets aan te doen.'

De raadsleden stelden een eindeloze reeks vragen over Goels motieven. Pas toen de aan mij toegewezen wachters bevestigden dat ze waren gedrogeerd, raakte de Raad door alle vragen heen.

'Je liet Goel geketend achter in de schuur, en daarna heb je hem niet meer gezien?' vroeg Roos.

'Ja,' zei ik.

'Ze spreekt de waarheid.' Aan Roos' zure gezicht kon ik zien dat het haar moeite kostte om dat te zeggen. 'Het onderzoek naar de moord op Goel gaat verder. Yelena, je mag gaan zitten.' Roos gebaarde naar een bank achter haar en de andere meestermagiërs. 'Rest ons de andere kwestie. Ik verzoek Cahil Ixia plaats te nemen in de getuigenbank.'

Op mijn route naar de bank passeerde ik Cahil. In zijn blauwe ogen stond een harde vastberadenheid, en hij weigerde me aan te kijken. Ik nam plaats op de rand van de houten bank, en al had ik me nog zo schrap gezet, Cahils beschuldigingen deden mijn hart ineenkrimpen van angst.

'...en wat Valeks bedrog nog erger maakt, is het feit dat zijn zielsverwant en meesterspion niemand minder is dan Yelena Zaltana.'

Er barstte een kakofonie van stemmen los. Roos liet haar hamer dreunen, maar er luisterde niemand. Ik voelde de kracht van de magie waarmee ze iedereen tot stilte maande. Het duurde maar even, maar het was genoeg om haar boodschap over te brengen.

'Cahil, waar is je bewijs?' vroeg Roos.

Hij wenkte een van de vestewachters. De wachter opende een deur achter in de zaal, en daar verschenen kapitein Marrok en vier van Cahils mannen, adviseur Ilom met zich mee slepend. Iloms armen waren geboeid op zijn rug, en de vier wachters hielden hun zwaarden op hem gericht. De grimmige stoet werd gevolgd door ambassadeur Signe en een handvol Ixische soldaten.

Uit alle macht probeerde ik Valeks blik te vangen, maar hij keek naar de raadsleden met een geërgerde frons.

Ambassadeur Signe was de eerste die sprak. 'Ik eis een verklaring. Dit is een oorlogshandeling.'

'Cahil, ik had je gezegd de adviseur los te laten tot deze kwestie was geregeld,' zei Roos. In haar amberkleurige ogen flakkerde razernij.

'En hem laten ontsnappen? Nee. Dan lever ik hem liever hier af om hem in ieders bijzijn te ontmaskeren.' Cahil beende naar Ilom en trok aan zijn haar.

Ik kromp ineen, maar Iloms hoofd ging met een ruk omlaag, en hij gaf een kreet van pijn. Onverschrokken trok Cahil aan Iloms neus en zette zijn nagels in de huid onder zijn kin. Ilom gilde, en uit de krassen in zijn hals welde bloed op. Stomverbaasd deed Cahil een stap achteruit. Andermaal gingen zijn handen naar Iloms gezicht, maar Marrok greep zijn polsen en hield hem vast. Cahils mond hing open van verbijstering.

'Laat de adviseur los,' gelastte Roos.

Iloms boeien werden verwijderd terwijl Cahil, zijn gezicht rood van woede, en zijn mannen de zaal uit werden geleid. De zitting werd gesloten, en Roos haastte zich om zich te verontschuldigen bij de ambassadeur en Ilom.

Ik bleef op de bank zitten kijken terwijl Signes toorn en Iloms verongelijktheid wat werden gesust door Roos' woorden. Ik was bang de aandacht op mezelf te vestigen en hoopte maar dat niemand zich Cahils beschuldigingen aan mijn adres herinnerde.

Ik was al even verbijsterd over Ilom als Cahil. Al kende ik hem nog zo goed, Valek bleef me verbazen. Ik liet mijn blik over de Ixische wachters gaan, en inderdaad, één soldaat met blauwe ogen leek bijzonder met zichzelf ingenomen. Vermoedelijk verkleedde Ilom zich als wachter wanneer Valek zich vermomde als de adviseur en verwisselden ze van plaats wanneer Valek moest rondsluipen door Sitia.

Uiteindelijk druppelden de raadsleden en Ixiërs een voor een naar buiten. Irys kwam bij me op de bank zitten.

Zeg Valek dat hij weg moet, zei ze. Het gevaar is te groot.

Je weet het.

Natuurlijk. Ik had hem wel bij deze delegatie verwacht.

Je vindt het niet erg dat hij er is. Dat hij komt spioneren in Sitia.

Hij is hier voor jou. En het doet me deugd dat jullie wat tijd voor elkaar hebben gehad.

Maar wat als hij Goel heeft vermoord?

Goel was een gevaar voor jou. En al had ik hem liever gearresteerd, ik kan me niet druk maken om zijn dood.

'Ga maar wat eten,' zei Irys. 'Je ziet een beetje pips.'

'Geweldig. Eerst had ik er geen, en nu heb ik twéé moeders.'

Irys schoot in de lach. 'Sommige mensen hebben nu eenmaal wat extra hulp nodig.' Ze klopte op mijn knie en ging op zoek naar Baïn.

Maar voor ik kon vertrekken zag ik Bavol Zaltana op me afkomen. Ik wachtte op hem.

'Ambassadeur Signe vraagt om een gesprek met je,' zei Bavol.

'Wanneer?'

'Nu.'

Bavol nam me mee de grote zaal uit. 'De ambassadeur heeft een ruimte gekregen zodat ze kantoor kan houden terwijl ze te gast is,' legde Bavol uit terwijl we door het raadsgebouw liepen.

De hele Sitische regering was in het enorme bouwwerk ondergebracht. In kantoren en vergaderzalen was iedereen druk bezig met het besturen van het land. In een ondergrondse archiefruimte werden alle officiële documenten bewaard, al bleven de lokale dossiers in de hoofdsteden van de stammen.

Ik vroeg me af hoe de nomadische Zandzaden dat deden. Zeulden die hun hele archief met zich mee als ze over de vlakte trokken? Terugdenkend aan Irys' lezing over de Zandzaden begreep ik dat ze een mondelinge overlevering kenden waarbij hun geschiedenis werd verteld door de verhaalwevers. Een beeld van een blauw geschilderde Maanman zittend in een ondergrondse ruimte deed me glimlachen.

Bavol keek me vragend aan.

'Ik dacht even aan de archiefruimte,' zei ik. 'Ik vroeg me af hoe de Zandzaadstam hun rapporten indiende bij de Raad.'

Bavol grijnsde. 'De Zandzaden doen nu eenmaal een beetje moeilijk. We laten hen hun... ongebruikelijke gang gaan. Tweemaal per jaar komt er een verhaalwever naar de Raad, die de gebeurtenissen van de stam dicteert aan een scribent. Het werkt, en het bewaart de vrede in ons land. We zijn er.' Bavol gebaarde naar een open deur. 'We praten straks nog wel verder.' Bavol bewoog zijn hoofd en schouders in een halve buiging en vertrok.

De uitnodiging gold dus niet voor Bavol. Ik stapte een ontvangstruimte binnen. Achter een wat kaal bureau zat adviseur Ilom. De krassen in zijn hals bloedden niet meer. Bij een dichte deur stonden twee soldaten op wacht.

Ilom stond op en klopte op de deur. Ik hoorde een vage stem, en Ilom draaide aan de klink. 'Ze is er.' Hij duwde de deur verder open en wenkte me binnen.

Het kantoor van ambassadeur Signe betredend vielen me de functionele eenvoud van de meubelen en het gebrek aan versieringen op. Achter haar stonden wachters, maar die stuurde ze weg. Geen van hen was Valek, en ik vroeg me af waar hij was gebleven. Ari en Janco hadden vermoedelijk geen dienst.

'Je hebt vannacht voor aardig wat opschudding gezorgd,' zei Signe toen we alleen waren.

Haar krachtige ogen namen me op. Vol verwondering keek ik naar haar. Ze had dezelfde verfijnde gelaatstrekken als de commandant, maar door het lange haar en de potloodlijntjes rond haar ogen was zijn gezicht veranderd in haar leeftijdloze schoonheid.

'Ik hoop dat u ongestoord hebt kunnen slapen,' zei ik, kiezend voor een diplomatieke benadering.

Ze wuifde mijn opmerking weg. 'We zijn alleen. Je kunt vrijuit spreken.'

Ik schudde mijn hoofd. 'Meestermagiërs hebben een uitstekend gehoor.' Ik dacht aan Roos, die het vast als haar vaderlandslievende plicht beschouwde om de ambassadeur af te luisteren.

Signe knikte begrijpend. 'Het schijnt dat de troonpretendent verkeerde informatie in handen heeft gekregen. Ik vraag me af hoe dat is gebeurd.'

'Een communicatiestoornis tussen verscheidene partijen.'

'Dus er volgen geen valse beschuldigingen meer?' vroeg Signe.

Haar blik doorboorde me alsof ze een mes op mijn keel hield. Ze vroeg zich af of ik haar vermomming geheim kon houden.

'Nee.' Ik liet haar mijn handpalm zien en wees op het litteken dat ze had gemaakt toen ik had beloofd het geheim van de commandant aan niemand te vertellen. Zelfs niet aan Valek.

Dat deed me denken aan Irys' voorstel dat Valek uit Sitia vertrok. Ik haalde de vlinder aan mijn halsketting tevoorschijn. 'Sommige geruchten willen nog wel eens blijven smeulen, en het kan geen kwaad om ervoor te zorgen dat er geen brandstof overblijft om nogmaals brand te stichten.'

Signe moest het weten van Valek. 'Ik zal dat in beraad nemen. Maar ik had nog iets met je te bespreken.' Signe haalde een vel perkament uit haar zwartleren aktetas. Ze rolde het op en hield het in haar hand.

'De commandant stuurt je een bericht. Hij heeft diep nagedacht over je laatste gesprek met hem. Hij heeft besloten het voorgelegde advies als redelijk te aanvaarden en wil je bedanken voor het voorstel.' Signe gaf me de papierrol.

'Een uitnodiging voor een bezoek wanneer je magische opleiding is voltooid. Over een week begint onze terugreis naar Ixia. Voor ons vertrek verlangen we een antwoord.'

Ik kon gaan. Ik maakte een buiging voor de ambassadeur en verliet haar kantoor. Peinzend over haar woorden liep ik naar de veste. De commandant had een executiebevel ondertekend, dus een bezoek aan Ixia stond gelijk aan zelfmoord.

Pas nadat ik een warm vuur in mijn kamer had gestookt, rolde ik het bericht van de commandant open. Starend naar de dansende vlammen overdacht ik het aanbod van commandant Ambrosius. In mijn handen hield ik het bevel voor mijn executie. Maar het viel niet mee het bevel zomaar in het vuur te smijten. Onder aan het document was een aantekening geschreven.

Als ik bewees trouw aan Ixia te zijn, werd het bevel ingetrokken. Als ik de Ixische generaals het voordeel kon laten inzien van een magiër aan Ixische zijde, kon ik een adviseurspositie aanvaarden. Als ik dat deed, kon ik terug naar Ixia. Terug naar mijn vrienden. Terug naar Valek.

Zonder het te weten had Cahil mijn mogelijke toekomst gezien toen hij me voor de Raad had uitgemaakt voor meesterspion.

IK STAARDE IN HET VUUR TERWIJL MIJN TEGENSTRIJDIGE EMOTIES, mijn tegenstrijdige bindingen en mijn tegenstrijdige wensen allemaal brandden en dansten in mijn borst, net als de vlammen. Geen stap dichter bij een besluit stopte ik het executiebevel in mijn rugzak. Misschien was het beter er later nog eens over na te denken.

Maar ik had mijn ouders iets beloofd, dus ik repte me naar de eetzaal in de hoop ze daar aan te treffen voor de maaltijd. Onderweg kwam ik Dax tegen.

'Yelena,' zei hij en hij liep met me mee. 'Jou heb ik in geen dagen meer gezien.'

'Je loopt vast te popelen om me te vertellen wat er op de campus allemaal over me wordt geroddeld. Toch?'

'Alsof ik niets anders te doen heb,' snoof hij zogenaamd gekwetst. 'Misschien had ik het wel veel te druk om dat soort verhalen aan te horen.'

Ik keek hem aan.

Hij zuchtte. 'Oké, jij wint. Ik verveel me te pletter. Tweede Magiër heeft het druk met detectiefje spelen, en Gelsi zit tot haar nek in een of ander project en haar zie ik ook niet meer.' Dax zweeg theatraal. 'Mijn leven is zo saai dat ik een plaatsvervangend leven leidt via jouw avonturen.'

'En aangezien geruchten altijd precies kloppen...'

'Jouw avonturen zijn uitgegroeid tot legenden.' Lachend spreidde hij zijn armen. 'En, wat ga je nu weer doen? Een draak verslaan? Mag ik mee als jouw nederige schildknaap? Ik zal elke avond je machtsstaf poetsen met mijn hemd. Beloofd.'

'Ik ben blij dat je zo veel plezier beleeft aan mijn problemen,' zei ik met enig sarcasme. 'Ik ben op zoek naar mijn... eh, naar de boomkoning en zijn koningin. We gaan ten strijde trekken tegen de valse boomrekels die een onzichtbaar leger hebben verzameld in de veste.'

Dax' ogen lichtten op. 'Ik heb vanochtend nog gehoord over de avonturen van de boomkoningin.'

Het spelletje verloor zijn charme. Ik hoefde het geroddel van de studenten over mijn moeder niet te horen. Voordat Dax kon uitweiden nodigde ik hem uit om mee te komen.

Ik vond mijn ouders in de eetzaal, en we gingen bij hen zitten. Tijdens de maaltijd werkte Dax' aanwezigheid in mijn voordeel. Het gespreksonderwerp bleef bij de lessen, paarden en andere alledaagse zaken, zodat mijn ouders geen kans kregen iets te vragen over de raadszitting. En toen mijn moeder aanbood een speciale geur voor Dax te distilleren, wist ik dat ze blij was dat ik een Sitische vriend had gevonden.

Na ons afscheid van Dax ging ik met mijn ouders mee naar de gastenverblijven. Terwijl Perl in het keukentje thee zette, vroeg ik Esau naar het curare. Irys had hem erover verteld toen ze vreesde dat ik was ontvoerd door Ferde.

Hij haalde een eeltige hand over zijn gezicht. 'Ik had nooit gedacht dat het daarvoor zou worden gebruikt,' zei hij hoofdschuddend. 'Als ik iets nieuws ontdek, experimenteer ik er altijd mee tot alle bijwerkingen me bekend zijn en ik weet hoe de stof kan worden gebruikt en misbruikt. Dan weeg ik de voordelen af tegen de nadelen. Sommige ontdekkingen komen nooit naar buiten, maar bij de andere wegen de voordelen op tegen de nadelen, ook al zijn ze misschien niet volmaakt.'

Esau zweeg toen Perl de kamer binnenkwam met een dienblad. De waarschuwing in mijn vaders ogen zei me dat mijn moeder niet wist dat Ferde het curare gruwelijk had misbruikt.

Ze schonk thee in en kwam vlak bij me zitten op de bank. Tijdens het middagmaal had ze haar mantel aangehouden, maar die had ze uitgetrokken bij binnenkomst in de suite.

'Wat is er gebeurd bij de raadszitting?' vroeg ze me.

Ik gaf hun een verwaterde versie van Cahils beschuldigingen aan het adres van adviseur Ilom. Perls hand vloog naar haar hals toen ik Valeks naam noemde, maar ze kalmeerde toen ik zei dat Cahil het mis bleek te hebben. Zonder erbij te vertellen wat Cahil had beweerd over mij en Valek lichtte ik hen in over de moord op Goel.

'Mooi,' zei Perl. 'Dat bespaart me de moeite hem te vervloeken.'

'Moeder!' Ik zat versteld. 'Kun je dat dan?'

'Parfums en geuren zijn niet de enige dingen die ik kan brouwen.'

Ik keek Esau aan. Hij knikte. 'Maar goed dat Reyad en Mogkan al dood waren. Je moeder heeft een levendige verbeelding als ze kwaad is.'

Ik vroeg me af of ik nog meer verrassingen zou ontdekken over mijn ouders. Van onderwerp veranderend stelde ik vragen over hun reis naar de veste en over de familie Zaltana. Zoals beloofd bracht ik de dag met hen door.

Toen het laat was, bood Esau me aan me naar mijn kamers te brengen. Aanvankelijk sloeg ik zijn aanbod af. Sinds de toestand met Goel had ik geen wachters meer gehad. Maar toen hij aandrong en Perl haar voorhoofd fronste, dacht ik aan haar opmerking over vervloeken, en om haar toorn niet over me af te roepen, stemde ik in.

Er hing een stille, lege sfeer op de campus. Maanlicht glinsterde op de berijpte bomen. Over vier dagen was het alweer vollemaan. Mijn hand vond Valeks slang, en ik liet de armband rond mijn arm draaien.

Halverwege mijn kamers zei Esau opeens: 'Ik moet je nog iets vertellen over curare.'

'Is er nog meer?'

Hij knikte. 'De reden dat ik het curare naar de Zandzaden verzond voordat ik al mijn experimenten met het middel had voltooid, was de stekende netelplant. Die groeit op de Avibianvlakte, en als je je eraan prikt, lijdt je dagenlang ondraaglijke pijn. Meestal zijn het kinderen die ertegen aanlopen zonder het te beseffen. In lage doses is curare uitstekend om de wond gevoelloos te maken. Het was nooit bij me opgekomen dat iemand hoge doses curare zou gebruiken om het hele lichaam te verlammen.' Met gefronste wenkbrauwen haalde Esau een hand door zijn schouder-lange grijze haar. 'Later ontdekte ik een andere bijwerking die me toen onbeduidend voorkwam. Maar nu...' Esau bleef staan en keek me aan. 'In hoge doses verlamt curare ook iemands magische vermogens.'

Ik voelde het bloed wegtrekken uit mijn gezicht. Dus zelfs een meestermagiër was met curare volkomen hulpeloos te maken. Morgenavond was de geheime uitwisseling. Nadat ik Goels lichaam in bezit had genomen met mijn magie, was ik van plan geweest met Ferde hetzelfde te doen in de veronderstelling dat ik, verlamd door het middel, nog steeds mijn magie kon gebruiken. Nu bleek dat ik koste wat het kost moest voorkomen dat ik werd ingespoten met curare.

Mijn vader moest het afgrijzen in mijn ogen hebben gezien. 'Er is een soort tegengif,' zei hij.

'Tegengif?'

'Geen totale omkering, maar de magie wordt bevrijd, en er keert enig gevoel terug, hoewel er nieuwe problemen optreden.' Esau schudde zijn hoofd van frustratie. 'Ik heb er nog niet goed mee kunnen experimenteren.'

'Wat is het?'

'Theobroma.'

Dat verklaarde de nieuwe problemen. Door het eten van het bruine snoepgoed werd de geest geopend voor magische invloeden. Mijn mentale verdediging zou dan niet werken tegen een andere magiër, ook al was die zwakker dan ik.

'Hoeveel theobroma heb ik dan nodig?' vroeg ik mijn vader.

'Veel. Alhoewel, ik zou het kunnen concentreren,' peinsde hij.

Er woei een kille wind langs me heen, en huiverend trok ik mijn mantel dichter om me heen toen we verder liepen.

'Dan is het niet zo lekker maar wel een kleinere hoeveelheid,' zei Esau.

'Lukt dat voor morgenmiddag?' vroeg ik.

Hij staarde me aan met een ongeruste blik in zijn vriendelijke ogen. 'Ga je iets doen wat ik je moeder maar beter niet kan vertellen?'

'Ja.'

'Belangrijk?'

'Zeer.'

Mijn vader dacht na over mijn verzoek. Toen we bij mijn kamers arriveerden, gaf hij me een knuffel. 'Weet je waar je mee bezig bent?'

'Ik heb een plan.'

'Yelena, ondanks alles heb je de weg terug naar huis kunnen vinden. Ik vertrouw erop dat je opnieuw zult zegevieren. Morgenmiddag krijg je het tegengif.'

Als een beschermende beer bleef hij in de deuropening staan terwijl ik mijn kamers doorzocht. Tevreden over mijn veiligheid wenste hij me welterusten en ging terug naar de gastenverblijven.

In bed dacht ik nog na over de dingen die Esau me had verteld. Toen de luiken openzwaaiden, schoot ik overeind en greep mijn springmes van onder het kussen. Met soepele gratie klom Valek door het raam en liet zich geluidloos op mijn bed zakken. Hij sloot de luiken af en kwam bij me liggen.

'Je moet weg,' zei ik. 'Er zijn te veel mensen die weten dat je er bent.'

'Pas als we de moordenaar hebben. En trouwens, de commandant heeft me opgedragen de ambassadeur te beschermen. Ik zou mijn plichten verzaken als ik ging.'

'En als ze jou naar huis stuurt?' Ik draaide me zodanig dat ik hem recht kon aankijken.

'De bevelen van de commandant wegen zwaarder dan alle andere.'

'Valek, heb jij...'

Hij smoorde mijn vraag met een kus. Ik moest nog veel meer met hem bespreken. Goels dood en het aanbod van de commandant. Maar zodra zijn lichaam zich voegde naar het mijne en zijn geur mijn neus bereikte, waren alle gedachten aan moord en intrige verdwenen. Ik trok aan zijn hemd. Hij glimlachte verrukt. We hadden maar weinig tijd samen, en ik had geen zin om de nacht te verspillen aan praten.

Toen ik in het halfdonker van de zonsopgang wakker werd, was

Valek weg. Maar ik voelde me verkwikt. Mijn afspraak met Ferde stond gepland voor middernacht, en in de loop van de dag nam ik telkens mijn plannen door.

Irys wilde me die ochtend als les weer voorwerpen laten verplaatsen met mijn magie. Dat lukte me nog altijd niet. Maar ik vroeg of we konden werken aan het versterken van mijn mentale verdediging. Als ik gebruik moest maken van Esaus tegengif, moest mijn barrière sterk genoeg zijn om Ferdes magie te kunnen blokkeren terwijl ik verkeerde onder de invloed van de theobroma.

Voordat ze me na de les liet gaan, vroeg Irys: 'Ben je nog steeds moe van je confrontatie met Goel?'

'Een beetje. Hoezo?'

Met een ironisch glimlachje keek ze me aan. 'De hele week heb je lopen drammen over de zoektocht naar Opaal. Maar vandaag geen enkele vraag.'

'Ik ging ervan uit dat je het me wel zou vertellen als er nieuws was.'

'We hebben een mijlpaal bereikt!' verklaarde Irys. 'Je begint ons te vertrouwen.' Toen doofde de humor in haar ogen. 'Geen nieuws. Volgens ons zijn ze niet in de citadel of op de vlakte, dus we zijn het zoekveld groter aan het maken.'

Bedrukt door mijn schuldgevoel ging ik gauw op zoek naar mijn vader. Ik had graag met Irys en de anderen willen samenwerken, maar ik moest nu naar Ferde met alleen de steun van Valek. Die stond dan wel gelijk aan vier gewapende mannen, maar ik had haar onze plannen niet toevertrouwd. Een goede Sitiër zou alles hebben voorgelegd aan de Raad.

Maar waarom vertrouwde ik Irys niet? Omdat ze me niet naar Ferde zou laten gaan. Het gevaar voor Sitia was te groot, maar zonder mij zou Ferde zich nooit in een hinderlaag laten lokken. Volgens Irys zouden ze hem uiteindelijk toch wel vinden en was het voor Sitia maar een kleine prijs om Opaal op te offeren. Volgens mij kon hij alleen maar worden gestopt door alles op het spel te zetten. Waar het om ging, was weten wat de risico's zijn en die tot een minimum beperken.

Irys geloofde niet dat ik Ferde gevangen kon nemen, maar ik had Roos, de machtigste magiër in Sitia, bij mijn diepste gedachten vandaan weten te houden, ik had Tula's lichaam geheeld en haar bewustzijn gevonden, ik had Goels lichaam overgenomen, en straks had ik ook nog een tegengif voor curare.

Vertrouwen moest van twee kanten komen. Trouw ook. Voelde ik me trouw? Aan Irys, ja. Maar aan Sitia? Dat kon ik niet zeggen.

Ook als het ons lukte om Opaal te redden en Ferde gevangen te nemen, zou Irys me geen les meer geven. Dat akelige idee stemde me tot nadenken over mijn toekomst en het aanbod van de commandant.

Irys zou onze relatie afkappen, en dan was ik Sitia niets meer verplicht. Dan kon ik de commandant vertellen over Cahil en zijn plannen om een leger te verzamelen en Ixia omver te werpen. Cahil, die gluiperd, had er geen moeite mee gehad om de Raad te vertellen over mijn banden met Valek.

Mijn vader stond me op te wachten voor de gastenverblijven. Hij had de theobroma geconcentreerd in een pil ter grootte en in de vorm van het ei van een roodborstje.

'Er zit een laagje gelatine omheen zodat hij niet smelt,' legde Esau uit.

'Smelt?'

'Hoe wou jij dat ding doorslikken als je verlamd bent door curare?' Toen mijn ogen groot werden van plotseling besef, zei hij: 'Je houdt die pil gewoon tussen je tanden. Als je wordt geprikt met het curare, bijt je hem stuk en probeer je zo veel mogelijk door te slikken voordat je kaakspieren verlamd raken. Hopelijk smelt de rest en loopt het je keel in.'

Voordat ik van dit tegengif wist, was het hoofdzaak geweest helemaal niet met curare in aanraking te komen. Als ik vrijwillig naar Ferde ging, hoefde hij het middel niet te gebruiken. Dat hoopte ik tenminste. Esaus pil gaf me nog meer vertrouwen in de confrontatie van vannacht, en hij had me op een idee gebracht. Ik leende nog wat spullen van mijn vader.

De rest van de middag ging ik zelfverdediging oefenen met Zitora, en na het eten met mijn ouders ging ik naar de stal. Alles kwam me die dag raar voor, alsof ik het voor de laatste keer deed. Misschien kwam dat doordat mijn leven na vannacht niet meer hetzelfde zou zijn.

Kiki voelde mijn stemming aan. Lavendelvrouw droevig.

Een beetje. Ik haalde Kiki uit haar box om haar te roskammen. Meestal praatte ik met haar, maar vanavond werkte ik in stilte.

Ik gaan met Lavendelvrouw.

Verrast hield ik op met kammen. Ik had gedacht dat mijn contact met Kiki niet verder ging dan emoties en eenvoudige communicatie. Ze kon mijn gevoelens onderscheiden en voelde aan wanneer ik werd bedreigd, zoals toen met Goel, maar ik had altijd gemeend dat ze niet wist waarom.

Het zou verdacht zijn als ik je meenam.

Mij meenemen tot ruikafstand. Lavendelvrouw heeft mijn hulp nodig.

Terwijl ik de borstels opruimde, dacht ik na over haar woorden. Cahil was niet naar de stal gekomen om me les te geven. Dat verbaasde me niets. Dan ging ik wel in mijn eentje oefenen. Maar hoe kwam ik op Kiki's rug zonder een zadel of een duwtje omhoog?

Manen pakken. Springen. Trekken.

Kiki, je zit vanavond vol goede raad.

Slim, beaamde ze.

Terwijl we door de wei reden, drong de waarde van haar aanbod tot me door. Ik zou haar meenemen en haar laten grazen op de vlakte. De afspraak was op de enige plek op de vlakte die ik kende: de Bloedrots. Ik kreeg kippenvel toen ik erover nadacht hoe Ferde aan die informatie was gekomen.

Ik kreeg nog steeds nachtmerries van Ferdes beeld en gedachten en vroeg me af of ik niet onbedoeld een mentale verbinding had gevormd met zijn geest. Steeds vaker droomde ik over zijn wens om mij te bezitten. Ik rende niet langer weg voor de slangen. In plaats daarvan wachtte ik op hun strakke omhelzing en de vergetelheid van hun beet. In mijn dromen begon ik me al even verontrustend te gedragen als Ferde.

Kiki ging over in draf en wekte me uit mijn gedachten. Ik deed mijn best om mijn evenwicht te bewaren. Toen mijn benen zeer begonnen te doen, bleef ze staan.

Nadat ik Kiki vlug droog had gewreven, bracht ik haar terug naar haar box. Tot straks, zei ik en ik ging naar mijn kamers om me voor te bereiden op de uitwisseling. Mijn zelfvertrouwen verzuurde tot nervositeit toen de duisternis bezit nam van de hemel.

Vertrouwen, zei Kiki. Vertrouwen is pepermuntjes.

Ik begon te lachen. Kiki beschouwde de wereld via haar maag. Pepermuntjes waren goed, dus iemand anders vertrouwen was ook goed.

Valek wachtte me op in mijn kamers. Zijn stramme gezicht leek wel een metalen masker. In zijn ogen lag een koude glans: zijn moordenaarsblik.

'Hier.' Hij gaf me een zwart hemd met een col en een zwarte broek. 'Die zijn van een speciale stof die je beschermt tegen pijltjes uit een blaaspijp, maar als je ermee wordt gestoken, halen ze niets uit.'

'Ze zijn geweldig,' zei ik en bedankte hem. Zo kon ik tenminste niet worden verrast, en als Ferde eenmaal zo dichtbij was dat hij me kon steken, was ik hopelijk in het voordeel.

De nieuwe kleren hingen aan mijn tengere gestalte. Ik rolde de mouwen op en deed een riem om zodat de broek niet afzakte.

Even verscheen er een glimlachje op Valeks lippen. 'Ze waren van mij. Ik ben niet zo goed in het verstellen van kleren.'

Zorgvuldig pakte ik mijn rugzak in met alleen de dingen die ik nodig had, zoals de theobroma, de spullen van Esau, mijn touw met enterhaak, een appel en mijn boog. Ferde had niet gezegd dat ik ongewapend moest komen. Mijn slothaken gingen in mijn haar, en ik gespte mijn springmes aan mijn bovenbeen door het gat in de zak van mijn broek. Valek had vooruit gedacht. Hij mocht dan geen talent zijn met naald en draad, maar hij had als geen ander verstand van de vechtkunst.

We namen ons plan door, en ik vertelde hem over Kiki.

'Het is al moeilijk genoeg om zonder paard de veste en de citadel uit te sluipen, lief,' zei Valek.

'Ik red me wel. Vertrouw maar op mij.'

Hij staarde me vlak aan, zonder enige emotie.

'Ik ga met Kiki naar de vlakte en geef jou de tijd de citadel uit te komen voordat ik naar de Bloedrots ga,' zei ik. 'Als Opaal eenmaal in veiligheid is en Ferde zich laat zien, is dat het teken om in actie te komen.'

Valek knikte. 'Reken daar maar op.'

Ik trok mijn mantel aan en vertrok. Over vier uur was het middernacht. Er liepen maar weinig mensen over het terrein. De fakkels langs de wandelpaden waren aangestoken, en enkele studenten repten zich door de koele nachtlucht, op weg naar een avondklas of een afspraak met vrienden. Tussen hen was ik een vreemde. Een schaduw die toekeek en ernaar smachtte om met hen mee te gaan met de wens dat ik me alleen maar zorgen hoefde te maken over een geschiedenisproefwerk van Baïn Bloedgoed.

Kiki wachtte op me in haar box. Ik deed de deur open en liet haar eruit. Het bleek een onmogelijke taak om met een mantel aan en een rugzak om op haar rug te klimmen. Ik ging een opstapkrukje halen.

Meer oefenen, zei Kiki. Geen kruk in wild.

Later, gaf ik toe.

Toen we op weg gingen naar de poort van de veste keek Kiki achterom naar Irys' toren. Magiemevrouw.

Het door mij onderdrukte schuldgevoel over het feit dat ik Irys niets had verteld dreigde boven te komen. Ze zal niet blij zijn.

Spinnijdig. Magiemevrouw pepermuntjes geven.

Ik lachte en bedacht dat ik wel meer nodig had dan pepermuntjes om de schade te herstellen.

Pepermuntjes zoet aan beide kanten, zei Kiki.

Cryptisch paardenadvies? Weet je zeker dat Maanman je vader niet is?

Maanman slim.

Peinzend over haar woorden trachtte ik de betekenis erachter te ontcijferen. Voordat we bij de poort van de veste kwamen, trok ik een draad magie naar me toe en liet mijn bewustzijn uitgaan. Er stonden twee soldaten op wacht. Verveeld dacht de een met verlangen aan het einde van zijn wacht. De ander vroeg zich af wat hij zou eten voordat hij later ging slapen. Op een krukje zat een magiër te dommelen. Ik zond de magiër in een diepere sluimering, en gebruikmakend van de wensen van de wachters moedigde ik hen aan zich op iets anders te richten dan de ruiter te paard die door de poort kwam. Terwijl de ene wachter naar de hemel keek om te zien hoe ver de Zuiderster al was gekomen, rommelde de ander wat rond in het wachthuis om iets te eten te zoeken. Geen van beiden merkte ons op, en algauw waren we uit het zicht.

Kiki liep stil door de citadel. Geen hoefsmid waagde zich bij een Zandzaadpaard, want het was algemeen bekend dat dit ras niets van hoefijzers moest hebben. Bij de poorten van de citadel stonden vier wachters. Opnieuw leidde ik de wachters af terwijl we naar buiten liepen. Toen we uit het zicht van de poort waren, zette Kiki een galop in en gingen we op weg naar de Avibianvlakte. Pas toen we de weg en de citadel niet meer konden zien, vertraagde Kiki haar pas tot stap.

Mijn gedachten keerden terug naar Kiki's woorden over pepermuntjes. Om het plan vannacht te laten slagen, moesten we allebei onze bijdrage leveren. Beide kanten moesten zoet zijn. Ook had ze vertrouwen gelijkgesteld aan pepermuntjes. Doelde ze op Irys in plaats van Valek?

Het antwoord bloeide op in mijn hoofd. Ik wist niet of ik trots moest zijn omdat ik zo slim was Kiki's advies te ontcijferen of me diep moest schamen omdat ik me door een paard moest laten vertellen wat ik het beste kon doen.

Irys, riep ik in mijn hoofd.

Yelena? Wat is er?

Ik haalde diep adem, staalde mijn zenuwen en vertelde haar mijn plannen. Stilte, lang en leeg, volgde mijn biecht.

Dat wordt je dood, zei ze uiteindelijk. Je bent mijn student niet meer. Ik leg contact met de andere meestermagiërs, en we houden je tegen voordat je bij hem bent.

Die reactie had ik verwacht. Juist vanwege haar woede en onmiddellijke afkeuring had ik haar nergens over willen vertellen. Irys, je hebt al wel vaker gezegd dat iets mijn dood zou worden. Weet je nog toen we elkaar voor het eerst spraken in het Slangenwoud in Ixia?

Ze aarzelde. Ja.

Ik zat toen in een onmogelijke positie. Ik had mijn magische krachten niet onder controle, jij dreigde me te doden, en ik was vergiftigd door Valek. Alles wat ik vanaf dat moment zou doen, leek uiteindelijk te leiden tot mijn dood. Maar ik vroeg je me wat tijd te gunnen, en dat deed je. Je kende me amper, maar je vertrouwde me genoeg om me een uitweg te laten verzinnen. Hoe de dingen er in Sitia aan toe gaan weet ik misschien niet, maar ik weet wel hoe ik moet omgaan met onmogelijke situaties. Denk daar eerst eens over na voordat je de anderen roept.

Weer een lange, pijnlijke stilte. Ik verbrak mijn contact met Irys omdat ik mijn aandacht moest richten op vannacht. Op een mijl afstand van de Bloedrots bleef Kiki staan. Ik kon de subtiele magie van de Zandzaden voelen. De bescherming was niet zo sterk als destijds in het kamp, en het leek op een dun web dat wachtte om zijn nietsvermoedende prooi te vangen. Met een goed opgetrokken magische verdediging kon een magiër onopgemerkt blijven, maar als de Zandzaden hun macht versterkten, zouden ze zijn aanwezigheid opmerken. Vervolgens zou hun magie de indringer aanvallen. Ik slaakte een zucht van verlichting in de wetenschap dat Valek met zijn immuniteit onzichtbaar zou zijn.

Ik liet me van Kiki's rug glijden. Uit het zicht blijven, zei ik tegen haar.

In wind blijven, instrueerde Kiki. Geur sterk houden.

Ik verstopte me in het hoge gras om Valek de tijd te geven ons in te halen. Kiki had dit punt in een uur bereikt, maar hij had een uur extra nodig om in positie te komen. Toen ik het idee had dat ik lang genoeg had gewacht, begon ik in de richting van de Bloedrots te lopen in het vertrouwen dat Valek de plaats van uitwisseling naderde van de andere kant.

Haas, zei Kiki. Gelukkig.

Ik glimlachte. Ze had vast een haas opgeschrikt. Het heldere maanlicht scheen op de lange grashalmen. Er stond een licht briesje, en mijn schaduw schoof over het wuivende oppervlak.

Irys' stem klonk in mijn hoofd. Je staat er alleen voor. Toen werd haar mentale verbinding met mij verbroken, het contact tussen student en mentor vernietigd. De plotselinge leegte bonkte in mijn hoofd.

Mijn hart perste er kleine paniekstekeltjes uit. Ik kalmeerde mijn zenuwen door me eraan te herinneren dat Valek en Kiki me volgden.

Toen ik dichter bij het afgesproken punt kwam, bleef ik staan en trok mijn mantel uit. Ik rolde het kledingstuk op en verstopte het in een kluit hoog gras. Daarna haalde ik Esaus theobromapil uit mijn rugzak en stak hem tussen mijn kiezen. Hij lag wat onhandig in mijn mond, en ik hoopte maar dat ik er niet per ongeluk op zou bijten.

Ik ging verder. Verderop doemde de donkere vorm van de rots op. In de stralen maanlicht die door de wolken vielen, tuurde ik door het halfduister, op zoek naar een spoor van Ferde en Opaal.

Er ging een golf van opluchting door me heen toen Opaal achter de Bloedrots vandaan stapte. Ze rende naar me toe, en pas toen ze de schaduw uit kwam, zag ik de doodsangst op haar gezicht. Haar ogen waren gezwollen en haar bleke huid vlekkerig van het huilen. Met mijn magie speurde ik de omgeving af terwijl mijn blik op jacht ging naar Ferde.

Snikkend wierp Opaal zich in mijn armen. Veel te gemakkelijk. Hoefde ik niet te beloven met hem mee te gaan voordat hij haar vrijliet? Het meisje klampte zich zo strak tegen me aan dat ze me kneep. Ferde liet zich nog steeds niet zien. Ik trok haar weg met de bedoeling haar mee terug te nemen naar de citadel.

'Yelena, het spijt me zo,' huilde ze en ze rende weg.

Met een ruk draaide ik me om in de verwachting een zich verkneukelende Ferde te zien. Niemand. Verbaasd ging ik achter Opaal aan, maar mijn voeten wilden me niet gehoorzamen. Ik struikelde en viel, terwijl ik alle gevoel uit mijn lichaam verloor.

30

Liggend op de grond voelde ik de verlamming zich met verbazingwekkende snelheid door mijn lichaam verspreiden. Ik had maar een tel om te beseffen dat ik was geraakt met curare voordat het middel al mijn spieren versteende. Maar één tel om op de theobromapil te bijten voordat mijn kaken werden gegrepen. Ik kreeg maar een druppel van het tegengif binnen.

Op mijn zij liggend zag ik Opaal in het grijze maanlicht rennen in de richting van de citadel. Mijn hulpeloze positie was het directe resultaat van mijn ontzettende overmoed. Zo gericht was ik geweest op het gevaar van Ferde via zijn magie of het curare dat ik nooit had gerekend op een aanval van Opaal. Ze had me gestoken, had zich verontschuldigd en was weggerend.

Er schoot een gedempte angst door mijn lichaam. Het curare verdoofde behalve mijn magie dus ook mijn emoties. Het was alsof ik een zware, natte wollen muts op mijn hoofd had.

Achter me hoorde ik het zachte knerpen van dichterbij komende voetstappen. Ik wachtte op Valek. Zou hij toeslaan als Ferde vlak bij me was?

De voetstappen stopten, en mijn uitzicht veranderde. Zonder iets te voelen werd ik op mijn rug gedraaid. Mijn hoofd tolde even voordat ik me kon richten op de nachtelijke hemel. Ik kon mijn blik niet verplaatsen, maar ik kon wel met mijn ogen knipperen. Ik kon niet praten, maar ik kon wel ademhalen. Ik kon mijn mond of tong niet bewegen, maar ik kon wel slikken. Raar.

Toen er een gezicht in mijn blikveld verscheen, keerde mijn tijdelijk vergeten angst terug. Totdat mijn angst heel even werd overschaduwd door verbazing. Er keek een vrouw met lang haar op me neer. Ze droeg een gewaad, en in haar nek stonden flauwe lijntjes getekend of getatoeëerd. Toen ze trots een mes voor mijn gezicht heen en weer zwaaide en de metalen punt vlak bij mijn ogen bracht, leek de lucht dikker te worden en moeilijker in mijn gespannen longen te vloeien.

'Zal ik je nu maar doodmaken?' vroeg ze. Haar accent kwam me bekend voor. Geamuseerd hield ze haar hoofd schuin naar opzij. 'Geen commentaar? Maak je geen zorgen. Ik maak je nu nog niet dood. Dat doe ik pas als je weer pijn kunt voelen. Je moet flink lijden voordat ik voorgoed een einde maak aan je pijn.'

De vrouw stond op en liep weg. Ik zocht in mijn geheugen. Kende ik haar? Waarom zou ze mij willen doodmaken? Misschien werkte ze samen met Ferde. Ze sprak net zoals hij, alleen niet zangerig.

Waar was Valek? Hij moest hebben gezien wat er met me was gebeurd.

Ik hoorde iets schuiven, toen een bons, en een vreemd desoriënterend gevoel deed me beseffen dat de vrouw me meesleepte. Mijn wereld helde over en rechtte zich. Ze zwaaide met een touw, en aan de hand van de geluiden en de dingen die ik voorbij zag flitsen, begreep ik dat ze me op een kar had getrokken en me daarop vastbond. Ze sprong eraf, en even later hoorde ik haar iets roepen tegen een paard.

Het piepen van wielen en het gestage klossen van het paard waren het enige waaruit ik kon opmaken dat we ons voortbewogen. Te oordelen naar het ruisen en zwiepen van gras trokken we verder de Avibianvlakte op. Waar was Valek?

Ik maakte me zorgen en wachtte en sliep zelfs even. Telkens wanneer er wat van de smeltende theobroma achter in mijn keel liep, slikte ik. Zou ik genoeg binnen krijgen om het curare te neutraliseren? Tegen de tijd dat de vrouw halt hield, was er een bleke gloed dageraad aan de nachtelijke hemel verschenen. Ik kreeg weer gevoel in mijn ledematen. Ik bewoog mijn tong en probeerde meer theobroma in te slikken.

Pijn vlamde op in mijn polsen en enkels. Mijn handen en voeten waren stijf en koud. Ik was met gespreide armen en benen vastgebonden op de harde kar. Mijn vermogen om verbinding te maken met de machtbron begon net te ontwaken toen de vrouw op de kar klom. Helder denken was er niet meer bij toen ik een lange, dunne naald zag. Ik verbande mijn angst en trok macht naar me toe.

'O nee, daar komt niets van in,' verklaarde ze en ze stak me met de naald. 'We moeten eerst naar de Lacune voordat je weer mag voelen. Dan mag je koud staal in je lijf voelen snijden.'

Dit leek me een uitstekend moment voor Valek om te verschijnen. Maar toen hij zich niet liet gelden, zei ik: 'Wie...' voordat het gif al mijn spieren verdoofde.

'Je kent mij niet, maar mijn broer kende je heel goed. Maak je maar geen zorgen, je leert de reden voor je leed gauw genoeg kennen.' Ze sprong van de kar, en de vertrouwde geluiden van het voortbewegen begonnen weer.

Kom op nou, Valek, dacht ik. Maar met het rijzen van de zon aan de hemel vervaagde mijn hoop op redding. Er moest iets zijn gebeurd als Valek me niet was gevolgd. Misschien was Irys' bericht vannacht over alleen zijn wel een waarschuwing geweest.

In mijn hoofd speelden zich allerlei gruwelijke scenario's over Valek af. Om mezelf af te leiden dacht ik aan Kiki. Was ze in de buurt? Zou ze mijn geur volgen? Zou ze weten dat ik haar hulp nodig had, nu mijn magische vermogen was verlamd?

De zon stond al boven de horizon toen de kar weer stopte. Een brandend gevoel in mijn vingertoppen zei me dat het curare begon uit te werken. Straks had ik weer last van kramp, pijn en kou. Huiverend slikte ik de rest van Esaus tegengif in en bereidde me voor op een volgende prik. Maar die kwam niet.

In plaats daarvan klom de vrouw op de kar en boog zich over me heen. Ze spreidde haar armen. 'Welkom in de Lacune. Of in jouw geval: welkom in de hel.'

In het flauwe licht kon ik haar grijze ogen duidelijk zien. De krachtige trekken in haar gezicht deden me aan iemand denken, maar ik wist niet wie. Mijn hoofd deed zeer, en ik was duf. Ik reikte naar een draad van macht maar vond dode lucht. Niets.

Er verscheen een zelfgenoegzame grijns op de lippen van de vrouw. 'Dit is een van de weinige plaatsen in Sitia waar een gat in de deken van macht zit. Geen macht betekent geen magie.'

'Waar zijn we?' vroeg ik. Mijn stem klonk schor.

'Op het Daviianplateau.'

'Wie ben jij?'

Alle humor verdween uit het gezicht van de vrouw. Ze leek me een jaar of dertig. Haar zwarte haar reikte tot voorbij haar taille. Ze rolde de mouwen op van haar zandkleurige mantel en liet de purperen dierentatoeages op haar armen zien.

'Ben je daar nog niet achter? Heb je zo veel mannen vermoord?'

'Vier stuks, maar ik heb er niets op tegen om een vrouw te vermoorden.' Ik staarde haar nadrukkelijk aan.

'Je bent niet bepaald in de positie om te pochen of op te scheppen.' Ze haalde een mes uit een zak in haar mantel.

Snel dacht ik na. Van de vier was Reyad de enige die ik goed had gekend. De anderen had ik gedood uit zelfverdediging. Ik wist niet eens hoe ze heetten.

'Weet je het nou nog niet?' Ze kwam dichterbij.

'Nee.'

In haar grijze ogen vlamde razernij. Dat riep een herinnering op. Mogkan. De magiër die me had ontvoerd en me had willen beroven van mijn ziel. In Sitia stond hij bekend als Kangom.

'Kangom verdiende het te sterven,' zei ik. Valek had hem de genadeslag gegeven, maar Irys en ik hadden de magiër eerst gevangen in een web van magische kracht. Hem had ik niet meegeteld, maar ik gaf toe dat ik verantwoordelijk was voor zijn dood.

Het gezicht van de vrouw werd verwrongen van woede. Ze stak haar mes in mijn rechteronderarm en trok het er net zo snel weer uit. De pijn schoot door mijn arm. Ik gilde.

'Wie ben ik?' vroeg ze.

Mijn arm brandde, maar ik keek haar aan. 'Jij bent Kangoms zus.'

Ze knikte. 'Ik ben Alea Daviian.'

Dat was niet een van de stamnamen.

Ze begreep mijn verwarring en zei: 'Ik was vroeger een Zandzaad.' Ze spuwde de stamnaam uit. 'Maar die zitten vast in het verleden. Wij zijn machtiger dan de rest van Sitia, maar de Zandzaden willen alleen maar over de vlakte zwerven, dromen en verhalen weven. Mijn broer was een visionair die zag hoe wij over Sitia konden heersen.'

'Maar hij hielp Brazell om Ixia over te nemen.' Het viel niet mee om haar gedachtegang te volgen terwijl mijn bloed uit de steekwond sijpelde.

'Een eerste stap. De noordelijke legers veroveren en vervolgens Sitia aanvallen. Maar dat heb jij verpest, nietwaar?'

'Leek me toen best een goed idee.'

Alea haalde haar mes over mijn linkerarm en trok een lijn van mijn schouder naar mijn pols. 'Je krijgt nog wel spijt van dat besluit voordat ik je keel afsnijd, zoals jij bij mijn broer hebt gedaan.'

Mijn beide armen vlamden, maar op een of andere manier irriteerde het me dat ze Valeks speciale hemd had stukgemaakt. Alea hief het mes opnieuw en mikte op mijn gezicht. Ik dacht snel na.

'Wonen jullie op het plateau?' vroeg ik.

'Ja. We hebben onze banden met de Zandzaden verbroken en een nieuwe stam opgericht. De Daviians gaan Sitia veroveren. We hoeven niet meer te stelen om onszelf in leven te houden.'

'Hoe dan?'

'Een van onze stamleden verzamelt macht. Zodra hij het ritueel heeft voltooid, is hij machtiger dan alle vier de meestermagiërs bij elkaar.'

'Heb jij Tula vermoord?' vroeg ik. Toen ze verbaasd keek, zei ik: 'Opaals zus.'

'Nee. Dat genoegen had mijn neef.'

Alea was dus familie van Ferde. Dat moest het stamlid zijn dat macht verzamelde, en dat leidde me tot de vraag: wie was Ferdes doelwit voor het laatste ritueel? Het kon elk willekeurig meisje met magische vermogens zijn, en hij kon overal zitten. En we hadden nog maar twee dagen om hem te vinden.

Plotsklaps onrustig begon ik aan de touwen te trekken.

Alea glimlachte tevreden. 'Geen zorgen. Jij bent er niet meer als Sitia wordt gereinigd. Maar je blijft nog wel een tijdje bij ons.' Ze haalde haar naald tevoorschijn en stak me in de snee op mijn arm. Ik schreeuwde.

'Ik verspil jouw bloed liever niet op deze wagen. We hebben een speciaal raamwerk opgezet zodat ik je rode leven kan opvangen om er goed gebruik van te maken.' Alea sprong van de kar.

De pijn in mijn armen werd al minder door het curare, maar mijn lichaam raakte niet volledig verlamd. Esaus tegengif deed het zeker. Dat we in een lacune zaten, hield in dat ik niet bang hoefde te zijn voor ongewilde magische invloeden. Ongewapend en vastgebonden op de kar was ik alleen lichamelijk niet bepaald in staat me tegen Alea te verzetten.

Als ik rondkeek naar mijn rugzak en boog, zou ze merken dat ik me kon bewegen. Dus ik klemde mijn kaken op elkaar om niet te klapperen van de kou en bleef stilliggen.

Ik hoorde een bons, en de kar helde over. Mijn voeten wezen nu naar de grond, en mijn hoofd kwam omhoog. Vanuit deze nieuwe hoek zag ik iets verderop een houten raamwerk staan. Bovenaan hingen kettingen met boeien die met een soort katrol waren bevestigd aan de dikke balken. Onder het raamwerk lag een metalen bak. Ik nam aan dat het slachtoffer in die bak moest staan.

Achter het raamwerk strekten de levendige kleuren van het vlakke Daviianplateau zich uit. De lappendeken van gele en bruine tinten kwam zo geruststellend over vergeleken bij het martelwerktuig.

Mijn hart begon sneller te slaan. Ik bleef recht vooruit staren toen Alea in zicht kwam. Doordat Alea een paar centimeter langer was dan ik, kwam haar kin ter hoogte van mijn ogen. Ze had haar mantel uitgetrokken, en door de witte plaatjes die ze op haar blauwe broek en blouse met v-hals en korte mouwen had genaaid, was het net alsof ze schubben had. Om haar middel hing een lederen wapenriem.

'Voel je je al wat beter?' vroeg ze. 'Even zeker weten.' Ze prikte met de punt van haar mes in mijn rechterbeen.

Ik deed zo mijn best om niet te reageren dat het even duurde voordat het tot me doordrong dat het geen pijn had gedaan. De punt van Alea's mes had de houder van mijn springmes geraakt. Die zat nog om mijn been, en ik vroeg me af of het wapen er nog in zat. Vele verwoede hartslagen lang bleef Alea op mijn gezicht letten. Als ze het vermoeden kreeg dat ik me kon verroeren, was alles voor niets.

'Wat heb je rare kleren aan,' zei ze uiteindelijk. 'De stof is dik, en mijn mes komt er haast niet doorheen. Ik zal ze uittrekken en houden. Dan heb ik een leuke herinnering aan onze tijd samen.'

Ze deed een stap naar het raamwerk, pakte de omlaag hangende boeien en trok. Het wiel in de katrol tolde en liet meer ketting door, tot de kluisters bij mijn kar kwamen.

'Je bent te zwaar om te tillen. Maar goed dat mijn broer die katrol heeft aangebracht, dan kan ik je gemakkelijk in positie hijsen.' Ze opende het slot van de metalen kluisters en zette ze wijd open.

Het werd tijd om in actie te komen. Als ze slim was, deed ze mijn polsen in de boeien voordat ze mijn voeten losmaakte. Zodra mij armen aan dat raamwerk vast zaten, was ik weer hulpeloos. Ik kreeg maar heel kort de gelegenheid om iets te doen. En ik was van plan om alles te wagen op een gok.

Ze boog zich voorover met haar mes en sneed het touw door dat mijn rechterarm tegen de zijkant van de kar hield. Ik liet hem naar opzij vallen als een dood gewicht in de hoop dat ze mijn andere arm losmaakte alvorens ze te kluisteren. Helaas stak Alea haar mes in haar riem en reikte naar mijn arm.

Razendsnel stak ik mijn hand in mijn zak en greep naar mijn springmes. Alea versteende een ogenblik van schrik. Mijn vingers vonden het gladde heft, en bijna lachte ik hardop van opluchting. Met een ruk trok ik het wapen, sloeg haar arm opzij en klikte het lemmet open.

Ze trok haar mes. Voordat ze terug kon stappen, stak ik mijn lemmet in haar onderbuik. Verbaasd grommend richtte ze haar wapen op mijn hart. Lichtelijk wankel boog ze zich voorover om toe te slaan, en ik voelde koud staal diep in mijn buik. Alea viel en kwam met een smak zittend op de grond terecht. Ze zat ineengedoken over mijn springmes heen.

Snakkend naar adem deed ik mijn best om niet flauw te vallen. De pijn schoot langs mijn rug omhoog en greep mijn ingewanden als een bankschroef.

Alea trok mijn mes uit haar buik en liet het op de grond vallen. Kruipend ging ze naar haar mantel en haalde een flesje uit een van de zakken. Ze haalde de stop eraf, doopte haar vinger erin en wreef de vloeistof in haar steekwond. Curare.

Ze hees zich overeind en liep slingerend naar me toe. Zwijgend nam ze mijn conditie in ogenschouw. Het curare in haar flesje moest verdund zijn als ze zich nog kon bewegen.

'Als je mijn mes lostrekt om jezelf te bevrijden, bloed je dood,' stelde ze met grimmige tevredenheid vast. 'Als je het laat zitten duurt het wat langer eer je dood bent. In beide gevallen zit je midden op de vlakte zonder hulp en zonder magie om jezelf te genezen.' Ze haalde haar schouders op. 'Niet wat ik in gedachten had, maar het resultaat is hetzelfde.'

'En jouw probleem dan?' vroeg ik, puffend van de inspanning.

'Ik heb een paard, en ik heb mensen vlakbij. Onze genezer heelt mijn wond, en dan ben ik op tijd terug om jouw laatste momenten mee te maken.' Ze liep langs de kar. Na wat geruis en gekreun klakte ze tegen haar paard en hoorde ik het bekende klossen van hoeven.

Mijn blik werd wazig, en ik moest het eens zijn met Alea. Mijn positie was er niet beter op geworden, maar in elk geval had ik haar het genoegen ontnomen om mij te martelen. Door de intense pijn kon ik me bijna niet concentreren. Moest ik het mes eruit halen? Of laten zitten?

De tijd verstreek terwijl ik af en toe buiten bewustzijn raakte. Ik kwam bij toen het getrommel van een paard in galop mijn oren bereikte. Ik was nog niet tot een besluit gekomen, en Alea kwam alweer terug om zich te verkneukelen.

Ik deed mijn ogen dicht om haar zelfvoldane gezicht niet te zien en hoorde gehinnik. Het geluid verzachtte mijn pijn alsof ik een dosis curare kreeg. Ik deed mijn ogen open en zag Kiki.

Het begon er al beter voor me uit te zien, al wist ik niet of ik wel met Kiki kon communiceren.

'Mes,' zei ik hardop. Mijn keel brandde van de dorst. 'Pak het mes voor me.' Ik keek naar mijn springmes op de grond en staarde vervolgens Kiki aan. Ik liet mijn ogen en hoofd tussen die twee heen en weer gaan 'Alsjeblieft.'

Ze draaide een oog in de juiste richting. Toen liep ze ernaartoe en pakte het heft tussen haar tanden. En of ze slim was.

Ik stak mijn vrije hand uit, en ze legde het wapen erin. 'Kiki, als dit lukt,' zei ik, 'geef ik je zo veel appels en pepermuntjes als je maar wilt.'

Nieuwe golven van pijn schoten door mijn lijf toen ik me draaide om het touw om mijn linkerpols door te snijden. Toen de laatste streng losschoot, viel ik op de grond, maar ik had het verstand om me op te vangen op mijn ellebogen en knieën, zodat het mes niet dieper in mijn buik werd gestoten. Na een eeuwigheid stak ik mijn arm uit om het touw om mijn voeten door te snijden.

Waarschijnlijk zou ik me op de grond hebben opgerold om toe te geven aan de bevrijding van bewusteloosheid als Kiki niet in mijn gezicht had gesnoven, duwend met haar neus. Ik keek op. Haar rug was onbereikbaar als de wolken in de lucht. Geen opstapkrukje in de wildernis. Ik lachte, maar het klonk als een hysterisch gejammer.

Kiki liep weg. Ze kwam terug met mijn rugzak tussen haar tanden en zette die bij me neer. Ik schonk haar een meewarig glimlachje. Als we gingen rijden, had ik altijd mijn rugzak bij me. Waarschijnlijk dacht ze dat ik mijn rugzak nodig had om op haar rug te klimmen. Ongeduldig krabbend aan de grond duwde ze de rugzak dichter naar me toe. Ik had het over appels gehad. Misschien wilde ze de appel die erin zat.

Ik deed hem open. Slimme meid. Ik vond het curare dat ik helemaal was vergeten. Om het middel te gebruiken tegen Ferde, had ik een van Esaus flesjes ingepakt. Ik wreef een klein drupje in mijn wond.

Meteen werd de pijn verzacht. Met een zucht van verlichting probeerde ik te gaan zitten. Mijn armen en benen voelden houterig en zwaar aan, maar ze gingen tenminste de goede kant op. De theobroma in mijn lijf voorkwam dat het curare al mijn spieren verlamde. Het was een hele toer om mijn rugzak om te doen. Gemotiveerd door de angst dat Alea terug zou komen kwam ik op wiebelige benen overeind.

Kiki ging met haar voorbenen door de knieën. Met schuingehouden hoofd keek ik haar aan. Geen opstapkrukje? Ze hinnikte van ongeduld. Ik haakte mijn vingers in haar manen en zwaaide een been over haar rug. Ze sprong overeind en zette een soepele, terrein verslindende pas in.

Ik merkte het meteen toen we de lacune verlieten. Als een plas water kabbelde er magie om me heen, maar algauw dreigde ik te verdrinken door de hoeveelheid. De ongelukkige bijwerking van de theobroma opende mijn geest voor het magische geweld. Zodra we de Avibianvlakte betraden, werd ik besprongen door de beschermende bezweringen van de Zandzaden. Ik viel, niet in staat me te verweren tegen de magie.

Om mij heen wervelden de raarste dromen, beelden en kleuren. Kiki sprak me toe met Irys' stem. Valek zette zich schrap terwijl er een strop om zijn nek werd gelegd. Zijn armen waren op zijn rug gebonden. Ari en Janco zaten bij een vuurtje op een open plek in het gras, ongemakkelijk en onrustig. Ze waren nog nooit verdwaald geweest. Mijn moeder klampte zich vast aan de bovenste takken van een boom die wild stond te zwiepen in een storm. De geur van curare stroomde mijn neus in, en theobroma vormde een laagje in mijn mond.

Alea's mes was dieper in mijn ingewanden gestoten toen ik de grond had geraakt. Voor mijn geestesoog zag ik de kapotte spieren, de scheur in mijn maag waar bloed en zuur uit gutsten. Maar ik kon me niet concentreren op mijn magie om de wond te genezen.

Valeks gedachten bereikten me. Met zijn voeten vocht hij tegen de soldaten om hem heen, maar er trok iemand aan het touw dat zich strak trok rond zijn nek.

In zijn hart pulseerde smart. Het spijt me, lief. Ik denk niet dat we het deze keer gaan redden.

31

Nee! schreeuwde ik tegen hem. Niet doodgaan. Verzin maar iets!

Als je dat wilt, dan blijf ik, riep hij terug.

Verrekt frustrerend mannetje. Kwaad greep ik de kronkelende beelden beet die me te veel dreigden te worden. Ik wrong de magie eruit. Als sneeuwvlokken in een sneeuwstorm wervelden de beelden om me heen. De theobroma in mijn bloed maakte mijn gewaarwordingen sterker, waardoor de magie tastbaar werd. De draden van macht glipten als een ruwe deken door mijn handen.

Zwetend en hijgend van de inspanning om de magie vast te houden trok ik Alea's mes uit mijn buik en trok magie naar de wond. Ik legde mijn handen op mijn buikwond en stelpte de warme stortvloed van bloed met macht.

Me concentrerend nam ik de schade voor mijn geestesoog op. Ik greep een draad van de rondwervelende magie en gebruikte die om de scheur in mijn buik te hechten. Ik herstelde mijn kapotte buikspieren en weefde mijn huid bijeen. Op mijn buik zat nu een lelijke rode uitstulpende rand. Bij elke ademhaling schoot er een scherpe pijn doorheen. Maar de wond was niet meer levensbedreigend.

Ik had me aan de afspraak gehouden. Ik hoopte maar dat Valek dat ook had gedaan. Uitputting trok aan mijn bewustzijn, en ik zou ik slaap zijn gevallen als Kiki me niet had aangestoten.

Kom, zei ze in mijn hoofd.

Ik deed mijn ogen open. Moe.

Vieze geur. Weg.

We waren uit de lacune, maar Alea's mensen moesten dichtbij zijn. Staart pakken, instrueerde ze.

Aan de lange haren van haar staart trok ik mezelf overeind. Kiki knielde, en ik klom op haar rug.

Ze vertrok en zette haar windvlaaggang in. Ik hield me vast en deed mijn best om wakker te blijven. De vlakte schoot voorbij terwijl de zon onderging. De ijskoude lucht prikte in mijn huid.

Toen ze haar tempo vertraagde, keek ik knipperend met mijn ogen om me heen. Nog steeds op de vlakte, maar verderop zag ik een kampvuur.

Geluid maken. Haas niet laten schrikken.

Hazen? Plotse honger deed mijn maag knorren. Ik had nog een appel, maar die had ik Kiki beloofd.

Ze snoof geamuseerd, hinnikte en bleef staan. Ik keek langs haar hoofd en zag twee mannen het pad versperren. Het maanlicht blikkerde op hun zwaarden. Ari en Janco. Ik riep naar hen, en ze borgen hun wapens op toen Kiki naderbij kwam.

Haas? Niet Haasman?

Te snel voor een man.

'Het lot zij dank!' riep Ari uit.

Toen hij zag hoe ik over Kiki's hals hing, tilde Ari me van haar af en droeg me naar het kampvuur. Hij zette me neer alsof ik breekbaar was als een ei. Plots overviel me de wens dat Ari echt mijn broer was. Ook toen hij acht was, zou Ari me vast nooit hebben laten ontvoeren.

Janco deed alsof hij verveeld was. 'Ervandoor gaan en weer alle eer opstrijken,' mopperde hij. 'Waarom zijn we ook eigenlijk naar dit gekke land gegaan. Je spoor had niet eens het fatsoen iets anders te vormen dan cirkels.'

'Hoe vond je het om verdwaald te zijn, Janco?' plaagde ik.

Brommend sloeg hij zijn armen over elkaar.

'Maak je geen zorgen. Spoorzoeken kun je nog steeds als de beste. Maar je bent op de Avibianvlakte. Er hangt hier een beschermende magie die de geest in verwarring brengt.'

'Magie,' spuwde hij. 'Alweer een goede reden om in Ixia te blijven.'

Ari zette me bij het vuur. 'Je ziet er verschrikkelijk uit. Hier.' Hij sloeg mijn mantel om mijn schouders.

'Waar...'

'Gevonden op de prairie,' verklaarde Ari. Toen fronste hij. 'Valek had ons gisteravond gevraagd om steun. We zijn hem gevolgd, maar bij de poort van de citadel hebben ze hem in een hinderlaag gelokt.'

'Cahil en zijn mannen,' begreep ik.

Hij knikte en bekeek de sneden op mijn armen.

'Hoe wisten ze waar ze hem konden vinden?' vroeg ik.

'Kapitein Marrok is een spoorzoeker met enige faam,' antwoordde Ari. 'Hij zou eerder met Valek te maken hebben gehad. Het is de enige soldaat die ooit uit de kerker van de commandant is ontsnapt. Hij moet hebben gewacht op de perfecte gelegenheid.' Ari schudde zijn hoofd. 'Toen Valek werd gepakt, stonden wij voor een dilemma.'

'Valek helpen of jou helpen,' vulde Janco aan.

'Ik denk dat hij al vermoedde dat hem iets ging overkomen en dat hij jou niet onbeschermd wilde achterlaten. Daarom hebben we ons gehouden aan het plan en zijn we jou achterna gegaan.' Ari gaf me een kruik met water.

Gulzig dronk ik ervan.

'Niet dat dat nou veel uithaalde,' snoof Janco. 'Toen we bij de Bloedrots kwamen, waren het paard en wagen al weg en zijn we jullie spoor gaan volgen. Ze moest toch een keer stoppen. Maar...'

'Jullie zijn de weg kwijtgeraakt,' besloot ik zijn relaas. Ari onderzocht de diepe snee in mijn rechteronderarm. 'Au!'

'Zit stil,' zei Ari. 'Janco, ga mijn verbanddoos eens uit mijn rugzak halen. Dit moet worden schoongemaakt en gedicht.'

Als ik er de puf voor had gehad, had ik de wonden in mijn armen met magie kunnen dichten. In plaats daarvan onderging ik Ari's toepassingen en vermaningen. Toen hij de pot met Rands wondlijm tevoorschijn haalde, vroeg ik hem naar de nieuwe kok van de commandant om mezelf af te leiden van de pijn.

'Aangezien Rand nooit bij Brazell is aangekomen voor de wisseling van koks, heeft de commandant iemand uit Rands keukenstaf gepromoveerd.' Ari fronste zijn wenkbrauwen.

De grimas die ik trok toen Ari de lijm op mijn wond aanbracht, was eerder van de herinnering aan Rand dan van het branden in mijn arm. Rand was gestorven om mij te beschermen, maar ik zou niet in gevaar zijn geweest als hij me niet eerst in een hinderlaag had laten lopen.

'Het eten is er niet beter op geworden,' zei Janco met een zucht. 'Iedereen valt af.'

Toen Ari mijn armen had verbonden, haalde hij iets uit het vuur. 'Janco heeft een konijn verschalkt.' Hij trok een stuk los en gaf het aan mij. 'Je moet iets eten.'

Dat deed me eraan denken. 'Kiki moet...' Ik probeerde op te staan.

Janco wuifde me terug. 'Ik zorg wel voor haar.'

'Weet je...'

'Ja, ik heb op een boerderij gewoond.'

Ik had elk stukje vlees van het konijnenbotje geknaagd toen Janco onder het paardenhaar terugkwam. Hij leek in een betere bui. 'Ze is geweldig,' zei hij over Kiki. 'Ik heb nog nooit een paard gezien dat zich zo geduldig liet droogwrijven, en ze stond niet eens vast!'

Ik vertelde hem over de eer die ze hem had bewezen door zijn naam te veranderen van Haasman in Haas. 'Nog nooit vertoond.'

Hij keek me raar aan. 'Pratende paarden. Magie. Rare lui, die zuiderlingen.' Hij schudde zijn hoofd.

Hij had nog meer kunnen zeggen, maar ik kon niet meer wakker blijven.

De volgende ochtend vertelde ik mijn vrienden over Alea en de stam op het plateau. Ze wilden achter haar aan, maar ik herinnerde hen aan Valek en de noodzaak om Ferde te vinden. Mijn hart sloeg over toen ik aan Valek dacht. Ook na een nacht slapen had ik nog niet de energie om uit te zoeken wat er met hem was gebeurd.

De rust had me aangespoord. 'We moeten naar de citadel,' zei ik en ik stond op.

'Weet je waar we zijn?' vroeg Ari.

'Ergens op de vlakte,' zei ik en ik deed mijn rugzak om.

'Mooie magiër ben jij,' zei Janco. 'Weet je dan welke kant de citadel op is?'

'Nee.' Kiki kwam naast me staan. Ik pakte haar manen. 'Krijg ik nog een steuntje?' vroeg ik Janco.

Zachtjes morrend haakte hij zijn vingers ineen voor mijn laars. Vanaf Kiki's rug keek ik hem aan. 'Kiki weet de weg. Hou je dat bij?'

Hij grijnsde. 'Deze haas kan lopen.'

Nadat Ari en Janco hun spullen hadden ingepakt, vertrokken we op een drafje. Van al die rondjes om het kasteel van de commandant waren ze in topconditie.

Toen we bij de weg kwamen, hoorde ik Janco vloeken en iets mopperen over een kleine mijl die ze maar waren afgedwaald. Bij de poort van de citadel kwamen we de vier meestermagiërs tegen. Ze zaten allen te paard en werden begeleid door een zwaarbewapende afdeling cavalerie.

Ik glimlachte om Roos Vedersteens verbaasde gezicht maar die glimlach verdween onder Irys' ijzig starende blik.

'Wat gaan jullie doen?' vroeg ik.

'Jou redden of doden,' zei Zitora. Ze wierp Roos een geërgerde blik toe.

Vragend keek ik Irys aan. Ze wendde haar blik af en blokkeerde mijn pogingen om gedachtecontact te leggen. Ondanks het feit dat ik goed wist dat ze me zou mijden omdat ik er in mijn eentje op uit was gegaan, stak het toch in mijn hart.

Zonder enige poging de tevredenheid in haar stem verborgen te houden, zei Roos: 'Vanwege je gevaarlijke gebrek aan achting voor het welzijn van Sitia ben je van school gestuurd.'

Alsof mij dat nu wat kon schelen. 'Is Opaal veilig terug?' vroeg ik de magiërs.

Baïn Bloedgoed knikte. 'Ze zei dat ze was vastgehouden door een vrouw. Had zij banden met de moordenaar?'

'Nee. We moeten Ferde nog steeds zien te vinden. Hij wil mij niet. Hij moet iemand anders hebben genomen. Is er al iemand als vermist opgegeven?'

Mijn mededeling zorgde voor flink wat beroering. Iedereen was ervan uitgegaan dat Opaal door Ferde was ontvoerd. Nu moesten ze van tactiek veranderen.

'We zoeken hem al twee weken,' zei Roos, een einde aan het gekakel makend. 'Waarom zouden we hem nu wel kunnen vinden?'

'Het laatste slachtoffer zal niet zijn ontvoerd,' zei Baïn. 'Laten we teruggaan om dit te bespreken. Yelena, jij bent het veiligst in de veste. Als deze hele toestand is opgelost, praten we nog wel over je toekomst.'

De magiërs gingen naar de veste. Ari, Janco en ik gingen mee. Ik dacht na over Baïns opmerking. Zonder Valek stelde mijn toekomst niets voor. Ik haalde Baïn in en vroeg naar hem.

Baïn keek me streng aan, en ik voelde zijn magie tegen mijn mentale barrière drukken. Ik ontspande me en hoorde zijn stem in mijn hoofd.

Daar kun je beter niet hardop over praten, kind. Cahil en zijn mannen hebben hem twee nachten geleden gevangengenomen, maar Cahil weigert Valek uit te leveren aan de Raad of aan de meestermagiërs.

Ik voelde Baïns afkeuring over Cahils handelen. En ik moest mijn wens onderdrukken om naar Cahil op zoek te gaan en hem aan zijn eigen zwaard te rijgen.

Gisteren bij zonsondergang heeft Cahil geprobeerd om Valek op te hangen, maar Valek is ontsnapt. Baïn leek onder de indruk. We hebben er geen idee van waar hij nu is.

Ik bedankte Baïn en liet Kiki langzamer lopen om de anderen vooruit te laten gaan. Ik genoot van mijn opluchting over het feit dat Valek nog leefde. Toen Ari en Janco me hadden ingehaald, bracht ik hen op de hoogte.

Eenmaal aangekomen bij de raadszaal gingen Ari en Janco naar de gastenverblijven. Kiki versnelde haar pas, en we voegden ons weer bij de anderen.

Ik vroeg me af waar Valek kon zijn gebleven. Terug naar Ixia leek me het veiligst en de meest logische koers, maar Valek kennende ging hij niet weg totdat Ferde was gepakt. Dat bracht me bij de vraag wie Ferdes volgende slachtoffer zou zijn. Hij had gewerkt in de veste, en daar waren meer dan genoeg jonge vrouwen die nog moesten leren omgaan met hun magie. Morgen was het al volle maan, en vermoedelijk had hij een paar dagen nodig om zich voor te bereiden. De meestermagiërs konden hem niet vinden met magie, maar misschien konden ze wel contact krijgen met het meisje dat bij hem was. Maar hoe moest je haar vinden?

Net voorbij de poort van de veste stegen de meestermagiërs af. Nadat ze hun paarden hadden afgegeven bij de wachters, liepen ze naar het raadsgebouw. Ik liep mee, maar aan de voet van het bordes hield Roos me tegen.

'Jij hebt huisarrest en blijft in je kamers; met jou rekenen we later af,' beloofde ze.

Ik was niet van plan haar te gehoorzamen, maar ze zouden me nooit toelaten in de vergaderzaal. Dus voordat Baïn de trap van het gebouw kon beklimmen, raakte ik zijn arm aan.

'De moordenaar heeft mogelijk een van de jonge eerstejaars ertoe verleid met hem mee te gaan,' zei ik tegen hem. 'Als iedereen een kazerne neemt, kunnen jullie uitzoeken wie er wordt vermist en contact met haar zoeken.'

'Uitstekend,' zei Baïn. 'Maar ga nu rusten, kind. En maak je geen zorgen. We doen wat we kunnen om de moordenaar te vinden.'

Ik knikte. Als een stenen mantel wikkelde mijn vermoeidheid zich om me heen. Baïns bevel om te gaan rusten kwam me niet onlogisch voor. Maar voordat ik naar mijn kamers ging, maakte ik een kleine omweg naar de gastensuite in de veste.

Mijn vader deed de deur open. Hij verpletterde me in zijn gespierde armen. 'Is alles goed? Heeft mijn pil gewerkt?'

'Als een lier.' Ik gaf hem een kus op de wang. 'Je hebt mijn leven gered.'

Hij boog zijn hoofd. 'Ik heb er nog wat gemaakt, voor het geval dat.'

Ik glimlachte dankbaar. Langs hem heen kijkend vroeg ik: 'Waar is moeder?'

'In haar lievelingseik bij het weiland. Het ging heel goed met haar, tot...' Hij grijnsde sardonisch.

'Ik weet het. Ik ga wel naar haar toe.'

Onder aan de eik bleef ik staan. Ik voelde me alsof ik was vertrapt door een paard. 'Moeder?' riep ik.

'Yelena! Kom boven! Hier is het veilig!'

Nergens is het veilig, dacht ik. De gebeurtenissen van de afgelopen twee dagen begonnen me te veel te worden. Te veel problemen, te veel last op mijn schouders. Mijn confrontatie met Alea bewees dat ik eigenlijk niet wist waar ik mee bezig was, ook al was ik er nog zo van overtuigd dat ik de situatie aankon. Als Alea me had gefouilleerd op wapens, stond ik nu tot aan mijn enkels in mijn eigen bloed.

'Kom naar beneden,' huilde ik. 'Ik heb je nodig.' Terwijl de tranen uit mijn ogen gutsten liet ik me op de grond zakken en sloeg mijn armen om me heen.

Met een ruisen en kraken van takken verscheen mijn moeder naast me. Ik veranderde in een zes jaar oud kind en wierp me snikkend in haar armen. Ze troostte me, hielp me naar mijn kamer, gaf me een zakdoek en een glas water. Ze stopte me in bed en gaf me een kus op mijn voorhoofd.

Toen ze weg wilde gaan, greep ik haar hand. 'Blijf bij me.'

Moeder glimlachte, trok haar mantel uit en kwam naast me liggen. In haar armen viel ik in slaap.

De volgende ochtend bracht ze me ontbijt op bed. Ik protesteerde tegen deze mateloosheid, maar ze legde me het zwijgen op. 'Ik heb veertien jaar moederen in te halen. Laat me nou.'

Het dienblad was helemaal afgeladen, maar ik at elk kruimeltje op en dronk de theepot leeg. 'Zoete koeken vind ik het lekkerst.'

'Weet ik,' zei ze met een zelfgenoegzaam lachje. 'Ik heb het een van de buffetbedienden in de eetzaal gevraagd, en die wist nog dat jouw ogen altijd oplichtten wanneer ze zoete koeken hadden gebakken.' Ze pakte het lege dienblad op. 'Ga nu maar weer slapen.' Perl liep de andere kamer in.

Dat had ik graag gedaan, maar ik moest weten of de anderen al hadden ontdekt wie er ontbrak. Ik kon niet langer in bed blijven en besloot even in bad te springen voordat ik op zoek ging naar Baïn.

'Kom maar naar de suite als je klaar bent in het badhuis,' zei Perl. 'Nadat je vader me eenmaal had verteld wat er aan de hand is met die moordenaar en het curare, dacht ik aan iets waar je wel eens wat aan zou kunnen hebben.' Ze snoof. 'Had je gisteren goed kunnen gebruiken. Ik ben geen teer zaailingetje. Esau en jij hoeven me heus niet te sparen. Ook niet over Valek.' De handen die ze op haar heupen zette, trokken kreukels in de gladde lijnen van haar blauwgroene jurk.

'Hoe...' sputterde ik.

'Ik ben niet doof. In de eetzaal gonsde het van de gesprekken over jou en Valek. En dat Valek is ontsnapt aan Cahil!' Ze legde een hand op haar keel. Maar toen haalde ze diep adem.

'Ik weet best dat ik wel eens wil overdrijven en de bomen in wil klimmen.' Ze glimlachte meewarig. 'Valek heeft de allerverschrikkelijkste reputatie, maar ik vertrouw jou. Als je tijd hebt, moet je me maar eens over hem vertellen.'

'Ja, moeder,' zei ik en ik beloofde ook om na mijn bad naar hun suite te gaan.

Het was halverwege de ochtend, dus het badhuis was bijna leeg. Terwijl ik me waste, dacht ik erover na hoeveel ik mijn moeder over Valek zou vertellen. Toen ik me had afgedroogd, kleedde ik me aan en ging naar de gastensuite.

Dax onderschepte me. Zijn gewoonlijk zo joviale gezicht stond strak van de zorgen, en aan de donkere kringen onder zijn ogen te zien had hij al een tijdlang niet geslapen.

'Heb jij Gelsi gezien?' vroeg hij.

'Sinds het Nieuw Beginfeest niet meer.' Er was zo veel gebeurd sinds die avond. Het semester was niet verlopen zoals ik me had voorgesteld. Niets was verlopen zoals ik me had voorgesteld sinds ik in Sitia was. 'Werkte ze niet aan een speciaal project voor meester Bloedgoed?'

'Ja. Een experiment met de klokhoutplant. Maar ik heb haar al dagen niet gezien, en ik kan haar nergens vinden.'

Zijn woorden troffen me als Alea's mes. Ik snakte naar adem.

'Hè?' Zijn groene ogen werden groot van schrik.

'Plant? Waar? Met wie?' De vragen rolden uit mijn mond.

'Ik ben al verscheidene malen in de kassen wezen kijken. Ze werkte samen met een van de hoveniers. Misschien kunnen we het hem vragen?'

Hem. Mijn hart kromp ineen. Ik wist bij wie Gelsi was.

32

'Ik? Maar ik heb nooit contact met Gelsi gemaakt.' Dax' afgetobde gezicht kreeg iets angstigs.

Ik had Dax meegenomen naar mijn kamers. We zaten samen op de bank. 'Maak je geen zorgen. Ik heb maar één keer met haar gewerkt, maar jij kent haar al een jaar. Ik vind haar wel via jou.' Hoopte ik. 'Ontspan je,' instrueerde ik. Ik nam zijn hand in de mijne. 'Denk aan haar.' Nadat ik een draad magie had gevonden, reikte ik naar zijn geest.

In mijn hoofd verscheen een gruwelijk beeld van Gelsi, bebloed en doodsbang. 'Dax, niet waar ze zou kunnen zijn. Denk aan haar op het Nieuw Beginfeest.'

Het beeld veranderde in een lachende jongedame in een zachtgroene japon. Ik voelde Dax' opwinding toen hij haar hand vasthield en haar leidde tijdens het dansen. Ik zond mijn magie naar Gelsi en probeerde Dax via haar ogen te zien.

Ze staarde naar hem omhoog. Ze hadden wel vaker gedanst op het feest, maar deze keer voelde het anders. Haar huid tintelde waar hij haar had aangeraakt, en in haar borst klopte een warm gevoel.

Gelsi, riep ik om haar in de herinnering te betrekken.

Wat een verrukkelijke avond, dacht ze. Wat is er toch veel veranderd. Dax leek afstandelijk die avond. Met zijn gedachten elders.

Gelsi, waar ben je? vroeg ik.

Er flakkerde schaamte op. Ik ben zo dom geweest. Niemand mag het weten. Zeg het alsjeblieft tegen niemand. In haar gedachten sidderde angst.

Je bent misleid door een sluwe tovenaar. Niemand zal je dat aanrekenen. Waar ben je?

Hij zal me straffen.

Ze probeerde zich los te trekken. Ik liet haar Dax' bezorgdheid zien. Zijn klopjacht door de veste. Laat je belager niet winnen, smeekte ik.

Gelsi liet me een kale kamer zien. Ze was naakt vastgebonden aan metalen staken in de houten vloer. Op de vloer en muren stonden vreemde symbolen geschilderd. Tussen haar benen klopte pijn, en de vele sneden in haar armen en benen brandden. Hij had haar niet hoeven verdoven met curare.

Ik hield van hem, zei ze. Ik heb mezelf aan hem gegeven.

In plaats van de heerlijke liefdeservaring die ze had verwacht, had Ferde haar vastgebonden, geslagen en verkracht. Vervolgens had hij haar laten bloeden en het bloed opgevangen in een aardewerken kom.

Laat me zien waar je bent, droeg ik haar op.

De kamer kwam uit op een woonkamer, en buiten zag ik een binnenhof met een wit jaden standbeeld van vijftien paarden.

Heb vertrouwen, zei ik. We komen eraan.

Hij zal het weten. Hij heeft een magisch schild om de buurt aangelegd. Hij weet het wanneer er iemand doorheen komt, en zodra hij zich bedreigd voelt, maakt hij het ritueel af.

Hoeft hij dan niet te wachten tot het vanavond vollemaan is?

Nee.

In het briefje van Alea was de uitwisseling oorspronkelijk gepland bij vollemaan, en iedereen was er niet alleen van uitgegaan dat het bericht afkomstig was van Ferde, maar ook dat de fase van de maan belangrijk was voor het ritueel.

Hij heeft telkens moeten verhuizen, zei Gelsi. Ik vond dat zo spannend. Ik wist niet dat hij degene was naar wie de meesters op zoek waren. Hij liet me geloven dat hij op een geheime missie voor de meestermagiërs was.

We verzinnen wel iets, beloofde ik.

Maak voort.

Ik trok mijn bewustzijn terug en leunde achterover. Dax staarde me vol afgrijzen aan. Hij had ons gesprek kunnen zien en horen.

'Als dit voorbij is, heeft ze je steun hard nodig,' zei ik tegen hem.

'We moeten de meesters...'

'Nee.' Razendsnel nam ik mijn mogelijkheden door.

'Maar hij is sterk,' zei Dax. 'Je hebt Gelsi toch gehoord? Hij heeft een schild.'

'Des te meer reden alleen te gaan. Ze hebben naar hem gezocht, en hij kent hen. Volgens mij kan ik er ongemerkt doorheen.'

'Hoe dan?'

'Geen tijd om het uit te leggen. Maar Gelsi heeft je steun straks nodig. Kun je over een uur op de markt zijn?'

'Natuurlijk.'

Ik sprong op en begon spullen te verzamelen.

Dax aarzelde bij de deur. 'Yelena?'

Ik keek hem aan.

'Wat gebeurt er als je hem niet tegenhoudt?' In zijn groene ogen glom angst.

'Dan gaan we Valek zoeken. Anders is Sitia van Ferde.'

Dax slikte zijn angst in, knikte en vertrok. Ik pakte mijn spullen in en ging me omkleden. In een gewone bruine tuniek en broek zou ik niet opvallen tussen de inwoners van de citadel. Met mijn vermomming verhuld onder mijn mantel deed ik op weg naar buiten de suite van mijn ouders aan.

Leif zat bij hen in de woonkamer. Ik negeerde hem. 'Vader, heb je die extra pillen?' vroeg ik, in de hoop dat hij wist dat ik de theobroma bedoelde.

Hij knikte meteen en ging ze halen. Terwijl hij weg was, dacht moeder aan het uitvindinkje waar ze me over had verteld. Ze gaf me een vreemd toestel van buisjes en rubber en legde uit hoe het werkte.

'Voor het geval dat,' zei ze.

'Dit is geweldig,' zei ik. 'En of dat ding van pas komt.'

Ze straalde. 'Dat horen moeders graag.'

Leif had nog niets gezegd, maar ik kon zijn doordringende blik voelen, alsof hij probeerde op te pikken wat ik van plan was.

Esau kwam terug met de pillen. 'Ga je vanmiddag mee eten?'

'Nee. Ik heb iets te doen. Ik zie jullie later wel.' Ik gaf mijn vader een knuffel en mijn moeder een kus op haar wang.

Ik kreeg een misselijk gevoel in mijn maag. Misschien moest ik de meestermagiërs vertellen over Ferde en Gelsi. Tenslotte was ik door puur geluk gered van Alea. Ik was nog altijd aan het ontdekken wat ik allemaal kon met mijn magie. En zou ik er nog wel achter komen wat er allemaal mogelijk was, nu ik van school was gestuurd?

Vlak buiten de deur hield mijn moeder me staande.

'Hier,' zei ze en ze gaf me mijn vuuramulet. 'Volgens mij kun je hem goed gebruiken. Denk eraan wat je hebt doorstaan om hem te winnen.'

Ik deed mijn mond open om te protesteren, maar ze schudde haar hoofd. 'Ik wil hem terug.' Even drukte ze me stevig tegen zich aan.

Terwijl ik de vuurrode trofee bekeek in het zonlicht, verbaasde ik me over Perls empathie. Ik stak de amulet in mijn zak en vertrok in ferme pas naar de Citadel.

Buiten de poort van de veste hoorde ik dreunende voetstappen achter me. Vliegensvlug draaide ik me om en trok mijn boog. Leif bleef op nog geen meter afstand staan. Zijn machete hing aan zijn riem, maar hij maakte geen aanstalten om ernaar te grijpen.

'Nu niet, Leif,' zei ik en ik draaide me weer om, maar hij greep me bij een schouder en draaide me naar zich toe.

'Ik weet waar je heen gaat,' zei hij.

'Fijn voor je.' Ik duwde zijn hand weg. 'Dan weet je ook dat de tijd dringt. Ga terug naar de veste.' Ik liep verder.

'Dan zeg ik de meesters wat je gaat doen.'

'O ja? Zo spraakzaam ben je anders niet.'

'Deze keer is het menens.'

Toen ik de koppigheid in zijn brede schouders zag, bleef ik staan. 'Wat wil je?'

'Mee.'

'Waarom?'

'Omdat je mijn hulp nodig hebt.'

'Nou, als ik eraan denk hoe goed je me veertien jaar geleden hebt geholpen in het oerwoud, ben ik alleen beter af.' Ik spuwde hem de woorden toe.

Hij kromp ineen, maar zijn gezicht bleef onvermurwbaar. 'Of je laat me meedoen, of ik kom achter je aan om het voor je te verpesten.'

Ik slikte mijn plotselinge razernij in. Ik had hier geen tijd voor. 'Mij best, maar dan moet je me wel toelaten in je gedachten, want anders kom je niet door Ferdes schild.'

Zijn gezicht verbleekte, maar hij knikte en liep met me mee naar de markt. Daar stond Dax al te wachten. Ik liet Leif bij hem achter en ging Fisk zoeken. Hij stond een vrouw te helpen met onderhandelen over een rol stof, maar zodra hij me zag, draaide hij er een eind aan.

'Mooie Yelena, heb je hulp nodig?' vroeg hij.

Ik zei hem wat mijn bedoeling was.

Hij glimlachte. 'Lijkt me leuk, maar...'

'Het gaat me geld kosten,' maakte ik zijn zin voor hem af.

Hij rende weg om zijn vrienden te halen.

Nadat Fisk een stuk of twintig kinderen had opgetrommeld, legde ik hun mijn plan uit. 'Zorg ervoor dat je niet binnen een straatlengte van de binnenhof komt tot je het signaal hoort. Begrepen?' vroeg ik. De kinderen knikten. Toen ik ervan overtuigd was dat ze wisten wat ze moesten doen, stuurde ik Fisks vrienden erop uit en ging mijn positie innemen. Fisk bracht Leif en mij naar het witte jaden standbeeld. Dax bleef staan wachten in een zijsteeg, op enige afstand van Ferdes schild maar binnen het zicht van de vensters op de eerste verdieping.

Ik stelde me open om te zoeken naar de rand van Ferdes magische barrière. Halverwege de straat naar de binnenhof legde Leif een hand op mijn arm om me tegen te houden.

'Iets verderop,' fluisterde hij.

'Hoe weet je dat?'

'Ik voel een muur van vuur. Jij niet?'

'Nee.'

'Dan is het maar goed dat ik erbij ben.'

Ik keek hem vuil aan maar had geen weerwoord. Fisk keek ons aan, wachtend op ons signaal.

Dit was niet het moment om ruzie te maken. Ik keek Leif aan. 'Je moet je voor me openstellen,' zei ik tegen hem. 'Je moet me vertrouwen.'

Hij knikte zonder aarzelen. 'Doe maar.'

Ik trok macht naar me toe en wikkelde die om me heen als een enorm gordijn. Vervolgens maakte ik contact met Fisks gedachten. 'Denk aan je ouders,' droeg ik hem op in de hoop dat het zou lukken.

De jongen deed zijn ogen dicht en stelde zich zijn ouders voor. Via Fisk legde ik verbinding met hen en zocht toen de gedachten van Leif.

Leifs geest leek op een zwarte doolhof van pijn. Schuld, schaamte en woede waren daarin verstrengeld. Nu snapte ik waarom Maanman hem wilde helpen, maar ergens ervoer ik een gemene tevredenheid over Leifs wroeging.

Zijn duistere gedachten opzij duwend verving ik ze door de zorgen van Fisks vader over het vinden van werk en het onderhouden van zijn gezin. Ik trok Fisks moeders gedachten naar me toe over haar zusters kwakkelende gezondheid. Met hun persoonlijkheden en gedachten in onze geesten gaf ik Fisk het signaal.

Hij blafte als een hond. Al gauw galmde er ander geblaf langs de marmeren muren. Fisks vrienden begonnen met de afleiding. Tikkertje spelend renden ze de binnenplaats op en af, zo vaak als ze konden door Ferdes magische schild.

Ik pakte de handen van Fisk en Leif, en met zijn drieën liepen we verder naar de binnenhof. Zodra we de barrière doorkruisten, voelde ik de peilende hitte van een geërgerd en machtig magiër. Hij controleerde onze gedachten, stelde vast dat we een van de bedelaarsgezinnen uit de buurt waren en lette niet meer op ons.

Toen we bij het standbeeld waren, liet ik Fisks ouders los. Zouden zij hun vrienden even een vreemd verhaal kunnen vertellen over het gevoel alsof ze op twee plaatsen tegelijk waren.

'De helft van de slag is al gestreden,' zei ik tegen Leif. Hij weigerde me aan te kijken. Zijn gezicht was rood van schaamte. 'Ik heb hier nu geen tijd voor,' beet ik hem geïrriteerd toe.

Hij knikte maar keek me nog steeds niet aan. Fisk rende weg om met zijn vrienden mee te spelen zodat we nog wat tijd kregen om het huis in te gaan.

We naderden het huis vanuit een zijstraat. De deur zat op slot. Ik haalde mijn diamanten slothaak en mijn spanner uit mijn rugzak en ging met het slot aan de gang. Zodra ik de pinnetjes op een rij had gezet, draaide de spanner en zwaaide de deur naar binnen toe open. Ik hoorde Leif verbaasd snuiven. We stapten de hal in en sloten de deur. Ik deed mijn gereedschap in mijn zak.

Geluidloos liepen we een woonkamer in. De normale meubelen en decoraties maakten een misplaatste indruk. Misschien had ik iets wilds en vreemds verwacht, iets wat een moordenaarsgeest weerspiegelde.

Leif hield zijn machete in de hand, en ik had mijn boog getrokken, maar ik wist dat die ons geen bescherming boden. Het hele huis zat vol magie. Die drukte op me, en ik begon te zweten. De geluiden van de kinderen vervaagden, en we hoorden de lichte tred van voeten op de vloer boven ons.

Toen ik contact maakte met Gelsi's geest, zag ik Ferde op haar afkomen. Hij had een bruine stenen kom en een lange dolk in zijn handen. Behalve zijn rode masker droeg hij niets. Eerst had ze de tatoeages en symbolen op zijn lichaam fascinerend gevonden, maar nu walgde ze ervan.

Ik ben beneden, zei ik tegen haar. Wat gaat hij doen?

Hij wil meer bloed. Wacht, want als hij je hoort, maakt hij me dood.

Ik moest Leif lichamelijk tegenhouden toen Gelsi begon te kreunen van pijn. Ik gaf hem een van Esaus theobromapillen en gebaarde dat hij hem in zijn mond moest doen. Daarna zette ik mijn rugzak op de vloer en haalde er zachtjes Perls toestel uit. Met mijn boog in de ene hand en het toestel in de andere bleef ik onder aan de trap met Leif staan wachten. Eindelijk hoorden we Ferde weer lopen.

Hij is weg, zei Gelsi opgelucht.

Mijn maag kromp ineen van de spanning. Om mijn mentale verdediging te versterken trok ik macht naar me toe. Een fout. Ferde voelde het, en ik voelde zijn toenemende ongerustheid.

'Nu,' fluisterde ik tegen Leif. Met twee treden tegelijk stormden we de trap op.

Ferde stond al klaar op de overloop. Op de bovenste tree kwamen we slippend tot stilstand. Even deed een glimlachje Ferdes lippen krullen voordat hij ze opeendrukte van concentratie. Zodra ik hem zag, welden er afkeer en doodsangst op in mijn keel, en ik kon wel kotsen van Tula's verschrikkelijke herinneringen die door me heen gierden.

De golf van zijn magie sloeg tegen ons aan. Ik greep me vast aan de leuning om niet van de trap te vallen. Leif maakte naast me een schokkende beweging maar bleef overeind. Was dat het? Ik keek naar Ferde. Zijn ogen waren dicht. Naar hem toe lopend hief ik Perls toestel op.

'Staan blijven, Yelena,' zei Leif. Zijn stem klonk raar.

Ik keek net op tijd over mijn schouder om hem te zien zwaaien met zijn machete. Ik liet Perls toestel vallen, sprong achteruit en blokkeerde Leifs wapen met mijn boog.

'Wat ben jij...' begon ik, maar met de pil tussen mijn tanden kon ik moeilijk praten.

Leif spoog zijn pil uit en wilde weer toeslaan. 'Toen die kerels mijn perfecte kleine zusje meenamen, dacht ik dat ik mijn ouders' onverdeelde aandacht zou terugkrijgen.' Leifs machete suisde naar mijn hals.

Ik bukte. Waren zijn schuld en schaamte maar schijn geweest? Spande hij al die tijd al samen met Ferde? Zonder nog langer stil te staan bij mijn verbijsterende ongeloof stootte ik de punt van mijn boog in zijn maag. Grommend sloeg hij dubbel. Op mijn huid drukte magie, en met hernieuwde kracht veerde Leif rechtop. Maar wiens magie?

'In plaats daarvan moest ik wedijveren met een perfecte geest,' zei Leif en hij viel aan.

De snippers hout vlogen door de lucht toen ik zijn brede kapmes afweerde. Het was slechts een kwestie van tijd voordat hij mijn boog kapot had, en ik kreeg steeds minder ruimte op de smalle overloop. Links van me was een gang, en rechts een openstaande deur.

'Moeder wilde ons huis niet meer uit, en vader was nooit thuis. Allemaal door jou.' Leif pufte van inspanning. 'En jij bleef weg om mij te pesten. Of niet soms? Jij bent mijn wurgvijg, en nu hak ik je om.'

Ferde was verdwenen. Ik voelde Gelsi's korte angstkreet toen Ferde haar kamer binnenkwam. Hij was van plan het ritueel te voltooien terwijl Leif mij bezighield. En dat lukte.

Luid krakend vloog mijn boog in tweeën. Leif rukte op, en ik vormde een magisch schild, maar hij liep er dwars doorheen. Als laatste redmiddel stuurde ik mijn bewustzijn zijn duistere geest in.

Haat en zelfverachting vulden zijn gedachten. Ik voelde een andere persoonlijkheid in Leifs hoofd. Ferde had verhaalweverskwaliteiten, en hij riep al Leifs rauwe emoties op om ze tegen mij te gebruiken.

Toen Leif weer toesloeg met zijn machete, stapte ik naar links en trok mijn bewustzijn terug. Ik kon mezelf niet lichamelijk verdedigen als ik mentaal weg was. Zo sterk was ik gewoon niet. Leif bracht zijn wapen naar achteren en stak weer naar me. Ik had niets meer om mezelf mee te verdedigen. Perls toestel was buiten bereik.

Gelsi's smeekbeden brandden als een hete pook in mijn gedachten, en dat spoorde me aan. Ik projecteerde mezelf in Leifs geest en nam zijn lichaam over, zoals ik bij Goel had gedaan. Met de punt op een centimeter afstand van mijn buik hield ik zijn machete tegen en liet Leif een stap achteruit doen.

Dwars door de duisternis in Leifs geest priemend vond ik de jonge knul die zijn zusje ontvoerd zag worden, onbezoedeld door haat- en schuldgevoelens. Op dat moment kende hij alleen nieuwsgierigheid en ongeloof. Twee emoties die Ferde niet tegen me kon gebruiken. Ik liet Leif in een diepe, droomloze slaap vallen. Terwijl hij op de vloer in elkaar zakte, ging ik terug naar mijn lichaam. Ferde moest worden tegengehouden. Leif kwam later aan de beurt. Hoopte ik.

Vlug pakte ik Perls toestel op en rende de gang door, op zoek naar Gelsi. Alleen de laatste deur links zat dicht. Op slot. Ik trok mijn slothaken tevoorschijn en peuterde het slot open. Mijn snelste tijd ooit. Janco zou trots op me zijn.

De deur zwaaide naar binnen, en ik struikelde de kamer in. Ferde had zijn handen om Gelsi's keel. Vol afgrijzen zag ik al het leven uit haar gezicht wegvloeien. Haar ogen werden uitdrukkingsloos en dof.

Met een schreeuw van triomf hief Ferde zijn vuisten naar het plafond.

33

TE LAAT. TERWIJL MIJ DE MOED IN DE SCHOENEN ZONK, VIERDE Ferde zijn feestje. Maar toen zag ik een vreemde schaduw opstijgen uit Gelsi's lichaam. Voordat gezond verstand kon ingrijpen, nam ik een duik. Ik duwde Ferde opzij en ademde deze schaduw in, Gelsi's ziel absorberend. Het voelde alsof de wereld een ogenblik stilstond tot ik haar had opgeborgen in een veilig hoekje van mijn geest. Toen: pats. De wereld draaide verder, en ik viel boven op Ferde. Perls toestel vloog uit mijn hand. Bij de muur kwam het op de grond terecht.

Na een korte worsteling drukte Ferde me tegen de vloer, zittend op mijn buik. 'Dat is mijn ziel,' zei hij. 'Geef terug.'

'Hij is niet van jou.'

Yelena? Ik voelde Gelsi's verwarring in mijn hoofd

Hou vol, zei ik tegen haar.

Ferdes handen gingen naar mijn hals. Ik greep ze beet, en gebruikmakend van zijn voorwaartse beweging duwde ik hem verder uit evenwicht met mijn knie. Ik zette mijn linkervoet op de vloer en draaide mijn heupen, zodat hij van me af rolde. Meteen sprong ik overeind en nam een vechthouding aan.

Grijnzend kwam Ferde met katachtig snelle gratie overeind. 'We zijn aan elkaar gewaagd. Maar volgens mij ben ik in het voordeel.'

Ik zette me schrap, maar hij deed niets. Zijn rode tatoeages begonnen te gloeien tot ze brandden in mijn ogen. Hij ving mijn blik met de zijne en bleef me aanstaren met zijn donkerbruine ogen.

Ferdes gezicht veranderde in dat van Reyad. Mijn wereld tolde, en ik lag weer in Reyads slaapkamer in Ixia, vastgebonden op het bed te kijken naar Reyad die in zijn kist met martelinstrumenten rommelde. Na een aanvankelijk moment van paniek en angst dat ik Reyads marteling opnieuw zou moeten ondergaan, maakte het tafereel een sprong vooruit naar Reyads verblufte gezicht toen het warme bloed uit zijn keel over me heen gutste.

Jij maakt ook mensen dood, sprak Ferde in mijn hoofd. Beelden van de andere mannen die ik had gedood, flitsten voorbij. Je hebt de macht om zielen te verzamelen zonder dat je daar symbolen en bloed voor nodig hebt. Waarom denk je dat Reyad nog steeds bij je komt spoken? Je hebt zijn ziel, je eerste van vele die nog zouden volgen. Ik zie de toekomst, en die van jou wordt er niet beter op.

De beelden tolden duizelingwekkend, en met kille blik staarde Irys me aan terwijl ik keek naar Valek, zwaaiend aan een strop. Leifs haat dreunde in mijn hoofd, naast Cahils wens om me te laten terechtstellen. De commandant lachte tevreden bij mijn terechtzitting wegens spionage, omdat hij van me had gekregen wat hij wilde en ik nu geen probleem voor Ixia meer vormde.

Kijk wat de meestermagiërs lang geleden met die zielvinder hebben gedaan, zei Ferde.

Een man, geketend aan een paal, werd in brand gestoken. Zijn geschreeuw van pijn sidderde in mijn hoofd. Ferde hield dat beeld vast tot de huid was weggebrand. Ik zwoegde om weer de baas over mijn eigen gedachten te worden, maar Ferdes magie evenaarde die van een meester, en ik kreeg hem niet van me af.

De zielvinder wilde alleen maar helpen door de doden weer tot leven te wekken voor hun familie en vrienden, zei Ferde in mijn hoofd. Het was zijn schuld niet dat ze anders waren toen ze weer opstonden. Door paniek en angst voor het onbekende werd hij veroordeeld, net zoals de Raad ook jou zal veroordelen. Alles wat ik je heb laten zien, zal jouw lot zijn. Ik zie het in je verhaaldraden. Maanman is jouw echte verhaalwever niet, dat ben ik.

Zijn logica was overtuigend. Hij begreep mijn wens om mijn plaats te vinden. Die was aan zijn zijde. Zielvinder en zielsteler.

Ja. Als ik jouw verhaal verander, zal de Raad je niet levend verbranden. Je hoeft me alleen maar Gelsi's ziel te geven.

Een klein hoekje van mijn verstand bood weerstand en schreeuwde om actie. Je mag geen zielen stelen, zei ik. Ik ook niet.

Waarom heb je dan de gave gekregen, als je er geen gebruik van mag maken? vroeg Ferde.

Daar moet ik mensen mee helpen.

Dat wilde die andere zielvinder ook. Kijk dan wat er met hem is gebeurd.

Het werd moeilijk om helder na te denken. Ferdes controle begon zich uit te spreiden, en straks pakte hij Gelsi gewoon van me af.

Geef me het meisje. Als ik haar uit je trek, ga je dood. Dan ben jij het eerste slachtoffer van mijn nieuwe bewind. Je ouders worden de volgende twee.

Beelden van Perl die werd verminkt en Esau die aan stukken werd gehakt, stroomden bij me binnen. Bloed spoot terwijl ik in hulpeloos afgrijzen toekeek.

Red hen, en je kunt voor het eerst in je leven totale vrijheid krijgen.

Zijn krachtige bezwering bracht me in verleiding. Ik merkte dat ik het met hem eens werd. Vrijheid. Ferde zond een golf van genot door mijn lichaam. Ik kreunde toen er een bedwelmende mengeling van vreugde en bevrediging door me heen trok. Ik wilde Gelsi aan hem geven. Maar hij ging te ver toen hij mijn ziel vulde met voldoening. Want dat gevoel kende ik al van wanneer Valek me in zijn armen hield.

Ik stond te zwaaien op mijn voeten en zweette van de inspanning om Ferde te beletten Gelsi af te pakken. Hij had zijn fout beseft en opende een mentale aanval om haar ziel te krijgen. Met mijn armen stevig om mezelf heen geslagen viel ik op de grond. In mij brandde vuur. Tranen en zweet prikten in mijn ogen, maar voordat mijn lichaam begon te kronkelen van pijn zag ik vlakbij Perls toestel. Ik had maar een tel nodig.

Problemen, lief? vroeg Valek.

Ik heb je immuniteit voor magie nodig.

Voor jou.

In mij groeide een weerstand tegen magie waar geen enkele barrière aan kon tippen. Ferdes overheersing verdween. Ik deed mijn ogen open.

'Daar had je me bijna,' zei ik tegen Ferde. Ik pakte Perls toestel op en kwam op onvaste benen overeind.

Ferdes verrassing duurde niet lang. 'Maakt niet uit. Door de inspanning om mij af te weren ben je verzwakt.'

In twee stappen overbrugde hij de afstand tussen ons. Zijn handen wikkelden zich om mijn keel. Hij had gelijk. Ik had de kracht niet om hem tegen te houden, maar ik kon wel iets anders. Terwijl zijn duimen in mijn luchtpijp drukten, tilde ik Perls toestel op.

Voor mijn ogen begonnen zwarte en witte stippen te dansen. Voordat Ferde op mijn beweging kon reageren, richtte ik de tuit op zijn gezicht en kneep in de rubberen bal om hem vol curare te spuiten. Perls apparaatje was bedoeld om parfum aan te brengen, en het werkte als een lier.

Ferdes gezicht versteende in afgrijzen. Ik duwde zijn handen weg, en hij viel op de grond.

Ik ben de enige niet, was Ferdes laatste gedachte voordat het gif zijn lichaam en zijn magie verlamde.

Eenmaal ervan overtuigd dat hij zich niet meer kon verroeren, ging ik zijn geest binnen. Gevangen in de duisternis zaten alle zielen die hij had gestolen. Ik liet ze los in de lucht. In de golf van beweging die ik voelde, liet ik me even meevoeren met de bevrijde zielen en genoot van hun vreugde en geluk tot ik terugkeerde naar mijn lichaam.

Zonder een moment te verliezen stoof ik naar Gelsi. Met mijn vingertoppen op haar hals concentreerde ik me op haar verwondingen en herstelde ze, inclusief de sneden in haar armen en benen.

Ga terug, zei ik tegen Gelsi.

Tijdens het gevecht met Ferde had ze zich angstig en verward in een hoekje verborgen gehouden, maar nu begreep ze het. Haar lichaam bloeide op van het leven, en beverig haalde ze diep adem.

Ik sneed haar boeien door met mijn springmes, en nadat ik de klef geworden theobromapil had uitgespuugd, ging ik naast haar liggen, uitgeput en leeg. Ze klampte zich aan me vast. Telkens wanneer ik mijn longen vulde met lucht, sloegen de vlammen uit mijn keel.

Pas geruime tijd later verzamelde ik de energie om op te staan en ik trok Gelsi met me mee. We vonden haar kleren, en ik hielp haar erin. Voordat ik haar naar een zachte bank in de woonkamer beneden bracht, zwaaide ik met een hand uit een van de ramen op de bovenverdieping. Straks kwam Dax.

'Ik word van school gestuurd,' fluisterde Gelsi.

Ik schudde mijn hoofd. 'Je wordt gesmoord in bezorgdheid en begrip. En je krijgt alle tijd te herstellen.'

Toen Dax kwam om mijn plaats naast Gelsi in te nemen, ging ik terug naar de overloop waar ik Leif had achtergelaten. Met tegenzin sleepte ik me voort. Mijn benen voelde aan alsof ze waren gestoken met curare.

Ik had de kracht niet om zijn verstrengelde gedachten te ontwarren. Mijn belofte aan Maanman moest nog maar even wachten. Ik bracht Leif in een lichtere slaap zodat hij wakker zou worden als ik weg was.

Ferdes laatste opmerking had me doen beseffen dat ik nog wat dingen had af te ronden.

Dax had beschermend een arm om Gelsi geslagen toen ik weer beneden kwam.

'Ik heb een bericht gestuurd naar meester Bloedgoed,' zei Dax. 'De meesters zijn al op weg met een bataljon wachters om Ferde naar het gevang in de veste te slepen.'

'Dan moest ik maar eens gaan. Ik heb namelijk huisarrest en hoor in mijn kamers te zitten.'

Dax schudde zijn hoofd. 'Tweede Magiër weet al wat je hebt gedaan.'

'Des te meer reden om hier niet te zijn als ze komen.'

'Maar...'

Ik zwaaide en haastte me de deur uit met mijn rugzak over een schouder. Aangezien ik al van school was gestuurd, zou ik straks ook uit mijn kamers worden geschopt. Het was mijn bedoeling om dan al lang weg te zijn, zodat Roos de genoegdoening niet kreeg om mij eruit te zetten.

Toen ik de binnenhof overstak, kwam Fisk naar me toe gerend.

'Hebben we goed geholpen?' vroeg hij. 'Is alles nu goed?'

'Jullie waren geweldig.' Ik rommelde in mijn rugzak en gaf Fisk alle Sitische munten die ik had. 'Verdeel die maar onder je troepen.'

Hij glimlachte en stoof weg.

Op mijn weg door de citadel werd ik overmand door een intense vermoeidheid. Mijn omgeving vervaagde, en ik liep in een waas. Toen ik langs de raadszaal kwam, begonnen de bedelaars die altijd rondhingen bij het bordes achter me aan te lopen.

'Het spijt me,' riep ik over mijn schouder. 'Ik kan jullie vandaag niet helpen.' De groep keerde terug naar het bordes, maar één bedelaar gaf niet op. Ik draaide me om. 'Ik zei...'

'Mooie mevrouw, mag ik een koperstuk?' vroeg de man.

Zijn gezicht zat onder de vuile vegen, en zijn haar hing in vette klitten omlaag. Zijn kleren waren kapot en vies, en hij stonk naar paardenmest. Maar die indringende saffierblauwe ogen kon hij voor mij niet vermommen.

'Heb je niet een koperstuk voor de man die net je leven heeft gered?' vroeg Valek.

'Ik ben blut. Ik moest de afleidingsmanoeuvre betalen. Die kinderen zijn niet goedkoop. Wat...'

'Eendrachtsfontein. Kwartiertje.' Valek ging terug naar de andere bedelaars rondom het bordes.

Ik liep verder in de richting van de veste, maar zodra ik uit het zicht van de raadszaal was, nam ik een zijstraat en ging naar de Eendrachtsfontein. De jaden bol met de gaten en de andere bollen erin glom in het zonlicht. Het water uit de kring van sproeiers sprankelde in de koele lucht. Mijn opluchting over het feit dat Valek springlevend was, streed met mijn bezorgdheid over het feit dat hij zich niet ver buiten de citadel bevond.

Een snelle beweging in een schaduw ving mijn aandacht. Ik kuierde naar het donkere portiek van een gebouw en omhelsde Valek, me stevig tegen hem aan drukkend alvorens hem los te laten.

'Bedankt dat je me hebt geholpen tegen Ferde,' zei ik. 'En nu naar huis voordat je wordt gepakt.'

Valek glimlachte. 'En alle pret mislopen? Nee, lief. Ik ga met je mee op pad.'

Het verraste me nauwelijks. Valek en ik hadden geen mentale band zoals ik met Irys had gehad, maar toch wist hij wat ik dacht en was hij er altijd als ik zijn hulp nodig had.

'Hoe kan ik je dan zo ver krijgen dat je teruggaat naar Ixia?' Mijn korte uitbarsting van energie bij het zien dat Valek in veiligheid was, verflauwde.

'Niet.'

'Goed dan. Hoewel ik me het recht voorbehoud om: "Zie je nou wel," te zeggen als je toch wordt gepakt.' Ik probeerde het streng te zeggen, maar mijn murw gebeukte en vermoeide ziel liep zo over van opluchting over het feit dat Valek met me meeging, dat de woorden er schalks uit kwamen.

'Akkoord.' Valeks ogen lichtten op in afwachting van de uitdaging.

34

VALEK EN IK BESLOTEN HOE WE HET BESTE TE WERK KONDEN GAAN en maakten weer een afspraak aan de rand van de Avibianvlakte.

Toen ik bij de veste kwam, ging ik rechtstreeks naar mijn kamers om te pakken. Terwijl ik stond te beslissen wat ik mee zou nemen, werd er op de deur geklopt. Uit gewoonte zocht ik naar mijn boog voordat ik besefte dat Leif hem had vernield. Daarom greep ik mijn springmes maar.

Ik werd wat rustiger toen ik de deur opendeed. Daar stond Irys, aarzelend. Ik deed een stap achteruit en vroeg haar binnen.

'Ik heb nieuws,' zei Irys. Toen ik niets terugzei, vervolgde ze: 'Ferde is naar de cellen van de veste gebracht, en de Raad heeft je schorsing herroepen. Ze willen dat je blijft zodat je je magische vermogens volledig kunt verkennen.'

'Van wie krijg ik les?'

Irys keek naar de grond. 'Dat mag jij kiezen.'

'Ik zal erover nadenken.'

Irys knikte en draaide zich om. Bleef toen staan. 'Het spijt me, Yelena. Ik had geen vertrouwen in je vermogens, en toch kreeg jij voor elkaar wat vier meestermagiërs niet lukte.'

Er bestond nog steeds een flauwe band tussen ons, en ik voelde

Irys' onzekerheid en haar gebrek aan zelfvertrouwen. Ze twijfelde aan haar vermogen om in de toekomst met moeilijke situaties om te gaan. Haar manier van aanpak om problemen op te lossen bleek nu onjuist te zijn, meende ze.

'In deze situatie was magie de oplossing niet,' zei ik haar. 'Juist door het gebrek aan magie kon ik Ferde verslaan. En dat was me nooit gelukt zonder Valek.'

Daar dacht ze even over na, en ze leek tot een besluit te komen.

'Wat dacht je van een partnerschap?' vroeg Irys.

'Een partnerschap?' vroeg ik.

'Volgens mij heb jij geen leraar meer nodig maar een partner, een kameraad die je helpt ontdekken hoe sterk je bent als zielvinder.'

Ik kromp ineen bij het horen van die titel. 'Denk jij dat ik er een ben?'

'Ik vermoedde het al, maar ik wilde het eigenlijk niet geloven. Een automatische reactie, net zoals dat terugschrikken van jou daarnet. En naar het schijnt heb ik bijsturing nodig. Ik heb gemerkt dat de Sitische manier van doen niet altijd de juiste is. Misschien kun jij me daarbij helpen.'

'Weet je zeker dat je de "ergens op af stormen en er maar het beste van hopen"-methode wel wilt leren?'

'Zolang jij maar blijft onderzoeken wat het is om zielvinder te zijn. Druist dat echt in tegen de ethische code? Misschien moet de code wel worden bijgesteld. En mag je als een meester worden beschouwd, of moet je eerst de meestertest doen?'

'De meestertest? Daar heb ik enge verhalen over gehoord.' Mijn keel begon te verstrakken. Ik slikte moeizaam.

'Voornamelijk geruchten. Om de studenten te ontmoedigen zodat alleen degenen die voldoende vertrouwen in hun vermogens hebben dapper genoeg zijn om de test te ondergaan.'

'En als ze niet sterk genoeg zijn?'

'Dan zakken ze maar weten ze wel wat de grenzen van hun macht zijn. Dat is beter dan later voor verrassingen komen te staan.'

Irys zweeg. Ik voelde haar geest naar de mijne reiken. Is dat dan afgesproken? vroeg ze in mijn hoofd.

Ik zal erover nadenken. Er is veel gebeurd.

Dat is zeker zo, beaamde ze. Laat het me maar weten. Irys verliet mijn kamers.

Ik sloot de deur. Mijn gedachten vlogen heen en weer tussen de mogelijkheid om mijn vermogens te verkennen en het risico te worden veroordeeld als zielvinder. Ondanks de zorgen over gif in het eten van de commandant begon ik te denken dat het leven in Ixia gemakkelijker was geweest. Nadat ik op pad was geweest, zoals Valek het zo losjes noemde, moest ik nog kiezen wat ik zou gaan doen. Leuk. Ik had weer keuze.

Ik liep mijn kamers door om te kijken of ik iets over het hoofd had gezien. Ik had het valmurbeeldje voor Valek, de rest van mijn Sitische munten, mijn Ixische uniform en een extra stel kleren. Mijn kledingkast hing nog vol met mijn leerlinggewaden en een paar broekrokken van Nootje. Op mijn bureau lagen stapeltjes papieren en boeken, en het rook er naar appelbessen en lavendel. Mijn maag verkrampte van verlangen en een plotseling besef. In deze kamers in de veste was ik me thuis gaan voelen, ondanks mijn verzet.

Ik deed mijn rugzak om, en zwoegend onder het gewicht ging ik weg. Onderweg deed ik de gastenverblijven aan voor een bezoek aan mijn ouders. Ik hoorde Esau in de keuken, en Perl keek merkwaardig. Haar hand ging naar haar hals, dus ze was ergens over van streek. Ze liet me beloven dat ik bleef om thee te drinken, trok mijn rugzak van me af en bleef om me heen dralen tot ik plaats had genomen in een van de grote roze leunstoelen.

Nadat ze naar Esau had geroepen om een extra beker ging Perl op het puntje van de stoel naast me zitten alsof ze meteen op zou veren wanneer ik zou besluiten te vertrekken. Esau kwam binnen met de thee. Ze sprong op en gaf me een van de dampende bekers.

Schijnbaar tevreden dat ik was verankerd in mijn stoel, ten minste tot ik de thee op had, zei Perl, 'Je gaat weg. Toch?' Ze schudde haar hoofd voordat ik iets kon zeggen. 'Niet dat je het me zou vertellen. Je doet alsof ik een teer bloempje ben. Nou, je moet weten dat de teerste bloemen vaak de sterkste geuren afgeven als je ze plet.' Ze staarde me aan.

'Ik heb nog wat dingen af te ronden,' zei ik. 'Daarna kom ik weer terug.' Maar het zwakke antwoord kon haar niet kalmeren.

'Lieg niet tegen me.'

'Ik lieg niet.'

'Goed dan. Lieg dan niet tegen jezelf.' Ze keek nadrukkelijk naar mijn uitpuilende rugzak die ze op de vloer had gezet. 'Stuur maar bericht als je in Ixia zit, dan komen we wel op bezoek,' zei ze een beetje langs haar neus weg. 'Hoewel, waarschijnlijk pas in het hete seizoen. Ik hou niet van de kou.'

'Moeder!' Ik stond op en knoeide bijna met mijn thee.

Esau knikte, kennelijk in verlegenheid over het onderwerp van ons gesprek.

'Ik wil wel eens op zoek naar de berglaurier die vlak bij het pakijs groeit. Ik heb eens gelezen dat die plant goed werkt tegen het hoestje van Kronik. Zou wel eens interessant kunnen zijn.'

'Vinden jullie het dan niet erg als ik toch terugga naar Ixia?' vroeg ik mijn ouders.

'Na de afgelopen week,' zei mijn vader, 'zijn we gewoon blij dat je nog leeft. Trouwens, we vertrouwen op je oordeel.'

'Als ik inderdaad naar Ixia ga, komen jullie dan wel vaak op bezoek?'

Dat beloofden ze. Om het afscheid niet langer uit te stellen griste ik mijn rugzak op en vertrok.

Appel? vroeg Kiki op hoopvolle toon.

Nee, maar ik zal voor pepermuntjes zorgen. In de tuigkamer van de stal ging ik op zoek naar de zak met snoep. Ik haalde er twee uit en ging terug naar Kiki.

Nadat ze de pepermuntjes had opgesabbeld, vroeg ik haar: Klaar voor vertrek?

Ja. Zadel?

Deze keer niet. De veste regelde tuig voor de studenten, maar wie eenmaal was afgestudeerd, diende zijn eigen spullen te kopen.

Ik trok het opstapkrukje naar me toe, en Kiki snoof. Weet ik, weet ik, zei ik. Geen kruk in wild. Maar ik ben moe.

Het beetje energie dat ik nog over had, sijpelde zelfs met schrikbarende snelheid weg. Bij de poorten van de veste en de citadel konden Kiki en ik gewoon doorlopen. Een tijdlang volgden we de weg door de vallei. Ik weigerde om te kijken naar de citadel. Ik ging toch nog terug, of niet soms? Vandaag was niet de laatste keer dat ik de pastelkleuren van de zonsondergang weerkaatst zag op de witte marmeren muren. Toch?

In het tanende licht hoorde ik het dreunen van hoeven op de weg achter me. Kiki bleef staan en draaide zich om naar de nieuwkomer.

Topaas, zei ze met genoegen.

Maar aan de gesmolten woede en moordlust op Cahils gezicht kon ik zien dat deze ontmoeting allerminst genoeglijk zou zijn.

'Waar denk jij dat je heen gaat?' vroeg hij bits.

'Dat gaat jou niets aan.'

Cahils gezicht werd knalrood toen hij verbijsterd begon te sputteren. 'Gaat míj niets aan? Gaat míj niets aan?'

Hij beteugelde zijn razernij. Gevaarlijk grommend zei hij toen: 'Jij bent het hartsmaatje van de meest gezochte misdadiger in Sitia. Waar jij heen gaat, is voor mij van het allergrootste belang. En ik ga er zelfs persoonlijk op toezien dat ik te allen tijde precies weet waar jij bent.' Hij floot.

Ik hoorde geruis en keek om. Achter mij namen Cahils mannen verdedigingsposities in. Om mijn krachten te sparen had ik niet verderop gezocht met mijn magie. Ik had niet gedacht dat het nodig was. Dom van me.

Kon jij hen ruiken, Kiki? vroeg ik.

Nee. Boven de wind. Langs gaan?

Nog niet.

Ik keek weer naar Cahil. 'Wat moet je?'

'Hou je je nou van de domme om het onvermijdelijke uit te stellen, Yelena? Ach, in het verleden pakte dat ook goed voor je uit. Je hebt mij tenminste goed voor de gek gehouden.' Hij zei het met een griezelige kalmte. 'Mij én Eerste Magiër ervan overtuigen dat je geen spion was door vertrouwen te wekken met je magie. Ik ben er helemaal in getrapt.'

'Cahil, ik...'

'Wat ík moet is Valek doden. Afgezien van wraak voor de moord op mijn familie zal ik de Raad laten zien wat ik kan, zodat ze me eindelijk zullen steunen.'

'Je had Valek al, en je bent hem kwijtgeraakt. Waarom denk je dat je hem nu wel kunt doden?'

'Omdat jouw hartsmaatje zijn leven komt ruilen voor het jouwe.'

'Je hebt te weinig mannen meegenomen om me gevangen te nemen.'

'O ja? Kijk nog maar eens.'

Ik wierp een blik over mijn schouder. Cahils mannen waren op enige afstand van Kiki's achterbenen blijven staan, en ondanks de schemering kon ik zien dat ze allemaal een blaaspijp aan de mond hielden, op mij gericht.

'De pijltjes zijn behandeld met curare,' zei Cahil. 'Een uitstekend Sitisch wapen. Ver zul je niet komen.'

Angst verving ergernis toen mijn hartslag versnelde. Ik had nog theobroma in mijn rugzak, maar als ik die afdeed, werd ik een speldenkussen voor de mannen van Cahil.

'Werk je mee, of moet ik je laten verdoven?' Cahil klonk alsof hij vroeg of ik thee wilde.

Spook, zei Kiki.

Voordat ik begreep wat ze bedoelde kwam Valek vanuit het hoge gras van de vlakte ons groepje in gekuierd. Iedereen versteende een ogenblik geschokt. Cahils mond viel open.

'Dat is een interessante keuze, lief,' zei Valek. 'Denk daar maar eens een tijdje over na. Ondertussen...' Met zijn armen los van zijn lichaam liep Valek dichter naar Cahil. Hij had zijn bedelaarsvermomming verruild voor de effen bruine tuniek en broek die de plaatselijke bevolking droeg. Hij leek ongewapend, maar ik wist wel beter, en naar het

335

scheen Cahil ook, want die bracht Topaas' teugels over naar zijn linkerhand en trok zijn zwaard.

'Even kijken of ik het allemaal snap,' vervolgde Valek, onbekommerd over Cahils zwaard dat maar een metertje van hem verwijderd was. 'Jij wilt wraak voor je familie. Begrijpelijk. Maar je moet wel weten dat de koninklijke familie niet jóúw familie is. Eén ding dat ik door de jaren heen heel goed heb geleerd, is weten wie mijn vijand is. De koninklijke stamboom hield op op de dag dat de commandant de macht in Ixia overnam. Daar heb ik goed voor gezorgd.'

'Je liegt!' Cahil gaf Topaas de sporen en sloeg met zijn zwaard naar Valek.

Snel en sierlijk opzij stappend voorkwam Valek dat hij werd vertrapt en gesneden.

Toen Cahil Topaas keerde voor een nieuwe aanval, zei ik: 'Zo gek klinkt het anders niet. Valek doet zijn werk altijd grondig.'

Hij trok aan de teugels en bleef vol ongeloof staan. 'Door je verliefdheid ben je niet meer bij zinnen.'

'En door je machtswellust kun jij niet meer helder denken. Je mannen gebruiken je, maar jij weigert te zien wat er zich vlak voor je neus afspeelt.'

Cahil schudde zijn hoofd. 'Ik luister niet meer naar praatjes. Mijn mannen zijn trouw. Ze gehoorzamen me, of anders worden ze gestraft. Dat heb ik opnieuw laten zien met Goels dood.'

Ik herkende die vlakheid in zijn lichtblauwe ogen. 'Jíj hebt Goel vermoord.'

Hij glimlachte. 'Mijn mannen hebben gezworen voor mij te sterven. Ik heb niets misdaan.' Hij hief zijn zwaard. 'Klaar,' riep hij naar zijn mannen. 'Richten en...'

'Denk hier dan eens over na voordat je je in je handen wrijft over "jouw" mannen, Cahil. Ze vragen kapitein Marrok om toestemming voordat ze jouw bevelen opvolgen. Ze hebben je een zwaard gegeven dat te zwaar voor je is en hebben je er niet fatsoenlijk mee leren vechten. Jij moet familie zijn van de koning, en die was een machtig magiër. Waarom heb jij dan geen magie?'

'Ik...' Cahil aarzelde.

Zijn mannen keken elkaar aan, in consternatie of verwarring. Welke van de twee wist ik niet, maar ze raakten er wel hun concentratie van kwijt. En op dat moment sprong Valek achter mij op Kiki's rug. Zonder enige aansporing rende ze de prairie op. Ik greep me vast aan haar manen terwijl Valek zijn armen om mijn middel sloeg, en Kiki ging ervandoor in haar windvlaaggang.

Ik hoorde Cahil vuur schreeuwen, en ik meende een pijltje langs mijn oor te horen suizen, maar algauw waren we buiten bereik. Zonder zichtbare inspanning liep Kiki twee keer zo snel als in normale galop. Toen de maan zijn hoogste punt bereikte, minderde Kiki vaart en bleef toen staan.

Geur weg, zei ze.

Valek en ik lieten ons van haar rug glijden. Ik controleerde haar op verwondingen voordat ze ongeduldig snoof en wegliep om te grazen.

Huiverend in de kou zocht ik naar pijltjes op mijn lijf voordat ik mijn mantel dichter om me heen sloeg. 'Dat scheelde niet veel.'

'Viel wel mee,' zei Valek. Hij trok me naar zich toe. 'We hadden de mannen afgeleid, zodat ze geen tijd hadden om te mikken toen de troonpretendent het bevel gaf.'

Valek voelde warm aan, ook al droeg hij geen mantel. Schijnbaar mijn gedachten lezend zei hij: 'Ik kruip wel onder de jouwe.' Hij grijnsde ondeugend. 'Maar eerst moet je een vuurtje, eten en slapen.'

Ik schudde mijn hoofd. 'Ik moet jou.' Hij liet zich vrij vlot overtuigen. Toen ik hem eenmaal had ontdaan van zijn kleren, koos hij ervoor om bij me in mijn mantel te kruipen.

Ik werd wakker van de verrukkelijke geur van gebraden vlees. Knipperend met mijn ogen in het heldere zonlicht zag ik Valek gehurkt zitten bij een vuurtje. Hij had een spit opgezet en draaide vlees boven de gloeiende stukken hout.

'Ontbijt?' vroeg ik met rommelende maag.

'Diner. Je hebt de hele dag geslapen.'

Ik ging rechtop zitten. 'Je had me wakker moeten maken. Stel dat Cahil ons had gevonden!'

'Dat betwijfel ik met al die magie in de lucht.' Valek tuurde naar de hemel en snoof de wind op. 'Heb je er last van?'

Ik opende mijn geest voor de macht om ons heen. De beschermingsmagie van de Zandzaden trachtte Valeks gedachten binnen te dringen om hem in verwarring te brengen, maar de machtdraden werden moeiteloos afgebogen door zijn immuniteit. De magie leek zich van mijn aanwezigheid niets aan te trekken.

'Nee.' Ik vertelde Valek over mijn verre verwantschap met de Zandzaadstam. 'Als ik vlak bij hun dorp kwam met kwaad in de zin, zou de bescherming me denk ik wel aanvallen.' Toen dacht ik aan Maanmans magische vermogens en zijn kromzwaard. 'Of anders een van hun verhaalwevers'

Valek dacht na. 'Hoe lang duurt het nog voordat we op het Daviianplateau zijn?'

'Hangt van Kiki af. Als zij kiest voor haar windvlaaggang, kunnen we er in een paar uur zijn.'

'Windvlaaggang? Noem je het zo? Ik heb nog nooit een paard zo hard zien lopen.'

Daar dacht ik even over na. 'Ze doet het alleen als we op de vlakte zijn. Misschien heeft het te maken met de magie van de Zandzaden.'

Valek haalde zijn schouders op. 'Sneller is beter. Hoe sneller we kunnen afrekenen met Alea, hoe beter.'

Maar hoe we precies met Alea gingen afrekenen, bleef de vraag. Als ze haar verwonding had overleefd, zou ze een bedreiging voor me vormen, maar ik wilde haar niet doden. Misschien was het genoeg om haar over te dragen aan de Zandzaden. Ik dacht na over Maanmans opmerkingen over het Daviiaanse gespuis en besefte dat Ferdes bewering over het bestaan van anderen niet hoefde te slaan op Alea maar op de andere Daviians.

Valek haalde het vlees van het vuur en gaf het spit aan mij. 'Eet op. Je moet op krachten komen.'

Ik rook aan het onherkenbare stuk. 'Wat is het?'

Hij lachte. 'Dat wil je niet weten.'

'Gif?'

'Zeg jij het maar,' plaagde hij.

Ik nam een experimenteel hapje. Het sappige vlees had een merkwaardig gronderige smaak. Een soort knaagdier, dacht ik, maar niets giftigs. Toen ik mijn maaltijd op had, begonnen we onze karige spullen te pakken.

'Valek, nadat we hebben afgerekend met Alea, moet je me beloven dat je teruggaat naar Ixia.'

Hij grijnsde. 'Waarom zou ik? Ik begin het klimaat wel prettig te vinden. Misschien bouw ik hier wel een zomerhuisje.'

'Met die arrogante houding heb je jezelf al eerder in de nesten gewerkt.'

'Nee, lief. Dat kwam door jou. Als jij je niet gevangen had laten nemen door Goel, dan had ik me nooit hoeven prijsgeven aan de troonpretendent.'

'Jij hebt jezelf niet prijsgegeven. Ik ben bang dat ik dat heb gedaan toen ik ruzie maakte met Cahil.'

'Weer om mijn eer te verdedigen?' vroeg hij.

In Ixia had ik destijds per ongeluk een van zijn geheime operaties verklapt door het voor hem op te nemen. 'Ja.'

Verwonderd schudde hij zijn hoofd. 'Ik weet al dat je van me houdt, dus hou maar op met dat bewijzen. Het kan me echt niets schelen wat de troonpretendent van me denkt.'

Ik dacht aan Cahil. 'Valek, het spijt me dat ik dacht dat jij Goel had vermoord.'

Hij wuifde mijn excuus weg. 'Daar had je bijna gelijk in gehad. Ik ben nog teruggegaan om het voor je te regelen, maar Cahil was me voor geweest.' Valeks hoekige gelaat werd ernstig. 'De troonpretendent blijft wel een probleem.'

Ik knikte. 'Maar dat los ík wel op.'

'O, wie is er nu arrogant?'

Ik wilde tegensputteren, maar Valek legde me het zwijgen op met een kus. Toen hij zich losmaakte, zag ik dat Kiki haar hoofd had opgetild en haar oren had gespitst.

Geur? vroeg ik haar. Toen hoorde ik hoefgetrappel dichterbij komen.

Rusalka, zei Kiki. Treurman.

Mijn eerste reactie was ergernis omdat Leif ons was gevolgd. Maar als hij ons kon vinden, kon Cahil dat ook, en dat maakte me ongerust.

Verder nog iemand? vroeg ik.

Nee.

Valek verdween in het hoge gras vlak voordat Leifs paard leek te materialiseren vanuit een stofwolk.

Leifs groene ogen waren groot van schrik. 'Dat heeft ze nog nooit gedaan.'

Mijn ergernis veranderde in geamuseerdheid. Rusalka's zwarte vacht glom van het zweet, maar ze maakte geen gespannen indruk.

'Ik noem dat Kiki's windvlaaggang,' zei ik tegen Leif. 'Is Rusalka een Zandzaadpaard?'

Hij knikte. Voordat hij nog iets kon zeggen, verscheen er links van hem een waas van beweging toen Valek uit het gras tevoorschijn sprong en Leif van zijn paard stootte. Ze kwamen samen neer met Valek boven op Leifs borst. Hij had Leifs machete al op Leifs keel toen mijn broer nog naar adem moest snakken.

'Wat doe jij hier?' vroeg Valek.

'Ik... zocht... Yelena,' hijgde Leif.

'Waarvoor?'

Inmiddels was ik van mijn verbazing bekomen. 'Laat maar, Valek. Het is mijn broer.'

Valek haalde het kapmes weg maar bleef boven op hem zitten. Leif vertrok zijn gezicht van verbijsterde doodsangst.

'Valek? Je hebt geen geur. Geen aura.'

'Is hij simpel?' vroeg Valek me.

Ik grijnsde. 'Nee.' Ik trok Valek van Leif. 'Met zijn magie kan hij iemands ziel schouwen. Jouw immuniteit houdt zijn macht vast tegen.' Ik boog me over Leif en controleerde hem met mijn magie op gebroken botten. Ik kon niets ernstigs vinden.

'Alles goed?' vroeg ik Leif.

Hij kwam overeind en wierp een nerveuze blik op Valek. 'Hangt ervan af.'

'Maak je over hem maar geen zorgen, hij is overbezorgd.'

Valek schraapte zijn keel. 'Als jij eens een keer één dag uit de narigheid bleef, zou het niet zo vanzelfsprekend voor me zijn om jou te beschermen.' Hij wreef over zijn been. 'Of zo pijnlijk.'

Leif had zich hersteld van de schok en stond op.

Mijn ergernis keerde terug. 'Wat kom je doen?' vroeg ik.

Hij keek naar Valek en toen naar de grond. 'Het was iets wat moeder zei.'

Ik wachtte af.

'Ze zei dat je weer was verdwenen. En dat alleen de broer die veertien jaar lang naar jou had gezocht je kon vinden.'

'Hóé heb je me gevonden?'

Leif maakte een wat wild gebaar naar zijn paard. 'Kiki had Topaas gevonden op de prairie, en aangezien Rusalka ook is gefokt door de Zandzaden, dacht ik haar te vragen om Kiki te zoeken. En... en...'

'Dat deed ze erg snel.' Ik overpeinsde wat Leif had gezegd over onze moeder. 'Waarom denkt Perl dat ik ben verdwenen? En waarom stuurt ze jou? De vorige keer heb ik niet veel aan je gehad.' Nu moest ik de neiging onderdrukken hem te stompen. In Ferdes huis had hij me bijna vermoord met zijn machete.

Leif kromp ineen van schuld. 'Ik weet niet waarom ze mij heeft gestuurd.'

Ik wilde hem net zeggen naar huis te gaan toen Maanman kwam aanwandelen. 'Goed volk,' zei ik tegen Valek voordat hij hem kon aanvallen.

'Het wordt hier wel gezellig,' mompelde Valek zachtjes.

Toen Maanman dichterbij kwam, vroeg ik: 'Geen geheimzinnige verschijning? Moest je niet samensmelten uit een zonnestraal? Waar is de verf?' De littekens op zijn armen en benen staken af tegen zijn donkere huid, en hij had een korte broek aan.

'Niet leuk meer als je die trucjes al kent,' zei Maanman. 'Trouwens, Spook zou me hebben vermoord als ik plotseling was verschenen.'

'Spook?' vroeg ik.

Maanman wees naar Valek. 'Zo noemt Kiki hem. En terecht,' zei hij toen hij de verwarring op mijn gezicht zag. 'Wij, magische wezens, beschouwen de wereld door onze magie. We zien hem met onze ogen maar niet met onze magie. Dus voor ons is het net een spook.'

Valek luisterde naar Maanman. Op zijn gezicht stond niets te lezen, maar aan de stand van zijn schouders zag ik dat hij klaarstond om toe te slaan.

'Ook familie van je?' vroeg Valek.

Op Maanmans lippen verscheen een brede grijns. 'Ja. Ik ben de derde neef van de vrouw van haar moeders oom.'

'Hij is een verhaalwever, een magiër van de Zandzaadstam,' legde ik uit. 'En wat doe jij hier?'

Maanmans schalksheid verdween van zijn gezicht. 'Jij bent op míjn land. Dat kan ik beter aan jou vragen, alleen weet ik al wat jij komt doen. Ik kwam ervoor zorgen dat jij je houdt aan je belofte.'

'Welke belofte?' vroegen Leif en Valek tegelijkertijd.

Ik wuifde de vraag weg. 'Ja, maar niet nu. We moeten...'

'Ik weet wel wat jij van plan bent,' zei Maanman. 'Maar dat gaat je pas lukken als je jezelf hebt ontward.'

'Ik? Maar je had toch gezegd...' Ik zweeg. Hij had me laten beloven Leif los te maken, maar toen herinnerde ik me dat Maanman had gezegd dat onze levens met elkaar waren vervlochten. Maar wat had mijn hulp aan Leif te maken met mijn plannen met Alea? 'Waarom lukt dat nu dan nog niet?' vroeg ik.

Maanman gaf geen antwoord.

'Heb je nog meer cryptisch advies?' vroeg ik.

Hij stak zijn handen uit. Een naar Leif, en de andere naar mij.

Valek snoof, geamuseerd of geërgerd, dat wist ik niet, maar hij zei: 'Lijkt me een familieaangelegenheid. Ik ben vlakbij als je me nodig hebt, lief.'

Ik keek aandachtig naar Leif. Bij onze vorige ontmoeting had hij op de verhaalwever gereageerd met angst. Nu deed hij een stap naar voren, pakte Maanmans hand en wierp mij een blik toe van koppige vastberadenheid.

'Nu maken we het af ook,' zei Leif, mij uitdagend.

35

Ik liet mijn hand in die van Maanman glijden. Mijn wereld smolt toen de warme magie van de verhaalwever mijn zintuigen overnam.

We stonden in het Illiais-oerwoud op de plek waar Leif zich veertien jaar geleden had verstopt en me door Mogkan ontvoerd zag worden. Gedrieën bekeken we de gebeurtenissen door Leifs ogen en voelden we zijn emoties. In wezen werden we hem.

Leifs hart vulde zich met een gemeen soort goedkeuring nu Yelena kreeg wat ze verdiende omdat ze niet vlak bij hem was gebleven. Maar toen de vreemdeling haar in slaap bracht en zijn rugzak en zwaard onder een struik vandaan haalde, hield de plotselinge angst om door de man te worden gepakt Leif op zijn verstopplaats. Hij bleef daar nog lang nadat de man zijn zusje had weggedragen.

Maanman beïnvloedde de draad van het verhaal even om mij en Leif te laten zien wat er zou zijn gebeurd als Leif had geprobeerd me te redden. Het galmen van staal klonk door het oerwoud toen Mogkan zijn zwaard uit de schede trok en Leif in het hart stak. Het was een goede beslissing geweest om verborgen te blijven.

Daarop richtte het verhaal zich op de wanhoop en woede van Perl en Esau toen Leif hun eindelijk had verteld dat ik was verdwenen. Leif dacht dat het er nog veel slechter voor hem uit zou zien als hij de waarheid vertelde en ze wisten dat hij niets had gedaan om de man

tegen te houden. Leif was ervan overtuigd geweest dat de opsporings-
patrouilles de man en zijn zusje zouden vinden. Nu al was hij jaloers
op de aandacht die ze kreeg, alleen maar omdat ze was gered.

Toen ze niet werd gevonden, ging Leif zelf op pad. Hij wist zeker
dat ze ergens in het oerwoud zaten en uit het zicht bleven om hem
te pesten. Hij moest haar vinden, zodat zijn vader en moeder misschien weer van hem zouden houden.

Met het verstrijken der jaren dreef zijn schuldgevoel hem tot een
poging tot zelfmoord, en uiteindelijk veranderde het schuldgevoel in
haat. Toen ze eindelijk terugkwam in hun leven, stinkend naar bloed
en naar het noorden, kon hij haar wel vermoorden. Vooral toen hij
voor het eerst in veertien jaar de pure vreugde op het gezicht van zijn
moeder zag.

Cahils hinderlaag, hoe onverwacht ook, gaf Leif een ontvankelijk
publiek voor de noodzaak om de spion uit het noorden uit de weg te
ruimen. Maar het leed dat haar werd aangedaan, trok een scheurtje
van zorg in zijn zwarte mantel van haat.

Door aan Cahil te ontsnappen bewees ze dat het klopte wat hij
over haar dacht, maar toen kwam ze terug met de mededeling dat ze
geen spion was en er daarom ook niet als een spion vandoor zou gaan.
Vervolgens bevestigde Roos haar beweringen, en dat bracht Leif in
grote verwarring.

Zijn tegenstrijdige emoties werden er niet minder op toen hij zag
hoe ze haar best deed om Tula te helpen. Waarom maakte ze zich zo
druk om iemand anders? Ze had zich ook niet druk gemaakt om hem
en zijn leed toen ze weg was. Hij wilde haar blijven haten, maar toen
ze tot het uiterste was gegaan om Tula terug te halen, kon hij het
schuldgevoel niet verdragen als hij nog een keer bleef toekijken zonder iets te doen.

Toen ze naar de vlakte gingen en de verhaalwever kwam, wist Leif
zeker dat zijn zus de waarheid over hem zou ontdekken. Hij vluchtte uit angst voor de beschuldigingen die in haar ogen zouden staan.
Maar toen hij kalmeerde, dacht hij: zou de waarheid dan zo moeilijk
voor haar zijn? Ze had zo veel moeten doorstaan in Ixia. Misschien

kon ze deze horde ook wel nemen.

Maar toen ze terugkwam van de vlakte, wist Leif dat het onmogelijk was. Haar woede en afkeuring vlamden van haar huid. Ze moest hem niet en had hem nergens voor nodig. Maar omdat zijn moeder hem smeekte zijn zus te helpen zocht hij haar toch weer op.

Verhaalwever liet de strengen van het verhaal vervagen. We stonden met zijn drieën op die donkere vlakte die ik me herinnerde van mijn vorige ontmoeting met Maanman. Zijn kleur kwam overeen met een straal maanlicht. Verwonderd keek Leif rond.

'Waarom heeft moeder je gevraagd mij te helpen om Gelsi te redden?' vroeg ik Leif.

'Ze dacht dat ik je ergens mee kon bijstaan. Maar in plaats daarvan wou ik...'

'Mij vermoorden? Dan mag je bij het "Ik Wil Yelena Vermoorden" gilde. Ik meen dat er al zes gerespecteerde leden zijn. Valek is voorzitter omdat die me twee keer heeft willen vermoorden.' Ik glimlachte, maar Leif staarde me aan met schuld in zijn ogen. 'Dat was jij niet. Dat was Ferde die uit jouw herinneringen haalde wat hij kon gebruiken.'

'Maar ik wilde je wel vermoorden voordat je Tula had geholpen.' Leif liet het hoofd hangen.

'Je hoeft je niet te schamen voor die gevoelens en die herinneringen. Wat er in het verleden is gebeurd, kun je niet meer veranderen, maar dat kan wel een leidraad zijn voor wat er in je toekomst gebeurt.'

Maanman straalde goedkeuring uit. 'We zouden een goede verhaalwever van je kunnen maken als je nog geen zielvinder was.' Breed glimlachend keek hij me aan.

'Echt?' Van hoeveel mensen moest ik dat nog horen voordat ik het geloofde of zo voelde? Misschien kon ik mezelf nog maar beter niet uitroepen tot zielvinder en gewoon de oude Yelena blijven.

Maanman trok een wenkbrauw op. 'Kom me maar opzoeken als je zo ver bent.'

Toen begon de wereld te tollen, en ik deed mijn ogen dicht tegen gevoelens van hoogtevrees. Toen die ophielden en ik mijn ogen weer opendeed, stond ik weer op de vlakte bij Leif. Maanman stond te praten met Valek.

Ik nam in me op wat er was gebeurd op de stenen vlakte. Leif was bezig geweest zichzelf te ontknopen. Zijn weg was versoepeld toen hij het besluit nam mij te helpen met Tula. Waarom had Maanman mij dan gevraagd om hem te helpen? Ik keek naar de verhaalwever, maar die was verdwenen.

Toen kwam het antwoord in me op, en daarmee mijn eigen schuldgevoel. Zonder Leif echt te begrijpen had ik hem slecht behandeld en een volwassen man de daden van een achtjarig jochie kwalijk genomen, zonder te zien hoe hij zijn best deed om ze te verbeteren.

Leif keek naar me.

'Hoe komt het dat ze nooit een Nieuw Beginfeest plannen als je echt opnieuw wilt beginnen?' vroeg ik.

Leif glimlachte. Zijn eerste oprechte glimlach sinds ik terug was uit Ixia. Het verwarmde me tot in de kern van mijn ziel.

'Geeft niks,' zei hij. 'Ik kan toch niet dansen.'

'Leer ik je wel,' beloofde ik.

Valek schraapte zijn keel. 'Hoe ontroerend dit ook is, we moeten gaan. Die verhaalwever van jullie levert ons soldaten om te helpen tegen Alea's mensen. Ik heb met hen afgesproken bij zonsopgang. Ik neem aan dat je broer...'

'Leif,' vulde ik in.

'...meegaat?'

'Uiteraard,' zei Leif.

'Nee,' zei ik tegelijkertijd. 'Ik wil niet dat jou iets overkomt. Daar zou moeder niet blij mee zijn.'

'En ik zou haar niet onder ogen durven komen als ik niet meeging om te helpen.' Leif sloeg zijn armen over elkaar. Zijn vierkante kaak kreeg een koppige trek.

'Zo te horen is die moeder van jullie niet voor een kleintje vervaard,' merkte Valek langs zijn neus weg op.

'Je moest eens weten,' reageerde Leif met een zucht.

'Nou, als ze een beetje lijkt op Yelena, dan leef ik met je mee,' plaagde Valek.

'Hé!'

Leif lachte, en de spanning verdween.

Valek gaf Leif zijn machete. 'Weet je hoe je ermee om moet gaan?'

'Uiteraard,' grapte Leif, 'ik heb er brandhout mee gemaakt van Yelena's boog.'

'Dat kwam omdat ik het niet had verwacht,' kaatste ik terug. 'Ik wilde je geen pijn doen.'

Leif keek weifelend. 'Wat dacht je van een revanche?'

'Wanneer je maar wilt.'

Valek kwam tussen ons in staan. 'Het begint me te spijten dat je geen wees bent, lief. Kunnen jullie je misschien even op belangrijke dingen concentreren zonder veertien jaar gekissebis in te halen?'

'Ja,' zeiden we tegelijk, gepast berispt.

'Mooi zo. Kom op, dan.'

'Waarheen?' vroeg ik.

'In overeenstemming met zijn cryptische karakter zei die verhaalwever alleen maar: "De paarden weten de weg."' Valek schokschouderde. 'In elk geval geen militaire strategie die ík zou hanteren, maar ik heb gemerkt dat ze in het zuiden een eigen strategie hebben. En vreemd genoeg werkt die ook nog.'

De paarden wisten inderdaad de weg, en toen de zon opkwam boven de vlakte, ontmoetten we een groep Zandzaadsoldaten op een rots die boven het hoge gras uit kwam. Twaalf mannen en zes vrouwen in lederen wapenrusting hadden zich bewapend met kromzwaard of speer. Met de rode strepen die ze over hun gezichten en armen hadden geschilderd, zagen ze er indrukwekkend woest uit.

Paarden hadden ze niet bij zich. Valek en ik sprongen van Kiki, en Leif steeg van Rusalka en kwam bij ons staan. De twee paarden begonnen te grazen. Huiverend in de koude ochtendlucht voelde ik me naakt zonder mijn boog en ik wou dat ik naast mijn springmes nog een wapen had.

We werden begroet door Maanman. Hij had zich gekleed zoals zijn stamgenoten, en naast zijn kromzwaard had hij ook een boog. En dat was niet zomaar een ebbenhouten staf. Hij was versierd met snijwerk in de vorm van symbolen en dieren, waardoor er onder het zwart een goudkleurig hout zichtbaar was. En ik had het idee dat die versieringen een verhaal zouden vertellen, als ik er maar lang genoeg naar staarde. Ik schudde mijn hoofd om me te concentreren op Maanmans woorden.

'Ik heb vannacht iemand op verkenning gestuurd,' zei Maanman. 'In de Lacune vond hij het bloedopvangtoestel dat Yelena had omschreven. Vervolgens is hij het spoor van het Daviiaanse gespuis gevolgd naar een kamp op ongeveer een mijl ten oosten van die plek. We staan nu aan de rand van de vlakte op twee mijl ten noorden van dat kamp.'

'Dan wachten we tot het donker is voor een verrassingsaanval,' zei Valek.

'Dat gaat niet lukken,' zei Maanman. 'Het gespuis heeft een schild dat waarschuwt voor indringers. Mijn verkenner kon niet te dicht bij het kamp komen, want anders zou hij zijn ontdekt.' Maanmans blik ging langs de horizon. 'Ze hebben sterke buigers die hun aanwezigheid kunnen verbergen voor onze magie.'

'Buigers?' vroeg Leif.

Maanman fronste zijn wenkbrauwen. 'Magiërs. Ik weiger hen verhaalwevers te noemen, want ze beïnvloeden de draden voor hun eigen zelfzuchtige wensen.'

Ik keek naar de groep Zandzaden, en weer viel me het wapenarsenaal op. 'Jullie gaan niet gebruikmaken van jullie magie?'

'Nee.'

'En jullie nemen geen gevangenen?'

'Dat doen Zandzaden nooit. Het gespuis moet worden uitgeroeid.'

Ik wilde de dreiging van Alea neutraliseren, maar ze hoefde van mij niet dood. Esaus flesje curare zat nog steeds in mijn rugzak. Misschien kon ik haar verlammen en mee terugnemen naar de cellen van de veste.

'Hoe willen jullie voorkomen dat de Daviïans wel gebruikmaken van hun magie?' vroeg Valek.

Er flitste iets gevaarlijks in Maanmans ogen. 'We gaan de Lacune verplaatsen.'

'Kunnen jullie dat?' vroeg ik verbaasd.

'Alleen met uiterste zorg kan de machtdeken worden verplaatst. We plaatsen het gat in de deken recht boven het kamp van het gespuis, en dan vallen we aan.'

'Wanneer?' vroeg Valek.

'Nu.' Maanman liep naar zijn soldaten.

'Ik had al gehoopt de Zandzaden te gebruiken als afleiding,' fluisterde Valek tegen me. 'Het gaat lukken. Zodra Alea dood is, gaan we weg. De rest gaat ons niet aan.'

'Ik vind het een zwaardere straf voor haar als we haar gevangennemen en in de cel zetten,' wierp ik tegen.

Valek keek me een tijdlang aan. 'Zoals je wilt.'

Maanmans groep slaakte een strijdkreet en verdween in het hoge gras. Hij kwam naar ons terug. 'Ze nemen posities in rondom het kamp. Het aanvalssignaal wordt gegeven zodra de Lacune is geplaatst. Jullie komen met mij mee.' Hij keek naar ons drieën. 'Jullie moeten wapens hebben. Hier.'

Hij gooide zijn boog naar mij. Ik ving hem in mijn rechterhand.

'Die is voor jou. Cadeautje van Sukray.'

'Wie?'

'Een paardenvrouw uit onze stam. Je hebt vast indruk op haar gemaakt. Het is zeldzaam als sneeuw dat zij iets weggeeft. Je verhaal staat erin gesneden.'

Moeder, zei Kiki goedkeurend. En ik herinnerde me de Zandzaadvrouw met het korte haar die op Kiki was gaan rijden op de dag dat ik had gesproken met de Oudsten.

Ik stond versteld van de boog. De balans en de dikte voelden perfect aan in mijn hand, en ondanks het snijwerk was het zwarte hout nog steeds glad en sterk. Pas toen ik mijn ogen wist los te maken van de schoonheid van de boog, zag ik dat Valek een kromzwaard vasthield en Leif zwaaide met zijn machete.

'Kom op.'

Ik trok mijn mantel uit en deed vlug wat voorbereidingen voordat we Maanman het hoge gras in volgden.

Vanuit onze positie bij het Daviiaanse kamp zag ik wat beweging rondom de tenten en het kampvuur. De lucht boven het kamp leek te sidderen, en dat vervormde de beelden van de mensen in het kamp, alsof er een immense luchtzak vol hitte omheen hing.

Het gras op het plateau groeide in kluitjes en was bruin door het gebrek aan regen. Ik zat bij Valek gehurkt achter een struik. Leif en Maanman zaten honderdvijftig meter rechts van ons ineengedoken in een greppel. Ik vroeg me af hoe het de andere Zandzaden was vergaan bij het zoeken naar verstopplaatsen. De Daviians hadden een wijd open gebied voor hun kamp gekozen, en de dekking was minimaal.

Ik voelde het haar op mijn armen rechtovereind komen toen er macht op mijn huid drukte. Mijn bewustzijn erop uitsturend voelde ik Maanman en drie andere magiërs aan de machtdeken trekken. Ze verdeelden de druk gelijkelijk, zodat de deken zich nergens ophoopte maar in zijn geheel bewoog. Ik was diep onder de indruk van hun magische vermogens. Als ik toch in Sitia bleef, zou ik bij de Zandzaden nog een hoop kunnen leren.

De komst van de Lacune voelde aan alsof alle lucht uit mijn longen werd gezogen. Mijn gewaarwording van mijn omgeving werd beperkt tot de gewone zintuigen voor zicht, geur en geluid. Nog voordat ik me kon aanpassen aan het verlies van mijn magie, klonk er weer een strijdkreet. Het signaal om het kamp aan te vallen.

Ik sprong overeind en volgde Valek naar het kamp. En bleef stokstijf staan toen het tot me doordrong wat ik voor me zag.

Het schild van de Daviians was verwoest, en daarmee de illusie. In plaats van een paar mensen rond het kampvuur stonden er meer dan dertig. In plaats van een handjevol tenten stonden er hele rijen. Toegegeven, het gespuis stond grotendeels geschokt te staren na het verlies van hun magie, maar we waren met vier tegen een in de minderheid.

Te laat om terug te trekken. We moesten het doen met het element van de verrassing en negentien strijdlustige Zandzaden, die brede bloedige banen door de Daviians maaiden. Ik zag Maanmans kale kop boven de gevechten uitsteken, en Leifs krachtige slagen hielden een paar Daviians bezig. Valek keek me grimmig aan. Ga Alea zoeken, vormde hij met zijn mond voordat hij zich in het strijdgewoel stortte.

Geweldig, dacht ik, voorzichtig langs de randen van het slagveld schuifelend. Ga Alea zoeken in deze massale verwarring. Ik bukte toen er een Daviian met zijn zeis naar me zwaaide. Ik maaide zijn voeten onder hem vandaan en sprong op zijn borst voordat hij zijn lange wapen weer kon heffen. Met de punt van mijn boog ramde ik op zijn keel en verbrijzelde zijn luchtpijp.

Even verstijfde ik. Het was de eerste die ik doodde sinds ik in Sitia was. Ik had gehoopt nooit meer iemand te hoeven doden, maar als ik deze veldslag wilde overleven, kon ik me geen barmhartigheden veroorloven.

Er viel nog een Daviian aan. Mijn melancholische gedachten verdwenen, en terwijl ik mezelf verdedigde, ging ik op zoek naar Alea. Wegduikend en vechtend verloor ik elk gevoel van tijd. De verscheidene gevechten smolten samen tot één waas. Uiteindelijk vond Alea mij.

Haar lange zwarte haar zat in een knot, en ze droeg een eenvoudige witte tuniek en broek die onder de bloedspetters zaten. In beide handen hield ze een kort, bebloed zwaard. Alea glimlachte naar me.

'Jou moest ik nog hebben,' zei ze. 'Wat fijn dat ik niet naar je op zoek hoef.'

'Zo ben ik nu eenmaal, ik denk altijd aan anderen.'

Ze kruiste haar zwaarden bij wijze van spottend saluut en viel uit. Ik deed een stap achteruit, bracht mijn boog omlaag op haar klingen en liet ze afbuigen naar de grond. Ze deed een stap naar voren om haar evenwicht te behouden terwijl ik dichter naar haar toe schuifelde. Onze schouders raakten elkaar. Onze wapens wezen omlaag.

Maar het mijne lag bovenop. Met een ruk trok ik de boog omhoog en sloeg haar in het gezicht. Ze gilde toen het bloed uit haar neus gutste. Mijn slag schakelde haar niet uit, en ze zwaaide met haar zwaarden naar mijn buik. Ik ging naast haar staan, te dichtbij voor lange wapens. We lieten ze vallen.

Ik klapte mijn springmes open terwijl zij een mes uit haar riem trok. Ze draaide zich om en stak naar me. Ik ving haar lemmet op met mijn arm. Met brandende pijn sneed het mes door mijn huid, maar hierdoor kon ik wel haar hand vastgrijpen. Ik trok haar naar me toe, sneed haar onderarm open met mijn mes en liet haar los.

Verbaasd wankelde Alea achteruit. Ik had mijn mes zo in haar buik kunnen zetten om haar te doden. Op haar gezicht verscheen afgrijzen toen ze besefte wat ik had gedaan.

Mijn springmes was behandeld met curare. Ik had haar alleen maar hoeven raken met de punt van het wapen. Toen ze op de grond viel, boog ik me over haar heen.

'Niet leuk om hulpeloos te zijn, hè?' vroeg ik.

Ik keek rond. Valek had zodanig positie ingenomen dat hij mij afschermde van de Daviians en voorkwam dat er zich iemand bemoeide met mijn gevecht met Alea. Leif vocht even verderop, hakkend met zijn machete. De andere Zandzaden kon ik niet zien, maar wel zag ik Maanman, precies op het moment dat hij iemand onthoofdde met zijn kromzwaard. Jakkes.

Maanman rende naar ons toe. 'Tijd om de aftocht te blazen,' riep hij.

'De volgende keer,' zei ik tegen Alea. 'Dan maken we dit af.'

Toen verplaatste de Lacune zich en keerde de magie terug voor de helft van het kamp, om voor afleiding te zorgen. We baadden in macht, en omgeven door een schild van beschermende magie van Maanman begonnen we aan de terugtocht. Valek bleef echter staan bij Alea's roerloze gedaante. Hij knielde naast haar neer, pakte haar mes op en zei iets tegen haar.

Voordat ik naar hem kon roepen, sneed hij haar in één soepele beweging de keel door. Het was dezelfde dodelijke slag die hij haar broer, Mogkan, had toegebracht.

Toen Valek me had ingehaald, zei hij: 'Gunstelingen kunnen we ons niet permitteren.'

We renden terug naar de prairie. Aan de rand van de Avibianvlakte staakte het gespuis de achtervolging, maar we bleven doorrennen tot we bij de rotspartij kwamen waar we Kiki en Rusalka hadden achtergelaten.

'Ze gaan vast en zeker hun kamp verplaatsen naar verderop op het plateau,' zei Maanman. Hij was niet eens buiten adem, al glom zijn huid van het zweet. 'Ik zal met meer soldaten moeten komen. Dat ze mijn verkenner en mij hebben weten te misleiden, betekent dat hun buigers machtiger zijn dan we vermoedden. Ik moet overleggen met de Oudsten.'

Maanman neeg zijn hoofd ten afscheid, en algauw raakte hij in het gras uit het zicht.

'En nu?' vroeg Leif.

Ik keek Valek aan. Wat nu, inderdaad.

'Jij gaat naar huis, en ik ook,' zei ik tegen Leif.

'Ga je mee terug naar de veste?' vroeg Leif.

'Ik...' Terug naar de veste en het gevoel van isolatie? Om weer te worden gevreesd om mijn vermogens? Of terug om Sitia te bespioneren en uiteindelijk terug te gaan naar Ixia? Of gewoon in mijn eentje op verkenning door Sitia en tijd doorbrengen met mijn familie?

'Volgens mij durf jij niet terug naar de veste,' zei Leif.

'Wat?'

'Het is voor jou veel gemakkelijker om daar weg te blijven, zodat je geen zielvinder, geen dochter en geen zus meer hoeft te zijn.'

'Dat durf ik best.' Ik had mijn best gedaan om een plaats in Sitia te vinden, maar ik werd telkens weggeduwd. Hoeveel aansporingen had ik nog nodig? Zo dol was ik niet op straf. Wat als ze besloten dat een zielvinder slecht was en ze me levend verbrandden voor het schenden van hun ethische code?

'Je durft écht niet,' daagde Leif me uit.

'Echt wel.'

'Echt niet.'

'Echt wel.'

'Bewijs het dan.'

Ik deed mijn mond open, maar er kwam geen geluid uit.

'Ik haat je,' zei ik uiteindelijk.

Leif glimlachte. 'Dat is geheel wederzijds.' Hij zweeg even. 'Ga je mee?'

'Nu niet. Ik zal erover nadenken.' Het was een uitsteltactiek, en dat wist Leif ook.

'Als je niet terug naar de veste komt, heb ik gelijk. En elke keer als je me ziet, zal ik je dat dan inwrijven ook.'

'Vervelender dan nu kun je dan nooit zijn.'

Hij lachte, en in zijn ogen kon ik het zorgeloze jochie van vroeger zien. 'Jij hebt er nog geen idee van hoe ondraaglijk vervelend ik kan zijn. Als oudere broer is dat mijn geboorterecht.'

Leif steeg op Rusalka en galoppeerde weg.

Valek en ik liepen met Kiki in noordelijke richting. De richting van Ixia. Hij hield mijn hand vast, en tevreden liet ik mijn gedachten over de afgelopen uren gaan.

'Valek. Wat heb je tegen Alea gezegd?'

'Ik heb haar verteld hoe haar broer is gestorven.'

Ik wist nog goed hoe ik Mogkan had gevangen met magie en hem roerloos hield zodat Valek zijn keel kon afsnijden. Alea was op precies dezelfde wijze gestorven.

'We hadden geen tijd om Alea mee te nemen, lief. En ik wilde haar niet nog een kans geven om jou kwaad te doen.'

'Hoe komt het dat je altijd weet wanneer ik je nodig heb?'

Valeks ogen vlamden met een intensiteit die ik maar zelden zag. 'Dat weet ik gewoon. Dat is een gevoel, zoals honger of dorst. Een behoefte die per se moet worden gestild.'

'Hoe doe je het? Ik kan geen verbinding maken met jouw geest met mijn magie. En jij hebt geen magie. Dan kan het toch helemaal niet?'

Valek bleef een tijdlang stil. 'Misschien laat ik mijn afweer zakken als ik voel dat jij in nood zit, zodat jij verbinding kunt maken met mij?'

'Mogelijk. Heb je dat ooit voor iemand anders gedaan?'

'Nee, lief. Jij bent de enige die me de raarste dingen laat doen. Je hebt me echt vergiftigd.'

Ik schoot in de lach. 'Raar, hè?'

'Het is maar goed dat je mijn gedachten niet kunt lezen, lief.'

Er smeulde een saffierblauw vuur in zijn ogen, en ik zag zijn soepele spieren iets verstrakken.

'O, ik weet wel wat jij denkt.' Ik stapte in zijn armen en bewoog mijn handen onder zijn broeksband door naar de plek waarheen zijn gedachten waren afgedwaald.

'Ik kan voor jou... ook niets... verborgen houden,' hijgde Valek.

Ik hoorde Kiki snuiven en weglopen terwijl mijn wereld zich vulde met het voelen en ruiken en proeven van Valek.

In de dagen daarop wandelden Valek en ik over de vlakte, genietend van ons samenzijn zonder enige zorgen of problemen aan ons hoofd. Onderweg vonden we steeds kleine bergplaatsen met eten en water. En al had ik niet het gevoel dat er naar ons werd gekeken, ik wist dat de Zandzaden wisten waar wij waren, en via de voedselvoorraadjes bewezen ze hun gastvrijheid aan een verre verwant.

Uiteindelijk verlieten we de prairie. Ten oosten van de citadel trokken we in noordelijke richting door de landen van de Vedersteenstam. Uit voorzorg reisden we 's nachts en hielden we ons overdag schuil, waardoor het drie dagen duurde voordat we het gevolg van de ambassadeur bereikten.

Ik was de tel van de dagen kwijtgeraakt en verbaasd om het kamp te zien, maar Valek wist dat ze op een halve dag lopen van de Ixische grens zouden zitten. Na te hebben vastgesteld waar de Sitische 'spionnen' zich verborgen hielden, vermomde Valek zich als Ilom en sloop midden in de nacht het kamp binnen. Ik wachtte en ging pas de volgende dag. Ik had geen reden om me verborgen te houden, en als ik terugging naar Ixia, konden de Sitische spionnen eenmaal terug in de veste de Raad mooi vertellen dat ik was vertrokken.

De Ixiërs waren al aan het pakken toen ik op Kiki het kamp in reed. Eén tent stond nog, maar Ari en Janco stoven al op me af voordat ik die kon bereiken.

'Zei ik het niet, Ari?' zei Janco. 'Ze komt toch nog even gedag zeggen. En jij maar dagenlang zitten pruilen en mokken.'

Ari keek alleen maar even omhoog. Als er iemand had zitten mokken dan was dat Janco, wist ik.

'Of heb je besloten dat je niet meer zonder ons kunt en kom je jezelf vermommen als soldaat om mee terug te gaan naar Ixia?' Janco glimlachte hoopvol.

'Het is wel verleidelijk om elke dag van je te kunnen winnen met boogvechten, Janco.'

Hij lachte me uit. 'Ik ken jouw trucjes nu. Zo gemakkelijk win je niet meer.'

'Weet je wel zeker dat je me mee wilt? Ik wil nog wel eens problemen aantrekken.'

'Daar reken ik juist op,' zei Janco. 'Het is zó saai geweest zonder jou.'

Ari schudde zijn enorme hoofd. 'Problemen kunnen we missen als kiespijn. De diplomatieke geneugten tussen de ambassadeur en de Sitische Raad zijn tegen het einde wat ingezakt. Voor ons vertrek heeft een van de raadsleden de ambassadeur er nog van beschuldigd Valek mee naar Sitia te hebben genomen om de Raad te vermoorden.'

'Niet zo best,' zei ik. 'De Sitiërs zijn constant bang dat de commandant hun land in wil nemen. En dat zou ik ook zijn als ik wist dat Valek goed genoeg was om behalve de raadsleden ook de meestermagiërs te vermoorden. Dan zou de chaos zo groot zijn dat er maar weinig verzet zou volgen op een aanval van Ixia.'

Zuchtend schudde ik mijn hoofd. Ixiërs en Sitiërs keken met totaal andere ogen naar de wereld. Ze hadden iemand nodig die hen hielp elkaar te begrijpen. Er kolkte een vreemd gevoel in mijn maag. Angst? Opwinding? Misselijkheid? Misschien wel alle drie, het was moeilijk te zeggen.

'Over Valek gesproken,' zei Janco. 'Ik neem aan dat het goed met hem gaat?'

'Je kent Valek toch,' zei ik.

Janco knikte en grijnsde.

'Laat ik maar gaan praten met de ambassadeur.' Ik liet me van Kiki glijden. Voordat ik een stap kon zetten, sloot Ari's grote hand zich om mijn arm.

'Kom wel nog even afscheid nemen van Janco,' zei hij. 'Jij ergert je al aan hem als hij in een goede bui is, maar in een slechte bui is hij nog veel erger.'

Ik beloofde het, maar terwijl ik naar de tent van de ambassadeur liep, begon dat rare gevoel in mijn maag bijna zeer te doen. Afscheid was zoiets definitiefs.

Een van de twee wachters buiten de tent dook naar binnen om me aan te kondigen. Hij kwam naar buiten en hield de flap voor me open. Ambassadeur Signe zat aan een tafeltje van tentdoek thee te drinken met een nog steeds als adviseur Ilom verklede Valek. Signe stuurde hem weg, en vlak voordat Valek de tent verliet, ving ik een blik en het woord 'vanavond' van hem op.

Alle beleefdheden overslaand vroeg Signe: 'Heb je besloten of je bij ons op bezoek komt?'

Ik haalde het executiebevel van commandant Ambrosius uit mijn rugzak. Mijn hand trilde een beetje, en ik haalde diep adem om mijn zenuwen te kalmeren. 'Met deze onfortuinlijke botsing van meningen tussen Ixia en Sitia hebt u volgens mij behoefte aan een verbindingsofficier. Een neutrale tussenpersoon die beide landen kent en de onderhandelingen kan bijstaan door ervoor te zorgen dat ze elkaar beter leren begrijpen.' Ik ging dus niet spioneren voor Ixia, maar ik bood wel aan om te helpen. Ik gaf Signe het bevel. De commandant moest maar beslissen wat ermee ging gebeuren.

En daar stond hij in Signe's uniform, me aandachtig in zich opnemend met zijn krachtige gouden ogen. Ik knipperde een paar maal met mijn ogen. De overgang van Signe naar commandant Ambrosius was zo groot dat zijn gezicht nog maar een kleine gelijkenis vertoonde met dat van de ambassadeur.

De commandant rolde het executiebevel op en tikte ermee in zijn hand, in de verte starend. Alle mogelijkheden overwegend, dacht ik, nooit overhaast beslissend.

'Een geldig punt,' zei hij.

Hij stond op en liep achter het tafeltje heen en weer. Achter hem zag ik een bedrol op de vloer en een lantaarn. De tent en tafel waren kennelijk zijn enige luxe.

Toen bleef commandant Ambrosius staan, scheurde mijn executiebevel in kleine stukjes en strooide ze uit over de grond.

Hij draaide zich om en stak zijn hand naar me uit. 'Akkoord, verbindingsofficier Yelena.'

'Verbindingsofficier Yelena Zaltana,' verbeterde ik hem, zijn hand drukkend.

We bespraken zijn plannen voor Ixia en hoe hij de handel met Sitia wilde uitbreiden. Hij stond erop dat ik mijn magische opleiding voltooide voordat ik officieel verbindingsofficier werd. Voordat ik vertrok, was ik getuige van de terugkeer van ambassadeur Signe. En op dat moment voelde ik heel even dat er twee zielen in één lichaam woonden. Dat verklaarde waarom hij zijn geheim zo goed wist te bewaren.

Ik overpeinsde het interessante idee om mezelf af te leiden van het schrikbarende feit dat ik terugging naar de veste. Het gevolg van de ambassadeur was klaar met pakken. Ik ging Ari en Janco zeggen dat we elkaar weer zouden zien.

'De volgende keer maak ik je in,' zong Janco.

'Scherp blijven, hè,' gebood Ari.

'Het was al erg genoeg om twee moeders te hebben, maar nu heb ik ook al twee vaders,' plaagde ik.

'Stuur bericht als je ons nodig hebt,' zei Ari.

'Ja, baas.'

Ik trok naar het zuiden terwijl de Ixiërs noordwaarts reisden. Via een draad magie liet ik mijn bewustzijn uitgaan. Een van de Sitische spionnen volgde mij in de hoop dat ik ergens had afgesproken met Valek. Ik zond de man een verwarrende reeks beelden tot hij volledig kwijt was wat hij ook al weer moest doen.

Valeks belofte indachtig ging ik niet te ver. Ik vond een leeg bebost gebied tussen twee boerderijen en richtte een klein kamp in. Terwijl de zon onderging, projecteerde ik mijn bewustzijn in de omliggende bossen. Er waren net wat vleermuizen wakker geworden, en door de struiken kropen twee konijnen. Alles was stil, behalve de gestadige opmars van Cahil en zijn mannen.

Het kon hem niet schelen of iemand hem hoorde. Brutaal en arrogant liet Cahil zijn mannen de bosrand bewaken terwijl hij verder ging naar mij. Ik zuchtte, eerder geërgerd dan angstig, en pakte mijn boog.

Ik keek rond. Op de grond was niets om me te verbergen, maar het bladerdek kon wat bescherming bieden. Misschien dat het lukte, alleen stond kapitein Marrok bij Cahils mannen op wacht. En ik wist zeker dat diens vaardigheden als spoorzoeker Cahil naar mij hadden gevoerd. Ik zou mijn toevlucht moeten nemen tot magie om mezelf te verdedigen. Ik reikte naar Cahils gedachten.

Zijn emoties kookten van haat, maar hij had ze getemperd met een koude berekening. Aan de rand van mijn kamp bleef hij staan en neeg zijn hoofd. 'Mag ik erbij komen zitten?'

'Hangt van je bedoelingen af,' zei ik.

'Ik dacht dat je die wel kon lezen.' Hij zweeg even. 'Ik zie dat je hebt besloten in Sitia te blijven. Moedig, aangezien de Raad weet van je verhouding met Valek.'

'Ik ben geen spion, Cahil. En de Raad heeft een verbindingsofficier nodig voor de betrekkingen met Ixia.'

Hij blafte een lach. 'Dus jij bent nu verbindingsofficier? Wat grappig. Denk je nou echt dat de Raad jou vertrouwt?'

'Denk jij dat de Raad gaat oorlogvoeren voor een burger?'

Cahil werd op slag weer ernstig. Hij keek over zijn schouder in de richting van zijn mannen. 'Ik kom er nog wel achter wat daar de waarheid van is. Maar dat maakt me eigenlijk niet eens meer uit. Ik heb besloten de zaken in eigen handen te nemen.'

Hij had geen vin verroerd, maar ik voelde een nieuw soort dreiging van hem uitgaan. 'Waarom vertel je mij dit? Je weet dat je via mij niet bij Valek kunt komen. Trouwens, inmiddels zit hij alweer in Ixia.'

Hij schudde zijn hoofd. 'Alsof ík jóú zou geloven. Een prachtige dag om te rijden, en jij stopt hier?' Hij gebaarde naar de bossen om ons heen en deed twee stappen in mijn richting. 'Ik ben hier om jou een waarschuwing te geven.' Nog een stap.

Ik hief mijn boog. 'Staan blijven, jij.'

'Je hebt eens gezegd dat je het heel fatsoenlijk van Goel vond om je te waarschuwen voor zijn plannen. Ik dacht hetzelfde te doen. Ik weet dat ik jou of Valek niet kan verslaan — zelfs mijn mannen hebben geen schijn van kans — maar er zit ergens iemand die dat wel kan. En die zal ik vinden, en ik zweer je dat we samen niet zullen rusten tot jij en Valek dood zijn.' Na die woorden draaide Cahil zich abrupt om en vertrok naar zijn mannen.

Ik liet mijn boog pas los toen Cahil op Topaas steeg en wegreed. Zijn mannen moesten achter hem aan rennen om hem bij te houden. Ik verbrak mijn verbinding met Cahil en dook in Marroks gedachten. Die was bang en bezorgd over Cahils merkwaardige gedrag. Dan was hij niet de enige.

Die nacht zat ik eenzaam bij mijn kampvuur tot Valek verscheen. Plots stond hij bij het vuur zijn handen te warmen aan de vlammen. Ik besloot onze laatste nacht samen niet te laten verpesten door hem te vertellen over Cahils bezoek.

'Je mantel weer vergeten?' vroeg ik.

Hij glimlachte. 'Ik deel er liever eentje met jou.'

Lang nadat het vuur was uitgedoofd, viel ik in Valeks armen in slaap. Toen de zon stoorde, dook ik dieper onder mijn mantel.

'Ga met me mee,' zei Valek.

Het was geen smeekbede of een bevel. Een uitnodiging.

Mijn hart deed zeer van spijt. 'Ik heb nog zoveel te leren. En als ik klaar ben, word ik de nieuwe verbindingsofficier tussen Ixia en Sitia.'

'Dat kan tot ernstige problemen leiden,' plaagde Valek.

'Je zou je dood vervelen als het anders was.'

Hij begon te lachen. 'Dat klopt, ja. En mijn slang ook.'

'Jouw slang?'

Hij trok mijn arm tevoorschijn om naar mijn armband te kijken. 'Toen ik hiermee bezig was, waren mijn gedachten bij jou, lief. Jouw leven is net als deze slang. Hoeveel kronkels hij ook maakt, je komt toch altijd terug waar je thuishoort. Bij mij.' In zijn saffierblauwe ogen blonk een belofte. 'Ik kijk al uit naar je eerste officiële bezoek. Maar wacht niet te lang. Alsjeblieft.'

'Zal ik niet doen.'

Na nog één kus stond Valek op, en terwijl hij zich aankleedde, vertelde ik hem over Cahil.

'Ze hebben al zo vaak geprobeerd ons te doden. En het is nog nooit gelukt.' Hij haalde zijn schouders op. 'We hebben hem in verlegenheid gebracht. Of hij gaat zitten mokken omdat hij niet van den bloede is en verdwijnt, of hij maakt zichzelf wijs dat we hebben gelogen en heeft er een reden bij Ixia aan te vallen, wat het er alleen maar interessanter op maakt voor de nieuwe verbindingsofficier.'

'Interessant is niet het woord dat ik zou kiezen.'

'Hou hem wel goed in de gaten.' Valek glimlachte meewarig. 'Ik moet gaan, lief. Ik heb de ambassadeur beloofd dat ik terug zou zijn voor we de grens overgaan. Als we nog problemen met de Sitiërs krijgen, dan is dat daar.'

Zodra hij weg was, had ik spijt van mijn beslissing om te blijven en voelde ik me moederziel alleen. Maar Kiki's koude neus tegen mijn wang onderbrak mijn sombere gedachten.

Kiki bij Lavendelvrouw, zei ze. Kiki helpen.

Ja, helpen doe je zeker.

Slim.

Slimmer dan ik, beaamde ik.

Appel?

Je hebt de hele nacht staan grazen. Hoe kun je nou nog honger hebben?

Altijd plaats voor appel.

Lachend gaf ik haar een appel voordat we begonnen aan onze twee-daagse reis terug naar de veste.

Toen ik arriveerde bij de poort van de veste, kreeg ik van de wachter de opdracht meteen naar de vergaderzaal van de meesters te gaan. Terwijl ik Kiki snel droogwreef in de stal, vroeg ik me af wat er in mijn afwezigheid was gebeurd.

Studenten repten zich van het ene gebouw naar het andere door de ijzige wind die over het terrein woei. Ze wierpen me slechts een vluchtige, verbaasde blik toe alvorens hun tempo weer op te voeren. De grijze hemel werd donker, en het begon te ijzelen. Een onheil-spellend begin van het koude seizoen. Ik deed mijn capuchon op om mijn gezicht te beschermen.

Ik was in Sitia gearriveerd aan het begin van het hete seizoen. De twee seizoenen die ik hier had gewoond, leken wel twee jaar.

Toen ik de vergaderzaal binnenkwam, werd ik begroet door drie neutrale gezichten en één furieus gezicht. Roos slingerde een bol van woedende energie naar me toe. Die trof me midden op de borst, en ik wankelde achteruit voordat ik haar aanval afweerde. Macht naar me toe trekkend liet ik mijn bewustzijn naar haar uitgaan. Haar men-tale verdediging was ondoordringbaar, maar ik mikte lager. Door haar hart en recht haar ziel in. Een veel kwetsbaarder plek.

Zeg, zeg, zei ik. Netjes blijven.

Ze sprong op. Wat? Hoe?

Ik heb je ziel gevonden, Roos. Het is daar donker en smoezelig. Je hangt al veel te lang rond bij die criminele types. Als jij je leven niet gauw betert, vliegt deze ziel nooit naar het uitspansel.

Haar amberkleurige ogen brandden zich in de mijne met alle haat en minachting die ze kon opbrengen. Daaronder was ze echter doodsbenauwd. Haat en minachting konden me niet schelen, maar angst was een krachtige emotie. Angst deed de hond bijten, en Roos was een heuse teef.

Ik liet haar los. Sputterend keek Roos me aan, haar blik giftig. Met onverstoorbaar geduld staarde ik terug. Uiteindelijk stormde ze de zaal uit.

'Dus het is waar,' zei Baïn in de plotselinge stilte. 'Je bent écht een zielvinder.' Hij leek eerder bedachtzaam dan bang.

'Waar was ze nou zo kwaad over?' vroeg ik.

Irys beduidde me te gaan zitten. Ik plofte neer in een van de pluchen stoelen.

'Roos denkt dat jij en Valek deel uitmaken van een samenzwering om de Raad te vermoorden.' Voordat ik iets terug kon zeggen, vervolgde Irys: 'Bewijs is er niet. Maar veel erger is dat Ferde is ontsnapt uit het gevang van de veste.'

Ik sprong overeind. 'Ferde ontsnapt? Wanneer? Waar?'

Irys wisselde een veelbetekenende blik uit met Baïn. 'Ik zei toch dat ze er niets mee te maken had,' zei ze tegen hem. 'Wanneer weten we niet precies,' zei ze vervolgens tegen mij. 'Vanochtend bleek hij ervandoor te zijn.' Met een meewarige grijns keek Irys me aan. 'We denken dat Cahil hem heeft vrijgelaten.'

'Cahil?' Nu was ik pas echt van mijn stuk.

'Hij is weg. Kapitein Marrok is zwaar toegetakeld aangetroffen. Toen hij bij bewustzijn kwam, zei hij dat Cahil hem had gemarteld tot hij hem de waarheid had verteld.' Irys zweeg en schudde verbijsterd het hoofd.

'Dat Cahil niet van koninklijken bloede is,' zei ik.

'Wist je dat?' vroeg Zitora. 'Waarom heb je ons dat niet verteld?'

'Ik vermoedde het. En mijn vermoedens werden door Valek bevestigd.'

'Marrok zei ons dat Cahils moeder in het kraambed is gestorven en dat hij de zoon is van een soldaat die tijdens de Ixische overname is gesneuveld,' legde Irys uit. 'Toen ze naar Sitia vluchtten, namen ze hem mee.'

'Waar is hij nu?' vroeg ik.

'Weten we niet,' antwoordde Irys. 'En we weten ook niet wat hij van plan is nu hij weet hoe het zit, of waarom hij Ferde heeft meegenomen.'

Niet bepaald het mokken-en-niets-doen uit Valeks theorie over Cahils reactie op de waarheid over zijn afkomst. 'Dan zullen we hem moeten opsporen om het hem te vragen,' zei ik.

'Maar nu nog niet,' zei Irys en ze zuchtte. 'Het is een puinhoop in de Raad. Aangezien jij al die zielen hebt vrijgelaten, is Ferde zo zwak dat hij voorlopig niets met magie zal kunnen doen. En...' ze aarzelde, en ik kreeg het onprettige gevoel dat ik niet leuk zou vinden wat ze nu ging zeggen. 'Ze willen dat jij je capaciteiten als zielvinder gaat onderzoeken en misschien adviseur van de Raad wordt.'

Ontdekken wat mijn mogelijkheden waren wilde ik ook, maar als ik een neutraal verbindingsofficier wilde worden, kon ik me niet binden aan de Raad.

'Ze hebben helemaal geen adviseur nodig,' zei ik. 'Ze moeten een verbindingsofficier hebben voor de betrekkingen met Ixia.'

'Weet ik,' zei Irys.

'We moeten meteen achter Ferde en Cahil aan.'

'Weet ik. Maar daar zul je eerst de Raad van moeten overtuigen.'

Ik staarde Irys aan. Mijn verhaalwever zat nu beslist met twee handen zijn blauwe buik vast te houden van het schaterlachen. Mijn toekomst bleek een lange kronkelweg vol knopen, kluwens en valkuilen.

Net zoals ik het graag zag.

Woord van dank

Van ganser harte dank ik degene die het fort bewaakt als ik weg ben naar boekevenementen, die de afwas doet en de kinderen naar voetbal brengt, die vanaf het allereerste begin mijn grootste fan en supporter is: mijn man Rodney.

Chun Lee, Amanda Sablak en Ceres Wright, mijn recensiepartners op de Seton Hill University: bedankt voor alle hulp.

Ook Steven Piziks, mijn mentor op Seton Hill: ontzettend bedankt. Ik hoop dat je genoeg beschrijvende details tegenkomt!

Niet te vergeten mijn recensiegroep Muse and Schmooze, bedankt voor de aanhoudende ondersteuning en begeleiding. Jullie hulp is fantastisch, en onze tweejaarlijkse retraites en koffiebargesprekken worden zeer op prijs gesteld.

Veel dank en lof gaan uit naar mijn uitstekende redactrice, Mary-Theresa Hussey. Ondanks haar overvolle agenda heeft ze altijd tijd om mijn miljoen vragen te beantwoorden. Ontzettend bedankt!

En innige dank aan Susan Kraykowski en haar paard Kiki. Zonder hen beiden zou ik niet kunnen paardrijden en niets hebben geweten van de unieke band tussen paard en ruiter.

Yelena heeft nog altijd meer te leren.
Lees ook Studie van Vuur, *waarin haar macht*
nog verder toeneemt — en het gevaar ook...

Van Maria V. Snyder zijn verschenen

Studie van Gif
Studie van Magie